SV

Hervé le Corre

DURCH DIE DUNKELSTE NACHT

Thriller

Aus dem Französischen
von Anne Thomas

Herausgegeben von
Thomas Wörtche

Suhrkamp

Die Originalausgabe erschien 2021 unter dem Titel
Traverser la nuit
bei Éditions Payot & Rivages, Paris.

Das Zitat von S. 43 stammt aus:
Charles Baudelaire, *Die Blumen des Bösen.*
Deutsch von Terese Robinson.
Diogenes Verlag, Zürich 1982.

Erste Auflage 2023
suhrkamp taschenbuch 5369
Deutsche Erstausgabe
© der deutschsprachigen Ausgabe
Suhrkamp Verlag AG, Berlin, 2023
© Éditions Payot & Rivages, Paris, 2021
Alle Rechte vorbehalten.
Wir behalten uns auch eine Nutzung des Werks
für Text und Data Mining im Sinne von § 44b UrhG vor.
Umschlagabbildungen: FinePic®, München
(Karte und Struktur)
Umschlaggestaltung: zero-media.net, München
Druck und Bindung: CPI books GmbH, Leck
Printed in Germany
ISBN 978-3-518-47369-6

www.suhrkamp.de

DURCH DIE DUNKELSTE NACHT

1 Unbeweglich und düster stehen sie im bläulichen Licht, das der Regen über ihnen zerstäubt, Atemwölkchen vor den Mündern werden rasch vom trägen Wind verweht, der um die Straßenbahnschienen streicht, und sie warten, etwa ein Dutzend, starr, dick eingepackt, und halten sich von dem regungslosen Mann unter der Bank fern. Sie tun so, als ob sie woandershin gucken, in die Ferne, nach einer ankommenden Bahn Ausschau halten, oder starren aufs Handydisplay, was die Gesichter fahl und hohl wirken lässt. Es ist März, und seit Tagen hüllt der Sprühregen alles in einen ungesunden, schmutzig schimmernden Glanz.

Um 6.22 Uhr hatte eine Frau die 17 gewählt und gemeldet, dass ein Typ an einer Straßenbahnhaltestelle bei der Cité des Aubiers unter einer Bank lag, trotz der Kälte nur im T-Shirt, und besagtes T-Shirt voller Blut, also, sie glaubte jedenfalls, dass es Blut war, und der Mann rührte sich nicht, vielleicht war er tot, weshalb sie, hatte sie hinzugesetzt, lieber die Polizei rief.

Bald wenden die Blicke sich dem Blaulicht des Polizeiautos und den drei Polizisten zu, die sich beim Aussteigen wie tanzende Scherenschnitte scharf vor den grellen, unregelmäßigen Lichtblitzen abzeichnen. Man sieht, wie sie sich dem offenbar leblosen Mann nähern, er dreht allem den Rücken zu, den angewinkelten Arm unterm Kopf, als ob er im Sommer, müde von der Hitze, unter einem Baum döst. Ein Polizist fragt die Frau, die am nächsten steht, ob sie die Polizei gerufen hat, sie verneint ängstlich und zieht das malvenfarbene Kopftuch tiefer in die Stirn, dann wendet sie sich ab und guckt, ob nicht schon die weißen Scheinwerfer der Tram zu sehen sind.

Ein Polizist stößt den Mann mit der Fußspitze an, beugt sich hinunter.

»Atmen tut er.«

Sein Kollege bleibt auf Abstand, eine Hand an der Waffe im Holster. Der dritte steht weiter weg. Er sieht sich um, vielleicht neugierig, als ob er zum ersten Mal im Viertel ist, die aufgetürmten Betonklötze in der Nacht, rechte Winkel, die stocksteife Arbeiterschar im Nieselregen.

»Hey! Polizei! Hoch mit dir! Hier kannst du nicht liegenbleiben.«

Das Blut auf dem T-Shirt ist geronnen. Bräunliche Flecken, kackbraune Schlieren.

Der Polizist richtet die Taschenlampe auf den Kopf des Schlafenden. Er packt ein Ohr und dreht ihn herum, ein bartloses, rundes Gesicht mit Schmollmund wie ein schlafendes Baby. Er fordert ihn noch einmal auf, aufzuwachen, aufzustehen. »Polizei«, wiederholt er.

Schließlich streckt der Mann die Beine aus, der Polizist erhebt sich hastig und tritt einen Schritt zurück, während sein Kollege näher kommt.

»Also, ich hab heute noch mehr vor.«

Sein Funkgerät rauscht. Er macht Meldung.

»Wieder mal ein Säufer«, sagt er. »Wir nehmen ihn mit.«

Eine Art Feixen knistert aus dem Funk.

Langsam dreht der Mann sich auf den Rücken. Er reibt sich die Augen wie ein übermüdetes Kind. Nach und nach faltet er sich auseinander. Bei jeder Bewegung scheint er größer zu werden.

»Da haben wir einen Basketballer aufgegabelt. Der ist doch bestimmt zwei Meter.«

Der Polizist mit der Taschenlampe seufzt. Er leuchtet dem Typ ins Gesicht. Fahler Glanz durch halb geschlossene Lider.

»Los, hoch mit dir. Du kommst mal mit.«

Der Kerl windet sich unter der Bank hervor, stößt sich den Kopf und fasst sich an die Stirn, dann besieht er sich seine Finger.

»Vorsicht. Nachher heißt es noch, wir waren das.«

Sie helfen ihm, sich aufzusetzen. Grummelnd fährt die Tram ein. Neugierig aufgerissene Augen hinter den Scheiben. Der Typ lehnt sich an die Glaswand der Haltestelle, die Hände im Schoß, und schaut stumpf oder vielleicht auch gleichgültig um sich. Er stinkt nach Alkohol und Urin. Seine Jeans sind nass bis zu den Knien.

Der Lichtkreis der Taschenlampe wandert weiter über das runde, pausbäckige, feiste Gesicht. Ziemlich jung. Unter dem besudelten T-Shirt quillt der speckige Bauch hervor. Auf dem linken Arm ein schlecht gestochenes Tattoo. Wie man sie im Knast oder bei einem feuchtfröhlichen Abend nach einer Wette kriegt. Vielleicht ein Hundekopf. Keinerlei Anzeichen von Schlägen, keine sichtbaren Verletzungen.

»Wie heißen Sie?«

Der Mann schaut zu dem auf, der ihn das fragt. Er scheint ihn nicht verstanden zu haben.

»Your name«, versucht der Polizist es wieder.

Tränen laufen über die Pausbacken. Er wendet den Blick ab, wischt sich übers Gesicht.

»Na toll, jetzt heult der auch noch.«

»Kommt vielleicht vom Suff.«

»Bringt ihn schnurstracks aufs Revier«, kommt es aus dem Funk. »Das ist was für die Police Judiciaire.«

Sie ziehen ihn hoch. Er hält sich gut auf den Beinen, schwankt kein bisschen, anders als die anderen Säufer, die sie jede Nacht auflesen. Im Stehen ist er größer als sie. Hängende Schultern, ein bisschen gebeugt. Sie fragen sich, ob sie ihm Handschellen anlegen sollen. Ja, klar, man kann nie wissen. Widerstandslos lässt er sich die Hände auf den Rücken fesseln, langsam und schwerfällig, mit leerem Blick, sinkt er auf die Rückbank.

Auf der Fahrt scheinen der schrille Rhythmus der Sirene, das Brummen des Motors ihn einzulullen, er schließt die Augen, der Kopf sinkt ihm auf die Brust und pendelt hin und her.

Im Aufzug zu den Büros der PJ lehnt er sich ans Eisengitter, groß, breit, kräftig, und guckt von oben aus halb geschlossenen, manchmal schwerfällig flatternden Lidern auf die drei Polizisten herunter. Sie atmen durch den Mund, weil der Kerl wirklich übel riecht, nicht nur nach Urin und Alkohol, der Gestank in der Kabine ist zum Schneiden, so wie bei manchen Pennern, die sie ab und zu verhaften, wenn die auf der Straße den Mond anbrüllen oder den Regen, der auf sie runterprasselt, sich wehren oder Rückspiegel zerschlagen, vor Elend wahnsinnig, dreckverkrustet, eingehüllt in einen Geruch beinahe Toter, die Körperritzen bereits von Ungeziefer zerfressen.

Der Dienstgruppenleiter, ein Brigadier namens Roland, Jérôme Roland, fragt ihn noch mal, wie er heißt, drückt ihm mit der behandschuhten Hand das Kinn hoch, damit er ihn anschaut. Zuerst starrt der Mann ihn an, wirkt erstaunt, dann huscht sein Blick in alle Richtungen, bleibt an der Decke hängen, flackert über die anderen Polizisten hinweg, als wären sie gar nicht da, vorstehende Augen voller Tränen.

Sie führen ihn in ein Büro, wo ein junger Officier de Police Judiciaire am Computer Kaffee trinkt, ein Lieutenant namens Madec; als er aufblickt und das Mondgesicht des Verdächtigen sieht, rosige Wangen, gebrochene Boxernase, sagt er, »Oha, alles klar«, reißt gleich das Fenster auf und macht einen Stuhl frei, damit sie den Riesen hinsetzen können.

»Scheiße, betrunken ist der auch noch, riecht ihr das nicht?«

Roland hat die Mütze abgenommen, wischt sich mit dem Handrücken den Schweiß von der Stirn.

»Wir riechen das seit über einer Stunde, wenn du's genau wissen willst. Wir haben die Schnauze voll. Von allem anderen übrigens auch. Ist Jourdan nicht da? Oder die anderen?«

»Die sind wegen einem Fall unterwegs. Ich halte die Stellung und kümmere mich um die Anrufe. Wo kommt denn das ganze Blut her?«

»Musst du ihn fragen. Vielleicht verrät er's dir. Seins ist es anscheinend nicht. Ich weiß nicht mal, ob er versteht, was wir sagen. Vielleicht ist er Ausländer oder ein Vollidiot.«

Die anderen beiden feixen. »Du bist auch so ein Vollidiot«, brummt der eine.

Der Typ hängt auf dem Stuhl und schaut sich um. Er scheint aus seiner Benebelung zu erwachen. Seine Füße scharren die ganze Zeit über die Fliesen, es knirscht. Madec schnippt mit den Fingern, aber der Mann reagiert nicht. Er starrt durchs offene Fenster in den grauen Himmel, der Mund steht halb offen, und er sieht aus wie ein kompletter Trottel.

»He, hallo! Jemand zu Hause? Geht's jetzt wieder?«

Sein Blick verliert sich im Himmel. Die Wolken, die langsam über die Stadt ziehen.

Madec rollt einen blauen Kugelschreiber zwischen den Fingern hin und her. Er schaut zu Roland: »Also?«

Roland erzählt. Der Riese lag unter einer Bank, Tramhaltestelle Les Aubiers, voller Blut, aber weder Kampfspuren noch irgendwelche anderen Verletzungen, nada. Leere Hosentaschen, keine Papiere, nicht mal ein Straßenbahnticket. Höchstwahrscheinlich alkoholisiert. Nichts Verwendbares.

Ein dummer Klotz, ein Fleischberg, den man weichklopfen muss.

Madec nickt unmerklich, mustert den in sich zusammengesackten Riesen auf dem Stuhl, der offensichtlich nur Bahnhof versteht. Keine Chance, anhand der Indizien irgendeine Hypothese zu formulieren. Er reibt die Hände aneinander, seufzt.

»Wie heißen Sie?«

Der Mann richtet sich auf, starrt vor sich auf den Boden. Er schüttelt den Kopf, hampelt so sehr auf dem Stuhl herum, dass die Metallbeine ein bisschen über den Boden kratzen. Mit erstickter Stimme und in kindlichem Tonfall murmelt er etwas.

»Was hat er gesagt?«

Die vier Polizisten tauschen verständnislose Blicke und zucken die Schultern.

»Was haben Sie gesagt?«

»Darf man nicht«, sagt der Typ.

»Was darf man nicht?«

Er zieht den Kopf ein, runzelt die Stirn, zieht einen Schmollmund.

Madec wirft seinen Kollegen einen Blick zu, sie haben die Daumen in die kugelsicheren Westen gehakt und warten. Einer tippt aufs Zifferblatt seiner Uhr und gibt ihm einen ungeduldigen Wink. Heute noch. Seufzend steht Madec auf, er lässt den Riesen nicht aus den Augen, der trotzig auf seine Füße starrt.

»Der geht jetzt erst mal in die Zelle, bis die anderen wiederkommen. Zieht ihm das T-Shirt aus, wir müssen mehr über das Blut rausfinden. Dann kann er seinen Rausch ausschlafen.«

Sie nehmen ihm die Handschellen ab und ziehen ihn

hoch. Im Stehen überragt er sie, und sein Blick, der durchs Büro wandert, scheint die neue Perspektive zu verarbeiten. Madec holt eine Plastiktüte für das Beweisstück aus einem Schrank, dann geht er wieder an seinen Schreibtisch. Einer der Polizisten fordert den Typ auf, das T-Shirt auszuziehen, aber der rührt sich nicht.

»Jetzt mach hier kein Theater. Zieh das aus. Wir geben dir ein neues.«

Der Typ rührt sich nicht. Er hat den starren, ausdruckslosen, noch immer tränennassen Blick in den des Polizisten versenkt. Da verliert der Beamte die Geduld. Er zieht ihm das T-Shirt hoch, und dabei steht er ganz nah bei dem Riesen, und es entsteht ein blitzschnelles Gerangel, als ob die beiden sich auf einmal umarmen oder raufen würden, und der Polizist taumelt schreiend rückwärts, knallt gegen einen Bürostuhl, der unter ihm wegrollt, und wird gegen einen Schrank geschleudert.

Der Typ hält dessen Pistole in der Hand und fuchtelt wild damit herum, entsichert die Waffe, schiebt eine Patrone ins Magazin, klickklack. Er zielt unkontrolliert überallhin, den Finger am Abzugsbügel. Roland sagt zu ihm, was man in solchen Fällen eben sagt, »Nimm das Ding runter, mach keinen Scheiß«, wobei er ganz langsam seine eigene Pistole zieht, den Verschluss so geschmeidig öffnet, dass man das mechanische Klicken fast nicht hört. Er lässt den Arm mit der Pistole am linken Bein runterhängen, den Finger am Abzug. »Nimm das Ding runter, hab ich gesagt, wir sind zu dritt, du bist alleine, sei vernünftig.« Hinter ihm steht stocksteif und fassungslos sein Kollege. Er ist noch jung, heißt Martin, alle nennen ihn Tintin. Ein guter Polizist, sagen alle, ehrlich und direkt, und er wird zum ersten Mal mit einer Waffe bedroht, da lässt er wohl lieber seinen älteren Kollegen ran, vertraut auf die

Erfahrung, doch plötzlich, warum auch immer, geht er mit ausgestreckten Händen auf den Typ zu und fordert ihn mit sanfter Stimme auf, ihm die Waffe zu geben, aber der richtet nun die Pistole auf ihn, nicht mal einen Meter vor der Stirn, die um den Griff geklammerte Faust zittert, deshalb drückt der Typ die Mündung gegen seine eigene Schläfe, wie um sie zu stabilisieren, er atmet auch ganz tief, wahrscheinlich ringt er um Selbstbeherrschung oder will sich Mut machen, man weiß es nicht, und der junge Martin, Tintin für seine Kollegen und Freunde, unbewaffnet, schreit, »Nein, tu's nicht, sei vernünftig«, und der Typ richtet überrascht die Waffe auf Martin und schießt über dessen Schulter in den Schrank dahinter, dann hechtet er zum Fenster, alles verschwimmt im Sprühregen, und er stürzt genau in dem Moment ins Nichts, als die Kugel von Brigadier Roland ihm den Hals zerfetzt.

Madec rennt ans Fenster und sieht praktisch, wie er unten aufschlägt und in einer Pfütze aus Wasser und Blut schwach Arme und Beine bewegt, ein bereits ertrunkener Schwimmer, dann wendet er sich ächzend ab. Brigadier Roland schaut seine Männer der Reihe nach an, alles in Ordnung? Sie nicken, blinzeln, noch betäubt von den Schüssen. Der dritte Polizist, Hamache, sitzt auf dem Boden vor einem Schrank, eine Hand am leeren Holster, in der anderen Hand das blutige T-Shirt.

»Gute Arbeit, wie in Algerien«, sagt Roland zu ihm und klatscht lautlos in die Hände.

Taub und benommen, wie sie sind, kriegt keiner mit, dass fünf oder sechs Kollegen in einem Wirbel aus Geschrei, Rufen und umgestoßenen Möbeln hereinkommen, eine lärmende, bis an die Zähne bewaffnete Meute, die abrupt an der Mauer aus Schweigen und Pulvergeruch abprallt. Ein Commissaire in Hemdsärmeln und mit offener Krawatte tritt dazu. Man lässt ihn durch. Er ist sehr blass, keucht.

»Verdammt, was ist denn hier los?«

Madec erzählt. Er stottert, stammelt, berichtigt sich, und die anderen drei stehen um ihn herum, nicken, bestätigen, erklären. Der Commissaire lehnt sich aus dem Fenster, sagt, »Tja, rausfallen kann der Trottel ja nun nicht mehr«, dann dreht er sich um, »Alle raus hier, Tatort sichern, ich will hier niemanden mehr sehen, Herrgott«, und macht einen Schritt zur Seite, um nicht auf eine Patronenhülse zu treten.

Und während die Polizisten langsam und tuschelnd aus dem Büro gehen, heult draußen der Wind und ohrfeigt mit großen nassen Händen die Fenster.

2 Sie hatte auf dem Boden gesessen, und der Hund war knurrend auf sie zugerannt. Ein riesiger Hund mit gelben Augen, mächtiger, plattgedrückter Schnauze, der ihr die labberige, lauwarme Masse gegens Gesicht drückte, ihr Mund und ihre Augen wurden nass von dem großflächigen Geschlabber. Ab und zu spürte sie seine Zähne, die anscheinend an ihr herumkauen wollten, aber sie hatte die ganze Zeit Angst, dass er das Maul aufreißen und ihr das Gesicht zerfetzen würde, weil aus der Kehle des Kolosses ein dumpfes, tiefes Knurren drang, bei dem das ganze Tier bebte. Eine zierliche Brünette stand ein Stück weiter weg und rief ohne jede Autorität nach dem Tier, sie wirkte besorgt, redete aber gleichzeitig beruhigend auf Louise ein. »Keine Angst, er ist ganz lieb.« Aber sie hatte schon keine Stimme mehr, so oft hatte sie gerufen.

Da waren auch die beiden anderen Hunde. Klein und hässlich. Sie kläfften, standen so dicht beieinander, dass man hätte meinen können, sie wären zu einer Kreatur mit zwei kleinen spitzen Köpfen mit rosa Ohren verschmolzen. Die großen, runden, hervorstehenden Augen, kurz davor, aus den Höhlen zu springen, kurz vorm Zerplatzen vor lauter Angst. Trotz ihres eigenen Entsetzens fürchtete Louise, dass das Monster sich auch auf die beiden stürzen und sie zerreißen könnte, und sie fragte sich, warum es nichts tat und ihr weiterhin das Gesicht abschleckte. Sie zwang sich, den gewaltigen Brustkorb wegzuschieben, der über ihr zitterte, aber sie hatte keine Kraft und stieß schließlich einen Schrei aus.

Sie ist aufgewacht und hat sich sofort angeekelt mit dem Betttuch die trockene Wange gerieben. Einen Augenblick lang ist sie auf dem Rücken liegen geblieben, hat an die Decke gestarrt, das verschwommene Viereck im grünlichen Schein des Radioweckers erahnt, gewartet, dass die Angst des Traums sich verflüchtigt und ihr Herz sich beruhigt. Sie hat auf die Uhr gesehen – 5.52 Uhr – und gewusst, dass sie nicht wieder einschlafen würde. Hat Laken und Decke zurückgeschlagen und sich auf die Bettkante gesetzt, fröstelte in einem ihrer alten T-Shirts, die sie am Ende als Nachthemden verwertete, schon jetzt müde, obwohl sie sieben Stunden durchgeschlafen hatte, müde, wenn sie an den gestrigen Tag dachte und an den, der vor ihr lag. Mühsam ist sie aufgestanden, ihr war ein bisschen schwindelig, und sie verzichtete darauf, die Nachttischlampe anzuschalten, weil sie fand, dass die Dunkelheit sie noch ein wenig wiegte, die Nacht sie noch ein wenig im Arm hielt und ihr unhaltbare Versprechen von Erholung zuflüsterte. Tastend fand sie auf dem Stuhl eine Jogginghose, die sie an die Kommode gelehnt überstreifte, dann schlüpfte sie in einen alten, zu großen Pullover, der ihr schwer und weich auf die Schultern fiel. Sie fuhr in die Espadrilles, die als Pantoffeln dienten, und ging in den Flur. Der Geruch von ungemachtem Bett, von Schlaf folgte ihr ins Dunkel. Sie linste durch die angelehnte Tür in Sams Zimmer, lauschte seinem ruhigen Atem und lächelte, als sie sein schwarzes verwuscheltes Haar sah, das bläulich angehaucht vom Nachtlicht unter dem Laken hervorlugte.

Ohne Licht zu machen, setzte sie sich auf die kalte Klobrille. Die Müdigkeit nutzte das aus, kroch ihr auf die Schultern und krümmte ihr das Rückgrat, und sie wusste, wenn sie noch dreißig Sekunden so sitzen blieb, würde sie hier einschlafen, mit nacktem Hintern, im Dunkeln, die Unterarme auf den Oberschenkeln, in den Ausdünstungen ihres erwachenden Körpers.

Mit einem Ruck steht sie auf, dann geht sie im Getöse

der Spülung in den Flur und fürchtet, der Krach könnte den Kleinen aufwecken. Sie vergewissert sich, dass die Wohnungstür abgeschlossen ist, ehe sie einen Blick aus dem Küchenfenster wirft. Im schmutzigen Licht der Straßenlampen sieht sie nur ordentlich abgestellte Autos auf dem Parkplatz, nichts, was sie beunruhigen müsste. Es hat geregnet, alles glänzt schmutzig trüb. Der Himmel tut sich schwer mit dem Aufklaren, bläulich und grau wie eine Stahlplatte.

Im Badezimmer blendet sie das Licht, sie senkt den Blick und starrt runter ins Waschbecken, die Haare fallen ihr vors Gesicht wie ein kleiner Schleier. Als sie sich aufrichtet, ist nicht zu übersehen, dass ihr Gesicht über Nacht aufgedunsen ist, eine Falte vom Kopfkissenbezug hat sich quer über die Wange eingegraben. Sie spritzt sich kaltes Wasser ins Gesicht, kühlt den verspannten Nacken, als hätte eine Hand sie stundenlang herunterdrücken wollen, so dass sie gegenhalten musste.

Sie steht in der Wanne und wartet, dass das warme Wasser im Duschkopf ankommt. Sie fröstelt, als sie auf Zehenspitzen tänzelnd den eiskalten Spritzern ausweicht, die ihre Knöchel benetzen. Allmählich geht das Hämatom auf dem rechten Oberschenkel zurück, färbt sich grünlich, und sie muss an den alten Lacombe denken, den sie eines Montagmorgens vor seinem Bett auf dem Boden gefunden hatte, die Haut hatte stellenweise bereits diese unheimliche Farbe angenommen, seit drei oder vier Tagen lag er tot bei sich zu Hause.

Also reibt sie den Oberschenkel, will die Durchblutung anregen, den morbiden Abdruck verschwinden lassen, aber sie weckt nur den Schmerz des geschundenen Muskels, Tränen der Wut und der Hilflosigkeit in den Augen. Andere Stellen tun ihr immer noch weh, am Rücken, an den Seiten, und sie seift sie sanft und behutsam ein, lässt ganz heißes Wasser darüberlaufen, als könnte sie ihren Körper betäuben, die Blutergüsse tilgen, die sie noch zeichnen.

Sie erinnert sich, dass sie sich irgendwann aufs Sofa fallen gelassen und zu einem Bündel zusammengerollt hatte, Gesicht und Busen schützte, die nicht mehr ganz so schwungvollen, abgeschwächten Fußtritte einsteckte, erinnert sich an das Hämmern der Fäuste auf Arme und Rippen. »Ich mach dich fertig«, brüllte er, und sie hatte wirklich geglaubt, er würde am Ende ihren Brustkorb zertrümmern und in ihr herumwühlen, um ihr das Herz rauszureißen. Bilder aus Filmen schossen ihr durch den Kopf, wo Gewalttäter mit bloßen Händen Wände oder Türen einschlugen, und sie hatte sich vorgestellt, wie sie explodierte, wie er bis zum Handgelenk in sie hineinschlug, um das Massaker zu vollenden.

Beim Gedanken an den Kleinen, der völlig verängstigt in seinem Zimmer leise hinter der Tür weinte, wie jedes Mal, hatte sie die nötige Kraft und den Atem gefunden, einen tierischen Schrei auszustoßen, markerschütternd und heiser. Sie hatte seinen Namen gehaucht, Lucas, und er war bis zum Sessel hinter sich zurückgewichen, hatte ihn nicht gesehen und wäre beinahe hineingefallen. Er konnte sich gerade noch abfangen und stand reglos, keuchend, wohl auch verblüfft da, die kräftigen Hände an den hängenden Armen zitterten. Er hatte sich umgesehen, vielleicht etwas gesucht, das er zerschlagen oder mit dem er nach ihr werfen konnte, dann hatte er den Kopf geschüttelt und war fluchend aus dem Zimmer gegangen.

Er hatte die Wohnungstür lautlos zugezogen, nicht geknallt, ganz gegen seine Gewohnheit, so dass sie sogar geglaubt hatte, er lauere noch im Flur, würde sich wieder auf sie stürzen, und so hatte sie sich nicht gleich getraut, aufzustehen, hatte nicht mal die schützende Embryohaltung aufgegeben.

Sie steht immer noch in der Badewanne und merkt, dass sie sich mechanisch weiter abreibt, dabei ist sie längst trocken, und es kostet sie eine ungeheure Willensanstrengung, aus der Starre rauszukommen, über den Wannenrand zu steigen und sich vor dem Spiegelbild wiederzufinden, nackt, zerbrechlich, allein, einen bitteren Zug um den Mund, in diesem Licht, in dem die Knochen hervortreten und das die bleiche Haut aushöhlt und ihr diesen unsicheren Leib zeigt, womöglich kurz vorm Zusammenbrechen, wie eine große Puppe, bei der man die Luft rauslässt.

Sie zieht sich eilig an und beendet die Körperpflege, indem sie ihr Gesicht mit einer Lotion reinigt, die Frische, der zarte Duft tun ihr gut, sie reibt die Haut unter den Augen, bis sie sich rötet, als könnte sie so die feinen Linien ausradieren, die die Nacht ausnutzt, um jede Schramme des Tages noch tiefer einzugraben. Die Tagescreme lässt die Haut unter ihren Fingern einen Augenblick lang zarter wirken, jünger, und sie sucht im Spiegel nach ihrem Gesicht als junges Mädchen.

In der Küche isst sie ein Stück Brot, dick mit Marmelade bestrichen, und tunkt es in eine Schale schwarzen Kaffee. Die Wärme in der Kehle, in der Speiseröhre macht sie endgültig wach, und sie dreht sich eine Zigarette, raucht sie auf dem Balkon, erstaunt, wie mild es ist. Der Himmel wird allmählich heller. Vereinzelte Sterne blitzen noch durch die Wolken. Als weiter hinten auf dem Parkplatz eine Autotür zuknallt, zuckt sie zusammen, dann gehen die Scheinwerfer an und das Fahrzeug entfernt sich langsam. Sie sieht ihm nach, bis es zwischen zwei Häusern verschwindet, seufzt auf und stößt den Rauch aus, als hätte sich eine vage Bedrohung aufgelöst. Sie drückt die Kippe in einem Blumentopf aus, den sie als Aschenbecher nutzt, und stützt die Ellbogen auf die Brüstung, lässt wirre Gedanken auf sich einströmen. Mit Sam von hier weggehen, sich woanders ein ruhiges Leben aufbauen, in Sicherheit. Ein Studium anfangen. Grundschullehrerin werden. Aber da sind ihre Toten. Sie wäre dann weit weg von ihnen. Würden sie hören, wenn sie mit ihnen spricht? Kleines Dummchen. Tote hören gar nichts. Der Beweis: Sie antworten nie. Du sprichst immer nur mit dir selber, wenn du sie anrufst. Du glaubst, das tröstet dich.

Warum seid ihr nicht da?

Sie reißt sich aus ihrer Betrachtung, als sie sich fragt, wie spät es wohl ist, und geht rein, guckt auf die Wanduhr über dem Kühlschrank. Sie stöhnt unwillig, als sie sieht, dass die Zeiger bei 3.17 Uhr stehengeblieben sind, wie schon gestern, wie schon letzte Woche und in der Woche davor, denk doch mal dran, Batterien zu kaufen, du blöde Kuh, das will sie sich aufs Handgelenk schreiben, auf der Arbeitsfläche neben einem Haufen Post-its liegt ein Kuli, und weil der nicht mehr gut schreibt und nur Spuren ausgetrockneter Tinte hinterlässt, drückt sie stärker auf, graviert rote Striemen in die weiche Haut ihres Unterarms, für ein paar Sekunden packt sie die Lust, sich zu verletzen, das Blut kommen zu lassen, und sie verschluckt sich fast vor Entsetzen, wirft den Stift von sich wie einen unheilvollen Gegenstand voll böser Absichten.

Als sie nach dem Handy greift, um auf die Uhr zu sehen, vibriert es. Drei neue Nachrichten.

> Ich liebe dich so wahnsinnig.
> Ich denk die ganze Zeit nur an dich.
> Wir müssen reden.

Das Display zeigt 6.30 Uhr, und sie merkt, wie die Beine unter ihr nachgeben. Sie lässt sich auf den nächstbesten Stuhl fallen, ein bitterer Kloß steigt ihr im Hals hoch, den zwei

Schluchzer nicht vertreiben können, dann fängt sie an, lautlos zu weinen, den Kopf auf den verschränkten Armen, und ihr Körper scheint sich aufzutrennen, in sich aufzulösen, so lange, bis auf der Sitzfläche des Stuhls vielleicht nur noch ein Häufchen zerknitterter Haut von ihr übrig ist, das wie ein unnützer Anzug dort vergessen wurde. Sie hat Angst, zu verschwinden, und wünscht sich gleichzeitig nichts sehnlicher in diesem Moment, lauert mit beinahe ungeduldiger Neugier auf den Prozess, der sich da ihrer Meinung nach in Gang gesetzt hat, wie ihr Körper, ihr ganzes Sein durch eine Bresche ins Nichts hineingezogen und aufgesaugt wird.

Sie richtet sich auf, die Schultern zucken noch immer, wischt mit einer Serviette ab, was ihr aus der Nase über Mund und Kinn läuft, dann steht sie auf und holt sich ein Küchentuch, schnäuzt sich. Sie dreht den Wasserhahn auf und hält das Gesicht unters kalte Wasser, trinkt zwei Schlucke, dann fährt sie sich mit der nassen Hand über den Nacken. Ein heftiger Schauer läuft ihr über den Rücken, bis hinunter zum Steißbein, und sie haut sich mit den flachen Händen auf die Wangen, gibt sich heftige, klatschende Ohrfeigen, beißt die Zähne zusammen, um den Schmerz auszuhalten.

Leises Türknarren. Sie beruhigt ihren keuchenden Atem und horcht. Es gelingt ihr, die Schritte seiner nackten Füße auf dem Teppich wahrzunehmen. Sam läuft immer barfuß. Sie macht sich Sorgen, dass er sich erkältet, und wenn sie ihm das sagt, zuckt er mit schiefem Lächeln die Schultern und blinzelt genervt mit den Augenlidern. Das macht er oft. Seine Knochen wölben sich unter dem T-Shirt, als wären ihm Flügel gewachsen. Mein braunhaariger Engel mit den sanften Augen. Die langen schwarzen Wimpern, so zart wie Schmetterlinge. »Das macht doch nichts«, sagt er manchmal mit leicht heiserer Stimme. Dann muss sie ihm Recht geben.

Fühlt sich plötzlich, als ob sie schwebt, ganz leicht nach diesem Spruch des kleinen Zauberers. Das macht doch nichts.

Blinzelnd kommt er in die Küche, reibt sich die Augen. Kratzt sich durchs Oberteil seines Superman-Schlafanzugs unten am Rücken. Sie breitet Arme und Beine aus, und mit gesenktem Blick schmiegt er sich mitten in sie hinein. Er drückt den Kopf gegen ihre Brust. Sie küsst ihn aufs Haar. Spürt, wie die Wärme seines federleichten Körpers in sie hineinströmt, und ihr ist, als ob sie ein Stück Ewigkeit stibitzt, etwas Absolutes, das sie nicht benennen kann. Vielleicht ein Einschub jenseits von Zeit und Raum.

Er verschlingt schmatzend sein Müsli und wirft ihr dabei ab und an einen verstohlenen Blick zu, weil er weiß, dass sie das nicht leiden kann. Sie guckt ihn streng an, und er kichert still in sich hinein, die Nase tief über der Schüssel.

Er träumt vor seinem Kakao herum, weil der noch zu heiß ist. Er sagt nicht viel. Gähnt, verliert einen Hausschuh, verrenkt sich, um ihn ohne Aufstehen aufzuheben. »Wann sind Ferien?« Louise weiß es nicht so genau. »Ich glaube, nächsten Monat. Beeil dich, wir kommen noch zu spät.« Also pustet er mit aufgeblasenen Backen ein paarmal auf die Schale, täuscht plötzliche Eile vor, dann trinkt er in langen Schlucken, gefolgt von einem geräuschvollen Aufatmen, ehe er sich mit dem Handrücken über den verschmierten Mund fährt.

Vor der Schule herrscht die übliche Hektik, schwatzende Eltern, während die Kinder krähend in der Eingangshalle verschwinden. Louise grüßt zwei, drei andere Frauen, sie tauschen die rituellen Höflichkeitsfloskeln aus, Wie geht's, Und Ihnen, ich muss los, bin spät dran, es soll Regen geben, so langsam reicht's mir mit dem Wetter. Wie jeden Morgen zieht Sam sie an sich und flüstert ihr etwas ins Ohr, sie versteht nie, was er sagt, und er weigert sich immer, es ihr zu erklären. »Das ist geheim«, sagt er jedes Mal, wenn sie ihn fragt, was es bedeutet. »Ich erzähl's dir, wenn ich groß bin.« Sie überhäuft ihn mit den üblichen Ermahnungen und küsst ihn auf den Kopf, dann sieht sie ihm nach, wie er sich zu drei Jungen gesellt, die anscheinend auf ihn gewartet haben und ihn mit verschwörerischem Blick empfangen, dann nehmen sie ihn mit, legen einander die Arme um die Schultern und zeigen ihm etwas, alle beugen sich darüber, so gehen sie, gebückt und solidarisch, wie ein Zwergengedränge ohne Rugbyball.

Louise geht die Straße entlang, das Flüstern ihres Sohnes im Ohr, ein undeutliches Abrakadabra, so dass sie kurz überlegt, ob dieses Kind womöglich ein Zauberer ist, dessen Gabe noch in den Anfängen steckt und bewahrt und gefördert werden muss.

Mit einem wohligen Seufzer setzt sie sich hinters Steuer, Beine lang, Augen zu, und lehnt sich in der feuchten Kühle zurück, die die Heizung noch nicht vertreiben konnte. Sie zieht ihre Daunenjacke fest um sich und bleibt so sitzen, eingekuschelt, die Arme um sich geschlungen, und das Verlangen, auf der Stelle einzuschlafen, und sei es für zehn Minuten, wird so übermächtig, lockt sie in die Tiefen des Schlafes wie bei einem sanften Gefälle, wenn sich im Gehen die Müdigkeit auflöst, dass sie sich mit einem angestrengten Knurren aus ihrer eigenen Umarmung reißen muss, um sich gerade hinzusetzen und das Auto anzulassen. Feiner Regen bestäubt die Windschutzscheibe, und sie hat das Gefühl, dass die quietschenden Scheibenwischer bei jedem Schlag die Farben verwischen, als ob der Himmel allmählich sein Grau in den Straßen versprüht.

Sie beobachtet ein dunkelblaues Auto im Rückspiegel, das viel zu dicht auffährt, kann weder Marke noch das Gesicht des Fahrers erkennen, weil durch den Regen alles verschwommen ist und der Scheibenwischer nutzlose Bögen in die klebrige Schmutzschicht der Heckscheibe kratzt. Lucas hat gesagt »Bis heute Abend«, aber es sähe ihm ähnlich, irgendwann aus dem Nichts aufzutauchen und sie entweder zu bedrohen oder anzubetteln, je nach Tag, Uhrzeit oder auch je nachdem, was er kurz vorher getrunken oder eingeworfen hat. Sie durchwühlt ihre Handtasche nach dem Pfefferspray, das sie immer dabeihat, wird endlich fündig, es steckte unter einem Seidentuch, das ihrer Mutter gehört hat. Sie legt es auf den Beifahrersitz, ohne das Auto hinter sich aus den Augen zu lassen. Plötzlich schießt ein junger Radfahrer in einem nass glänzenden schwarzen Cape hinter einem Transporter hervor, der in zweiter Reihe parkt, und sie muss einen Schlenker machen, um ihm auszuweichen. Sie verflucht den Kerl, haut mit der Faust auf die Hupe. Als sie in den Rückspiegel sieht, ist das dunkelblaue Auto verschwunden, und zwei bebende Schluchzer befreien sie von der drückenden Beklemmung auf der Brust.

Sie fährt bald eine halbe Stunde in den ungewissen, vor Pfützen glänzenden Tag hinein. Träge Perlen rinnen über die Autoscheiben, ehe sie zerspringen und läppische Spritzer zurücklassen. Irgendwann ist sie genervt von den immergleichen Kurznachrichten jede Viertelstunde inmitten des Stroms aus Kommentaren und Kolumnen und schaltet das Radio aus, und in der relativen Stille, die ihr in den Ohren dröhnt, hat sie das Gefühl, dass die Außenwelt sich gerade entfernt und bald ganz verschwunden sein wird. Wie gern würde sie die Umgehungsstraße entlanggrasen, endlich allein, einzige Überlebende einer furchtbaren Katastrophe, und sofort umkehren können, um Sam zu holen, der es geschafft hätte, sich irgendwo zu verstecken.

3 Die Wohnungstür war nicht abgeschlossen gewesen. Jourdan war als Erster reingegangen, blieb auf der Schwelle stehen und roch, gemischt mit Pulvergeruch, den Kaffeeduft aus der Küche rechts von ihm, er konnte die Hängeschränke über den Arbeitsflächen sehen. Rot lackierte Türen. Eine Packung Toastbrot, eine Schachtel Cornflakes für Kinder mit einem Bärchen drauf, es hatte eine große Schnauze und leckte sich genüsslich die Lefzen. Hinter sich hörte er die Nachbarin von gegenüber heulen, die die Schüsse gehört hatte, fünf oder sechs, und dem mordenden Vater, Waffe in der Hand, im Treppenhaus begegnet war, sie wiederholte immer wieder, »Das ist ja schrecklich, mein Gott, wie furchtbar«, während Elissalde ihr riet, sich zu setzen, gleich hier auf die Stufen, »Bitte bleiben Sie hier, lassen Sie uns unsere Arbeit machen«.

Jourdan wartet vielleicht dreißig Sekunden, ehe er sich in den Flur traut, auf dem Boden PVC-Belag in Parkettoptik, und er ertappt sich, wie er das täuschend echte Motiv genauer anschaut, sich fragt, wie sich das wohl bei ihm zu Hause machen würde. Er schaut hoch zur Decke, ins gelbliche Licht einer Hängelampe mit hellblauem Lampenschirm.

Er sieht sich all das an, um nicht sehen zu müssen. Er hört Corines Atem im Rücken, unterbrochen von mühsamem Schlucken, und merkt, dass sie ihm die Hand auf die Schulter gelegt hat. Lieutenant Corine Berger, genannt Coco. Eine Koryphäe im Strafrecht und bei Gerichtsverfahren. Sie hat schon zwei Schwergewichtsanwälte, die im Ring um sie herumtänzelten, k. o. geschlagen. Jourdan weiß nicht so genau, was sie hier macht. Sie war im Büro, als der Anruf kam. Über Funk die Meldung, dass der Spurensicherungs-Transporter in zehn Minuten da ist. Jourdan holt das Handy raus und schießt drei Fotos vom Tatort. Dann noch zwei mit Blitz. Bei dem, was das weiße Licht dem Halbdunkel entreißt, fängt sein Herz wie unter Strom an zu hämmern.

Also zieht er Handschuhe an und geht rein. »Bleib hier bei ihr«, hört er Elissalde zu Corine sagen. »Ich geh.« Er schließt die Tür hinter sich.

Die Leichen der Kinder liegen an der Wand und weisen zum Badezimmer, wo die Mutter erschossen worden ist, als sie aus der Dusche kam, wahrscheinlich hatte sie die Schüsse gehört, trotz des kleinen Kofferradios auf einem Schrank, das noch immer sein Gequassel verbreitet. Jourdan schaltet es aus.

Drei Kinder. Acht, fünf und drei, ungefähr. Zwei Mädchen, noch im Schlafanzug. Zeichentrickprinzessinnen auf dem Rücken, blutbespritzt. Ein Junge, der Älteste, trägt Jeans und ein Trikot vom FC Barcelona. Jourdan konzentriert sich darauf. Er spricht seine Beobachtungen halblaut ins Handy. Sie liegen auf dem Bauch, Gesichter zur Wand. Der Junge wurde zweimal getroffen. Erst am Rücken, dann am Nacken. Blut auf dem Boden, an der Schwelle zum Wohnzimmer, auf dem Küchentisch. Blutige Schlieren auf der Badezimmertür, an der Klinke. Das Kind hatte sich wahrscheinlich zu seiner Mutter flüchten wollen, nachdem seine beiden Schwestern ermordet worden waren. Jourdan zwingt sich, den Hergang zu rekonstruieren. Der Junge rennt schreiend, vielleicht auch stumm vor Entsetzen, los, will zu seiner Mutter. Weil er sich bewegt, trifft der Vater ihn am Rücken, er fällt gegen die Tür, anschließend erschießt ihn der Vater praktisch aus nächster Nähe.

»Er hat sie umgedreht«, sagt Elissalde. »Damit er die Gesichter nicht sehen muss. Scheiße, eine Kugel in den Nacken. Das ist doch nicht wahr, oder?«

»Vieles ist nicht wahr.«

Jourdan schwitzt an den Händen in seinen Handschuhen. Er hat das Gefühl, dass seine Finger anschwellen, als ob sie im eigenen Saft kochen.

Er schaut auf die drei Kinder. Der Vater hat sie hintereinander gelegt, die Arme längs am Körper.

Elissalde hustet. Ringt nach Luft. Er seufzt. »Scheiße«, sagt er noch mal leise. »Gottverdammtes Arschloch.« Er geht ins Bad und bleibt vor dem Waschbecken stehen.

»Die Mutter hat er nicht angefasst.«

Die Frau war von dem Einschlag der Kugel zurückgeworfen worden und vorm Heizkörper zusammengesackt, mit verdrehtem Hals, die Beine gespreizt. Die Kugel ist ins linke Auge eingedrungen. Ein Steckschuss.

Elissalde geht vor der Leiche in die Hocke.

»Sieht aus wie eine .22er.«

»Stimmt.«

»Der ist mit der Waffe abgehauen. Der wird sich irgendwo die Birne wegblasen.«

»Wir wollen's hoffen. Nicht, dass der auch noch den Rest der Familie abknallt.«

Jourdan geht aus dem Bad. Er kann nicht verhindern, dass sein Blick auf die toten Kinder fällt, und muss einfach an Barbara denken, er sieht sie wieder vor sich, damals, die reglosen Füße auf den Dielen, die hinter dem ungemachten Bett am offenen Schlafzimmerfenster hervorguckten. Sie hatte ihm Angst machen wollen, und Angst hatte er bekommen, in ihm war etwas eingestürzt, das hatte er gespürt, wie Felsbrocken, die sich von Berghängen lösten, Entsetzen wie ein furchtbares, verheerendes Erdbeben, das die Landschaft für immer veränderte.

Er hatte sie grob hochgezogen, unfähig, irgendetwas zu

sagen, und er hätte sie geschlagen, wenn ihm nicht plötzlich der Atem gestockt hätte, ihn zwang, sich aufs Bett zu setzen, während sie sich weinend an ihn schmiegte, es wiedergutmachen wollte und seinen Hals mit Tränen und Küssen benetzte.

Er geht einmal durchs Wohnzimmer, erfasst die Möbel, Nippes, Souvenirs aus Spanien, Flamenco-Puppen in einer Vitrine, Zierteller mit Stierkampfszenen auf einem Aufsteller. Bei einer Reihe Bilderrahmen, aus denen ihm Kinder entgegenlächeln oder vor Lachen prusten, hält er inne, sie tragen Papierhüte, eine glückliche Familie. Daneben Vater und Mutter am Tisch, eine Torte mit Kerzen vor sich. Zehnter Hochzeitstag. Jourdan nimmt das Foto aus dem Holzrahmen und macht ein Foto von dem Mann, dann leitet er es für die Fahndung ans Büro weiter. In einer Schublade findet er Personalausweise von Virginie Dedieu sowie von Chloé, Laura und Léo Caminade, sie tragen den Nachnamen ihres Vaters Cédric, fünfunddreißig.

»Ist er das?«

Jourdan hat Elissalde nicht reinkommen gehört. Fast wäre er beim Klang der Stimme direkt neben ihm zusammengezuckt.

»Eigentlich ein netter Kerl. Das werden die Nachbarn sagen. Freundlich, hat immer gegrüßt, gefragt, wie's geht, hilfsbereit. Der ideale Nachbar, trägt alten Damen die Einkaufstüten hoch. Genau wie mit den Terroristen. Stets zuvorkommend, lächeln immer freundlich. Nie im Leben hätte man sich vorstellen können, dass die mal wahllos auf dem Bürgersteig in die Menge ballern.«

»Komm, lass stecken«, sagt Jourdan. »Ist gut jetzt.«

Er legt die Ausweise von Mutter und Kindern zurück, behält den des Vaters, stellt das Foto wieder hin, auf den jetzt dem Staub geweihten Altar, dann mustert er die Gesichter derer, die sterben mussten, und auf einmal packt ihn der Drang, den ganzen Krempel mit dem Handrücken vom Schrank zu fegen, den falschen Schein heidnischer Verehrung der Heiligen Familie kaputt zu schlagen. Er hält sich an der Anrichte fest und dreht sich zu Elissalde, der durchs Zimmer wandert und schließlich an der Glasfront vorm Balkon stehen bleibt. Pflanzen vegetieren in den Blumenkästen am Geländer vor sich hin. Die Blätter beben in Regen und Wind.

Unruhe auf dem Treppenabsatz lockt sie in den Hausflur. Zwei Mitarbeiterinnen von der Spurensicherung stehen vor der Tür, sie tragen sterile Schutzanzüge, schleppen sich mit ihren Koffern ab. Die Gerichtsmedizinerin legt letzte Handgriffe an, ihr Mondgesicht steckt bereits in der Kapuze.

»Also?«

Jourdan macht die Tür weit auf. Die drei Frauen halten kurz inne, ehe sie hineingehen. Als würden sie einen Tempel betreten. Eine der Technikerinnen, Camille, atmet plötzlich hörbar durch den Mund, als ob sie in eiskaltes Wasser eintaucht.

Jourdan wendet sich Elissalde zu.

»Übernimmst du?«

Elissalde nickt. Er streift Überzieher über die Schuhe, nimmt das Notizbuch aus einer Tasche. Der Rest des Teams ist da. Bernie, Greg, Clément. Zu Hause angepiepst. Jourdan umreißt kurz die Lage. Ihre starren, glänzenden Blicke sind auf ihn gerichtet. Bernie hat drei Kinder ungefähr im selben Alter. Zehn Sekunden lang sagt niemand was. Das ganze Mietshaus rauscht vor unterdrücktem Getuschel. Polizeibeamte halten Schaulustige zurück. Ab und zu müssen sie laut werden, weil manche die Inspecteurs sprechen wollen.

Jourdan verteilt die Aufgaben. Wohnungsdurchsuchung,

das Umfeld, Familie und Freundeskreis. Er muss zurück aufs Revier, um die Ermittlungen zu koordinieren. Nicht die geringste Lust, auf den Staatsanwalt zu warten. Er zieht Corine hinter sich her ins Treppenhaus.

»Nehmen wir nicht den Fahrstuhl?«

Ein Stockwerk tiefer stoßen sie auf eine Traube Schaulustiger, sie palavern im Flur und werden von einem Polizisten in Schach gehalten. Ein Typ kommt auf Jourdan zu, sobald er die Armbinde sieht. Groß, massiv, glatzköpfig. Er trägt ein Metallica-T-Shirt und Jogginghosen. Und Latschen an den Füßen.

»Erfahren wir vielleicht mal, was hier los ist?«

Jourdan macht einen Schritt auf ihn zu. Er wartet, bis Corines Absätze nicht mehr auf den Stufen klackern.

»Drei tote Kinder, plus die Mutter. Reicht Ihnen das? Da sollte das Gespräch doch eigentlich wieder in Gang kommen, oder?«

Jourdan dreht den Leuten den Rücken zu und geht weiter die Treppe runter.

Der Mann murrt vor sich hin. »Wir wohnen hier, verdammt noch mal, da wird man uns wohl informieren können!«

Jourdan bleibt stehen, dreht sich um, nimmt drei Stufen und tritt so dicht an ihn heran, dass er den Mundgeruch riecht. Tabak und Zahnstümpfe. Der Mann weicht einen Schritt zurück. Rote, tränende Augen mit schweren Lidern.

»Da wird eine Wohnung frei. Bald kriegen Sie neue Nachbarn. Das ist doch mal eine Information.«

Am Ende geht er mit steifen Beinen und zitternd vor Wut die Treppe runter. Er findet keine anderen Worte, um seinen Zustand zu beschreiben. So fühlt er sich oft. Zitternd, das Herz rast. Oft für nichts und wieder nichts. Er kann gar nicht mehr anders. Versuchen, zu verstehen. Überlegen. Ihm ist, als wäre im Laufe der Zeit etwas in ihm abgestorben, abgefallen, und nun wäre lediglich noch ein schmerzender emotionaler Stumpf übrig. Ein wunder Stumpf. Das hat nichts mit dem Idioten zu tun, der ihn gerade angegangen ist. Aber da sind die drei toten Kinder. Diese Frau unterm Fenster, zurückgeschleudert, nackt, zusammengesackt, mit einer Kugel im Kopf. Im Auge, als hätte ihr Mörder sie hässlich machen wollen, so, wie er sie vielleicht selber sah. Dieser Kerl, Vater und Ehemann auf der Flucht, den es aufzuspüren galt in dem Bau, wo er sich versteckt hielt, oder man müsste ihn vom Lenkrad seines Wagens kratzen, den Schädel von der letzten Kugel zerfetzt, oder ihn aus einem Wasserloch fischen, in das er hinterrücks gefallen war, vom Einschlag zurückgeworfen, ohne begriffen zu haben, was ihn zum äußersten Ende der eingestürzten Brücke getrieben hatte, die sein Leben vielleicht gewesen war. Jourdan weiß nicht, was Männer ins Verderben stürzt. Er will es auch gar nicht mehr wissen. Daher die Wut als einzige Reaktion auf unlösbare Fragen. Letzter Ausweg, ganz hinten in der Sackgasse.

Wut, weil man sich da wenigstens lebendig fühlt, weil es nicht so wehtut wie Traurigkeit.

Er tritt aus dem Haus in den Wind und den Regen, und er hält das Gesicht ins schlechte Wetter und schaut hoch zu der grauen Decke, die ihm in die Fresse spuckt.

Corine stellt sich dicht neben ihn.

»Willst du hier Wurzeln schlagen?«

Die Kapuze ihres Parkas verdeckt das halbe Gesicht. Sie schaut ihn von unten herauf an, mit schief gelegtem Kopf.

»Ich kann fahren, wenn du willst.«

»Ja, okay. Fahr du.«

Er hält ihr die Autoschlüssel hin und läuft hinter ihr her,

schlank und zierlich, wie sie ist, biegt sie sich fast unter den Windböen.

4 Weil eine Straße wegen Bauarbeiten gesperrt ist, kann Louise nicht ihre übliche Route nehmen, sie verfährt sich und kreuzt eine Weile durch ein Viertel, das sie nicht gut kennt. Sie kommt nur zum Arbeiten her, nimmt immer denselben Weg, hin und zurück. Straßengewirr, Sackgassen mit Vogelnamen. Schließlich hält sie einfach schräg vor einer Apotheke und findet sich dank Smartphone zurecht. Sie hat keine Ahnung, wie ihr Standort bestimmt wird, wie sofort Route und Dauer angezeigt werden, zu Fuß oder mit dem Auto. Als hätte eine höhere, allwissende Intelligenz Wege und Geschicke im Voraus festgelegt oder vorgezeichnet. Als gäbe es einen Gott, der sein Spiel mit diesen Witzfiguren namens Menschen treibt, die fest an den freien Willen glauben. Sie weiß Bescheid über Satelliten, Navi-Systeme, Lokalisierung, Überwachung, über die Kontrolle, die all die gierigen, kalten Augen und Spione ausüben. Das weiß sie. Aber bei den Netzwerken, die überallhin reichen, bei dem Geflecht, das den Planeten umspannt, bei diesem praktisch blinden Vertrauen, das Milliarden Menschen da hineinsetzen, könnte man das Ganze auch für die Erfindung einer Gottheit ohne Transzendenz halten, einer selbstherrlichen, boshaften Entität. Und so versinkt sie manchmal in Fragen wie schwindelerregende Hirngespinste und schimpft sich dann leise aus, arme Irre, komm mal wieder runter, guck dir lieber an, in was für einer Scheiße du steckst, und überlass das Hirnwichsen denen, die am Ende auch zum Schuss kommen.

Sie lässt den Motor wieder an. Das Auto holpert und ächzt, als sie vom Gehweg runterfährt. Ihr ist zu warm, und als sie die Scheibe runterlässt, schleudert der Wind ihr kalten Wasserstaub ins Gesicht.

Die Dumas wohnen in einem kleinen Haus mit roten Fensterläden. Louise quält sich aus dem Auto. Steifer Rücken, Kurzatmigkeit. Sie sieht sich in der menschenleeren Straße um, eine öde Aneinanderreihung niedriger Häuser im drögen Grün, mit dem Regen legt sich eine stille Traurigkeit darauf, der Wunsch, abzuhauen, packt sie, und sie schlägt mit der flachen Hand aufs Autodach, um das Zucken zu bannen, das sie erfassen will. Endlich stößt sie das Tor auf, geht an einem Beet mit kurzgeschnittenen Rosenstöcken entlang, um einen Lorbeerbaum herum, steht unter dem Vordach in Form einer Jakobsmuschel und klingelt. Eine Katze schmiegt sich an ihre Beine, schüttelt sich die Regentropfen vom Fell und sieht sie mit ihrem Jaspis-Blick an.

Die Frau, die die Tür öffnet, streckt ihr ein von Falten zerfurchtes Gesicht entgegen, blinzelt und beäugt sie misstrauisch. Das ist Lidia. Kurze, weiße Haare. Sie waren mal blond. Louise hat auf den gerahmten Fotos auf der Anrichte gesehen, wie schön Lidia war, lächelnd neben ihren drei Söhnen.

»Was wollen Sie?«

Barsche, schroffe Stimme. Diese Frau, die sich an der Türklinke festklammert, erweckt den Eindruck völliger Ruhe; nicht das geringste Zittern ist zu erkennen.

»Ich bin's. Louise. Das wissen Sie doch.«

Lidia lächelt und macht die Tür weiter auf.

»Ach ja, Louise. Ist Vincent nicht bei dir? Er trödelt immer, wenn er aus der Schule kommt.«

Ein Mann taucht im Flur auf, er guckt besorgt. Sanft nimmt er die Frau bei den Schultern. »Das ist Louise«, sagt er. »Komm.« Sie zuckt zusammen, macht sich mit einer flüssigen Bewegung los und schüttelt den Kopf, aus Trotz vielleicht, dann verschwindet sie im Haus. Der Mann bittet Louise herein. Er heißt Georges. Er ist dünn, hat breite Schultern, hält sich sehr gerade. Kahl rasierter Schädel. Gute Freunde nennen ihn Yul Brynner. Alle sagen, dass man ihm sein Alter nicht ansieht.

»Ich habe immer Angst, dass sie mir wegläuft«, sagt er.

Weil Louise sich erstaunt zu ihm umdreht, erklärt er: »Allein losgeht, auf die Straße, meine ich, und sich verläuft. Wie im Januar, wissen Sie noch? Und nur im Pullover.«

Louise weiß es noch. Der alte Mann hatte in Tränen aufgelöst die Polizei angerufen, wo man versprach, eine Streife vorbeizuschicken. Eine Nachbarin hatte Lidia im Supermarkt gefunden, mit vollem Einkaufswagen, wo sie der Kassiererin erklärte, dass man sie hier stets anschreiben ließ.

Louise fragt, wie es denn so geht seit letztem Donnerstag, und Georges seufzt, reicht ihr eine Tasse Kaffee und erzählt, dass Lidia sich gestern in den Kopf gesetzt hatte, ihren jüngsten Sohn Manuel von der Schule abzuholen, und so oft er ihr auch erklärt hatte, dass Manuel sechsundvierzig war und in Montréal lebte, sie hatte nichts davon hören wollen und sich weiter ausgehfertig gemacht, ihn als Lügner beschimpft, als Irren, »Was redest du da«, hatte sie gesagt, »du bist es, der senil wird«, bis sie dann hinauswollte und vor der abgeschlossenen Tür stand und anfing, um Hilfe zu schreien, Hilfe, Hilfe, und da hatte Georges sie festhalten und die Stimme erheben, ja, sie sogar anraunzen müssen, »Manuel ist sechsundvierzig, er lebt in Kanada, verdammt noch mal, begreif das doch endlich«, und da war Lidia ihm in die Arme gesackt, schlaff wie ein Betttuch, unmöglich, sie wieder aufzurichten, und sie hatte geschluchzt und sich entschuldigt, »Entschuldige«, hatte sie immer wieder gesagt, »was ist nur los mit mir, ich weiß nicht mehr, wo ich bin, alles habe ich verloren«, und sie hatte geweint und zu Georges gesagt, »Halt mich, halt mich ganz fest, bleib bei mir«, und Georges hatte sie an sich gedrückt und wurde von ihren Schluchzern geschüttelt und weinte ebenfalls, und so hatten sie alle beide auf dem Boden gesessen und einander lange Zeit gehalten.

»Können Sie sich das vorstellen? Ich glaube, wir waren glücklich, da unten auf dem Fußboden, wie zwei herrenlose Viecher. In dem Moment hätten wir ruhig sterben können, es wäre alles gut gewesen.«

Louise sieht den alten Mann flüchtig lächeln, bemerkt den geistesabwesenden Blick Richtung Fenster, und sie versteht das Lächeln nicht. Sie versteht nicht dieses seltsame Glücksgefühl, das sein Gesicht leuchten lässt.

»Warum sagen Sie so was? Das Leben …«

Sie bricht ab, ehe sie die hohlen Worte aussprechen kann, die üblichen Lügen, die man von sich gibt, ohne wirklich dran zu glauben, ohne zu wissen, was man da eigentlich sagt.

»Das Leben? Ich klammere mich seit einiger Zeit daran wie an eine löchrige Boje. So, wie wir uns gestern Abend aneinandergeklammert haben. Und Lidia treibt auf einem verlassenen Meer, zwischen Himmel und Wasser, ohne irgendeinen Anhaltspunkt außer mir. Und es macht mich müde, neben ihr herzuschwimmen. Und ich weiß nicht, was ich sonst machen soll … So bin ich wenigstens bei ihr …«

Louise weiß nicht, was sie sagen soll, sie bleiben voreinander stehen, verstecken sich hinter einem falschen Lächeln, dann dreht Georges ihr den Rücken zu und stellt seine Tasse ins Spülbecken, und dieses leise Klirren bricht das Schweigen, das sie eingeschlossen hat. Man hört, wie die alte Frau im Wohnzimmer herumgeht, mit sich selbst spricht. Georges legt Louise sacht die Hand auf die Schulter.

»Ich will Ihnen nicht den Tag verderben. Na. Ich geh mal gucken, was sie anstellt.«

Louise zieht die Jacke aus, streift den Kittel über, schlüpft in Sandalen. In der Speisekammer sind ihre Handschuhe, die sie gleich anzieht, die Putzutensilien, die Reinigungsmittel. In der Luft hängen ein paar Düfte wie in dem Eisenwarenladen, in den sie so gern mit ihrer Mutter ging und sich das Sammelsurium anschaute, das bis hoch zur Decke reichte, Regale, Schränke, Holzfächer, die antiken Schubladen, aus denen der Inhaber, der bis auf den letzten Nagel genau wusste, was er an bunt zusammengewürfelten Schätzen besaß, vor den Augen seiner Kunden klirrende Kuriositäten hervorzog und in der hohlen Hand klingeln ließ wie Goldnuggets. Noch einmal atmet Louise tief die chemischen Ausdünstungen ein, doch die Erinnerung verfliegt bereits wie der Duft durch die offene Tür.

Sie hört die beiden im Wohnzimmer reden. Sie sitzen auf dem alten Ledersofa vor dem stumm geschalteten Fernseher, Lidias leerer Blick schweift abwesend durchs Zimmer, sie hebt kurz die Hand, als sie Louise bemerkt, während Georges ihr die Einkaufsliste vorliest, er wird gleich in den Supermarkt gehen. Louise hält den Staubsauger in der Hand und traut sich nicht, ihn einzuschalten, sie hat Angst, das Gespräch zu stören. Dann zeigt Lidia mit dem Finger auf den Fernseher. »Wer ist das denn?« »Unser Präsident, das weißt du doch.« Lidia zuckt die Schultern und prustet los: »Der sieht ja aus wie so ein Yéyé-Sänger in seinem komischen Anzug!« Georges lacht und gibt ihr einen Kuss auf die Wange. Die Frau schließt glücklich die Augen.

Louise spitzt durch das Staubsaugergetöse die Ohren. Ab und zu wirft sie einen Blick ins Wohnzimmer. Lidia döst vor sich hin, eine Rätselzeitschrift neben sich. Bald wird sie aufwachen, aufstehen und fragen, welchen Tag sie haben und wie spät es ist, und im Haus umherirren und die Schränke aufreißen, etwas suchen, was sie nicht in Worte fassen kann und niemals findet. »Wo hab ich das verflixte Ding bloß hingetan?« Wenn man fragt, was sie meint, winkt sie ärgerlich über die Schulter ab. »Nichts«, sagt sie manchmal. »Das ist meine Sache.«

Louise ist fleißig. Ganz bei der Sache. Das Bad funkelt. Der Spiegel überm Waschbecken zeigt ihr ein streifenfreies Bild, aber sie weigert sich, die Gestalt im blauen Kittel anzuschauen. Die meiste Zeit schafft sie es, an gar nichts zu denken, ist ganz bei der Arbeit. Manchmal packt sie die Angst, schnürt ihr die Kehle zu, und dann löst die Wut ganz schnell den Würgegriff. Sie denkt auf einmal an ein Messer. Ob es nützlich wäre. Sie müsste es bei sich tragen. Aber wie? In einer Scheide, wie die Trapper oder Spezialeinsatzkommandos? In der Hosentasche, brav zusammengeklappt? Wie soll ich es denn da rausziehen und aufklappen. Bis dahin hat der mich doch längst kaltgemacht, schon allein bei dem Gedanken, dass ich ihn angreifen könnte. Ein Springmesser. Zack, springt die Klinge raus und du stichst zu. Die Waffe müsste wie durch Zauberei in ihrer Hand auftauchen. Nun überlegt sie, wo sie hinstechen müsste. In den Bauch, angeblich tut das richtig weh. Wenn du aufs Herz zielst, triffst du garantiert eine Rippe. Mit fünfzigprozentiger Wahrscheinlichkeit. In die Kehle. Da blutet er innerhalb von fünf Minuten aus. Dir spritzt sein Blut in die Fresse, ehe er auf die Idee kommt, die Wunde zuzuhalten. Ich könnte zugucken, wie er zusammenbricht und gurgelt. Panik in den Augen. Sein flehender Blick starr auf mich gerichtet, während sich eine riesige Blutlache um ihn herum ausbreitet, dickflüssig und schön wie Wandfarbe. Ich würde zugucken, wie er krepiert. Ich würde das Gurgeln aus seiner Kehle hören und das Stöhnen und seinen letzten Atemzug, und auf einmal würde kein Blut mehr aus seinem Hals gepumpt, und womöglich lässt er dann alles laufen und pisst sich ein, wie es mir schon passiert ist, vor Angst, vor Schmerz, als ich nicht mehr atmen konnte, als seine Hände mir die Kehle zudrückten und ich dachte, jetzt sterbe ich, seine Knie zwischen meinen Beinen, und wie ich kraftlos versuchte, ihm die Visage zu zerkratzen.

Hass und Wut. Louise bebt. Ihr rasendes Herz beginnt zu hämmern, wie ein Irrer, der den Kopf gegen die Wand rammt.

Und seine Leiche. Was mach ich damit?

Sam. Für dich würde ich töten, und dich verlieren.

Sie erstickt unter der Last dieser unmöglichen Entscheidung.

Sie trinkt aus der hohlen Hand, spritzt sich Wasser ins Gesicht, spuckt aus, hustet und richtet sich mit offenem Mund wieder auf, die verdünnte Luft einsaugen, reißt das Fenster auf, durch das der nasse Wind hereinfährt und sie gefrieren lässt.

In dem kleinen Büro staubt sie Regale voller Bücher ab. Gedichte, Krimis. Ganz oben, in tristes Grün, fast schon Khaki, gebunden, Lenins gesammelte Werke. Georges hatte ihr irgendwann erklärt, dass das damals alle gekauft haben, um den Verlag der Partei zu unterstützen. Aber niemand, oder fast niemand, hatte sie gelesen. Er würde sie gern loswerden, sie nehmen Platz weg, aber wer will die schon? Sie kennt von Lenin nur das Foto, wo er als Glatzkopf mit Spitzbart eine Ansprache an die Menge hält, und wie diese neue Gesellschaft gescheitert ist, die er gründen wollte, sie nannten es Kommunismus: Sie erinnert sich an Soldaten, die über einen großen verschneiten Platz rennen, den Roten Stern an den hohen Mützen, eine dunkle, eingemummelte Menschenmenge, die einem Redner auf einem behelfsmäßigen Podest lauscht. Bilder in Schwarzweiß, ein bisschen verschwommen, die Gesichter scheinen sich aufzulösen. Stummfilme mit ruckartigen Bewegungen, die der Geschichte mit possenhafter Mimik Leben einhauchen, als wäre das alles im Grunde nur Spaß. Georges hatte ihr einmal erzählt, welch große Hoffnung das geschürt hatte, als die Rote Sonne im Osten aufging und einen jeden Morgen ebenfalls zum Aufstehen animierte, für die Sache, damit die glücklichen Tage so schnell wie möglich anfingen. Sie hatten daran geglaubt, o ja, Lidia und er. Lidia war von ihrem Vater, der in Teruel umkam, nur noch das zerknitterte Foto geblieben, es zeigte einen vergnügten Kerl, die Bommel der Feldmütze in der Stirn, das Gewehr neben sich. Im Januar 39 hatte sie die Grenze passiert, ihr zerrüttetes Gedächtnis erinnert sich noch immer an Hunger und Kälte, und nachts zittert sie manchmal und schluchzt und spricht zu ihrer Mutter, *Mamà, tengo frio, Guárdarme en tus brazos. Mamita, te quiero tanto.* Manchmal überrascht er sie am Fenster, wie sie die wenigen Passanten beobachtet. Wenn er sie fragt, ob sie auf jemanden wartet, nickt sie. »Morgen vielleicht«, sagt sie und lässt die Gardine los. Er weiß nur zu gut, auf wen sie wartet, auf Nuria, ihre Mutter, Andrès, ihren älteren Bruder, der in Buchenwald an Typhus starb. »Ja«, sagt er zu ihr und führt sie zurück zum Sessel. »Vielleicht morgen.«

Louise hat oft den Staubsauger ausgemacht, um zuzuhören, wie Georges seine Erinnerungen abspulte, in Alben blätterte, Streiks, Demos, Feste. Dicht gedrängte, glückliche, intelligente Menschen.

Zuerst hatte sie nur halb zugehört, sein Geschwätz ärgerte sie, ihr war diese Vergangenheit egal, die Staubwolken aufwirbelte und die Luft mit dem Geruch alten Papiers und Schimmel anreicherte und sie häufig zum Niesen brachte. Sie machte das Fenster auf und wartete, dass er fertig wurde, um weiterzuarbeiten: »Wozu das Ganze«, hätte sie am liebsten gesagt, »der ganze Aufwand, und nun gucken Sie bloß mal, wo wir jetzt sind.« Diese Fotos, schwarzweiß oder stark ausgebleicht, bräunlich oder mit einem Stich Rosa, die vergilbten Zeitungsausschnitte, die Bücher, all das bedeutete ihr nichts, da regte sich gar nichts bei ihr. Mit der Zeit hatte sie ihn dann genauer angeschaut und in seiner Stimme, dem Innehalten seiner Hände, die über die Erinnerungen flogen, eine Melancholie bemerkt, die sie an ihren Vater erinnerte, als er eines Tages auf dem Dachboden eine Kiste mit alten Fotos gefunden hatte, auf denen seine Kindheit dahingewelkt war. Sie war nähergekommen, hatte sich zuerst misstrauisch über die Schulter umgeblickt und am Ende den alten Georges beneidet, denn sie konnte spüren, wie er noch immer vor Glück oder Zorn bebte. Manchmal fragte sie ihn etwas, redete mit ihm über Dinge, die sie am Vortag in den Nachrichten gesehen hatte. Er empörte sich über das, was in der Welt passierte, war entsetzt und wütend über das Chaos. Sie war sich oft älter vorgekommen als er, der Rücken gebeugt von einer Last, für die sie keine Kraft hat.

Manchmal kommt Lidia und beugt sich über das, was sie gerade angucken. »Wo war das? Wann? Und der, wer ist das? Und die?« Georges erklärt es ihr. Geht ins Detail. Sie sagt, »Ach ja, du liebe Güte«, winkt mit der großen mageren Hand ab und schlurft aus dem Zimmer. Da klappt Georges das Album zu, räumt das Buch weg, macht den Computer aus und stemmt sich hoch, plötzlich uralt, und geht zu der kleinen Spanierin, die nicht mehr weiß, wer sie eigentlich ist.

Louise schlägt *Die Blumen des Bösen* auf. Sie weiß noch, wie todlangweilig sie das in der Schule fand, und wie sehr ihre Mutter es geliebt hat. Sie blättert durchs Buch und bleibt bei einem Vers hängen, liest ihn leise vor: »Engel voll Heiterkeit, kennst du die finsteren Mächte?«

Beim Heulen des Staubsaugers singen und klingen die Worte dumpf in ihr nach. Maman hatte die ganze Zeit gesungen. Sie trällerte vor sich hin, während sie Hefte korrigierte, spätabends im Schein der Lampe, hob den müden, sanften Blick, sah Louise. »Schläfst du immer noch nicht?«

Sie schlägt das Gedicht noch mal auf und es schnürt ihr die Kehle zu: »Engel voll Schönheit, kennst du die schmerzlichen Falten / Die Angst vor dem Alter und jener quälenden Pein / Was wir so lange für Glück und für Liebe gehalten / In lächelnden Augen zu lesen als Treue allein?«

Sie sieht sie vor sich, alle beide, als es schon aufs Ende zuging. Die Erinnerung drängt sich einfach auf. Die Blicke, die sie tauschten, wenn sie sich unbeobachtet fühlten, glaubten, Louise würde es nicht sehen. Verliebt und traurig.

Sie legt das Buch weg und geht wieder an die Arbeit. Macht das Fenster zu und bleibt einen Moment gedankenverloren stehen, die Hand am Griff, dann hört sie Lidia hereinkommen und dreht sich um, sieht, wie die alte Frau sie überrascht oder misstrauisch mustert, vielleicht kurz davor, Louise zu fragen, wer sie ist und was sie hier macht, dann schüttelt sie aber den Kopf und schlurft zurück in den Flur.

»Alles gut?«, fragt Louise. »Brauchen Sie was?«

»Natürlich ist alles gut. Warum denn auch nicht?«

Louise hört sie vor sich hin brummeln, dann seufzt sie, lässt sich schwer in den Sessel fallen und schaltet den Fernseher ein.

Louise ist gerade mit Bügeln fertig, als Georges vollbeladen vom Einkaufen zurückkehrt, er schüttelt sich, Tüten im Arm, und schimpft auf das schlechte Wetter. Sie hilft ihm, alles in die Küche zu tragen. Lidia kommt ohne ein Wort dazu und wühlt in Tüten und Einkaufstaschen herum, holt Packungen, Dosen, Flaschen heraus. Neugierig, gierig. Sie macht einen Joghurt auf, tunkt den Finger hinein. Louise hält ihr einen Löffel hin, sie ignoriert es. Schmatzen. Lidia lehnt am Spülbecken, isst den Joghurt und bekleckert sich. Wieder hält Louise ihr den Löffel hin. Damit geht es bestimmt leichter. Die alte Frau schüttelt den Kopf. »So schmeckt's besser«, sagt sie.

»Lassen Sie sie«, sagt Georges. »Die Zeit ist schon wieder um. Nicht, dass Sie zu spät kommen.«

Louise geht sich umziehen. In der Tasche ihrer Regenjacke findet sie eine Heftseite mit einer Zeichnung, eine Frau im Schottenrock und ein kleiner Junge, der als Pirat verkleidet ist. Breit grinsende Mondgesichter. Im Hintergrund sind blaue Berge, und hinter den beiden ein Fluss mit einer kleinen Holzbrücke. Maman, Sam in roten Buchstaben. In der Ecke ganz unten rechts ein Kaninchen mit irrem Blick, eine Karotte wie eine Zigarette im Maul. Georges bringt sie zur Tür. Louise muss lachen. Sie faltet das Bild zusammen und steckt es ins Portemonnaie.

Sie hören das Klappern des Löffels, den Lidia gerade mit den Worten »So ein Scheiß!« in die Spüle pfeffert. Georges hastet zu ihr. Lidia sitzt, den Kopf in die Hände gestützt, am Tisch, den umgekippten Joghurtbecher vor sich. Sie schmollt wie ein Kind. »Nicht weinen«, flüstert Georges. Er drückt sie an sich, und sie schlingt ihm die Arme um den Hals und wimmert leise. »Macht doch nichts«, sagt er wieder. »Bin gleich wieder da.« Mit leerem Blick geht er zu Louise.

»Kommen Sie zurecht?«, fragt sie.

Er zuckt mit den Schultern. Sieht sich einmal um. Er wirkt verloren, das geht ein paar Sekunden, dann strafft er sich, fast ein Schütteln, und sieht Louise geradeheraus an. Seine Augen sind feucht.

»Ja«, sagt er großspurig. Er klopft ihr auf die Schulter.

»Machen Sie sich keine Gedanken. Und, gehen Sie am Samstag wieder auf die Straße?«

»Keine Ahnung. Ich hab ja Sam. Ich weiß nicht, ob meine Nachbarin auf ihn aufpassen kann.«

»Seien Sie vorsichtig, die wollen jetzt das Pflaster mit Terror leerfegen. Die meisten Polizisten sind Faschisten. Lassen Sie sich kein Auge ausstechen.«

Sie nickt. Sie schütteln einander die Hand.

Louise geht hinaus, schaut hoch. Es regnet richtig. Sie rennt zum Auto, ganz steif vor Kälte. Natürlich ist sie vorsichtig.

Sam. Er ohne mich, ich ohne ihn. Sie rast los, als wollte sie schnellstmöglich den Gedanken entfliehen, die über sie herfallen, eine Meute schwarzer Hunde.

5 Er wird von Geschrei geweckt, aber lässt die Augen zu. Im Treppenhaus streiten zwei Männer in einer Sprache, die er nicht versteht. Eine Tür quietscht und knallt dann zu. Das Haus scheint auf einmal zu vibrieren, von all den Atemzügen, von erstickten Stimmen, Räuspern, Husten, Musik. Eine Frau lacht, ein kleines Kind weint. Wasser rauscht im Abflussrohr. So lange es geht, lauscht er dem schweren Fließen nach, er glaubt, den Fall bis zum Gully verfolgen zu können. Er stellt sich jetzt den ganzen Unrat aus den Leibern vor, der über Nacht zurückgehalten wurde, er weiß sehr gut, dass die Menschen ihren Schlick loswerden, sich dessen entledigen, was sich über Stunden angesammelt hat, Ergebnis ihrer täglichen Verrichtungen, denn nichts weiter sind sie doch am Ende, träge Maschinen, die Scheiße produzieren, er weiß sehr gut, dass sie dem täglich nachgehen unter ihrer zuvorkommenden Maske, umhüllt und ummantelt von ihren Gewändern, als zivilisierte Wesen verkleidet, ausstaffiert für den großen gruseligen Karneval, gelehrte Riesenaffen, listige Affenweibchen, bemüht, den Zustand permanenter Brunst zu bezwingen, die Gewalt, die Machtphantasien, die Mordgelüste, diese animalischen Triebe, die sie Liebe, Lust und Ehrgeiz nennen, sie benutzen die Wörter wie Toilettenpapier, um ihre Schandtaten abzuwischen. Jeden Morgen entleeren sie die Klärgrube, die sie eifrig Tag für Tag, Stunde um Stunde wieder vollmachen und dabei so tun, als wüssten sie nicht, was in ihnen gärt.

Endlich öffnet er die Augen in diese Dunkelheit hinein, in der Licht von draußen durch die Jalousien fällt und erstirbt. Er ist überrascht, dass der Fensterrahmen rechts von ihm ist, es gelingt ihm nicht, die Anordnung des Zimmers aus dem

Gedächtnis zu rekonstruieren. Die Tür, dort hinten, neben dem klaffenden Schrank. Dieser Spiegel, der an der Wand lehnt, ein bleiches Viereck.

Er traut sich nicht, die Lampe neben der Matratze auf dem Boden anzumachen. Er guckt auf dem Handy, wie spät es ist. Er weiß nicht, wann er hier hereingekommen ist mit dem Mädchen. Er hat vielleicht vier Stunden geschlafen. Guter Schlaf ist wichtig. Das sagt Maman immer. Du musst gut schlafen, dann wirst du alt. Pech. Er muss aufstehen, muss nach Hause und sich ein bisschen frisch machen. Einen Kaffee trinken, etwas essen. Er würde Tabletten nehmen, damit er den Arbeitstag heute durchhielt. So wäre er abgelenkt. Würde vergessen. Das kann er gut, normalerweise. Er sperrt alles in ein Kästchen in seinem Gehirn wie in einen Safe, und da bleibt es, fest verschlossen. Ab und zu macht er es auf und guckt hinein, und dann ist alles ein bisschen durcheinander und zerknittert wie ein Haufen Papier, den man achtlos dort hineingestopft hat. Wie in einen Abfalleimer. Da fällt ihm dann manches wieder ein, und das mag er nicht, und um das Kästchen wieder zu verschließen, betrinkt er sich gründlich, das ist das Einzige, was hilft, sich im Gin ertränken, drei oder vier Flaschen, ab und zu teilt er sie sich mit Patrick, dem Nachbarn von unten, ein Irrer, der manchmal mitten in der Nacht herumbrüllt und seine Frau ruft, die im letzten Jahr gestorben ist, er beschimpft sie und befiehlt ihr, zurückzukommen, als hätte sie am Vorabend die Koffer gepackt.

Er ist müde. Er beschließt, noch einen Moment liegen zu bleiben, und zieht das Laken bis zum Kinn hoch, es stinkt nach Schweiß und Pisse. Er würde gerne ein bisschen schlafen. Wenigstens zehn Minuten. Was sind schon zehn Minuten? Er schließt die Augen. Zehn Minuten, dann steht er auf.

Er wälzt sich herum. Ein Migräneanfall explodiert in seinem Schädel. Bilder, Musik, Schreie. Die Nacht kommt zurück, flackert um ihn herum, mit Neonlichtern, greller Beleuchtung, dröhnenden Lautsprechern, eine Geisternacht, gekommen, um ihn heimzusuchen. Er schwitzt. Er konzentriert sich auf das hartnäckige Rieseln des Regens, das vorbeifahrende Auto auf der nassen Straße, doch der Ansturm seiner Erinnerungen geht weiter, er drängt ihn zurück, kämpft mit den Laken, als wollten sie ihn erwürgen. Er wimmert, weint fast, und vergräbt den Kopf im Kissen, um seine Migräne darin zu ersticken, doch stattdessen erstickt er, also macht er sich stöhnend frei und stemmt sich hoch und steht mit einem Satz auf, macht die Deckenleuchte mit dem grünlichen Lampenschirm an.

Der Frauenkörper liegt an der Wand neben dem Waschbecken. Er geht näher heran und erkennt das Gesicht nicht, offener Mund, halb geschlossene Lider, schwarze Haare um den Kopf ausgebreitet. Er mustert sie ein Weilchen, denkt, dass sie vielleicht nicht tot ist und ihn wiedererkennen könnte, aber die Reglosigkeit, das ganze Blut unter ihr wie ein dunkles Tuch, und die Blutspuren auf der Tapete. Er weiß nicht, was er machen soll, und bleibt vor dem Kadaver stehen, unfähig, sich zu bewegen oder eine Entscheidung zu treffen. »Das gibt's doch nicht«, sagt er.

Das ganze Blut. Ihm wird schwindelig. Die Migräne spaltet ihm fast den Schädel.

Er bemerkt die kleine rote Stofftasche, die sie über der Schulter trug. Er erinnert sich, dass er an ihr zuerst die rote Tasche und dann die langen Beine bemerkt hatte. Und rote Schuhe auch, er schaut sich um, sieht sie nicht.

Ein Portemonnaie, ein Handy, eine Schachtel Zigaretten, ein Plastikfeuerzeug, ein Schminktäschchen. Ganz unten ein Ring mit zwei Schlüsseln und einer Mini-Taschenlampe. Er nimmt die Schlüssel und die drei Zwanziger aus dem Portemonnaie. Er muss weg. Er geht noch mal durchs Zimmer, überlegt, alles abzuwischen, was er angefasst haben könnte, aber er erinnert sich nicht mehr genau. Was soll's. Sie hatte ihm erzählt, dass sie in diesem Loch einen Haufen Kunden empfängt. Es gibt Dutzende Fingerabdrücke. Er wirft das Schminktäschchen und das Handy weg und versenkt das Geld, das Feuerzeug und die Zigaretten in seiner Hosentasche, dann geht er. Der dunkle Flur beruhigt ihn. Der Schlüssel lässt sich geräuschlos drehen, das Schloss klickt. Er läuft gebückt, mit eingezogenem Kopf, die Geräusche aus dem ganzen Haus, das gerade aufwacht, machen ihm Sorgen.

Mit unsicheren Schritten geht er die Treppe hinunter, tastet bei jeder Stufe mit der Fußspitze nach der Kante. Ihm fällt ein, dass er die Taschenlampe in der Hand hält, knipst sie an. Im flackernden, weißen Licht pellen sich die leprösen Wände wie verbrannte Haut. Er beeilt sich, bemerkt über der Haustür einen hellen Fleck, ein Oberlicht.

Menschenleere Straße. Ein Stück weiter weg steht ein Auto an einer roten Ampel. Er beginnt zu rennen, Regen klatscht ihm ins Gesicht.

Ich muss Maman anrufen.

6 Jourdan sagt nichts, vielleicht lullt ihn das stumpfe Flappen der Scheibenwischer, der gedämpfte Verkehrslärm, das Trommeln des Regens auf die Scheiben irgendwie ein. Corine Berger sitzt am Steuer und schweigt ebenfalls. Sie begnügt sich damit, zu fahren, aufmerksam, ganz, als wäre sie allein im Auto. Ab und zu seufzt sie ungeduldig oder verärgert auf. Sie schaut ungefähr alle zwei Minuten auf die Uhr.

Da lag so eine Stille über der Wohnung vorhin, als er reinkam. Er hat immer das Gefühl, als ob ein seltsamer Friede auf dem Chaos eines Tatorts liegt. Ein bisschen so, als wären die Geräusche, die Schreie, die Stimmen gerade erst erloschen und die Stille deshalb nachdrücklicher, wie ein Loch im Wasser, das bleibt, nachdem man einen Stein hineingeworfen hat. Diese Stille aber war eine andere gewesen: zäh, erdrückend, sie haftete an ihm und hatte seine Schritte behindert, ihm die Beine umklammert, die Brust zugeschnürt. Eine ironische, bösartige Stille, die heuchelte, dass die Kinder nur schliefen.

Ihm ist, als ob sie an ihm dranhängt, sich an ihn klammert, in diesem Dienstwagen, der im Stau steckt, Fäden der Stille verbieten jedes Wort.

Bis sein Handy in der Hosentasche zu vibrieren beginnt. Es ist Madec, sie haben ihn vorhin im Büro zurückgelassen. Er redet schnell, atemlos, erzählt etwas Unglaubliches, Jourdan fragt noch mal nach, woraufhin der andere wütend wird, seine Stimme ganz rau. »Ja, verdammte Scheiße, ein Typ, den wir befragt haben, hier im Büro. Er hat sich die Waffe von einem Kollegen geschnappt, uns damit bedroht, geschossen und ist aus dem offenen Fenster gesprungen. Es war offen, weil er gestunken hat. Verdammt noch mal, wir dachten, der knallt uns alle ab, so ein Irrer. Ist es so klarer?«

Cocos Hände umkrampfen das Lenkrad. Sie wirft ihm aus dem Augenwinkel Blicke zu, traut sich aber nicht, Jourdan richtig anzusehen. Sie bemerkt, wie er das Blaulicht nimmt und auf dem Dach festmacht.

»Tempo.«

»Was ist los?«

»Tempo. Und pass auf, dass du niemanden umfährst, die Kacke ist so schon am Dampfen.«

Wie betäubt vom Dröhnen der Sirene und der Geschwindigkeit kommen sie an, es hat sie aus den vom Stillstand verstopften Straßen gerissen und ihnen ob des schrillen Heulens überraschte Blicke hinter einem haltenden Bus hervor eingetragen.

Im Gang stehen um die zwanzig Polizisten jeden Grades und Amtes, die leise miteinander reden. Coco berührt ihn an der Schulter. »Ich lass dich das machen.« Einer der Bosse, Feugas, bemerkt Jourdan und kommt zu ihm.

»Madec. Der ist doch bei dir. Sieht aus, als hätte er Mist gebaut.«

Jourdan taxiert ihn, über seine Schulter weg begegnet er einigen bedrückten Gesichtern, Freunde, Kollegen, zu denen sich unweigerlich ein paar Idioten gesellt haben.

»Wie geht es ihm? Und den anderen drei?«

Feugas ist das scheißegal. Er zuckt die Schultern. Redet von einer Untersuchung, Fehlern. Jourdan hört nicht zu. Halt doch einfach die Klappe. Der andere bricht so abrupt ab, dass Jourdan sich fragt, ob er nicht laut gedacht hat.

»Hörst du mir zu?«

Jourdan klopft ihm auf die Schulter. »Klar hör ich dir zu.« Er geht an ihm vorbei und zu dem Grüppchen Polizisten ein

Stück weiter vorn. Er drängt sich durch, durch das undeutliche Stimmengewirr. Reagiert auf gemurmelte Grüße, nickt zu den Umständen entsprechenden Floskeln. Er betritt das Büro und wird von einem Blitzlicht begrüßt. Der SpuSi-Mitarbeiter hebt grüßend die Hand im Gummihandschuh. Zwei Kriminalbeamte machen sich Notizen. Lacoste und Marchives. Er sieht das weit offene Fenster, hört die Geräusche der Stadt, die böenartig mit dem Wind eindringen. Die drei Kollegen sind in einer Ecke und reden mit einem Capitaine, Marchand heißt er wohl. Sie haben die kugelsicheren Westen aufgeschnallt, einer sitzt und hat das Gesicht in den Händen vergraben. Marchives dreht sich zu Jourdan um, spricht durch die Gesichtsmaske.

»Die Kollegen sind unten bei dem Bekloppten. Schade, dass er tot ist, den hätte ich mir gerne vorgeknöpft.«

Jourdan geht auf Zehenspitzen zum noch offenen Fenster. Unten machen sich fünf weiß gekleidete Gestalten im Regen an der Leiche zu schaffen.

»Ich geh mal gucken.«

Er guckt. Der Kerl ist bestimmt zwei Meter groß. Mit den ausgebreiteten Armen und Beinen wirkt er riesig. Er liegt auf dem Bauch, mit freiem Oberkörper, weil das T-Shirt im Labor ist. Der Regen pladdert auf den breiten, speckigen Rücken und lässt die extrem helle, mit Sommersprossen übersäte Haut glänzen. Jourdan findet den Klumpen Fleisch, die träge, weiße, aufgeweichte Masse, die klaffende Wunde unten am Schädel von der Kugel, die der Typ kassiert hat, ehe er hier unten zerschellt ist, ekelerregend und denkt, dass man das Ganze, wie es ist, in ein Loch werfen und Kalk drüberstreuen müsste. Bilder von Bulldozern kommen ihm in den Sinn, Leichenberge, die in Gruben geworfen werden, und er weiß nicht mehr, was er von solchen Gedanken halten soll, die auf ihn einstürmen, er erschaudert und schreibt es dem Regen zu, der ihm in den Kragen läuft, und dem Wind, der um sie herumstreicht, beide gleichgültig angesichts dieses toten Dings.

»Blut?«

Abrupt wendet er sich wieder den praktischen Fragen zu, die präzise, fast tröstliche Antworten verlangen.

»Ja«, sagt einer von der SpuSi. »Und es stammt nicht von ihm. Eine Fleischerschürze ist sauber dagegen. Wir warten auf den Wagen, um ihn in die Gerichtsmedizin zu bringen.«

Jourdan geht näher an die Leiche heran, versucht, einen Blick aufs Gesicht zu erhaschen, die rechte Wange liegt in einer blutroten Lache. Es ist blau, geschwollen, gebrochen. Der Kiefer ist ausgerenkt, und dadurch wirkt der Mund verzerrt, als würde der Typ sich über seinen letzten Gedanken ärgern.

»Ihr werdet ihm die Visage richten müssen für die Identifizierung. Im Moment erkennt ihn nicht mal seine Scheißmutter.«

»Die hat ihn vielleicht nicht mal bei der Geburt erkannt, den Bastard, wer weiß.«

»Wer weiß.«

Jourdan entfernt sich, schaut seinen Kollegen zu, wie sie ihre Ausrüstung wegräumen, gebeugt im Regen, und er bleibt bei der Leiche stehen, versucht sich vorzustellen, wer das wohl gewesen sein könnte, als er noch gelebt hat, dieser Fleischklumpen: der gute Riese aus dem Märchen? Oder einer, den zänkische federgewichtige Idioten in der Kneipe provozieren, und er traut sich nicht, sich zu wehren, aus Angst, jemanden mit einer einzigen Ohrfeige umzubringen, weil man in seiner Familie über ihn sagt, *wenn der wütend wird, weiß er nicht mehr, wie viel Kraft er hat*? Ein stumpfsinniger, dummer Schlägertyp, der einen abgestochen hat und dann sturzbesoffen unter der Bank gestrandet ist, wo er gefunden wurde?

Aber eine Waffe an sich reißen und versuchen, einen Bullen kaltzumachen, auf dem Polizeirevier? Aus dem Fenster springen? Was ging in dem zerschmetterten Schädel vor? In dem nun vom Blut geplatzter Arterien überfluteten Hirn?

Wieder vibriert sein Handy. Laurentin aus dem Führungsstab. Sieht so aus, als hätten sie Cédric Caminade ausfindig gemacht. Ein bewaffneter Typ, der der Beschreibung entspricht, hat sich im Haus seiner Schwiegereltern verschanzt, in Andernos. Gendarmen vor Ort, alarmiert von einem Nachbarn, der ihn mit der Waffe in der Hand reingehen sehen und Schreie gehört hat. Sie haben den Staatsanwalt verständigt, der hat eins und eins zusammengezählt. In fünf Minuten Besprechung in Desclaux' Büro.

Jourdan versucht, Madec anzurufen. Handy aus. Er weiß nicht, was er auf die Mailbox sprechen soll, stammelt ein paar Worte, »Hoffentlich geht's dir einigermaßen, trotz allem. Ruf mich zurück.« Er läuft zum Eingang, fragt sich, wozu diese Besprechung gut sein soll, wo man doch einfach das Einsatzkommando hinschicken könnte, aber na ja, die Gendarmen haben wahrscheinlich ihren Vierzylinder vorm Haus geparkt und wollen den Fall an sich reißen, weil dieses arme Schwein bei ihnen gestrandet ist ... Sobald er das Gebäude betritt, schlägt ihm stickige Hitze entgegen und macht ihn ganz benommen, seine Gedanken drehen sich im Kreis, ein träges Karussell, beim Warten auf den Fahrstuhl tippt er daher auf seinem Handy rum, liest alte Nachrichten noch mal, versucht, seinen Geist zu beschäftigen, so, wie man ein Tier reizt, damit es nicht einschläft, reagieren muss. Eine uniformierte Frau stürmt mit schweren Schritten heran, nickt ihm zu und seufzt gleich darauf ungeduldig, während sie ihr Koppel an den Hüften zurechtrückt, »Verdammt nochmal«, murmelt sie und drückt auf den Knopf, als würde der Fahrstuhl, den man durch die Stockwerke summen hört, davon schneller kommen. Die Türen gleiten auf, die Frau drängt sich hinein, er rührt sich nicht und sieht sie mit verschränkten Armen an, und als die Türen sich schließen, macht sie Miene, sie zu blockieren, lässt es dann aber bleiben und macht eine wegwerfende Handbewegung, und er begegnet ihrem blauen, leeren Blick, der ihn schon nicht mehr sieht.

Es packt ihn wie eine erdrückende, kalte Hand im Nacken. Er schlägt mit der Faust gegen die Fahrstuhltüren, seine Kehle ist bitter und wie zugeschnürt, und die Tränen laufen über.

Er rennt beinahe den Gang zur Tiefgarage lang. Er erstickt unter den Neonröhren. Da sind die toten Kinder, an die Wand gerollt. Er sieht nur noch sie. Die verärgerten Gesichter der Mädchen. Der Junge auf dem Bauch, den Mund vom letzten Atemzug oder vielleicht den letzten Worten noch offen. Jourdan erinnert sich an die Bestürzung und die Traurigkeit im verunstalteten Gesicht der Mutter, der kaputte Körper fast wie hingegossen.

Er fährt aus der Stadt raus, das Heulen der Sirene bannt ihn auf den Fahrersitz. Er denkt nur an die Geschwindigkeit, die Zeit, die schneller ist als er. Er stellt die Sirene ab, ruft Laurentin an.

»Die Adresse. Wo genau ist das denn in Andernos?«
»Warum willst du das wissen?«
»Nur so. Ich kenn die Gegend ein bisschen.«
»Avenue De Lattre de Tassigny. Wo bist du? Wir fangen gleich an.«

Jourdan legt auf. Die Straße führt unter grauem Himmel schnurgerade durch düstere Pinien. Ab und an erstrecken sich hektarweite Kahlschläge, eine verwüstete Landschaft, grau, braun, grünlich. Auf der vierspurigen Schnellstraße reißt der Himmel auf, ein Stück Blau in den Wolken. Ein paar Sonnenstrahlen stürzen sich darauf, eine goldene Lichtsäule fällt ein, wie in diesen alten Filmen, wenn Gott beschließt, sich endlich einem hingerissenen Propheten zu erkennen zu geben. Jourdan klappt die Sonnenblende runter. Schade, dass er keine Sonnenbrille dabeihat. Ihm gefällt die regnerische Dämmerung, die seit etwa zwei Wochen alles aufweicht. Marlène hasst die Tristesse des Seeklimas, den Westwind, der durch die Straßen fegt und Regenschirme herumwirbelt. Sie träumt von Heideland, erbarmungslos mineralisch, gesäumt von blauen Bergen oder glattem Meer. Marlène und er mögen schon lange nicht mehr das Gleiche. Ihre Tochter vielleicht. Jeder auf seine Art. Rücken an Rücken. Dabei ist es noch gar nicht so lange her …

Abrupt verfinstert sich der Himmel, und das Auto gerät in die undurchsichtige Masse des Wolkenbruchs. Jourdan schüttelt den Kopf, um die labile Mischung aus Traurigkeit und Wut loszuwerden, die ihn beben lässt. Er erreicht Andernos und richtet sich im Autositz auf, umklammert das Lenkrad, als ob er eine Brücke aus Lianen überfährt.

Die Gendarmen haben die Straße gesperrt. Zwei Polizeibeamte stehen in ihren Parkas mit gesenktem Kopf neben einem Auto im Regen. Sie winken Jourdan zu sich heran, woraufhin er seinen Dienstausweis durchs geöffnete Fenster zeigt. Einer der beiden tritt heran, mustert die Karte.

»Das ist unser Fall. Wir suchen den Kerl.«

»Und?«

»Und heute früh habe ich den Tod von drei Kindern und ihrer Mutter festgestellt, die hat das Arschloch umgebracht, das sich hier verschanzt, und jetzt hab ich schlechte Laune.«

Der Gendarm seufzt, schüttelt den Kopf. Wasser trieft von seiner Kapuze.

»Klären Sie das mit dem Capitaine. Am Auto.«

Sobald Jourdan ausgestiegen ist, kommt der Capitaine auf ihn zu. Er muss blinzeln und seine Kapuze festhalten bei dem Wind. Groß, breite Schultern, schlank. Drillich, Kampfstiefel. Er hält Jourdan einen Regenschirm hin, schüttelt ihm fest die Hand, stellt sich als Capitaine Balland vor. Jourdan vermutet, dass er nur knapp an der GIGN, der Groupe d'intervention de la Gendarmerie nationale, vorbeigeschrammt ist. Der Regen wird weniger und hört dann ganz auf. Jourdan macht den Schirm zu, er hasst solchen Firlefanz. Den hat der ihm bestimmt aufgedrängt, damit er albern aussieht, das Hühnchen von der örtlichen Kripo neben dem Athleten im Kampfanzug. Er legt den Schirm auf das Auto neben sich.

»Also. Wie sieht es aus?«

Der Gendarm streift die Kapuze ab und dreht den Kopf mit den sehr kurzen schwarzen Haaren zum Haus, das hinter einer Lebensbaumhecke durchblitzt.

»Vor zwei Stunden hat ein Nachbar beim Gassigehen mit dem Hund gesehen, wie ein Typ angerauscht kam, mit dem Gewehr in der Hand aus dem Auto stieg und reinging. Fast unmittelbar danach hat er Schreie gehört, Streit, Türenknallen, und uns alarmiert. Wir haben den Staatsanwalt informiert, der hat uns gesagt, dass das mit einem vierfachen Mordfall zusammenhängen könnte, wo der Täter mit einem Gewehr bewaffnet und flüchtig ist. Ich hab zwei Männer hinterm Haus postiert, im Nachbargarten. Die Gegend ist praktisch abgeriegelt. Wir haben vierundzwanzig Mann vor Ort. Ich habe Verstärkung von zwei weiteren Einsatzgruppen erhalten.«

»Wer ist da noch drin?«

»Seine Schwiegereltern. Und ein Hund wohl auch. Er hat gebrüllt, dass er sie umbringt, wenn wir irgendwas unternehmen. Wir warten auf Anweisungen vom Staatsanwalt und von unserer Führung. Und Sie? Was machen Sie hier?«

»Ich wollte Austern kaufen und …«

»Verarschen Sie mich nicht. Bitte.«

Jourdan nickt versöhnlich. Er holt eine Schachtel Zigaretten raus, bietet dem Gendarm eine an, der greift schnell zu, holt ein Feuerzeug aus den Tiefen seiner Drillichhosentasche, zündet die Zigarette an und saugt gierig den Rauch ein.

»Er heißt Cédric Caminade. Hat man Ihnen das gesagt? Na ja, ist auch egal, ob der nun Caminade oder Monsieur de la Hundsfott heißt, das Arschloch hat heute Morgen seine Frau und seine drei Kinder getötet. Ich komme quasi direkt von dort.«

Capitaine Balland mustert das Haus durch die Hecke, als könnte er die Motive, die Geheimnisse des Mörders durchdringen, der sich dort verschanzt hat. Mechanisch zieht er an der Zigarette, als hätte er es eilig, als wäre es die letzte. Jourdan guckt auf sein Handy. Vier neue Nachrichten. Er schaltet es aus.

»Wie lange hat er sich nicht mehr gemeldet? Hat er keine Forderungen?«

»Seit fast anderthalb Stunden ist Funkstille. Als wir ankamen, haben wir angerufen. Er hat gesagt, solange wir hier stehen, kommt er nicht raus. Ich hab versucht zu verhandeln, aber er hat aufgelegt. Zehn Minuten später haben wir es noch mal per Megaphon probiert, vom Gartentor aus. Da hat er dann gedroht, seine Schwiegereltern umzubringen. Seitdem reagiert er nicht mehr.«

Jourdan nähert sich dem Tor. Das Haus ist klein, einstöckig, von Eichen und Silber-Akazien umgeben. Ein Fensterladen steht einen Spalt offen; die anderen sind zu.

»Der bringt sie um.«

Der Gendarm kommt zu ihm.

»Was sagen Sie?«

»Der bringt sie um. Er bringt zu Ende, was er angefangen hat. Und danach knallt er sich selber ab.«

»Wie kommen Sie darauf?«

»Er hat seine Frau und seine Kinder getötet. Das hat Methode. Es durchzuziehen bis zum bitteren Ende.«

»Ich würde sagen, am Ende ist er schon, er steckt in einer Sackgasse.«

Jourdan dreht sich zu Balland, der nickt kaum merklich, starrt besorgt zum Haus.

»War der einzige Ausweg aus seinem Scheißleben, der ihm eingefallen ist.«

Balland senkt den Kopf und lächelt schief. Sie bleiben stumm und starr stehen, während ein neuer Schauer heraufzieht, und sie schauen hoch zum dunkler werdenden Himmel, Wind im Gesicht. Die Gendarmen an der Straße gehen mit gesenktem Kopf auf und ab.

Jourdan merkt, dass er seit einer Weile die Zähne zusammenbeißt, die Kiefer wie festgelötet, es schmerzt. Er öffnet den Mund, massiert sich den Nacken, lässt einen Wirbel knacken, wirft dem Officier de Gendarmerie einen Blick zu, der steht aufrecht und starr mit hocherhobenem Kopf im wieder einsetzenden Regen.

Ein Schuss und Schreie lassen sie aufschrecken. Die Haustür wird einen Spalt geöffnet, ein Arm hält einen Hundekadaver hoch und wirft ihn dann hinaus.

»Lasst mich gehen, oder ich knall die Alten ab! Haut alle ab, ihr verdammten Arschlöcher!«

Balland bittet einen seiner Männer um das Megaphon. Jetzt regnet es wieder. Die metallische Stimme klingt wie unter Wasser, erstickt vom trommelnden Regen. »Ich bin Capitaine Balland von der Gendarmerie Nationale. Sie gehen nirgendwohin. Lassen Sie die Leute frei, und kommen Sie heraus. Seien Sie vernünftig.«

Vernünftig. Jourdan fragt sich, was dieses Wort wohl bei dem Kerl auslöst. Er rennt los, unter den Bäumen durch und hört Balland hinter sich, der ihn fragt, was zum Teufel er da macht, ihn auffordert, zurückzukommen, verdammt noch mal. Jourdan zieht seine Dienstwaffe, lädt eine Patrone in den Lauf, erreicht die Haustür. Er drückt das Ohr dagegen, aber hört nur das Prasseln des Regens, das laute Rauschen der Bäume, die sich fröstelnd den Windböen beugen.

Die Tür ist nicht abgeschlossen. Er geht hinein, die Waffe im Anschlag. Blutschlieren im Flur. In der Küche zu seiner Rechten ist niemand. Geschirr auf einem Abtropfbrett. Nichts liegt herum oder versperrt den Weg. Er geht ins Wohnzimmer. Ein Stuhl ist umgefallen. Die Glasfläche eines Couchtisches ist zerbrochen. Ein Mann in Jogginghose fährt zusammen, erstarrt, die Zigarette im Mund. Er streckt die Hand nach dem Gewehr aus, das neben ihm auf einem Sessel steht.

»Keine Bewegung.«

Jourdan lässt den Finger am Abzug der Pistole. Nicht jetzt.

»Gib mir keinen Grund.«

Der andere rührt sich nicht. Kein Blinzeln in den Augen. Blau, sehr hell, leer. Er wirft die Zigarette weg und drückt sie mit dem Fuß aus. Er atmet langsam durch den Mund, als wollte er sein hämmerndes Herz beruhigen. Er scheint nicht zu wissen wohin mit seinen Händen, verknotet die Finger, löst sie wieder, reibt die Hände aneinander. Jourdan denkt an einen Pianisten. Oder an die Männer in Western, vor dem Revolverduell.

In der anderen Ecke des Zimmers sitzen ein Mann und eine Frau von etwa siebzig Jahren verängstigt auf dem Sofa, halten sich an den Händen und lassen Jourdan nicht aus den Augen. Der Mann tupft sich mit einer Serviette die Stirn ab. Sein Gesicht ist voller Blut. Die Frau schluchzt leise.

»Raus hier.«

Jourdan hat es halblaut gesagt, ohne sie anzusehen, so dass sie zuerst auch keine Anstalten machen.

»Raus hier, verdammt noch mal. Wie oft soll ich es Ihnen denn noch sagen?«

Sie stehen synchron auf und trippeln zur Tür. Caminade hat sich nicht gerührt. Er sieht zu, wie seine Schwiegereltern aus dem Zimmer gehen. Man könnte ihn für gleichgültig oder sprachlos oder geistesgestört halten. Sobald die Tür wieder zu ist, packt Jourdan die Pistole fester. Sein Finger legt sich auf den Abzug.

»Wie hießen deine Kinder?«

Caminade faltet die Hände wie zum Gebet. Seine Lippen zittern. Womöglich wird er sich auf die Brust schlagen, auf die Knie fallen. Jourdan weiß schon, wie er ihn wieder hochbringt.

»Nein ...«

Er fleht. Wehklagender Tonfall.

»Haben sie dich angefleht, als du dein Gewehr auf sie gerichtet hast? Haben sie geweint? Hatten sie Angst, was meinst du?«

Caminade schüttelt den Kopf. Er fuchtelt mit den Händen herum, wedelt durch die Luft, als wollte er Rauch oder Nebel verscheuchen.

»Wie hießen sie? Sag ihre Namen. Und deine Frau?«

Jourdan geht einen Schritt auf ihn zu, mit ausgestrecktem Arm, die Kimme vollkommen ruhig, wie ein Nagel, der bereits in der Stirn des Mannes steckt.

»Oder haben sie vielleicht gar nichts mitbekommen? Du hast sie von hinten erschossen, stimmt's? Ich hab sie gesehen. Ein Loch im Nacken. Stimmt doch, oder? Danach hast du sie in den Flur geschleift und sie mit dem Gesicht nach unten hingelegt. Warum? Wolltest du ihre Gesichter nicht mehr sehen? Ihre toten Augen?«

Caminade verzieht das Gesicht und weint. Er blickt um sich, bedeckt das Gesicht mit den Händen, will etwas sagen, aber seine vom Rotz verstopfte Kehle erstickt den geringsten Laut, und er schnieft und wischt mit dem Handrücken ab, was ihm aus der Nase läuft.

»Wie hießen sie? Sag es, Herrgott noch mal. Sag die Namen deiner Kinder, die du umgebracht hast. Den deiner Frau.«

Caminade richtet sich auf, versteift sich, schluckt den Rotz runter und die Tränen.

»Diese Schlampe ...«

»Und du hast die Schlampe und ihre Kinder umgebracht, oder was?«

Der andere senkt den Blick. Schaut zum Gewehr rüber.

»Na los. Greif zu.«

Jourdan hält den Atem an, wie im entscheidenden Moment einer Akrobatiknummer, wenn man nicht weiß, ob der Trapezkünstler die Hände des Partners zu packen kriegt oder nicht. Wenn man nicht ausdenken mag, dass es schiefgehen kann.

Caminade zittert. Dann verwirft er die Idee, ballt die Hand fest zur Faust. Er starrt Jourdan an, zusammengepresster Kiefer, große, vor Entsetzen oder Wut glänzende Augen.

»Na los, mach schon. Armes Schwein. Heute Morgen bei dir zu Hause war es ganz einfach, stimmt's? Sie saßen beim Frühstück, haben laut geredet, diese Bastarde, stimmt's? Und dann diese Schlampe, die beim Duschen Radio gehört hat, was? Da hast du dein Gewehr aus dem Schrank genommen, vielleicht hattest du's schon tagelang geladen, aber du warst dir nicht sicher, was? Hast dir gedacht, ich werd doch nicht wegen der Schlampe im Knast landen, also hast du's immer wieder aufgeschoben, und dann, heute Morgen, was weiß ich: Die Kinder von der Nutte haben zu laut rumkrakeelt, oder eins hat ein Schimpfwort gesagt oder seinen Löffel fallen lassen, und das war wie ein Kurzschluss, auf einmal hast du rotgesehen und bist dein Gewehr holen gegangen? War's so? Dann nimm es jetzt auch in die Hand und zeig mir, wie du auf den Abzug drückst. Du hast doch garantiert nachgeladen, bevor du hierhergekommen bist. Na los. Leg an. Zeig's mir. Wirst sehen, das ist wie ein Lokaltermin. Wie im Fernsehen, weißt du, mit einem Scheißrichter, Hände in den Taschen, aber auf den Millimeter genau alles wissen wollen, als ob das irgendwas an der ganzen Sauerei ändern würde, die da begangen wurde, und das diensthabende Arschloch stellt alles nach, wobei, manchmal weiß der nicht mal mehr, was er gemacht hat, so besoffen war er oder zugedröhnt oder einfach wahnsinnig vor Hass und verroht wie ein rasendes Tier. Also mach. Nimm das Scheißgewehr und zeig mir, wie du heute Morgen angelegt hast. An der Hüfte? An der Schulter? Klar, jetzt ist es natürlich nicht ganz so einfach, aber tu mir den Gefallen.«

Jourdan taxiert die kleinste von Caminades Bewegungen, aber der rührt sich nicht. Er zittert nicht mal mehr, hängende Schultern, gebeugter Rücken, womöglich kurz davor, zusammenzusacken wie ein Haufen Lumpen.

Jourdan könnte ihn jetzt erschießen. Dafür ist er hergekommen. Er hält sich die Bilder der Kinder im Flur vor Augen, den Anblick der vorm Heizkörper zusammengebrochenen Frau, ausgeschossenes Auge, gespreizte Beine, versucht, die labile Mischung wiederherzustellen, die sein Hirn fabriziert und anschließend in ihm verteilt hat, eine Mischung aus unendlicher Traurigkeit und tiefer Wut, die ihm in den Eingeweiden sitzt wie ein Ungeheuer mit Krallen und Zähnen, ein stechender Schmerz, der ihn ganz und gar beherrscht, aber er kann nur Abscheu für diesen Trottel aufbringen, dem er eher mit dem Kolben die Fresse polieren sollte, damit er leidet, sich am nächsten Tag im Spiegel wirklich so sieht, wie er ist, eine Missgeburt, die über ihr Versagen flennt, über den endlosen Fall in den bodenlosen Abgrund, der sich unter ihm aufgetan hat. Er macht einen Schritt und hält ihm den Lauf an die Stirn. Caminade hebt die Hände zu dem ausgestreckten Arm. Er knirscht mit den Zähnen. Seine Lider flattern wie verrückt vor den aufgerissenen Augen.

»Fass mich nicht an«, sagt Jourdan. »Fass mich nicht an, du Dreckstück.«

Der Mann lässt die Arme sinken. Jourdan bricht ihm mit einem Schlag des Pistolenlaufs die Nase, und der andere taumelt, rempelt an den Geschirrschrank hinter sich, stößt einen Schrei aus und beginnt zu flennen, die Hände vor der Visage, ordentlich Blut an den Fingern, während die Teller auf ihn niederregnen. Jourdan verpasst ihm einen Tritt gegen die Schulter, wirft ihn zu Boden und richtet wieder die Waffe auf ihn, und er beginnt zu zittern, Finger am Abzug, Caminades blutige Visage verschwimmt über der Kimme. Der Mann fängt an zu plärren, vom Schluchzen geschüttelt. Er schleppt sich über den Boden, es sieht aus, als wollte er sich unter dem Schrank verkriechen.

Jourdan steckt die Pistole weg. »Armes Schwein«, sagt er. Er verpasst Caminade einen weiteren Tritt gegen die Beine, der reagiert nicht. Zwei Türen fliegen auf, krachen gegen das, was dahinter ist, und drei behelmte Gendarmen springen ins Zimmer und bellen irgendeinen Befehl. Jourdan wird nach hinten gerissen, Balland baut sich vor ihm auf und befiehlt ihm mit einer Handbewegung, sich nicht zu rühren.

»Was sollte der Alleingang?«

Jourdan zuckt die Achseln.

»Das wissen Sie doch ganz genau.«

»Ich weiß nur, dass Sie ein gefährlicher Idiot sind.«

Balland dreht sich um, seine Männer ziehen Caminade hoch und legen ihm Handschellen an. Sie drücken ihn gegen eine Wand, vor ein Aquarell mit Seemotiv. Er senkt den Kopf. Blut tropft zwischen seine Füße auf den Boden.

Jourdan beobachtet alles, als wäre er in einem Glaskäfig eingeschlossen. Der Kerl an der Wand mit gesenktem Kopf, Hände auf dem Rücken, kommt ihm auf einmal vor wie ein kleiner Junge, den man in die Ecke stellt, und für ein paar Sekunden erfasst er die Situation nicht mehr. Er scheint nichts mehr zu hören, nur das Rauschen in seinem Schädel.

Balland weist ihm mit dem Kinn die Tür.

»Raus mit Ihnen.«

Jourdan geht nach draußen. Er fühlt sich wie im Rausch, schwer, müde, als wäre er zehn Kilometer gerannt, die Beine wie Pudding.

Draußen wird er geblendet, es hat aufgeklart. Eine Explosion aus Funkeln und Spiegelungen. Kaltes, gebrochenes Licht dringt überall ein wie Eis. Er geht durch den Garten und wagt nicht aufzublicken. Die Straße ist mit nassen Autos und Transportern zugestellt, die im kalten Sonnenlicht glänzen. Er sieht, wie zwei Sanitäter sich in einem Krankenwagen um das alte Ehepaar kümmern. Die Frau schreit und fuchtelt unter der Rettungsdecke herum. Der Mann hängt schlaff und stumm auf einer Bank, einen dicken Verband an der Stirn. Ein Gendarm kommt auf Jourdan zu.

»Wie sieht's aus da drin?«

Jourdan bleibt vor ihm stehen. Zuerst will er am liebsten erwidern, fick dich ins Knie oder guck doch selber nach, aber der Kerl wippt von einem Fuß auf den anderen, tänzelt fast vor Neugier.

»Alles in bester Ordnung, was glaubst du denn? Das Arschloch lebt, erfreut sich bester Gesundheit. So kann er einen gottverdammten Anwalt anrufen. Fraktion weinerlich ... ein Geschworenengericht wird er damit wohl erweichen.«

Jourdan kehrt ihm den Rücken zu und geht.

»So ist das immer«, sagt der Gendarm. »Das nennt sich dann Rechtssystem. Wenn es nach mir ginge ...«

Jourdan beschleunigt die Schritte. Ohne sich umzudrehen, hebt er vage grüßend die Hand. Genauso sieht's aus. Komm gut nach Hause. Er steigt ins Auto und fährt direkt los, traut sich kaum, in den Rückspiegel zu gucken, ignoriert die beiden Beamten, die am Ende der Straße Wache schieben. Er fährt schnell, unter einem düsteren Schauer durch, die Regentropfen auf den Scheiben beben wie dicke Tränen. Fast muss er sich zum Atmen zwingen, muss seine Brust freimachen, die von einer Last niedergedrückt wird, einen Augenblick lang fürchtet er, zu ersticken. Er hat das Gefühl zu fliehen, als hätte er die toten Kinder und die Mutter im Kofferraum und wollte sie im Wald vergraben, ein Komplize, und er sieht wieder Caminades dämlichen Gesichtsausdruck über der Kimme vor sich, Caminade, der weiterleben wird, vielleicht quält ihn auf ewig die Realität seines Verbrechens, oder aber er ist viel zu dumm oder zu wahnsinnig, um den geringsten Schmerz zu empfinden, und sitzt seelenruhig am Rand seiner Hölle.

Ohne darüber nachgedacht zu haben, kommt er beim Polizeipräsidium raus, leuchtend weiß im flüchtigen Sonnenlicht. Reine Fassade. Er taucht in den Schatten der Tiefgarage ab.

7 Die alte Frau hängt mit der Nase über dem Kassenzettel, zeigt mit dem Finger auf jeden Artikel und überprüft, ob er wirklich auf dem Tisch steht, wo Louise die beiden Tüten ausgepackt hat. Der dicke Finger trommelt ungeduldig auf den Papierstreifen, während sie mit dem Blick sucht, was fehlt, ach ja, die Flasche Öl, Louise hält sie hoch, damit sie sie sieht, dann senkt die Alte wieder die Nase, hebt plötzlich den Kopf, das Doppelkinn und die Wangen wabbeln, und die Ravioli, ach ja, da sind sie ja, zwei Packungen zum halben Preis, und sie seufzt, und so geht es weiter, ab und an rückt sie die Brille zurecht, studiert jeden einzelnen Artikel bis zur Gesamtsumme, legt den karminrot lackierten Fingernagel drauf, als wollte sie alles nachrechnen.

Anschließend sitzt sie auf dem Küchenstuhl, schnaufend und hustend, und überwacht das Einräumen der Einkäufe in Schränke und Kühlschrank. Louise weiß, dass die Dicke jede ihrer Bewegungen mit Argusaugen beobachtet, jede Dose, Schachtel oder Tüte muss an exakt demselben Platz stehen wie immer. Manchmal krächzt und zischt sie mit heiserer Stimme: »Die Nudeln nach unten, wie oft muss ich Ihnen das denn noch sagen?« Sie könnte auch selbst alles einräumen, aber Louise hat es leider irgendwann einmal gemacht, und seither hält die Alte das für selbstverständlich. Louise würde sie ihr am liebsten um die Ohren hauen, die Nudeln oder die zwei Dosen Ravioli, na, wie wär's, und sie stellt sich vor, wie sie mit gebrochener Nase nach hinten fällt, mit dem Nacken gegen den Rand der Spüle knallt und dort innerhalb von Minuten stirbt, der Blick bereits vage, die Lider halb geschlossen, und sich vollsabbert oder von Konvulsionen geschüttelt wird.

»Hallihallo! Lernen Sie die Etiketten auswendig? Wo sind Sie mit Ihren Gedanken?«

Louise zuckt zusammen. Ihr wird klar, dass sie innegehalten hat, eine Hand auf einem Päckchen Kaffee, während vor ihrem inneren Auge die kleine Szene ablief. An gar nichts denk ich, dämliche Kuh. Sie gibt keine Antwort, räumt fertig ein und schließt ganz langsam die Schranktüren, zittert beinahe, damit sie sie nicht zuknallt oder abreißt.

Ehe sie geht, sagt sie sogar »Auf Wiedersehen, bis nächste Woche«, und die Alte knurrt irgendwas, dann sperrt sie sofort die Tür ab. Im Fahrstuhl stützt sich Louise gegen die vibrierende Wand, schließt die Augen und ohrfeigt sich, um die Tränen zurückzudrängen, zwingt sich, tief zu atmen. Sie rennt über den windigen Parkplatz zum Auto, stürzt sich hinein, flüchtet sich in die Undurchdringlichkeit der beschlagenen Scheiben, die Welt um sie herum auf einen Rest Licht reduziert, auf gedämpfte Geräusche, auf das, was man wohl spürt, wenn man im Sterben liegt, wenn alles erlischt und versinkt.

Sie fährt los, macht Heizung und Gebläse an, wischt die Scheiben mit einem Lappen ab. Nur zögerlich tauchen die Dinge hinter dem hartnäckigen Nebel wieder auf. Ein Auto nähert sich von hinten und wird langsamer. Eine Frau mit Kopftuch sucht einen Parkplatz. Auf der Rückbank drückt ein kleines Mädchen die Nase gegen die Scheibe. Sie scheint alles aufsaugen zu wollen mit ihren großen dunklen Augen. Louise seufzt. Sie fährt aus dem Komplex und schimpft mit sich. Jetzt reg dich mal ab, du blöde Kuh. Sei nicht so ein Schisser.

Sie braucht fast vierzig Minuten, um Bordeaux zu durchqueren. Sie hört Radio, ein bisschen Hip-Hop, sie dreht auf, damit die Bässe in ihrem Bauch wummern. Es wird dunkel. Die Farben sind nur noch elektrisch, primär, brutal. Sie prallen mit dem Regen gegen die Autoscheiben und verschmieren zu einer flimmernden Palette. Verschwommene Gestalten auf den Bürgersteigen lösen sich auf wie im Reich der Toten. Dreh dich nicht um. Such nicht im Rückspiegel nach ihnen. Ihre Mutter hatte ihr einmal die Sage von Orpheus und Eurydike erzählt. Das hatte sie tief verstört, weil es ihr unmöglich schien, sich nicht umzudrehen, nicht nach dem geliebten Menschen zu schauen, und doch war sie wütend auf Orpheus, dass der sein Verlangen nicht beherrschen konnte und alles verdorben, zugelassen hatte, dass der Tod Eurydike auf ewig mit sich nahm.

An manchen Tagen sieht sie die beiden auf der Straße. Auf der anderen Straßenseite. Im Gedränge der rue Sainte-Catherine. Am Fenster einer Straßenbahn. Sie begegnet manchmal ihrem abwesenden Blick. Am Anfang fuhr sie erschüttert herum, aber sie verschwanden sofort wieder, wurden von der Menge verschluckt oder durch vage Umrisse ersetzt. Mittlerweile hält sie es aus, sekundenlang macht der Anflug von Wunschdenken sie glücklich, dann wird sie von Sam in die Welt der Lebenden zurückgeholt, der nicht versteht, warum sie auf einmal langsamer läuft.

Wenn ihr nicht wiederkommt, komme ich eben zu euch.

Der Schulhof ist dunkel und leer. Die große Fensterfront des hellerleuchteten Raums, in dem die Kinder sind, bringt den nassen Asphalt zum Glänzen. Etwa ein Dutzend beugt sich über Tische, malt große Sonnen, riesige Blumen, blauen Himmel. Nacera, die Betreuerin, nickt Louise grüßend zu, dann schaut sie sich ein Bild an, das ein kleines Mädchen ihr hinhält. Sam hat Louise nicht hereinkommen sehen. Sie sieht seinen gebeugten Rücken, die rot bekleckste Hand neben dem Blatt Papier, das er eifrig bemalt. Er zappelt unterm Stuhl mit den Füßen. Sie steht hinter ihm und sagt nichts.

Sie schaut ihn an, widersteht der Versuchung, seinen Nacken zu küssen. Die Betreuerin lächelt Louise zu, da dreht er sich um, macht einen kleinen Hopser auf dem Stuhl, steht dann langsam auf und betrachtet im Stehen, was er gerade gemalt hat. »Der Strand«, sagt er. »Guck mal.« Er schlingt ihr die Arme um die Beine und drückt sie fest und schließt die Augen, als sie ihm über den Kopf streichelt.

Da ist das Meer, Sand. In der Ferne auf einem Felsvorsprung steht ein Leuchtturm. Ein Segelboot, ein lächelnder Delfin, der auf dem Wasser liegt wie eine Boje. In der Ecke eine dicke, goldgelbe Sonne. »Das sieht schön aus«, sagt Louise. »Er hat Talent«, sagt die Betreuerin. »Kann ich das mitnehmen?« Sam hält Louise das Blatt hin. »Kannst du das in mein Zimmer tun?«

Sie fahren schweigend im Flappen der Scheibenwischer nach Hause. Sam drückt sich in den Sitz auf der Rückbank. Louise sieht ihn nicht und verrenkt sich den Hals, damit sein ruhiges Gesicht im Rückspiegel auftaucht, das den Lichtern da draußen zugewandt ist. Sie fährt einmal um den Parkplatz herum und späht in dunkle Ecken, Hauseingänge, erschauert, als sie eine Männergestalt aus einem Auto steigen sieht, dann macht er den Kofferraum auf und holt zwei riesige volle Einkaufstüten heraus, läuft bepackt wie ein Maulesel los, beinahe schwankend, die Arme langgezogen vom Gewicht, einen Rucksack auf dem Rücken.

Sobald sie die Tür hinter sich zugemacht hat, überfällt sie die aufgestaute Müdigkeit des Tages. Sie geht in die Küche, füllt ein Glas mit Wasser und trinkt in langen Zügen im Stehen an der Spüle, dann setzt sie sich neben Sam, er hat den Fernseher angemacht und schaut eine Pferdedoku. Sie zieht ihn an sich, und er legt den Kopf auf ihren Schoß, ohne den Bildschirm aus den Augen zu lassen, wo verängstigte Mustangs vor einem Hubschrauber her galoppieren, von dem aus sie gefilmt werden.

So bleiben sie eine ganze Weile sitzen. Immer noch Pferde. Eine Gruppe Sioux reitet zu Ehren von Chief Big Foot im Schneesturm durch Dakota. Eingemummelte Gestalten, sie schauen müde unter den Kapuzen hervor. Die Pferde haben den Kopf gesenkt, Schritt für Schritt gegen den Wind. Eine dunkle, wogende Kolonne im Schnee. Sam setzt sich auf, beugt sich vor. »Siehst du, wie kalt ihnen ist?« Louise stellt den Kragen ihres Pullovers hoch, als ob ein eisiger Wind durchs Zimmer weht. »Denen muss doch kalt sein, den Pferden, oder?« Louise erinnert sich an die Western, ihr Vater war verrückt danach. Sie sieht die Szene vor sich, in der durchgefrorene Indigene, die man ins Gefängnis gesteckt hatte, weil sie aus ihrem Reservat geflohen waren, rebellieren und die Wärter umbringen, ehe sie türmen, von Kavallerieregimentern verfolgt und gehetzt.

Sie spürt, wie Sams Körper weich wird und schwerer auf ihr lastet. Sie stellt den Ton aus, lauscht dem Atem des leichten Schlummers, in den der Junge geglitten ist. Auch sie entspannt sich, sie könnte sich jetzt gehen lassen wie er, sie würden sich gegenseitig wärmen, die Zeit bliebe stehen, die Stille und die Nacht um sie herum würden sie beschützen wie eine uneinnehmbare Festung. »Hast du keinen Hunger?« Sie flüstert es ganz nah an seinem Ohr, und er brummt, brummt wie ein kleines Tier und setzt sich auf. »Wie ein Bär«, sagt er. »Ich habe einen Bärenhunger.« Er nimmt ihre Hand und beißt vorsichtig hinein, brummelt und schnüffelt dabei.

Also essen sie. Zwischen ihnen lange Momente der Stille. Sam hat eine Actionfigur vor sich, ein mit Zacken und Waffen gespickter Krieger, und von Zeit zu Zeit ändert er die Position, lässt ihn um den Teller patrouillieren, stupst ihn um und imitiert dabei eine Gewehrsalve. »Hör mal auf damit. Iss, bevor es kalt wird.« Zwischen zwei Bissen erzählt Sam, dass Enzo vom Stuhl gefallen ist, und alle haben gelacht, und Enzo hat geweint, dabei hat er sich nicht mal weh getan. Er erzählt, dass Lauriane ihre Matheaufgabe nicht lösen konnte und er ihr geholfen hat. »War ganz einfach«, sagt er. »Nadia und ich waren zuerst fertig.« Louise neckt ihn: »Und, war es wenigstens richtig?« Er seufzt. »Klar war es richtig.« Genervt schüttelt er den Kopf.

»Ist Nadia nett? Du sprichst oft von ihr.«

Sam stochert auf seinem Teller herum, stellt den Krieger wieder hin, lässt ihn über den Tisch hüpfen. Er guckt hoch, sieht seine Mutter an und runzelt die Stirn. Er hebt den Arm der Figur, die ein Schwert hält, und fuchtelt damit vor Louise herum.

»Ich bin ihr Zauberer und sie ist meine Liebste«, sagt er mit extra tiefer Stimme. »Manchmal unterhalten wir uns nur mit Blicken.«

»Und was sagt ihr euch so, mit Blicken?«

Er zuckt die Schultern und schält eine Clementine. Er bemüht sich, die Schale in einem Stück zu lassen und legt sie dann in der ursprünglichen Form fast intakt mitten auf seinen Teller.

Louise beugt sich vor, versucht, seinen Blick einzufangen, aber er hält den Kopf gesenkt, lächelt verschmitzt, kaut bedächtig jedes einzelne Stück. Als er fertig ist, nimmt er seinen Krieger und schaut ihn sich eingehend an, kratzt an dem goldenen Schild.

»Also? Was erzählt ihr euch so, du und Nadia?«

Er seufzt. Seine Augenlider flattern, und er schüttelt betroffen den Kopf.

»Du bist zu neugierig.«

Sie langt über den Tisch, streift die wuscheligen Strähnen, die sich auf seinem Kopf locken.

»Musst ja nicht erzählen.«

Sie hört, wie ihr Handy im Flur piept, wo sie ihre Handtasche abgestellt hat, eine neue Nachricht. Sam hat es auch gehört und schaut sie an.

»Wer ist das?«

Sie drückt seine kleine Hand. Ihr Herz hämmert wie ein Trommelwirbel.

»Ich guck nachher mal. Wahrscheinlich Werbung.«

Sam nickt. Mechanisch spielt er mit dem Krieger, sein Blick geht ins Leere.

Louise lauscht. Ihr ist ein bisschen schwindlig, deshalb lässt sie unter Sams Blick den Kopf gegen die Lehne sinken, er lächelt ihr zu und schneidet eine Grimasse. Sie lächelt zurück. Mein kleiner Zauberer. Wir haben Glück, Nadia und ich.

In ihr Schweigen hinein ertönt aus dem Wohnzimmer die jugendliche Stimme des Präsidenten, täuscht Ernsthaftigkeit vor und bemüht sich um einen feierlichen Tonfall, aber seine Kurzatmigkeit verrät ihn. Louise hört sich die Worthülsen des Grünschnabels an, den unfähigen, selbstgefälligen Kommentar einer Politikreporterin. Dann fällt via Fernsehbildschirm wieder einmal die Welt ein, wie ein nie versiegender Strom aus Schlamm und Blut, der durchs Fenster eindringt, sobald man es auch nur einen Spaltbreit öffnet.

Ein Schlauchboot hat vor der Küste Siziliens Schiffbruch erlitten. Man weiß nicht, wie viele Menschen ertrunken sind. Fünfundzwanzig oder sechsundzwanzig. Die drei Überlebenden sind sich nicht sicher.

»Ganz anderes Thema«, sagt die Ansagerin. Streik bei einer Fluggesellschaft. Leute meckern, weil ihr Flug gecancelt wurde. Sie haben die Nase voll davon, dass man sie in Geiselhaft nimmt.

Ohne es überhaupt zu wollen, ist Louise in den Sog von Stimmen und Geräuschen hineingezogen worden. Sie müsste rübergehen und ausschalten. Sie müsste sie zum Schweigen bringen. Der Kleine scheint nichts mitzukriegen. Sie fragt sich, wie viel von den entsetzlichen Gerüchten zu ihm durchdringt. Vielleicht macht dieses Hintergrundgeräusch ihn allmählich taub. Sie sieht zu, wie er mit dem Krieger spielt, voller Klingen, Haken und Spitzen. Er lässt ihn auf dem Wachstuch rumhüpfen, lustig, harmlos. Vielleicht nimmt er genau das wahr: Sprünge, Schreie, die grellen Farben vom Bildschirm.

Sam reibt sich mit dem Handrücken die Augen. Sie schaut auf die Uhr.

»Weißt du, wie spät es ist?«

Er prustet, bläst die Backen auf, runzelt die Stirn.

»Kann ich nicht noch aufbleiben? Ein bisschen?«

Leise, flehentliche Stimme. Fast ein Flüstern, als könnte irgendjemand sie hören.

»Nein, Sam. Du musst ins Bett.«

Da steht er langsam auf, er guckt sauer, oder traurig. Faltet seine Serviette zusammen und legt sie in die Schublade. Geht mit gesenktem Kopf dicht an Louise vorbei, dann springt er sie an und schmatzt ihr einen lauten Kuss aufs Ohr und rennt lachend davon. Sie hört die Dusche rauschen und ruft: »Schön gründlich! Nicht, dass ich hinterher kontrollieren muss!« Sie wirft trotzdem einen Blick durch die angelehnte Tür und sieht, wie ihr Sohn sich in der beschlagenen Duschkabine mit Lavendelduft einseift.

Weil er noch nicht sofort schlafen will, liest sie ihm wieder einmal ein paar Seiten aus Jacominus Gainsborough vor, und ihre Kehle wird immer an den altbekannten Stellen im Leben dieses melancholischen Kaninchens eng. Sam sucht nach Sweety Vidocq, die sich auf den großformatigen Seiten versteckt, dann lauscht er mit geschlossenen Augen und seligem Lächeln seiner Mutter und spricht in Gedanken den Text mit, den kennt er auswendig, und so schläft er ein. Sie bleibt noch ein paar Minuten und beobachtet, wie sein Brustkorb sich unter dem Laken hebt und senkt, sie besteht nur noch aus Atem und merkt nach einer Weile, dass sie synchron sind. Ihr einziger Horizont ist das weiche, runde Profil, zerschnitten vom Licht der Lampe. Beim Aufstehen streichelt sie seine Hand, die auf der Decke liegt, dann geht sie fröstelnd aus dem Zimmer.

Sie durchwühlt ihre Handtasche nach dem Telefon, spürt, wie es in ihrer Hand vibriert. Das Display leuchtet auf. Weißes Licht im dunklen, engen Flur, gespenstisch.

Lucas.

Drecksfotze hättest heute früh zurückschreiben können.
Ich wollte mich vertragen, aber wenn du Krieg willst,
bitte, kannst du haben.

Die Tränen kommen, sie kann sie nicht zurückhalten. Sie lehnt sich an die Wand, ringt nach Luft, vom Schluchzen bekommt sie Schluckauf. Sie überprüft die beiden Riegel, tastet die Tür ab, als ob sie einen Riss im Holz finden könnte, dann geht sie in die Küche und nimmt ein großes Messer aus der Schublade, das, das sie in solchen Momenten immer holt und sonst nie benutzt, und legt es dicht neben sich auf die Arbeitsfläche. Sie überprüft den Akku ihres Handys, legt es daneben.

Mach ihm nicht auf, und fertig. Das sagt sie sich ganz leise und behält den dunklen Bildschirm im Auge. Mach ihm nicht auf, und fertig.

Sie beruhigt sich ein wenig. Wirft noch einen Blick in Sams Zimmer, lauscht seinem Schlaf, riecht den Seifenduft. Alles ist ruhig. Ihre Müdigkeit sagt ihr, dass es spät ist. Sie macht den Abwasch, räumt ein bisschen, raucht eine auf dem Balkon, lässt den Blick über die erleuchteten Fenster am Haus gegenüber schweifen. Manchmal nehmen Schatten Gestalt an, flüchtige Phantome. Auf dem Parkplatz rührt sich nichts. Sie versucht, an gar nichts mehr zu denken, oder an nächsten Sommer, an die acht oder zehn Tage Sonne und Meer, die sie sich und Sam gönnen wird, und sie beschwört Bilder von Stränden bei Ebbe herauf, morgens menschenleer, ein langer Spaziergang am Wasser, die Füße im durchsichtigen Nass, der Junge vor ihr spritzt kristallklare Fächer aus dem Wasser, bückt sich ab und zu nach einer Muschel und dreht sich dann zu ihr. Guck mal! Schön, oder? Sie strengt ihre Phantasie an, wringt sie umsonst aus, der vergangene Tag setzt sich wieder in ihrem Kopf fest: abwesende Blicke, wie verloren sie wirken, die trockene Haut der Hände, die sie schüttelt, kleine Holzbündel in zerknittertem Papier, schlaffe Wangen, die sie manchmal küsst, und klammernde Arme, die sie an die Brust drücken, in der vielleicht ein einsames Herz schneller schlägt. Sie schließt die Balkontür und setzt sich vor den Fernseher, zappt durch die Programme, dann schaltet sie das Gerät aus. Mit geschlossenen Augen lauscht sie über das Rauschen ihres Blutes hinweg misstrauisch in die Stille und hört, wie im Treppenhaus die Fahrstuhltür aufgeht. Ihr Körper verkrampft und krümmt sich zusammen, sie kauert sich ins Sofa. Er wird hereinkommen, von der Wohnzimmertür aus einen Blick hineinwerfen, Beleidigungen knurren und wieder gehen, ohne sie entdeckt zu haben. Sie weiß, dass es so nicht laufen wird. Er wird sich über die Sofalehne beugen und sie an den Haaren packen, hochzerren und dann zu Boden werfen. Sie würde sich das Schreien verbeißen, um Sam nicht aufzuwecken. Sie weiß, dass Sam aufwacht. Hinterher würde sie ihn schlafend oder leise weinend hinter der Kinderzimmertür finden, verschreckt von den Schreien. Denn irgendwann schreit sie immer, wimmert, fleht. Sie wird sich zusammenrollen. Sie wird beten, dass er ihr nicht mit einem Fußtritt das Rückgrat bricht. Sie wird beten, aber ihr Gebet, das weiß sie, wird von nichts und niemandem erhört, nirgendwo. Kein Gott. Kein Paradies. Die Hölle ist hier, ohne Horizont oder Jenseits.

Der Albtraum erdrückt sie, erstickt sie, sie ist gelähmt von den Schmerzen, die sie tagsüber vergessen hatte, der Traum betäubt sie mit einem Getöse aus Schreien und Beschimpfungen, und als sie aus dem Chaos auftaucht, ist um sie herum nur bedrückende Stille und Halbdunkel, kaum erhellt von der Neonröhre der Spüle. Da streckt sie den Arm aus, faltet sich auseinander, setzt sich und steht auf, schüttelt sich aus dem Schwindel, der alles um sie herum zum Tanzen bringt, und rennt zur Tür, drückt ihr Ohr dagegen, aber da ist nichts, nur das entfernte Murmeln einer Sendung, Applaus, Lachen, Echo der Einsamkeit.

8 Als Jourdan ins Büro kam, war der Chef am Telefon. Er wies auf einen Stuhl, ohne ihn anzuschauen, halb dem Fenster zugewandt, wo nichts zu sehen war außer anthrazitfarbenem Himmel und Regenschlieren. Desclaux hörte vor allem zu, nickte und murmelte zu dem, was man ihm sagte, wunderte sich manchmal, seufzte oft. Er spielte mit einem Gummiband, das er mit der Geschicklichkeit eines Taschenspielers unablässig um die Finger wickelte und wieder löste. Als er aufgelegt hatte, warf Desclaux das Telefon auf den Schreibtisch und flüsterte »Verdammte Scheiße«, dann wirbelte er im Stuhl herum und saß nun Jourdan gegenüber.

Er hatte *mezza voce* begonnen. Den Sauhaufen angesprochen, *piano*. Dieses Wort hatte er benutzt. Sauhaufen. »Vier Polizisten im Raum, und bei keinem einzigen sitzen die richtigen Reflexe, die erforderlichen Handgriffe, die Technik. Und dann dieser Kerl, da, dieser stumme Riese, der aus dem Fenster gesprungen ist, zur Stunde immer noch nicht identifiziert. Wo kommt so ein Kerl plötzlich her? Und das ganze Blut an ihm? Anscheinend nicht mal seins. Wurde ins Labor geschickt, morgen haben wir die Ergebnisse. Sie waren zu viert im Raum, Herrgott nochmal, wenn ich bloß dran denke. Hinterher haben alle gesagt, dass sie den komisch fanden, den Kunden. Man kann von Glück sagen, dass der nicht ein, zwei Leute abgeknallt hat. Da stünden wir jetzt schön da. Jedenfalls haben wir einen toten Verdächtigen und vier Unfähige, die ich nicht ungern als Schreiberlinge in einen Keller verbannen würde.«

Er sprach leise, wie zu sich selbst, lehnte in seinem Schreibtischstuhl, den Kopf ein wenig eingezogen. Er fing von den beiden Idioten von der IGPN, der Dienstaufsicht, an, die morgen mit dem ersten Zug hier aufschlagen, ihre langen Messer in die klaffenden Wunden bohren und drin herumwühlen würden.

»Ich dachte, die kommen wegen dem Scheißtheater, das Samstagnachmittag steigt, aber nein, ist denen scheißegal, haben sie gesagt, soll sich der Staatsanwalt damit rumschlagen, und die Schwachköpfe mit ihren scheißgelben Westen können einfach weitergrölen. Auf jeden Fall trainiert der ganze Heckmeck die Truppen. Härtet die Neuen ab, festigt die Befehlskette. Zu gegebener Zeit wird das sehr nützlich sein.«

Er schwieg, malte Dreiecke auf das Blatt Papier vor sich, wiegte bedächtig den Kopf hin und her, mit schiefem Mund, warf Jourdan über den Brillenrand ein paar flüchtige Blicke zu. Das dumpfe Dröhnen des Verkehrs war zu hören, quietschende Türen, Stimmengewirr, eine Frau brachte lautstark ihre Verwunderung zum Ausdruck und brach dann in Gelächter aus. Doch über die beiden hatte sich Stille gesenkt, ein nicht greifbarer Block, in dem die Geräusche versanken wie Steine im Schlamm.

Jourdan wartete. Er hielt sich an den Geräuschen fest, die zu ihm durchdrangen, versuchte, ihnen einen Sinn zu geben, rauszuhören, wer da sprach. Einen Augenblick lang sah er dem Regen zu, der über die Scheibe hinter Desclaux rann, hin und wieder blitzten rote oder goldene Tränen auf, kostbare Funken, die in den dunkler werdenden Abend geworfen wurden.

Jourdan wartete. Er kannte die Vorgehensweise des Alten: wie ein Hund, der um einen herumstreicht und die Knöchel beschnüffelt, ehe er angreift. Dann hatte Desclaux mit einem heftigen Ruck die Schreibtischschublade aufgezogen und wieder zugeknallt. »Verdammt nochmal«, sagte er. »Was hat mir der Capitaine der Gendarmerie da erzählt, gegen Mittag, als wär hier nicht so schon die Kacke am Dampfen? Was hast du da für eine Nummer abgezogen mit diesem Arschloch, wie hieß der noch mal? Caminade, ja? Da rennst du mit der Waffe im Anschlag rein, entgegen jeder Vorschrift, und bringst die Geiseln in Gefahr, weil, der Arsch hätte seine Drohung wahrmachen können. Stell dir nur mal eine Sekunde lang vor, der hätte das Gewehr in der Hand gehabt. Der dachte, du knallst ihn gleich ab, Herrgott noch mal. Er behauptet, du hättest ihn angestachelt, seine Waffe zu nehmen, und ihn dann geschlagen. Gut, okay, dein Wort gegen seins, armes Schwein, das regeln wir schon, haben ja Übung. Aber bei dem, was heute Morgen passiert ist, und dann die IGPN, die uns schon morgen ihre Scheißschnüffler auf den Hals hetzt, das ist dann doch allerhand. Der wollte dich anzeigen, der Arsch. Überleg dir das mal. Der Hurensohn massakriert seine Familie, und dank deiner Showeinlage als einsamer Revolverheld fällt uns das auf die Füße? Was bist du? Der Rächer mit der Maske? Der Würgeengel? Und anstatt als zuständiger Polizeibeamter das übliche Verfahren zu befolgen, haust du auch noch ab, einfach so? Oder wolltest du mal kurz zum Bassin d'Arcachon, frische Luft schnappen?«

Er schrie nicht. Er hatte nicht mal richtig die Stimme erhoben. Aber er hackte beim Sprechen die Silben ab, als hätte er Messer im Mund, so musste sich das gerade anfühlen, und jede einzelne Silbe kam angeschossen wie eine Ohrfeige. Er hatte die Arme auf dem Schreibtisch verschränkt und beugte sich nach vorn. Ein verächtliches Lächeln zog sich wie eine zum Zerreißen gespannte Maske über sein Gesicht, und dahinter kam ein Monster zum Vorschein.

Jourdan ließ ihn nicht aus den Augen, hielt dem graublauen Blick stand, der dem Alten den Spitznamen Bel-Œil eingebracht hatte, sah zu, wie er sich in seinem teuren Nadelstreifenanzug, dem lila Hemd, dem von einer sattgelben Krawatte gehaltenen Kragen versteifte, wie er sich das silbergraue Haar zurückstrich, und wartete, dass dieser Clown im Zuhälterlook, der sich fast zehn Jahre in Lille bei der Sitte durchgemogelt hatte, seine Schmährede voll drohender Verwünschungen, Sanktionen, Versetzung, Protokoll, Disziplinarausschuss beenden und ihn rauswerfen würde, so dass er endlich raus in den Regen und eine Scheißzigarette rauchen und alle zum Teufel wünschen konnte.

Desclaux brach abrupt ab und starrte aufmerksam auf den Computerbildschirm, als liefe dort die Übertragung irgendeines Fußballspiels. »Schwamm drüber«, hatte er nach einer Weile gesagt, ohne Jourdan anzusehen. »Ich rede morgen mit den Clowns, die werden wir schnell wieder los.« Desclaux hatte ihm über den Schreibtisch die Hand hingestreckt und Jourdan hatte sie eilig schlaff und wortlos gedrückt, dann war er gegangen.

Er hatte seine Zigarette unter einer Überdachung geraucht, wo der vom Wind gebeutelte Regen ihm ein paar Spritzer ins Gesicht sprühte. Ihm fiel auf, dass er seit fast einer Stunde nicht mehr an den Tatort von heute Morgen gedacht hatte, und fühlte sich deswegen schuldig und erleichtert zugleich. Dabei hatte er noch ganz andere gesehen. Er war in Winkel vorgedrungen, in denen der Tod Chaos gesät hatte, Blut, Eingeweide, Verstümmelungen, Gestank … Zweimal hatte es sogar Augenzeugen gegeben, Kinder, der dreijährige Junge, der verängstigt hinter einem großen Kissen in einer Ecke saß, das kleine nackte Mädchen unterm Tisch, ihre Stoffpuppe an sich gedrückt, erst im Krankenhaus hatte man sie ihr abnehmen können, als sie nach einer Beruhigungsspritze gegen die Krämpfe und die Schreie eingeschlafen war.

Er sah alles wieder vor sich, konnte sich an alles erinnern. An jeden Schritt, sobald er durch die Tür war. An jeden Kloß im Hals oder im Bauch, jeden Brechreiz. Und diese Stille, die minutenlang alle erfasste, und wie man wieder Atem holen konnte bei den ersten Worten, die irgendjemand schließlich auszusprechen wagte. Dann machten sie sich an die Arbeit. Jourdan hatte manchmal das Gefühl, der Tod schaute ihnen zu und glitt mit eisiger Präsenz umher, um sie am Arbeiten zu hindern, verstimmt, weil sie versuchten, Licht in das von ihm gesäte Dunkel zu bringen. Und so spürte Jourdan dann die Anwesenheit von etwas, an das er nie geglaubt hatte. Es dauerte sekundenlang, er hielt inne und blickte sich um und lauschte, als könnte er ein Beben wahrnehmen, ein Wogen in der Luft, ein Flüstern vielleicht, dann zuckte er die Schultern und ging wieder an die Arbeit.

Mittlerweile empfindet er seit Monaten nur noch traurige Wut. Einen unbeschreiblichen Zorn. Ich bin müde. Das sagt er zweimal zu seiner pitschnassen Windschutzscheibe und dem gebrochenen Licht, im Summen von Scheibenwischer und Heizung. Er überquert den Fluss, dunkel wie eine Schlucht. Ein Polizeiauto rast ihm im Getöse blauer Lichtblitze Richtung Innenstadt entgegen. Drin sitzen schweigend und angespannt Polizisten, stellt er sich vor, vom Tempo und vom Adrenalin berauscht. Er erreicht sein Zuhause, den Weg hat er nicht mitbekommen, nichts gesehen, nichts gedacht. Wie einst die Säufer, die sturzbetrunken von ihrem Pferd oder Maultier vor der Haustür abgeliefert wurden. Es ist ein gewöhnliches Haus in einem ganz gewöhnlichen Viertel. Die Straßen sind nach Vögeln benannt, es gibt Bäume, weil die Gegend früher ländlich war, ehe das Dorf zu einem Vorort wurde, sich vergrößerte und die Landschaft einverleibte. Wobei, ein letztes Stück Wald kümmert bis zum Fuß des Hügels vor sich hin. Es ist dunkel und man sieht keine Bäume. Man sieht nichts außerhalb des Lichts der Straßenlaternen. Es ist Nacht, aber man sieht nicht mal die Nacht.

Jourdan geht mit hochgezogenen Schultern hinein, der Wind benetzt ihn mit eisigem Regen. Er flucht unterdrückt, stößt das Tor auf und macht es mit dem Fuß zu. Als er die Tür öffnet, kommt ihm sofort milde, weiche Luft mit einem Hauch Parfüm entgegen, und Jourdan bleibt sekundenlang reglos in diesem Wohlgefühl stehen, es erstaunt ihn fast. Eine Art Erleichterung. Lange Zeit war es ihm so gegangen, sobald er die Tür hinter sich zumachte; er schob den Riegel vor, als würde die Scheiße, in der er den ganzen Tag wühlte, sich womöglich hineindrängen, als würde das Hintergrundgeräusch der Außenwelt, dieses fiese Flüstern, das Stöhnen Todkranker, am Abendbrottisch widerhallen oder die Kleine am Einschlafen hindern, weil es ihr Obszönitäten ins Ohr säuselte.

Er konnte nicht sagen, wann dieser Zauber gebrochen worden war.

Lampen sind an, aber ihr Licht fällt auf niemanden. Er lauscht und hört gedämpfte Geräusche von irgendeiner Gegenwart. Im Wohnzimmer flüstert der leise gestellte Fernseher vor Sofa und leeren Sesseln. Eine Journalistin, die wie ein Topmodel aussieht, moderiert eine Art Debatte über die Aufstände letzte Woche. Brennende Autos werden eingeblendet, Vorstöße der Polizei, widerspenstige Demonstranten. Verwüstete Fassaden von Banken. Nach Einbruch der Dunkelheit werden die Nobelviertel bei Feuerschein von Schreien und Schlägen dumpfer Wut heimgesucht. Vor der Kamera setzen sirrende Mimen betroffene Mienen auf, denn die Lage ist ernst, schön selbstgerecht sitzen sie da, unerschütterlich, selbst im schlimmsten Sturm. Nach einer Weile sieht Jourdan nur noch sich bewegende farbige Punkte, seltsame bunte

Dinger in einem Aquarium, doch die Bilder des Tages schieben sich wieder davor, und wieder benebeln ihn Niedergeschlagenheit und Wut. Er geht ein paar Schritte durchs Zimmer, dreht sich in der weichen Wärme der Lampen um sich selbst, er weiß, dass er bei sich zu Hause ist, aber er fühlt sich nicht mehr zugehörig, wie ein entwurzelter Baum, der von einem gleichgültigen Strom weit fortgespült wird. Er macht den Fernseher aus und wirft die Fernbedienung zwischen die Kissen aufs Sofa. Er schmeißt seinen Parka drauf und geht in die Küche. An der Kühlschranktür klebt ein Post-it.

Suppe zum Aufwärmen, Salat, Käse

Er isst an einer Tischecke, sitzt verquer auf dem Stuhl. Er schlingt. Er hat Hunger. Am Ende stopft er trockenes Brot in sich hinein, geistesabwesend, einzig und allein damit beschäftigt, das Bedürfnis, satt zu werden, zu stillen. Er trinkt ein ganzes Glas Limonade, der Zucker verschafft ihm sofort ein schlichtes, direktes Vergnügen. Das erfüllt ihn, und er lehnt sich zurück, lümmelt beinahe auf dem Stuhl, und so findet ihn Marlène, die er nicht kommen gehört hat und die einen Moment stutzt, eine Hand am Türrahmen, sie trägt schwarze Leggings und einen alten Pullover mit weitem Halsausschnitt, man sieht die Goldkette, die er ihr vor langer Zeit geschenkt hat, ist vielleicht fünfzehn, zwanzig Jahre her, ein kleiner roter Stein hängt daran wie ein Blutstropfen.

»Hallo«, sagt Marlène, geht zum Schrank und holt ein großes Glas heraus, schenkt sich vor dem offenen Kühlschrank Milch ein.

Sie nimmt die ersten Schlucke im Stehen, mit dem Rücken zu Jourdan, dann macht sie mit dem Fuß die Tür zu und lehnt sich an die Arbeitsfläche, tut so, als ob sie den großen

Kalender anguckt, auf dem Monat für Monat weite amerikanische Landschaften vorbeiziehen, im März ist es der Grand Canyon, letzten Monat war es Monument Valley im Schnee.

»Wie geht's?«, fragt er.

Er weiß nicht, warum er das gefragt hat. Wahrscheinlich hatte er etwas sagen wollen, damit sie ihn ansah, damit der Blick ihrer dunklen Augen auf ihm ruhte, und ihm ist nur diese mechanische Floskel eingefallen. Auf einmal hat er das Gefühl, sie in einen leeren Raum hineingestellt zu haben, ohne irgendeine Schwingung auszulösen, schon beim Aussprechen verstummt.

Marlène sieht ihn an. Es wäre ihm lieber gewesen, sie hätte ihn ignoriert. Sie sieht ihn an und scheint in seinem Gesicht nach etwas zu suchen, das sich verändert hat. Sie beugt sich ein Stück vor, reckt den Hals, dann schüttelt sie lächelnd den Kopf. Sie stellt das leere Glas mit übertriebener Vorsicht neben sich ab, als fürchte sie, es umzustoßen.

»Gut geht's mir. Was ist denn das für eine Frage. Warum sollte es mir schlecht gehen? Fällt dir sonst nichts ein?«

Sie lässt ihn nicht aus den Augen. Er liebte es so sehr, wenn sie ihn ansah. Da fühlte er sich wie in der Frühlingssonne, so eine goldbestäubte Milde. Es wunderte ihn, dass so eine Frau ihn eines Tages bemerkt hatte und es immer noch tat. Und er liebte es auch, sie anzusehen.

Sie schaut ihn an. Sie fordert ihn heraus, etwas anderes zu sagen.

»Nein. Nichts.«

Er steht auf. Kriegt keine Luft. Im Flur fasst er sich wieder. Er hört das Parkett im ersten Stock knarren, eine Tür aufgehen. Am liebsten wären ihm Schritte, die die Treppe runterkommen.

Er zieht den Parka über, geht raus, schließt hinter sich ab.

Wind, Regen. Ein Drang, zu schreien, etwas kaputt zu schlagen. Er schluckt es runter wie Auswurf. Wozu soll das auch gut sein, mitten im Trümmerfeld. Er steigt ins Auto, lässt den Nieselregen über die Scheiben rinnen, bis die Sicht verschwimmt. Er startet den Motor und fährt langsam durch die enge Straße, dicht an den kreuz und quer geparkten Autos der Nachbarn vorbei. Als er abbiegen will, sieht er Barbaras vermummte Gestalt, die große Zeichenmappe unterm Arm und eine geräumige Umhängetasche über der Schulter. Er hält an, steigt aus, wartet, bis sie bei ihm ist.

»Ach du bist es! Du hast mich erschreckt.«

Er nimmt sie in den Arm. Drückt sie fest an sich. Küsst sie auf die Wangen, das Haar.

»Hallo, mein Spatz.«

Ihr Marschgepäck behindert sie, sie weiß nicht wohin mit dem freien Arm, der den Schulterriemen gehalten hatte, also legt sie ihrem Vater die Hand auf die Schulter und erwidert seine zärtliche Begrüßung mit einem flüchtigen Kuss und macht sich sanft los.

»Es ist kalt. Ich bin erledigt.«

Sie schaut zu ihm hoch, ringt sich ein Lächeln ab, geht um ihn herum und läuft weiter.

Jourdan bleibt in der von Regen und trübem Licht vernebelten Nacht zurück. Er hat das Gefühl, dass Barbara langsamer geht, sie zieht die Tasche hoch, und er glaubt, sie käme noch mal zu ihm, aber sie verschwindet hinter der Biegung, und plötzlich ist es, als hätte er die Szene geträumt, und vielleicht wird er langsam verrückt, ist anfällig für Halluzinationen.

Zu seiner Überraschung ist er mal wieder auf der Umgehungsstraße, obwohl er das eigentlich nicht vorhatte, dann überquert er den Fluss, hoch oben auf der Brücke macht er die dunkle, mit Lichtern abgesteckte Biegung aus, drum herum die Stadt wie ein gefallenes, von düsteren Gestirnen übersätes Firmament. Er wird von Rasern überholt. Die Abfahrten und ihre Schilder ziehen vorbei. Er weiß, dass sie in um diese Uhrzeit ausgestorbene Vororte führen, danach durch hohe Pinienwälder und schließlich zum Strand. LACANAU. Er denkt an das Meer bei Nacht, bei diesem Wetter, an die Finsternis des gähnenden, aufgewühlten Schlundes, an das phosphoreszierende Toben. Ein Abgrund wie die, die in alten Weltbildern die flache Erde säumten. Wenn er näher ranfährt, denkt er bei sich, könnte er darin versinken. Er zuckt zurück, als wäre er beinahe hineingefallen. Er reißt sich zusammen, schüttelt den Kopf, macht das Radio an, lässt ein paar Takte eines albernen Liedes über sich ergehen, schaltet wieder aus. Ein Schild kündigt eine Raststätte an, oft übernachten dort Fernfahrer, parken direkt davor in einer langen Reihe auf dem Seitenstreifen. Auf dem Parkplatz muss er zwischen den parkenden Sattelschleppern hindurchmanövrieren. Beim Aussteigen erwischt ihn der Wind wie ein kaltes Tuch, und er schlägt den Kragen hoch und zieht den Kopf ein, als er bei taghellem Beleuchtung an den Zapfsäulen vorbeigeht.

Drin riecht es nach Kaffee und Putzmittel. Eine Frau sitzt am Tresen und unterhält sich mit dem Barmann, ein junger Kerl mit langem, knochigem Gesicht, und in einer Ecke sitzen drei Männer am Tisch, essen und gestikulieren und lachen und reden. Nicht weit von ihnen, bei den Kaffeeautomaten, sitzen zwei am Tisch, starren auf ihre Handys, zeigen sich ab und zu gegenseitig, was sie gefunden haben, und prusten in sich hinein. Als Jourdan sich an den Tresen setzt, halten die Frau und der Barmann inne, werfen ihm einen Blick zu und setzen dann das Gespräch halblaut fort. Hin und wieder dreht die Frau sich zu den drei lärmenden Fernfahrern um.

Sie hat schwarze Haare, strähnenweise aufgewickelt und mit Haarklammern festgesteckt. Blassblaue Augen, lange Wimpern, auffälliger Lidschatten. Müde. Wenn sie blinzelt, bleiben die Lider ein ganz klein wenig länger geschlossen, als normal wäre, als würden sie schlagartig für einen Sekundenschlaf zufallen. Jourdan würde sich nicht wundern, wenn sie auf den Tresen zusammensacken würde, Beginn einer ungemütlichen Nacht oder Ende eines widerlichen Tages.

Er erwischt den Barmann, wie er mit einem der Kerle Blicke tauscht und an die Frau weitergibt. Sie dreht sich um, wühlt in der Handtasche und holt einen kleinen runden Spiegel raus. »Mal halblang«, sagt der Barmann ganz leise. Der Kerl steht auf, die anderen ziehen ihn auf und lachen. Spanier. Er geht vor die Glastür und zündet sich eine Zigarette an. Die Frau rutscht vom Barhocker. Sie ist groß. Lange Beine in engen roten Hosen. Pfennigabsätze. Sie geht zur Tür und es wird still. Die Männer sehen ihr alle sprachlos nach. Sie schreitet mit einer lässigen Eleganz, die Tasche über der Schulter, vielleicht wirkt das so entwaffnend. Sobald die Tür hinter ihr zugefallen ist, setzen die anderen ihre Unterhaltung leise fort.

Jourdan sieht zu, wie sie mit dem spanischen Fahrer ein Stück geht. Sie hat sich ebenfalls eine Zigarette angesteckt, stößt den Rauch nach oben aus und schüttelt dabei ihre Mähne, ein paar Strähnen fallen ihr auf die Schultern. Sobald die beiden im Dunkeln verschwunden sind, gibt Jourdan dem Barmann ein Zeichen. Der kommt und entschuldigt sich. Was es denn sein dürfe? Jourdan packt ihn am Kragen und hält ihm seinen Dienstausweis unter die Nase. »Nein, also«, sagt der andere. »Es ist nämlich so ...«

»Halt die Schnauze und mach mir einen Kaffee, gratis, du Arschloch. Und ein Glas Wasser.«

Jourdan flüstert es ihm quasi ins Ohr und stößt ihn dann von sich.

Die Tür zum Hinterzimmer geht auf, ein dicker Mann um die fünfzig taucht auf, das Hemd spannt überm Bauch, die Unterarme sind mit Raubvögeln tätowiert.

»Was ist hier los? Gibt's ein Problem? Was wollen Sie?«

Er kommt zu Jourdan. Schnaufend, glänzendes Gesicht. Einen Kopf größer als Jourdan. Er riecht nach Frittierfett, Tabak. In der Hand hält er einen kurzen Knüppel.

»Nichts, was Sie betrifft, hoffe ich.«

Wieder zeigt Jourdan seinen Dienstausweis.

»Ja, na und?«, sagt der Mann. »Welches Recht gibt Ihnen das?«

Jourdan holt sein Handy raus und tippt die Nummer der Zentrale.

»Das Recht, Verstärkung zu rufen, wenn du dein Sex-Toy nicht gleich wegsteckst. Das Recht, dir das Leben schwer zu machen, wenn du's drauf ankommen lässt. Haben wir uns verstanden?«

Jourdan dreht sich zum Barmann. Sein Herz hämmert heftig. Ihm ist, als ob sein ganzer Körper gleich anfängt zu zittern.

»Du schuldest mir noch einen Kaffee. Ich warte.«

Der Dicke beobachtet seinen Kollegen, wie der sich an der Kaffeemaschine zu schaffen macht, schaut dann wieder zu Jourdan. Er legt den Schlagstock in eine Schublade und tupft sich das Gesicht mit einem Geschirrtuch ab, wirft es ins Spülbecken.

»Nicht nötig«, sagt er. »Die Verstärkung. Ist ja schon gut, lassen Sie uns mal reden.«

Also wird geredet. Jourdan steckt das Handy weg. Die beiden Vorzeigemitarbeiter machen die Nachtschicht, von 21 bis

7 Uhr. Ab Mitternacht wird es ruhiger, dann können sie abwechselnd schlafen bis fünf Uhr morgens, da wollen die Brummifahrer ihr Frühstück, ehe es weitergeht. Schlecht bezahlt, aber ein ziemlich ruhiger Job. Sie können sich nicht beschweren, so haben sie tagsüber Freizeit. Ärger? Nein. Selten. Manchmal gibt's Zoff zwischen zwei Fahrern, die sich auf der Autobahn miteinander angelegt haben und sich hier wiedertreffen. Manchmal holt einer den Schlagstock oder ein Brecheisen raus, da ist es dann Zeit für Tränengas oder wir rufen die Polizei und die Sache ist gegessen.

Vor allem der Dickere redet. Thierry heißt er. Seit sechs Jahren arbeitet er hier. Er könnte Geschichten erzählen, er hat so einiges erlebt. Der österreichische Fahrer, einmal. Kam zur Bar getorkelt, sagte Guten Morgen und fiel zusammen wie ein nasser Sack. Er schlief direkt neben der Kasse. Sie hatten ihn bis zu einer Bank schleppen müssen. Erschöpfung, reine Erschöpfung. Er hatte nichts getrunken, aber war seit zwei Tagen voll auf Amphetaminen … Und der stockbesoffene Holländer, der beim Aussteigen auf die Schnauze gefallen war. Der war auch fast auf der Stelle eingeschlafen, die Beine unter dem Scania, der danebenstand.

Jourdan unterbricht seine Erinnerungen:

»Und was ist mit Nutten?«

Der Mann protestiert lautstark. Jourdan fragt nach der großen Dunklen, die nach ein paar einvernehmlichen Zeichen seines jüngeren Kollegen mit dem Spanier verschwunden ist. Und sicher nicht, um ihm das Führerhäuschen zu putzen. Damien, so heißt der junge Kollege. Er kassiert gerade jemanden ab, der vollgetankt hat. Der Kunde möchte eine Quittung, und besagter Damien stempelt seufzend den Kassenbon. Aus seinem Hemdsärmel guckt das Tattoo einer rotgelben Schlange heraus, die Jourdan nicht bemerkt hatte, der

Kopf liegt auf der Hand des Mannes. Jourdan winkt Damien heran und fragt ihn, ob er weiß, was Zuhälterei ist. Er fragt auch, wie viele Frauen in den Genuss seiner Kupplertalente kommen. Der Mann streitet ab, schüttelt den Kopf. »Nein, nein, das stimmt so nicht, es ist nämlich so …« »Ja, ich höre? Wie viel nimmst du?«, fragt Jourdan. Die Gespräche hinter ihnen werden leiser fortgesetzt. Ab und zu dröhnt ein Lachen. Die beiden Männer mit den Handys sind eingeschlafen. Einer auf dem Tisch, der andere auf dem Stuhl, mit zurückgelegtem Kopf.

Die große Brünette kommt wieder rein, ihre Absatzschuhe hat sie in der Hand. Jourdan kann ihr Gesicht nicht sehen, es ist hinter den zerzausten schwarzen Haaren verborgen. Sie guckt demonstrativ stur geradeaus, als sie den Raum durchquert. Mit großen, etwas steifen Schritten. Die langen Beine zerschneiden die miefige mit Frittierfett angereicherte Luft. Sobald sie auf der Toilette verschwunden ist, prusten die beiden Spanier los und liegen vor Lachen auf dem Tisch.

»Wer ist die Frau? Wo ist die her?«

»Ich weiß es doch auch nicht. Angeblich heißt sie Sandra. Sie ist ab und zu hier und bläst denen einen, hinten auf dem Parkplatz. Manchmal vögeln die auch, aber eher selten.«

»Und das macht einen Preisunterschied.«

»Ja, klar.«

Damien schüttelt lächelnd den Kopf, offensichtlich amüsiert über so viel Naivität.

Jourdan spürt ein Aufbäumen in der Brust. Er umklammert seinen Schlüsselbund in der Tasche, am liebsten würde er dem die Fresse polieren. Ihm bleibt kaum genug Luft zum Reden:

»Zum Brüllen komisch, ja? Freust dich über deine Provision?«

Die Frau kommt wieder rein. Ein paar Meter vor ihnen bleibt sie stehen und mustert sie. Sie hat ihre Haare flüchtig in Ordnung gebracht, den Kragen der schwarzen Regenjacke hochgeschlagen. Sie schaut Jourdan unsicher an, fährt sich mit der Hand durchs Haar, vielleicht beunruhigt, dann geht sie zum Ausgang, die Handtasche baumelt am Handgelenk.

Jourdan folgt ihr. Sie ist vor den Lkws auf dem Parkplatz stehen geblieben, das Klarglas vor den ausgeschalteten Scheinwerfern funkelt kalt in der Dunkelheit. Sie zündet sich eine Zigarette an und fährt zu ihm rum.

»Was!«

Sie sagt es mit verzerrtem Mund, stößt gleichzeitig Rauch aus. Jourdan macht einen Schritt auf sie zu, dann rührt er sich nicht mehr, steckt die Hände in die Parkataschen.

»Wie viel nimmst du?«

Er bemerkt zwei Männer zwischen den Lkws, vorn am Führerhaus. Dunkle, reglose Gestalten.

»Geht dich nichts an. Hau ab. Mach dich zu deiner Alten, ist höchste Zeit.«

»Und wie viel gibst du dem Kerl an der Theke ab?«

»Verpiss dich, hab ich gesagt. Ich hab noch mehr zu tun.«

»Ich würd's gern verstehen. Wieso du das machst. Seit wann.«

»Ach ja? Und wer bist du noch mal? Ein Scheißsozialarbeiter? Der Pfarrer?«

Weiter hinten ist neben einem riesigen Sattelschlepper mit angeschaltetem Standlicht ein weiterer Mann aufgetaucht, die Kabine ist mit einer Art Lichterkette geschmückt. Er brüllt etwas, das Jourdan nicht versteht.

»*It's okay*«, ruft die Frau ihm zu.

Der Typ hat einen Hackenstiel in der Hand. Er klopft dreimal sacht auf den Boden. Er hustet, räuspert sich, spuckt aus. Jourdan sieht die zitternde Flamme eines Feuerzeugs, das Ende einer Zigarette erglüht.

»Das ist Andrej, ein Pole. Sieh dich vor, der kann ungemütlich werden. Geh lieber nach Hause.«

Jourdan holt seinen Dienstausweis raus und hält ihn der Frau mit ausgestrecktem Arm hin.

»Polizei.«

Die Frau drückt mit der Fußspitze ihre Zigarette aus, dann hält sie ihm die Handgelenke hin.

»Na dann los. Leg mir die Armreifen an, ich mag Schmuck.«

Sie lacht bitter auf. Ihre Stimme klingt rau.

Der Pole ist zwei Schritte vorgegangen, die Hacke auf der Schulter.

»Alles okay, Sandra?«

Das ist einer der beiden anderen. Auch er kommt näher. Groß und massig. Nur im T-Shirt. Brustkorb wie ein Streitross. Dicker Hals. Die riesigen Arme hält er leicht vom Körper abgespreizt.

»Der ist ein Bulle«, sagt die Frau.

»Na und?«

Der Mann kommt noch näher. Der Pole feuert ihn mit Stielklopfen an. Die Frau geht auf Abstand, sagt, »Schon gut, lass ihn in Ruhe«, aber der Typ ist schon bei Jourdan und packt ihn an der Schulter. Jourdan versetzt ihm mit dem freien Arm einen Handkantenschlag gegen den Kehlkopf. Keine Ahnung, woher die Bewegung kommt. Er muss sie wohl dutzende Male beim Training simuliert haben, er weiß es nicht mehr. Er spürt, wie der Adamsapfel eingedrückt wird, und der Mann weicht zurück und krümmt sich und schnappt nach Luft, ein Röhren wie eine kaputte Maschine, als ob abgerissene Metallteile gegeneinanderreiben. Jourdan tritt ihm ins Gesicht, und der Mann taumelt nach hinten und fällt auf den Rücken, versucht, sich zu wehren, fasst sich mit den nutzlosen Händen an Hals und Gesicht. Jourdan trampelt schreiend auf ihm herum und fragt sich gleich darauf, ob wirklich er selbst geschrien hat, dann tritt er ihm zweimal in die Rippen, würde sie gern brechen hören, er versucht, das Gesicht des Mannes mit dem Absatz zu zertreten, aber der hat noch genug Kraft in den Armen, um den Angriff abzuwenden und ihn am Knöchel zu packen, und in dem Moment, als Jourdan auf einem Bein steht, wird er am Kragen seines Parkas nach hinten gerissen, eine kalte Hand zerkratzt ihm das Gesicht, reißt ihm die Haare aus, als hätte sich eine riesige Fledermaus auf ihn gestürzt. Mit einer Ohrfeige schüttelt er die Frau ab, dass sie auf den am Boden liegenden Koloss fliegt, und rennt unter den Verwünschungen der Lkw-Fahrer zu seinem Auto. Eine Eisenstange prallt krachend direkt hinter ihm auf den Boden auf, und er stürzt sich ins Auto und sieht, wie die Männer zurücklaufen und sich um den Fernfahrer versammeln, der mit den Händen vorm Gesicht sich aufzusetzen versucht. Jourdan fährt los und rast dicht an ihnen vorbei, was einen Hagel an Beschimpfungen entfesselt.

Zu Hause schläft er ein, sobald er sich aufs Sofa gelegt hat, total erledigt. Kurz danach wacht er auf, weil er Bewegungen und Flüstern im Zimmer gehört und die beiden toten Mädchen unter dem Bücherregal liegen sehen hat, aber als er sich aufsetzt und ins Dunkel blickt, sieht er bloß Anzeigelämpchen und LEDs in die Nacht blinken, sie spulen die Minuten ab, er lässt sie vorbeiziehen, fünf, sechs, und wartet, dass die Bilder seines Traums verfliegen.

Später eröffnet er das Feuer auf einen Schatten, der ihn verfolgt, aber die Flugkurve der Kugel knickt ab, ehe sie ihr Ziel erreicht, und als er erneut abdrückt, spritzen rote Plastikkugeln aus dem Lauf und kullern hüpfend kreuz und quer über den Boden. Wieder wacht er auf, die Hand fest am Lauf seiner Waffe. Er will Schlaf finden, diesen Gauner auf der Flucht, der ihm immer dann entwischt, wenn er ihn gerade packen will, dann wälzt er sich die ganze, nicht enden wollende Nacht herum.

9 Er wischt ein letztes Mal mit dem Lappen über den Wasserhahn aus Chrom. Er hasst es, wenn sich beim Trocknen kleine Ringe aus Kalk- oder Seifenresten bilden. Er inspiziert die Duschwanne, ob nirgendwo ein Scham- oder Kopfhaar liegt, klemmt den Duschkopf in die Halterung. Wischt eine Schliere vom Spiegel. Langsam dreht er sich einmal um sich selbst, mustert jeden Winkel, hängt das Handtuch über der Heizung auf. Gut. Genau so.

In der Küche spült er die Schüssel und das Besteck mit sehr heißem Wasser ab. Er schrubbt gründlich. Er mag den Zitronenduft des Spülmittels. Er trocknet alles ab und räumt es in den Schrank. Er rückt den Stuhl an den Tisch. Er entdeckt einen Brotkrümel auf dem Boden, hebt ihn auf, wirft ihn in den Ausguss und spült ihn mit ein bisschen Wasser weg. Er geht einmal durch die kleine Wohnung, fährt mit den Händen über die samtig weißen Wände, starrt auf den Riss an der Decke, der geht bis zur Wohnungstür, und er kriegt eine Wut auf die Nachbarn von oben und ihre Kinder, die ständig wild herumrennen und springen, dass die Wände wackeln, mit den Türen knallen, krakeelen wie Spanferkel am Spieß. Letzte Woche hat er zufällig eins der beiden Bälger im Treppenhaus getroffen, das Mädchen, eine Rotznase von sieben oder acht Jahren, die ihn jedes Mal frech anguckt, aber nie auch nur ansatzweise Guten Tag sagt, er erinnert sich an seine Mutter und den knappen, festen Schlag auf den Hinterkopf von ihr, falls er auf der Straße oder beim Betreten eines Geschäftes nicht grüßte: »Wie heißt das?« Und er gehorchte mit eingezogenem Kopf und zusammengebissenen Zähnen, und man erwiderte seinen Gruß schön laut und deutlich, als wollte man ihn so dafür belohnen, dass er die Wichtigkeit der

Höflichkeitsfloskel unterstrich. Und als sie letzte Woche ihre bockige Schnute zu ihm erhoben hatte, hatte es ihn in den Fingern gejuckt, ihr eine zu verpassen, dass sie die Treppe heruntérstürzte, aber im letzten Moment hatte er sich zurückgehalten und die Hände in die Taschen gesteckt. Der Fratz musste das gespürt haben, denn sie hatte die Stirn gerunzelt, war die Treppe hinaufgerannt und hatte die Tür hinter sich zugeschlagen, als wäre der Dämon, dem sie gerade begegnet war, hinter ihr her.

Er überlässt den Riss sich selbst und geht ins Schlafzimmer, um zu überprüfen, ob alles ordentlich ist. Er streicht eine Knitterfalte in der Tagesdecke glatt, richtet den Stapel Zeitschriften unter dem Nachttisch aus, Zeitschriften über Waffen, Spezialeinheiten, Elitetruppen, meistens schläft er über den Artikeln ein und schwelgt in Erinnerungen an die zwölf Monate im Tschad, wo er Banden von Rebellen in der Wüste verfolgt hatte, und an den Tag, als sie überraschend auf eine Kolonne von etwa zwanzig Jeeps und Halbkettenschützenpanzer gestoßen waren, und an den tüchtigen Zusammenstoß, der dann folgte, zwei Stunden Kampf, eins der drei verfügbaren Maschinengewehre war kaputt, die Munition ging ihnen allmählich aus, und drüben war der Feind, doppelt so viele, die Kerle wühlten sich scheinbar sekundenschnell in den Sand ein, so wie er es einmal bei so einer ekelhaften Schlange direkt vor seinen Füßen beobachtet hatte, und sie feuerten kurze Salven, dass es über ihren Köpfen brummte wie Hornissenschwärme. Kämpfen konnten die Dreckskerle, er erinnert sich, wie sie einander mit kurzen, hohen Schreien Befehle zuriefen, fast wie nachts die Schakale. Zwei Geschosse einer Mirage waren nötig gewesen, um sie in die Flucht zu schlagen, die Hälfte ihrer Fahrzeuge war zerfetzt und die Hälfte ihrer Männer außer Gefecht.

An all das denkt er, als er am Bettende steht wie zum Gebet, und er lächelt, als ihm die Ausflüge nach N'Djamena in den Sinn kommen, in dieses Bordell, wo es nach Wichse und Chlor stank und die Mädchen im Schein der Glühlampen an der Decke kaum zu sehen waren, bis man sich auf sie legte, direkt auf die schweißnasse Haut, und über sie herfiel, in Rage geriet, sie schlug oder biss, wenn man grunzend kam und sich ohne einen Blick in die manchmal noch so jungen Gesichter losmachte, die sich den Mündern, Zungen, Zähnen entzogen hatten … Ohne sie eines Blickes zu würdigen, brachte man seine Kleider in Ordnung, weil man verdammt noch mal ein Krieger war, ohne einen Blick für die Tränen, die sie mit dem Handrücken wegwischten wie Kinder.

Das war vor zwanzig Jahren, und es ist ihm noch so lebhaft im Gedächtnis, dass sich eine Art Phantomlust in seinem Unterleib regt, trotz der Erschöpfung von letzter Nacht, die Bilder legen sich übereinander und erzeugen eine wirre, rohe Begierde. Er wedelt mit der Hand vor seinem Gesicht herum, als wollte er ein Insekt verscheuchen, dann geht er in den Flur, benommen und zittrig, und er hält den Kopf unters kalte Wasser und trinkt mit großen Schlucken und trocknet sich prustend ab, wagt nicht, in den Spiegel zu sehen.

Bevor er geht, schnüffelt er an seinen Achseln, am Halsausschnitt seines Pullovers, am Kunstfell seiner Jacke, und von da ab fühlt er sich sauber, beinahe geläutert, erleichtert, dass er den Kloakengestank von letzter Nacht losgeworden ist. Auf der Treppe ist ihm ein bisschen schwindelig. So ist das, wenn man nicht schläft, oder viel zu wenig. Maman würde jetzt zu ihm sagen: »Dann geh wieder ins Bett, racker dich doch nicht für die Idioten ab«, aber er würde nicht auf sie hören. Er würde sagen: »Schon in Ordnung, lass mich in Ruhe.«

Sie mag es nicht, wenn er sich ihr widersetzt, wenn er nein sagt, aber was soll's.

Lächelnd geht er die Treppe hinunter, die Alte von oben, die in dem Moment klatschnass mit dem Hund zur Haustür hereinkommt, der Regenschirm, den sie schließen will, und der winzige Köter, der winselnd an der Leine zerrt und mit großen, hervorstehenden Augen in alle Richtungen guckt, behindert sie, die Alte, vollauf mit ihren umständlichen Handgriffen beschäftigt, grüßt ihn, was für ein Wetter, und er windet sich aus seiner afrikanischen Vision, kommt allein von der Patrouille zurück, die Kameraden verschwinden zeitgleich mit dem brutalen Traumbild im kalten Luftzug, und die tropfnasse, wackelige Oma geht dicht an ihm vorbei, hechelt der Kreatur hinterher, mit der sie ihr Leben teilt, und die macht sich im Schellenhalsband mit ersticktem Jaulen zum Aufzug davon.

Im Bus schlüpft er in die dumpfe Enge aneinandergedrängter Leiber, die bei jedem Bremsen und in jeder Kurve hin und her schwanken, er findet einen Platz für seine Füße, hält sich am Haltegriff eines Sitzes fest. Der Kopf einer dösenden Frau schaukelt hin und her und streift ihn an der Faust, die Berührung widert ihn an, aber er weiß nicht, wie er sie verhindern soll, also spannt er die Knöchel hart an und hofft, dass sie sich daran wehtut und aus ihrem Dämmerschlaf gerissen wird und sich aufsetzt. Neben ihm lächelt ein junger Mann, er klebt förmlich am Handydisplay, weit aufgerissene Augen, fahler Teint unter der Maske aus blauem Licht.

Manche schlafen, manche starren versunken auf ihre Bildschirme, und manche sehen ins Leere und lassen den Blick trotz der beschlagenen Scheiben nach draußen schweifen, vielleicht hoffen sie auf ein Ende der Nacht, die noch immer die Straßen in bleiernen Dunst hüllt, oder streifen die verschlossenen, aneinandergedrängten Gesichter um sie herum. Manchmal bleibt so ein verirrter Blick an ihm hängen, starr und leer, und schweift dann zögerlich und verloren weiter. Wenn er nicht gerade auf den nassen Boden oder das Getrampel der Schuhe starrt oder zum x-ten Mal das Plakat liest, das die Leute vom Schwarzfahren abhalten soll, streift sein Blick ebenfalls ziellos umher, einmal durch den vollbesetzten Bus, manchmal hängt ein Gestank in der Luft, was zu argwöhnischen Blickwechseln führt.

Ein Platz wird frei, er setzt sich, ohne sich umzusehen, mit gesenktem Kopf, ignoriert die Frau, die den Platz auch wollte. Er lehnt sich an, schließt einen Moment die Augen und brummelt tief in der Kehle ein altes Lied vor sich hin, eins von denen, die Maman so gern hat und oft hört, auf dem Kassettenrekorder oder einem Radiosender, wo nichts anderes läuft. Sie mag Sänger und Sängerinnen mit klangvoller Stimme und schmalzigen Texten, lange schnitt sie ihre Fotos aus der Fernsehzeitung aus, klebte sie in ein großes Heft und schrieb die Texte nieder, mit denen sie berühmt geworden waren. Er fragt sich, was sie wohl gerade macht, in ihrer Bruchbude inmitten der matschigen, stellenweise überschwemmten Weinberge. Bestimmt schaut sie sich eine Seifenoper voller Liebe und Leidenschaft an, trinkt kannenweise Kaffee und raucht, wie jeden Morgen. Sie sagt, so fängt der Tag gut an, diese Modepüppchen und ihre Probleme sind Balsam für ihre Seele.

Es sind noch fünf Minuten zu Fuß zu Gascogne Matériaux, wo er arbeitet. Geduckt und mit gesenktem Kopf läuft er durch Sprühregen und Wind, die durch den Verkehr zu einem nassen Dröhnen anschwellen. Er geht durchs Tor der Firma und hat das Gefühl, einen schweren Vorhang zu passieren, der hinter ihm zufällt. Er gibt Karim, der gerade aus dem Auto steigt, die Hand. Als sie zum Geschäft laufen, fragt Karim ihn, wieso er nicht mit dem Auto kommt. »Du hast doch eins, oder?«

Er erwidert, dass er es gewohnt ist, sein Auto ist alt, frisst Öl.

Karim klopft ihm auf die Schulter. »Ist ja deine Sache, mir ist das eigentlich auch egal.«

Der Chef ist schon da, draußen, er steht mit seiner roten Regenjacke vor einer Palette Waschbetonplatten. Er winkt ihn zu sich. Er hat ein Tablet in der Hand, wischt es mit einem Taschentuch trocken. »Scheißregen«, murmelt er und fährt mit dem Zeigefinger über den Bildschirm. Er mustert ihn im Näherkommen, zeigt auf den Stapel Betonplatten in Plastikfolie.

»Ah, Christian. Das musst du mir schnell ausliefern«, sagt er.

»Heute Vormittag?«

Der Chef schaut auf die Uhr.

»Oder womöglich sofort. Es sei denn, du hast was Besseres zu tun?«

Christian schüttelt den Kopf. Er zieht die Schultern hoch, dreht ihm den Rücken zu und geht zum Geschäft, während der Chef ihm eröffnet, dass er auch drei Paletten Hohlblocksteine ausliefern muss, die dort hinten neben dem Karren: »Muriel gibt dir die Papiere.« Er reagiert mit einem vagen Handzeichen und betritt den Showroom, laviert zwischen Aufstellern mit Fliesenmustern, Badezimmerausstattung, Rahmen und angelehnten Türen, manche Fenster schmückt eine Gardine, bis zu dem Zimmer, das als Aufenthaltsraum und Umkleide fungiert. Fünf Schließfächer, ein Tisch, sechs Stühle, ein Waschbecken, ein kleiner Kühlschrank und eine Kaffeemaschine.

Er zieht den Overall an, nimmt Schutzbrille, Handschuhe, den Helm und geht dann ins Büro, wo Muriel gerade den Drucker mit Papier und Tinte bestückt. Sie wirkt überrascht, ihn hier zu sehen, schaut mit hartem Gesicht zu ihm hoch, schwarze Augen, blondgefärbte, kurzgeschnittene Haare, und murmelt ein Guten Morgen, sieht ihn kaum an dabei. Er erklärt, weshalb er sie stört, und sie schlägt eine blaue Mappe auf, dann eine rote, blättert in Papierbündeln. Während sie sucht, schaut er sie genauer an, er hat sich über den Schreibtisch gebeugt. Als sie aufschaut und ihm Bestellscheine und Rechnungen geben will, zuckt sie leicht zurück und fragt ihn, wieso er sie so anguckt, »Nur so«, sagt er, »nur so. Du stehst direkt vor mir, da guck ich dich halt an, mehr nicht.« Er kann ihr schlecht sagen, dass er versucht, die hübsche Brünette in ihr zu entdecken, die im Büro von einem Hochzeitsfoto gelächelt hat, ehe sie sich scheiden und das Foto verschwinden ließ. Ein schönes lachendes Mädchen, und wahrscheinlich sehr sinnlich. Er kann einfach nicht hinnehmen, dass die Zeit jemanden derart entstellen kann, und sofort denkt er an Maman, scheiße, stimmt, Maman.

Die Hohlblocksteine muss er auf einer Baustelle abliefern, zwei Handwerker sitzen auf dem Rand der Ladefläche eines Lieferwagens, trinken Kaffee und rauchen. Mit ausladenden Armbewegungen bedeuten sie ihm, wo er die Paletten abladen soll, dann kommt einer der beiden her, unterschreibt wortlos den Lieferschein und geht wieder ins Trockene. Christian hat wegen der Kapuze sein Gesicht nicht gesehen. Während er mit dem Kran hantiert, durchnässt der Sprühregen sein Gesicht und rinnt ihm in den Jackenkragen. Die Baustelle ist ein einziges Matschfeld mit großen Pfützen. Überall liegen Bretter, Mauern ragen wie Ruinen aus dem Chaos.

»Willst du einen Kaffee?«

Einer der Typen winkt ihn heran. Christian geht hin, nimmt den Becher, der ihm hingehalten wird, und setzt sich auf eine Kühlbox. Der Kaffee ist kochend heiß. Er spürt, wie die Wärme sich im ganzen Körper ausbreitet.

»Den hat meine Frau gemacht«, sagt der Typ und stellt die Thermoskanne weg. »Er ist gut. Verdammtes Scheißwetter, wir werden den ganzen Tag lang nicht arbeiten können.«

Er zündet eine Zigarette an. Christian stöbert in der Tasche und holt die Schachtel und das Feuerzeug raus, die er aus der Handtasche des Mädchens genommen hat. Das Feuerzeug ist rosa mit Glitzer.

»Schönes Feuerzeug«, sagt der andere Typ. »Gibt's die auch für Männer?«

Christian zündet sich eine an, stößt den Rauch nach oben aus. Er dreht den Kopf Richtung Baustelle und beobachtet die vorbeiziehenden Regenböen über den Wipfeln einer Baumgruppe. Er weiß, dass der andere ihn spöttisch ansieht, lachende Augen schauen unter der Mütze hervor.

»Joa. Gehört meiner Frau. So denke ich an sie. Die Flammen lodern nicht gerade.«

Er dreht sich zu den beiden Männern, die unsichere Blicke tauschen. Der mit der Mütze prustet los.

»Sie ist wohl nicht heiß genug, was?«

Zwischen zwei Schluck Kaffee richtet Christian seinen leeren, hohlen Blick auf ihn. Man hört nur noch das Prasseln des Regens auf dem Autodach. Der andere kneift die Augen zusammen, als wollte er etwas begreifen oder erahnen, dann schaut er seinen Kameraden fragend an.

»Sie ist sogar ganz und gar kalt«, sagt Christian.

»Aha ...«

Stille. Die beiden Handwerker schauen sich an. Man weiß

nicht, was sie einander per Blick mitzuteilen versuchen. Vielleicht wissen sie es selbst nicht. Christian starrt ins Innere des Lieferwagens, lässt den Blick über die dort verstauten Werkzeuge wandern. Er wirft die Zigarette weg und rührt sich nicht mehr, hält den Kopf gesenkt. Er starrt auf seine Füße. Er merkt, wie das Unbehagen der beiden das Führerhaus erfüllt wie Schweißgeruch. Er wartet, dass sie etwas sagen, aber sie sind ebenfalls ruhig und rühren sich nicht. Er fasst einen Entschluss:

»Sie ist kalt und bewegt sich kaum noch.«

Einer der beiden, der mit der Regenjacke, streckt die Beine aus und knirscht mit den Fußsohlen auf dem Metallboden. Er wirft Christian einen bedeutungsschweren, feindseligen Blick zu. Sein Kollege stößt ein kurzes, hohes Lachen aus und stößt ihn in die Rippen.

»Hättest sie halt nicht in die Kühltruhe packen dürfen!«

»Hat nicht reingepasst. Ich musste mehrere Tüten nehmen.«

Der Kerl nimmt die Mütze ab und rubbelt sich lachend über den Kopf. »Mein lieber Herr Gesangsverein«, sagt er, »du bist mir vielleicht ein Komiker.«

Der andere steht auf, schlägt sich fast den Kopf an der Decke, drängt sich zwischen ihnen durch nach draußen.

»Na los, wir haben noch mehr zu tun.«

Er hat die Kapuze wieder aufgesetzt, macht den Reißverschluss der Jacke zu. Weil sein Kumpel keine Anstalten macht, wedelt er auffordernd mit den Armen: »Herrgott noch mal, was ist jetzt, willst du den ganzen Tag auf deinem Arsch sitzen und dir den Scheiß anhören?«

Christian springt ebenfalls herunter, baut sich vor ihm auf und starrt ihn an, ohne sich um den Regen zu scheren. Er beschließt, die Maske des stumpfsinnigen Idioten oder des gefährlichen Irren anzulegen. Er lässt den Mund offenstehen, blinzelt, während ihm der Regen übers Gesicht läuft. Sagt nicht gleich etwas. Er wartet, bis er im Blick des anderen Verstörung aufblitzen sieht, vielleicht Angst.

»Das war Spaß, damit ihr auch mal was zu lachen habt.«

Der Mann schüttelt den Kopf. Er weicht seinem Blick aus, guckt auf die überschwemmte Baustelle und macht eine scheuchende Handbewegung.

»Ist gut«, sagt er. »Wir hatten ordentlich was zu lachen, jetzt kannst du abhauen.«

Christian sieht sich um. Er entdeckt nichts, mit dem er ihm die Fresse einschlagen könnte, also zuckt er die Schultern, dreht ihm den Rücken zu und geht zu seinem Lkw. Er denkt, dass er gut daran getan hat, sich zu beherrschen, die Kränkung mit Fassung getragen. Er denkt, dass Maman stolz auf ihn wäre.

Als er am Steuer sitzt, wischt er sich das Gesicht mit einem alten Lappen ab und beobachtet im Rückspiegel die beiden Maurer, sie unterhalten sich, fuchteln ausladend herum und atmen wütende Stöße Zigarettenrauch aus. Er fährt los und sieht sie in der Wirrnis des Regens kleiner werden, am liebsten wäre ihm, sie würden sich darin auflösen wie in einem Säurebad.

Er kurvt durch einen abgelegenen Vorort, ab und zu ragen Schwarzkiefernwäldchen auf, ein Siedlungslabyrinth mit leeren Straßen. Endlich hat er die Adresse für seine letzte Lieferung gefunden, parkt den Lkw schräg auf dem Gehweg und klingelt an einem roten Gartentor. Eine Frau kommt heraus, sie hat sich ein Regencape übergeworfen. Der regenschwere Wind fährt in ihr langes rotes Haar. Aufgescheuchte Flammen im verschwommenen Grau. Christians Herz schlägt schneller, wie damals, wenn er den Laden der alten Fatin betrat, die an der Kasse stand und ihre knochige Visage, ihren Totenkopf, präsentierte und ihm mit Blicken folgte, wenn er durch die Regalreihen ging, dieser Blick stach im Rücken wie Hexennadeln. Die Frau rafft das Regencape um sich und reicht ihm eine kleine Hand, er drückt sie fest, lauert auf ein schmerzhaftes Zucken in ihrem Gesicht, aber es kommt keins. Er mag keine Rothaarigen. Er hätte ihr gern weh getan, wenigstens ein bisschen. Er nimmt an, dass sie es vertuscht hat. Dass sie härter im Nehmen ist, als sie aussieht, nicht besonders groß, zierlich, die Windböen wehen sie beinahe weg. Sie ist vielleicht vierzig, er kann das Alter bei Frauen nie einschätzen. Er weiß nur, ob sie seiner Ansicht nach alt sind oder nicht. Die hier ist nicht alt, daher schaut er sie genauer an. Ein zartes, blasses Gesichtchen mit schmalen Lippen sieht zu ihm auf. Ihre Augen kann er unter den wegen des Regens gerunzelten Brauen nicht richtig sehen. Grau oder grün, er weiß es nicht so genau. Sie fragt, ob er die Lieferung dort hinten abladen kann, zwischen den beiden Bäumen, über die Hecke weg. »Kein Problem«, sagt er und setzt mit dem Lkw zurück, manövriert mit dem Kran, setzt die Palette sacht ab. Als er ihr den Lieferschein zum Unterschreiben hinhält, bittet sie ihn ins Haus, drinnen ist es gemütlicher. Er sagt, »Nein, nicht nötig«, aber er sucht in den Taschen nach einem Stift und findet keinen, also geht er ihr hinterher, putzt sich sorgfältig die Schuhe am Fußabtreter ab. Vor einem verzierten Spiegel im Flur, in den er nicht hineinzuschauen wagt, lauscht er, hört nichts, wittert, bemerkt einen Hauch von Zitrus. Die Wärme klebt an ihm, ein summender Helm umspannt seinen Kopf.

Sie wartet in der Küche neben dem Tisch, das Regencape hat sie aufgemacht, darunter kommt ein Frotteebademantel zum Vorschein. Sie ist allein. Er bemerkt ihr mit Sommersprossen übersätes Dekolleté. Als sie sich zum Unterschreiben vorbeugt, riskiert er einen Blick in die Ritze, sieht nichts, tritt einen Schritt zurück, als sie sich aufrichtet, den Kragen zusammenzieht und ihm den Zettel reicht. Sie fragt, ob es ihm gut geht, »Sie sind ganz blass.« Er fasst sich ins Gesicht, es ist wie fieberheiß, und sagt, »Ja, alles in Ordnung. Nur die Kälte, Erschöpfung. Der ganze Regen.«

Sie sieht ihn mit ihren grauen oder grünen Augen an, er weiß es immer noch nicht, klappert mit den Lidern, als ob sie etwas nicht versteht, dann mustert sie ihn, und er hat das Gefühl, sie wühlt in seinem Hirn herum, um irgendein Geheimnis aufzustöbern, deshalb sagt er, er müsste los, er hätte noch zu tun, und er geht und nuschelt ein Wiedersehen-schönen-Tag-noch, ehe er die Tür hinter sich zuschlägt.

Er flüchtet sich in seinen Lkw. Er hat Angst, dass er sich verraten hat, weil er dieser Frau erlaubt hat, in seinem Geist zu lesen und darin zu blättern wie in einem Buch. Solche Hexen mit furchtbaren Kräften gibt es. Das hat Maman schon immer gesagt. Sie sind überall, unauffällig und freundlich. Mit den Schreckgestalten in Kinderbüchern oder Filmen haben die nichts zu tun. Sie kennt mindestens zwei, aber sie will nicht verraten, wer, weil dieses Wissen gefährlich ist. Christian hat so eine Ahnung, aber er vermeidet es, ihre Bilder heraufzubeschwören, aus Angst, dass sie sich dann seines Hirns bemächtigen und dessen, was dort drin ist.

Mit einem Grunzen schüttelt er den Kopf, um die bösen Gedanken zu vertreiben. Im Norden wird der Himmel heller, er hält nach einem Stückchen Blau in der Wolkendecke Ausschau. Bald glänzt die nasse Fahrbahn unerträglich, gleißend weiß wie neuer Stahl, er kneift die Augen zusammen und umklammert das Lenkrad fester, damit er auf der Umgehungsstraße Kurs hält, dann kommt mit einem Mal der Schatten zurück, und alles wird wieder grau.

Den ganzen Tag lang fährt er den Lkw, hantiert mit Tonnen von Ziegeln, Hohlblocksteinen und Schindeln, Baustahlmatten, Säcken mit Zement, Putz, Farbeimern. Er schleppt Dutzende Meter Rohr aller Durchmesser herum, belädt Lkws, Lieferwagen, Anhänger, sagt, »So, das war's, danke, keine Ursache, einen schönen Tag Ihnen«, spricht zu Kreaturen, die er im ununterbrochenen Kundenstrom nicht auseinanderhalten kann, Gestalten, Schatten in einem Winkel seines Sichtfelds, weil er sich nicht bemüht, sie richtig anzusehen, und es ist stets dieselbe Hand, die er schüttelt, oft schwielig, hart, groß, manchmal bemerkt er eine Schürfwunde, ein Pflaster, einen schwarzen Fingernagel, wie lackiert, ein fehlendes Fingerglied, und wenn der Stumpf gegen seine Handfläche drückt, durchzuckt ein fast schmerzhafter Schauer seinen Körper. Er weicht ihren Blicken nicht aus, das nicht, er sieht sie an, um zu sagen, was er zu sagen hat, aber eine Art Kurzsichtigkeit verwandelt diese Gesichter in eine verschwommene Fläche, und sobald es geht, wendet er sich ab, um seine Arbeit zu machen, irgendeinen technischen Handgriff, dem er seine ganze Aufmerksamkeit widmet, erleichtert, dass er sich nicht mehr mit diesen Leuten auseinandersetzen muss. Insofern existieren sie also kaum. Sie sind da, er sieht sie aus dem Augenwinkel oder erahnt sie, und es ist, als wären sie bloß noch Gespenster.

Es gibt solche Tage. Wo die Welt in einem Paralleluniversum existiert. Wie der Raum hinter der dünnen Trennwand, von dem nur er etwas weiß. Manchmal sagt der Chef: »He, Christian, hast du gehört, was ich gerade gesagt habe? Schläfst du oder was, zum Donnerwetter?« Und er entschuldigt sich dann: »Entschuldigung, ich war mit den Gedanken woanders, ja, natürlich, wo waren wir?«

Im Bus setzt er sich einem schlafenden Mann gegenüber,

sein Mund steht offen, er lehnt mit dem Kopf an der beschlagenen Scheibe, hat sich die Mütze bis über die Augen gezogen. Christian wischt über das Glas, starrt in die wirre Dunkelheit, die von grellen Lichtflecken, scharlachroten Schlieren, unvermittelt auftauchenden dunklen Massen durchzogen ist, und für einen Augenblick kann er das Verkehrschaos der Rushhour nicht ausmachen, vielleicht ist er kurz eingenickt, da bemerkt er hinter der Scheibe eines anderen Busses, der gerade neben ihm hält, das mit Wassertropfen und Lichtpunkten bekleckste Gesicht einer jungen Frau, sie schaut wie er ins Leere, ohne wirklich zu sehen. Es geht weiter, langsam ziehen dunkle, reglose, verschwommene Umrisse vorm beschlagenen Fenster vorbei, wie eine Fracht Leichen, die sich langsam entfernt. Der Mann gegenüber wacht auf, sieht sich ängstlich um, versucht, draußen irgendetwas zu erkennen. Er beugt sich vor, um auf der rot leuchtenden Anzeige die nächste Haltestelle zu entziffern, hievt sich mühsam hoch, stellt sich auf die Zehenspitzen, hängt sich an einen Haltegriff, schlüpft durch die dicht gedrängten Leute, hangelt sich von Schlaufe zu Schlaufe, wie die großen Menschenaffen im Zoo, wenn sie ihre Langeweile am ausgestreckten Arm spazieren führen.

Christian macht die Tür hinter sich zu und genießt sekundenlang die Stille seiner Wohnung, ehe er den Parka auszieht. Er räumt seine Schuhe ordentlich in den Schuhschrank, legt die Schnürsenkel über Kreuz, weil er es nicht leiden kann, wenn sie auf dem Boden schleifen, dann macht er einen Rundgang durch alle Zimmer, um sich an der Ordnung zu erfreuen, die er hinterlassen hat, alles schön aufgeräumt, er saugt den Geruch nach Sauberkeit ein, der seit heute Morgen auf ihn wartet und ihn begrüßt und begleitet wie eine Art unsichtbarer, stummer Hund.

Er macht sich eine Dose Bohnen mit Würstchen heiß und isst direkt aus dem Topf, den Computer auf den Knien, sieht sich aufmerksam Pornos an, manchmal spult er zurück, um eine Einzelheit, die ihm besonders gefallen hat, noch mal anzuschauen. Er denkt an die Frau von heute Morgen, ganz allein zu Hause, stellt sich vor, was er mit ihr hätte anstellen können, und bekommt eine Erektion, und er befriedigt sich, rubbelt sich durch die Hose.

Er bleibt lange unter der heißen Dusche, dann wäscht er seine Sachen im Waschbecken, riecht an ihnen, spült sie aus und seift sie noch einmal ein, dann riecht er ein letztes Mal daran und hängt sie über die Heizung.

Er breitet das Feuerzeug, die Zigaretten, die Schlüssel aus der Handtasche des Mädchens auf dem Tisch auf. Er spielt mit dem leuchtenden Schlüsselanhänger, macht das Licht aus, damit er den dünnen weißen, beinahe blauen Lichtkegel besser sieht, der über seine Hand, die Schränke und Wände wandert. Er legt die Zigaretten beiseite und packt den Rest in eine Plastiktüte, in der er all seine Trophäen aufbewahrt, und er steckt die Nase hinein in den Krimskrams, erhofft sich einen intimen Geruch, die Erinnerung eines Parfüms, aber riecht nur den Moschusduft von Lippenstiften und Foundation, daher knotet er die Tüte mit dem wertlosen klappernden Plunder zu und legt sie ins Gefrierfach seines Kühlschranks.

Er steht rauchend am offenen Fenster, die Ellbogen aufgestützt, und denkt zurück an letzte Nacht, an das Mädchen, an dessen Gesicht er sich nicht mal erinnern kann, er sieht nur ihre Stiefel und die kleine rote Handtasche vor sich, er hatte gesehen, wie sie sich zwischen zwei geparkten Autos aufrichtete, wo sie gerade erbrochen hatte, und er war ihr gefolgt und hatte sie angesprochen, als sie schwankend im Begriff war, vor einer Tür zusammenzusacken. Er hatte ihr die Hand hingestreckt, ihr aufgeholfen, und sie hatte sich beim Gehen auf ihn gestützt und sich bedankt, ihm gesagt, das sei sehr nett von ihm, und er wiederholte bloß immer wieder: »Das ist doch das Mindeste, ich kann Sie doch in dem Zustand nicht alleine lassen, mitten in der Nacht.«

Er hatte sich gut gefühlt, als das verlassene Mädchen an seinem Hals hing. Es war ihm gelungen, den Gestörten abzuschütteln, den er nach Feierabend starr und zähneklappernd vor seiner Haustür aufgelesen hatte; er hatte ihn mit seinem unterwürfigen Hundeblick angesehen, und Christian hatte Mitleid gehabt, Dusche, saubere Sachen, weil er nach Wochen auf der Straße stank wie ein Aas, sich kaum erinnern konnte, was er die ganze Zeit über gemacht und wo er gepennt hatte, manchmal stumm, mümmelte er ab und zu ein paar Sätze und weigerte sich immer, sie zu wiederholen, wenn Christian ihn nicht verstand, machte resigniert eine wegwerfende Handbewegung über die Schulter. Dann hatten sie Nudeln mit Käse gemampft, Beefsteak, zwei, drei Bier getrunken, und Christian hatte entschieden, dass sie ausgehen würden, was trinken, in der Hoffnung, unterwegs diese Bürde loszuwerden, ihn sturzbetrunken in einem Hauseingang zurückzulassen, weil er es schon kommen sah, dass der ihn bat, hier schlafen zu dürfen, nur für eine Nacht, von wegen, solche Kerle klebten an einem wie die Krätze, nisteten sich ein wie Dreck, da muss man mit dem Flammenwerfer oder mit Gas kommen, um die loszuwerden, und hinterher desinfizieren.

Sie waren in zwei, drei Bars gewesen, wo seine Körpergröße und Korpulenz nicht unbemerkt geblieben war, genauso wenig wie der verdatterte Blick, mit dem er sich umsah, und seine Art, die Biere hinunterzukippen, gluck gluck, in einem Zug, die anderen Typen beäugten das Phänomen bewundernd und schmissen sich weg, und er starrte geradeaus auf die Wand hinter der Theke, wo zwischen aufgereihten Flaschen ein Spiegel ihm sein Bild zeigte, die runde, glatte Visage, ein bisschen seltsam von Schwachsinn und dem ewigen Staunen, das ihn Glubschaugen machen ließ. Schließlich hatte Christian ihn im Tumult einer Prügelei verloren, war hinausgeschlüpft, als die Messer gezogen wurden, und zwei Stunden lang auf der Suche nach einer Frau durchs Viertel gelaufen, er hatte Lust darauf, eine zu fangen, er wusste nicht so genau wie, noch, was er mit ihr anstellen würde, aber er brauchte es, es war heftig, es würgte ihn, schüttelte ihn, als hätte eine riesige Hand ihn am Kragen gepackt, die Faust im Nacken, ihn hochgehoben und atemlos durch die Straßen gestoßen und geschleift, fast zwei Stunden lang hatte er gelauert, verfolgt, sich angepirscht, gestreift, doch immer hatten im letzten Moment ein feindseliger oder misstrauischer Blick, ein beinahe ausgestoßener Schrei, das Auftauchen einer Gestalt ihn zum Ablassen gezwungen.

Er wollte schon aufgeben. Zu viele Leute, zu viel Licht, zu viel Lärm. Hier hatte er noch nie gejagt, mitten in der Innenstadt, aber es überkam ihn überraschend, wie ein Anfall, der Trieb hatte ihn gepackt und er konnte ihn nicht beherrschen. Als er sie gesehen hatte, wusste er es.

Der Wind weht ihm einen Schwall eisiger Gischt ins Gesicht, deshalb wirft er seine Zigarette weg und schließt das Fenster. Wozu noch darüber nachgrübeln, wo es doch passiert ist. Aber er ärgert sich, dass er nicht bemerkt hat, wie der andere ihm gefolgt ist. Diesen einfältigen Riesen auf den Fersen, ohne etwas zu sehen, zu hören? Er schrieb es der erbitterten Begierde zu, dem rauschähnlichen Zustand, in dem er sich befand, wie wahnsinnig, wie ein wahnsinniges Tier.

Er schläft nach ein paar Seiten eines Artikels über ein Scharfschützengewehr ein, das M110 SASS, er hatte Fotos von

Snipern in Aktion und Großaufnahmen von den Besonderheiten der Waffe angeschaut und vor sich hin geträumt, wie er es wohl auf seiner Mission in Afrika eingesetzt hätte, und erinnert sich an den Sniper, der zwei oder drei Mal mit ihnen auf Patrouille war, die Waffe immer in einer Schutzhülle auf dem Rücken, er musste sie nie herausnehmen. Es hieß, er ging damit ins Bett, und jeden Abend nahm er sie auseinander und säuberte sie gründlich, reihte die 7,62-Patronen vor sich auf einer Metallkiste auf, die Flaschenhalshülsen ragten gen Himmel wie kleine Raketen.

Er schläft traumlos. Er träumt fast nie. Für ihn ist Schlaf wie ein Grab, aus dem er jeden Morgen aufsteht.

10 Sobald er das Haus betritt, kommt es Jourdan vor, als ob ein durchsichtiger, nicht greifbarer Schleier auf ihn fällt, ihn in eine Art sirrende Stille einschließt, die auf furchtbares Getöse folgt. Er nickt den beiden Polizisten zu, die den Eingang bewachen und das Grüppchen der Hausbesetzer zurückhalten, und zieht sich am Geländer hoch bis in den zweiten Stock. Er weiß ungefähr, was ihn erwartet. Mühsam und keuchend kämpft er sich die Stufen hoch, die Augen auf die ausgetretenen, stellenweise abgerundeten Steine gerichtet. Er will nicht nach oben gucken, zu dem Lichtschacht, aus dem ein aschfahler Schimmer hereinfällt. Da oben ist nichts, zu dem man sich emporschwingen könnte.

Im Flur sitzt ein rothaariges Mädchen auf einem Stuhl und weint, sie schnäuzt sich und hustet und wimmert ab und zu. Ihr gegenüber lehnt ein Beamter an der Wand, die Daumen in einen Riemen seiner kugelsicheren Weste gehakt, und starrt auf den abgeblätterten Gips über ihr, dann unter dem Mützenschirm heraus in die Luft, auf die rissige Decke voll gelblicher Flecke. Eine große Klarheit flutet in gleißenden Strömen in den Flur, und ab und zu tanzt ein Schatten durch das unerbittliche Weiß. Und da ist dieser Geruch, der schon im Treppenhaus hing, heimtückisch, erst ein bisschen süßlich wie die Ausdünstungen von verdorbenem Obst. Jourdan weiß, dass der Gestank bald an ihm kleben wird, und zwar tagelang, seine Schleimhäute überziehen und sich in allen Fasern seiner Kleidung festsetzen wird.

Staatsanwalt Gendron steht in der Tür, ein Papiertaschentuch vor Mund und Nase. Jourdan erhascht einen Parfümhauch. Zitrusfrüchte. Sie geben einander die Hand. Jourdan entschuldigt sich für die Verspätung: ein Anruf von Richter

Villette. Gendron ist das egal. Er zuckt die Schultern. »Jetzt sind Sie ja da. Ich habe schon mit Capitaine Elissalde gesprochen. Die Todesursache scheint festzustehen, Sie werden ja sehen.« Er schwitzt, tupft sich mit dem parfümierten Taschentuch die Stirn ab. »Nicht einfach«, sagt er. Jourdan will fragen, was nicht einfach ist, aber besinnt sich anders. »Ich schicke Ihnen am späten Nachmittag ein Memo mit unseren ersten Erkenntnissen.« Jourdan würde ihn jetzt gern abschwirren sehen, weil er aussieht, als könne er frische Luft gebrauchen. »Zum Glück war ich vorbereitet«, sagt Gendron und wedelt mit dem Taschentuch vor ihm herum. »Ich bin da wirklich nicht gut drin.«

Elissalde taucht im Schutzanzug auf, zwinkert Jourdan hinter der Schutzbrille zu. »Kommst du?«

»Ich geh dann mal«, sagt Gendron hastig. »Bis später.«

Jourdan schlüpft in den Anzug, den Elissalde ihm reicht, zieht Füßlinge über. Er räuspert sich und atmet durch den Mund, als er den Raum betritt. Die Fenster stehen weit offen, aber das Scheinwerferlicht verfinstert den grauen Tag, der in der engen Straße hängt.

Eine halbnackte Frau lehnt bei einem Waschbecken an der Wand. Ihr Kopf liegt auf der linken Schulter, die blau angelaufenen Lippen sind leicht geöffnet. Jung. Wahrscheinlich unter dreißig. Vielleicht sogar noch jünger. Jourdan kann bei Gesichtern, die schon in Verwesung begriffen sind, kein Alter schätzen. Er stößt die schlechte Luft aus den Lungen, die im Zimmer hängt, hüstelt in die Handschuhe, um zu vertreiben, was sich da gerade in seiner Kehle einnisten will. Die rechte Hand der Toten wurde von Ratten angefressen. Schwärzliche, angeknabberte Fingerkuppen unter scharlachroten Nägeln. Durch die Schlitze ihrer zerrissenen Bluse sieht man tiefe Wunden, Schnitte, Abschürfungen. Sie liegt in erstarrten Blutlachen. Blut an der Wand, Schlieren bis ins Waschbecken, das Plastikregal wurde heruntergerissen und baumelt an einer einzelnen, rot verdübelten Schraube, die halb aus dem Loch hängt. Amandine, eine von der Spurensicherung, nimmt gerade eine Probe vom Boden, sieht auf und begrüßt Jourdan mit einem Augenaufschlag über der Maske. Er fragt, wo die Gerichtsmedizinerin ist. Sie würde gleich kommen. Hatte einen anderen Notfall. »Guck mal.« Sie hebt die Bluse ein Stück an, um ihm den grünlichen Fleck auf dem Bauch zu zeigen. »Drei, vier Tage.« Jourdan schaut weg, sein Blick bleibt an einer Nummerntafel mit der Ziffer 2 hängen, daneben eine rote Handtasche. Jourdan wühlt darin, findet weder Portemonnaie noch Papiere. Eine Straßenbahnfahrkarte, zwei Kassenbons eines Supermarktes. Bernie kommt mit einem Spurensicherungsbeutel zu ihm: eine Kondomsammlung, er hat sie in der Nachttischschublade gefunden.

»Ich höre?« »Das Mädchen im Treppenhaus: Die hat sie gefunden. Sie hatte seit vier, fünf Tagen nichts mehr von ihr gehört, das kommt hin. Als sie vor der Tür stand, hat sie den Geruch bemerkt. Es roch nicht nach Scheiße wie sonst alles hier, hat sie gesagt. Dann hat ein Nachbar die Tür eingetreten, und tja. Also, ja, so auf den ersten Blick würde ich sagen, die Leiche liegt hier seit ungefähr vier Tagen. Sechs Messerstiche, also, bisher jedenfalls, wir haben sie nicht umgedreht. Die Spuren weisen darauf hin, dass der Angriff dort angefangen hat, zwischen Bett und Fenster, dann ist sie zum Waschbecken, und da wurde sie dann eingeholt und hat sich gewehrt. Ihre Arme und Hände sind voller Abwehrverletzungen.«

Jourdan folgt mit dem Blick Bernies Rekonstruktion des Tathergangs. Die zusammengebrochene Frau steht nicht wieder auf. Dabei war ihm, als hätte ihr nackter Fuß mit der blau gewordenen Sohle sich bewegt, er geht zur Leiche. »Sonst

nichts?« »Nein. Haare, viele Flecken auf den Bettlaken. Überall Fingerabdrücke, und an manchen Stellen wurden sie weggewischt. Womöglich haben wir den Kerl in der Kartei, und er weiß es.«
Womöglich.
Jourdan geht einmal durchs Zimmer. Orange-braune Tapete, die in langen Streifen abblättert. Lepröse Zimmerdecke mit feuchten Ringen, mittendurch läuft ein fingerbreiter Riss. Er denkt, dass das Ganze über ihnen zusammenstürzen könnte, und zwar jeden Augenblick. In einer Ecke neben dem Fenster steht ein Campingkocher auf einem Klapptisch. Eine Dose Kaffeepulver, eine Tasse mit einer Zeichentrickfigur, Zucker in einem Einweckglas. Unter dem Tisch eine Palette mit Konserven, einer Flasche Gin. Elissalde überprüft gerade den Inhalt der Dosen und erstellt ein Inventar.
Die Gerichtsmedizinerin kommt herein. Schutzanzug, Haube und Maske. Als sie Jourdan bemerkt, salutiert sie ironisch: »Guten Morgen, Commandant«, und geht zur Leiche; sie bleibt zunächst davor stehen, Hände in den Hüften, und wechselt leise ein paar knappe Worte mit der SpuSi-Kollegin. Jourdan bittet Elissalde zu übernehmen. »Ich bin in der Nähe.«
Er geht in den Hausflur, wo die junge Frau mit den roten Haaren immer noch zusammengesunken vor dem gleichgültigen Beamten auf dem Stuhl hockt. Er zieht die Schutzkleidung aus, dann geht er zu ihr, berührt sie an der Schulter und bittet sie, mitzukommen. Ein paar Fragen. Das Aufstehen bereitet ihr Mühe. Als sie steht, ist sie groß, ziemlich athletisch. Er führt sie den Gang runter. Bemerkt eine offene Tür, drin liegen unter einer nackten Glühbirne Matratzen auf dem Boden. Er schiebt das Mädchen hinein, stellt ihr einen Stuhl hin.

»Geht schon«, sagt sie, setzt sich aber trotzdem. Sie wühlt in ihrer Leinentasche und holt eine Schachtel Zigaretten raus, zündet eine an, schließt bei den ersten beiden Zügen genießerisch die Augen.

Jourdan wartet, dass sie sich entspannt, die Beine in den engen Jeans mit Löchern an Oberschenkeln und Knien von sich streckt. Sie blickt stur geradeaus, an die Wand, wo ein Poster einen jubelnden Fußballer in Lebensgröße zeigt. Ihr rotes Haar ist zu einem Bubikopf à la Louise Brooks gestylt, und die gerade Nase verleiht ihr ein griechisches Profil.

Auf Jourdans Frage sagt sie, sie heiße Iliana Todorova, komme aus Bulgarien. »Papiere?« Sie holt eine Fotokopie aus der Handtasche, auf der ihr Eintritt in EU-Gebiet über Deutschland vermerkt ist. Iliana Todorova, geboren am 2. November 1998 in Bresnik, Bulgarien. Sie sagt, sie habe keinen anderen Identitätsnachweis, man habe ihr alles weggenommen. Sie spricht mit starkem slawischem Akzent, ohne nach Worten zu suchen, mit kehliger Stimme, ab und zu wird sie von einem Aufschluchzen geschüttelt. Jourdan versucht, eine Ähnlichkeit mit den Gesichtszügen auf der Fotokopie herzustellen, die er vor Augen hat, aber erkennt nur den von schwarzen Schatten verschlungenen Umriss eines Frauengesichts. Sie widersetzt sich kaum, als Jourdan ihr die Tasche wegnimmt, um sie zu durchsuchen. Er findet nichts Verwertbares, gibt sie ihr zurück. Sie drückt sie an sich.

Jourdan holt aus einer Zimmerecke einen Gartenstuhl, die daraufliegende Kleidung wirft er auf den Boden. Iliana Todorova. Im Kopf wiederholt er den Namen. Er findet, das klingt wie in diesen russischen Geschichten von Schuld und Sühne, Zaren und Prinzessinnen. Die Prinzessin hat rote Haare, arbeitet wahrscheinlich als Hure in einem besetzten Haus und hat eine vier Tage alte Leiche gefunden.

»Werde ich jetzt abgeschoben?«

»Kommt drauf an. Wenn Sie mir helfen, kann ich was für Sie tun.«

Sie nickt.

»Ja, ja«, sagt sie. »Fragen Sie.«

Sie dreht sich zu ihm. Zum ersten Mal sieht er ihre Augen, sehr hell, grau oder grün, unter vor Müdigkeit schweren, schwarz geschminkten Lidern.

»Wer ist das Mädchen dort drüben? Kennen Sie sie schon lange?«

»Sie heißt Coralie. Den Nachnamen weiß ich nicht.«

»Seit wann kennen Sie sich?«

»Seit drei Monaten. Da ist sie angekommen.«

»Von wo kam sie?«

»Aus Paris. Also, nicht aus Paris, daneben. Wie sagt man?«

»Aus einem Vorort? Ist sie Französin?«

»Ja, Französin. Ich weiß nicht mehr die Stadt. Aurvillé oder so etwas.«

»Aubervilliers?«

»Ja, kann sein. In der Nähe von Paris.«

Sie wischt sich mit dem Handrücken die laufende Nase ab. Und die Augen. Der Lidschatten hinterlässt schwarze Spuren auf ihren Wangen. Sie guckt auf ihre Schuhspitzen, Rangers aus weinrotem Leder, riesig an ihren schlanken Beinen.

»Wieso ist sie nach Bordeaux gekommen?«

»Sie hatte Angst. Die Männer dort, die sie gezwungen haben. Die wollten nicht, dass sie geht.«

»Und was ist das hier? Dieses Zimmer?«

»Gehört einem Freund von ihr. Er leiht es ihr.«

»Ein Freund? Hier empfängt sie ihre Kunden, stimmt's?«

»Ja.«

»Und Sie?«

Sie hört auf zu schniefen, richtet sich ein wenig auf. Das Gesicht verwüstet vom ruinierten Make-up.

»Ja, manchmal.«

»Wer ist dieser Freund, der das Zimmer verleiht? Wie heißt der?«

»Milan.«

»Milan. Und wie weiter?«

»Weiß ich nicht.«

»Woher kommt der? Frankreich?«

»Nein. Bulgarien, wie ich.«

»Weißt du, wo er wohnt? Hier? Im besetzten Haus?«

Sie schüttelt den Kopf. Wieder krümmt sie sich. Sie wippt mit dem rechten Bein, auf Zehenspitzen, oder vielleicht zittert sie.

»Kennst du ihn? Hast du ihn schon mal gesehen?«

Sie nickt. Ja.

Das »Du« ist ihm rausgerutscht, er achtet nicht drauf. Es muss schnell gehen.

»Gib mir dein Handy.«

Sie drückt sich die Tasche an die Brust, sagt nein, also streckt er die Hand aus, wiederholt die Aufforderung, und weil sie aufstehen will, zieht er so heftig an einem Riemen, dass sie fast hinfällt, sie stöhnt.

»Keine Bewegung.«

Er scrollt durch die Fotos: Die meisten sind Selfies. Er glaubt, die Tote wiederzuerkennen. Er zeigt dem Mädchen das Foto, ja, das ist sie. Eine hübsche Brünette, sie lächelt, lacht, streckt die Zunge raus, neben sich die Freundin. Nicht älter als zwanzig. Er durchforstet die Dateien. Ein paar Sexfilmchen. Sie, die Bulgarin, und die Tote. Jourdan weigert sich, die Namen zu benutzen. Um die wahre Identität kümmern sie sich später. Nie sieht man die Visage der Kunden, nur ineinander verschlungene Leiber, Schwänze, die überall hineinstoßen, wo es geht. Die Mädchen, die sich zum Lächeln zwingen oder die Augen weit aufreißen, kurz vorm Ersticken, mit vollem Mund. »Und das? Wer hat die gedreht?« »Milan.«

Sie müssen das Arschloch finden.

»Wo finde ich den, deinen Milan?«

Sie gibt ihm die Adresse eines Dönerladens, Cours de la Marne. Dort ist er oft, spätabends.

»Rufst du ihn manchmal an, oder ruft er dich an?«

»Einmal, letzten Monat.«

»Hatte er Arbeit für dich?«

»Nein. Nur wegen dem Zimmer. Wegen Miete.«

»Wie sieht er aus?«

Sie antwortet nicht gleich, guckt aufs Handy.

»Hast du da drin ein Foto von ihm?«

»Nein. Kein Foto. Nie. Will er nicht.«

»Milan? So nennen ihn alle?«

»Ja.«

»Und seine Nummer?«

Sie sucht in ihrer Kontaktliste. »Das ist er.«

Jourdan steckt das Handy ein, steht auf, geht in den Hausflur. Er gibt dem Beamten ein Zeichen, das Mädchen zu bewachen. »Die bleibt hier.« Der Polizist stellt sich an die Tür. Jourdan geht an dem Zimmer und der düsteren Helle und den Schatten vorbei. Er begegnet Elissaldes Blick, der zwinkert ihm zu.

Im Erdgeschoss, wo die Loge der Concierge gewesen sein könnte, ein finsteres Loch, in dem es nach fauligem Wasser stinkt, trifft er auf Greg und Corine, die die Hausbesetzer befragen. Etwa dreißig Personen warten im Hausflur. Frauen mit Kopftuch, schlecht rasierte Männer, die rauchen oder an die Wand gelehnt schlafen. Babys weinen herzzerreißend. Kinder rennen und toben den Erwachsenen zwischen den Füßen herum. Eins erntet eine Ohrfeige, weil es zu laut war, und fängt an zu plärren. Zwei uniformierte Polizisten versperren den Ausgang. Niemand weiß was, keiner hat was gesehen. Manche haben zwar seit gestern einen auffälligen Geruch bemerkt und dachten, es sei eine verreckte Ratte. Gestank, überquellende Scheiße, ekelhafte Planschbecken, das ist ihr Alltag, sie leben damit. Vor zwei Monaten hat man sie aus einer Kloake in einem Vorort evakuiert. Ein Verein hat diese Bruchbude für sie gefunden. Corine erklärt, dass sie einen Dolmetscher brauchen. Nicht einer ist legal hier. Alle können ausgewiesen werden.

»Frag mal, ob sie einen Milan kennen.«
»Wie Kundera?«
Jourdan stutzt. Wovon redet sie? Egal.
»Ja, genau. Wie Kundera.«

Jourdan fährt mit der Rothaarigen aufs Revier. Sie behauptet weiterhin, Iliana Todorova zu heißen. Vielleicht stimmt es ja. Sie erzählt, dass sie normalerweise in einem billigen Hotel an der Umgehungsstraße arbeitet. Nicht für Milan, nein, nur um die Miete für das Zimmer zu zahlen, das sie sich mit Coralie teilt. Nein, für Stan. Auch ein Bulgare. Er hat ihre Papiere. Reisepass, Personalausweis. Er sagt, sie kriegt alles wieder, wenn sie ihre Reise nach Frankreich zurückgezahlt hat, aber sie weiß nicht, wie viel das ist. Coralie arbeitet auch für ihn. Milan und er teilen sich die Mädchen, sie sind Cousins, sie verstehen sich gut.

»Glaubst du, er hat sie umgebracht?«

Sie guckt Jourdan perplex an. Daran hatte sie nicht gedacht.

»Wer? Milan?«

»Ja, Milan.«

»Nein. Er mag sie viel zu sehr. Er ist nett.«

Dumme Nuss. Er ist nett. Viel zu nett sogar. Die beiden Dreckskerle zwingen sie, sich ficken zu lassen und Schwänze zu lutschen, aber sie sind total nett. »Ich ruf gleich mal Milan an, damit er dich abholt, wo er doch so nett ist. Er kümmert sich bestimmt gut um dich, oder, was meinst du?«

Iliana schlägt die Hände vors Gesicht und fängt an zu weinen.

Jourdan lässt Essen und Trinken für sie kommen. Sie stürzt sich schniefend darauf, mit eingezogenem Kopf, fast zusammengerollt. Sie bedankt sich zehnmal, sagt: »Keine Abschiebung, bitte, die bringen meine Familie um.« Jourdan versucht, sie zu beruhigen. Er verspricht, mit den Kollegen zu reden, die sich um Ausländer kümmern, mal schauen, was er tun kann.

Er sieht zu, wie sie Essen in sich reinstopft. Er hat keinen Hunger.

»Lassen Sie mich gehen. Wenn die rausfinden, dass ich hier war, werden sie glauben, ich habe sie verraten, und bringen mich um.« Sie vergräbt das Gesicht in den Händen und fängt wieder an zu weinen.

»Niemand bringt dich um. Sag mir, wo ich diesen Stan finde.« Sie schüttelt den Kopf, keine Ahnung. Sie schnäuzt sich und wimmert und leiert Worte in ihrer Sprache herunter, bitter und wahrscheinlich voller Reue. Jourdan schaut einen Moment lang zu, wie sie sich windet und flennt, und als ihr Gesicht hinter den großen blassen Händen verschwindet, über die die scharlachrote Perücke fällt, hat er das Gefühl, vor einer großen, von Stromstößen geschüttelten Puppe zu sitzen oder einer fatalen Störung bei einem menschenähnlichen Roboter beizuwohnen. Er kann weder ihre Tränen noch ihren Kummer ernst nehmen. Er begreift diese Verzweiflung nicht. In ihm ist gerade etwas erloschen. Wie eine Glühbirne, die schon flackert und schließlich den Geist aufgibt. Er steht auf, wirft automatisch einen Blick aus dem Fenster, nichts Neues, und bleibt vor dem Mädchen stehen, das auf dem Stuhl hockt, und er findet sie anstrengend, diese junge Nutte, die über ihr Schicksal klagt und sich weigert, ihre Folterer zu nennen, wie eine Ertrinkende, die in einem Schlammloch um sich schlägt, ohne wirklich herauszuwollen, und die helfenden Hände ignoriert, die man ihr hinstreckt. Er sieht die Leiche vor sich, wie sie in ihrem eigenen Blut liegt, hat noch den ekelhaften Gestank der Zersetzung im Rachen, eine monströse Vernichtung, und auf einmal würde er die Rothaarige gern hochreißen und mit ihr in die Leichenhalle fahren, um sie mit der Nase auf die gähnenden Wunden und die einsetzende Verwesung zu stoßen. Hier, guck, riech mal, fass an. Das ist tot, das stinkt, das ist kalt. Gut möglich, dass einer von deinen total netten Arschlöchern, die so an euch hängen, das war oder es zumindest ermöglicht hat, unvermeidlich, also los, rede, sag mir, wo deine Beschützer hausen, ja, stell dir vor, so heißt das in Frankreich, deine Beschützer, die beschützen dich genauso wie das Seil den Erhängten.

»Rede mit mir«, beschwört er sie. »Wir müssen die Schweine aufhalten. Das darf so nicht weitergehen.« Sie blickt zu ihm auf, in ihren Augen stehen Tränen und Entsetzen, das Gesicht zu einer hässlichen Fratze verzerrt, und sie fragt ihn zwischen zwei Schluchzern, ob er Tabletten dahat, weil es ihr nicht gut geht. Weil er nicht gleich kapiert, vermutet er Migräne, überlegt, ob er nicht irgendwo in einer Schreibtischschublade ... Dann wird ihm klar, dass sie auf Entzug ist und Paracetamol da gar nichts ausrichten kann. Vielleicht ein, zwei Ohrfeigen, damit sie wieder ein bisschen Farbe in die Wangen bekommt. Er verspricht ihr, dass es bald vorbei ist, sie bald nach Hause kann.

Er setzt sich an den Computer, um ihre Aussage aufzunehmen. Sie ringt die Hände, erschauert. Sie weint nicht, zwingt sich, ihrer Angst Herr zu werden, das Schluchzen runterzuschlucken, die Tränen abzuwischen, sich die Nase zu putzen, angelt Papiertaschentücher aus der Box vor sich, ab und zu fallen ihr die Augen zu, und Jourdan befürchtet, dass ihre schweren Lider nicht wieder aufgehen und sie vor seinen Augen einschläft. Er sagt ihr, je genauer sie antwortet, desto schneller sind sie fertig, er wiederholt seine Frage bezüglich Stan und Milan, und jedes Mal schüttelt sie den Kopf, »Nein, nein, ich weiß nicht«, fast klappert sie mit den Zähnen.

Gegen 14 Uhr kommen die Kollegen zurück, Jourdan schließt die Befragung gerade ab. Corine, Bernie, Greg, Elissalde. Still, erschöpft. Sie setzen sich an den Schreibtisch und schauen aufs Handy, machen den Computer an. Jourdan lässt sie erst mal durchatmen. Nach einer Weile, noch hat niemand was gesagt, schnuppert Elissalde an seinen Sachen. »Scheiße, ich stinke nach Tod.« Er zieht den Pullover aus, schmeißt ihn hinter sich.

Jourdan holt eine Flasche Whiskey und ein Glas aus dem Schrank. »Es steckt dir noch im Hals. Hier, spül es damit runter.« Die anderen stehen auf, halten ihm Tassen und Gläser hin. »Mir auch«, sagen sie. Wagen ein vorsichtiges Lächeln.

Leise ziehen sie Bilanz. Im besetzten Haus hat sich nichts ergeben. Alle wussten über Coralies Aktivitäten Bescheid, sie war ein Schützling des berühmten Milan, vor dem anscheinend alle Angst haben. Vor allem haben sie vor den Bullen

Angst, vor der Abschiebung. Die Hälfte hat keine Papiere, die anderen haben Anträge fürs Dublin-Verfahren vorgezeigt, meistens ohne Foto.

»Was machen wir jetzt?«, fragt Corine. »Wenn wir uns ans übliche Protokoll halten ...«

»Wir haben einen versiegelten Tatort und dreißig Zeugen in einem besetzten Haus«, sagt Jourdan. »Wir müssen zwei Arschlöcher ausfindig machen, und zwar dalli, das übliche Protokoll kannst du dir getrost an den Hut stecken und ihn schwenken. Im Moment haben wir keinen anderen Anhaltspunkt. Was sagt denn die gute Frau Doktor Bensoussan?«

Elissalde hebt seinen Pullover auf und riecht daran. Er legt ihn über seinen Schreibtischstuhl. Er fasst zusammen, schnuppert dabei an seinen Händen. »Mindestens zwei tödliche Verletzungen. Fünfzehn Messerstiche. Sie nimmt an, dass der Kerl in Raserei geraten ist. Die Stiche wurden in alle möglichen Richtungen ausgeführt: von unten nach oben, von oben nach unten, von rechts nach links. Nach der Öffnung weiß sie mehr, hat sie gesagt.«

Jourdan schaut die anderen an. »Ist das alles?«

Bernie holt ein Notizbüchlein aus der Tasche und klappt es auf.

»Bensoussan hat einen anderen Fall erwähnt, von vor zwei Jahren. In Bacalan wurde ein Mädchen tot aufgefunden, quasi unter der Pont d'Aquitaine. Sie findet, es gibt einige Parallelen. Das Mädchen war etwa genauso alt. Achtzehn. Gymnasiastin. Die gleiche Art von Verletzungen. Etwa fünfzehn ausgeführte Stiche, einigermaßen willkürlich. Bensoussan meint, der Kerl schlägt zu wie rasend, als wollte er vor allem Schaden anrichten, ehe er tötet. Vielleicht hört er erst auf, wenn das Opfer sich nicht mehr bewegt. Keine DNA. Keine Vergewaltigung noch sonst irgendeine Gewalteinwirkung, außer den Messerstichen. Wir müssten mit Steiner reden, der hat damals die Ermittlungen geleitet.«

Schweigen. Jourdan erinnert sich an den Fall, ungelöst. Monatelang Verhöre. Steiner und sein Team waren überzeugt, dass sie im nahen Umfeld des Opfers suchen müssten. Irgendein armes, abgewiesenes Würstchen, eine Eifersuchtsgeschichte. Die Kleine hatte den Ruf, Verehrer zu sammeln, es war garantiert einer dieser Idioten gewesen. Und dann ergab sich nichts. Eindeutige Alibis, nichts Konkretes, nicht mal eine zweifelhafte SMS, nichts. Zwei Lieutenants arbeiten immer noch ein bisschen daran, unter dem Druck der Eltern und ihres Anwalts, das heißt, sie lesen noch mal alle Aussagen, gehen die Akte erneut durch, sobald sie ein bisschen Zeit haben.

Die anderen trinken den Whiskey aus, setzen sich an ihre Schreibtische und erzählen vom Tag. Sie reden laut. Jourdan beobachtet sie einen Moment, einen nach dem anderen, und hat das Gefühl, sie tun nur so, als ob sie miteinander reden, jeder verschanzt sich hinter seiner Einsamkeit und Erschöpfung. Manchmal zwingen sie sich zu lachen, machen sich über die Hausbesetzer lustig, ihr Entsetzen bei dem Gedanken, abgeschoben zu werden, nicht einer kam auf die Idee, er könnte des Mordes verdächtigt werden. Sie bemerken, dass sie nichts gegessen, aber keinen Hunger haben, außer Bernie, der schwärmt davon, wie gut jetzt ein schönes Sauerkrautgericht und ein Glas Bier täten. Dann reden sie über die Bulgaren, alle abschiebbar, und was eigentlich angemessen wäre: das Haus räumen, verschärfte Kontrollen und all die rausschmeißen, die nichts in unserem schönen Land verloren haben. »Was soll es bringen«, fragt Bernie, »denen auf den Pelz zu rücken? Dann hast du bloß die Linken und die Anwälte auf dem Hals, und acht Tage später zerstreuen sich alle und verschwinden auf Nimmerwiedersehen. Wenn ein brauchbarer Zeuge drunter war, ist der weg.«

Jourdan überlässt sie ihren Streitereien und widmet sich wieder Iliana, die schlotternd auf dem Stuhl sitzt, Hände auf den Oberschenkeln. Sie hat die Augen zu, wiegt mit zusammengepressten Lippen kaum merklich den Kopf vor und zurück. Vielleicht schläft sie, also setzt Jourdan sich neben sie, versucht nachzudenken, was zu tun wäre, weiß es nicht, er kann keinen einzigen klaren Gedanken fassen. Die Gespräche hallen im Büro wider wie Getuschel in einer Kirche, ein gedehntes, fernes Geräusch. Jourdan fühlt sich, als hätte er einen Integralhelm auf und könnte das Pulsieren der Arterien tief in seinem Hirn hören. Er zuckt zusammen, als plötzlich Elissalde neben ihm steht.

»Was ist mit ihr?« Jourdan steht auf, um die Benommenheit abzuschütteln, die ihn gepackt hat. »Dreimal darfst du raten.« Elissalde mustert das Mädchen. »Ach so. Ich frag mal Simon, der hat immer was in petto für seine Kunden.«

Jourdan hält ihr einen Becher Wasser hin. Sie trinkt gierig, dann zerdrückt sie den Becher in der Faust und bleibt reglos damit sitzen. »Wir geben Ihnen was.« Sie nickt.

»Nicht abschieben«, flüstert sie.

Jourdan seufzt. Er wirft einen Blick auf die Kollegen, die anscheinend darauf warten, dass etwas getan oder gesagt wird. »Du musst uns sagen, wo wir die beiden Kerle finden, verstehst du? Ich helfe dir, wenn du uns hilfst, versprochen.« Er sagt es leise, flüstert es ihr fast ins Ohr. Er unterdrückt die Regung, sie zu schütteln und vom Stuhl zu werfen.

Sie kramt in ihrer Tasche, holt eine Schachtel Zigaretten raus. »Darf ich?« »Nein, du darfst nicht. Pack das weg.« Jourdan überkommt das Verlangen nach einer Kippe. Ihm läuft das Wasser im Mund zusammen. Seine Kehle wird eng. Er würde am liebsten die Jacke überziehen, raus, unter ein Vordach und bibbernd eine rauchen bei dem Scheißwetter da draußen, Regen, pfeifende Windböen, die Nacht, die bereits in den Wolken lauert.

Elissalde kehrt zurück und reicht dem Mädchen einen Blisterstreifen Tabletten. Sie drückt sie fahrig aus der Hülle, lässt beinahe alles fallen, wirft zwei ein und trinkt gluckernd aus der Wasserflasche, die Jourdan ihr hinhält. Sekundenlang hält sie die Augen geschlossen, sitzt aufrecht und steif da, dann bittet sie um Papier und Stift. Bernie reißt eine Seite vom Notizblock, holt einen Stift, eine Illustrierte als Unterlage. »Da, bitte«, sagt sie, als sie keuchend und mit tränennassen Augen auf den Zettel kritzelt. Stans Adresse.

»Danke«, sagt Jourdan. Er legt ihr eine Hand auf die Schulter, aber sie macht sich los und steht schwankend auf, schaut sie alle an und sagt atemlos: »Jetzt bin ich tot.«

11 Louise fühlt sich, als ob sie in einer schwankenden Sphäre schwebt. Die Häuser scheinen vor ihr zurückzuweichen, lassen ihr den Vortritt, um sich dann direkt hinter ihr wieder einzureihen. Von der Zigarette, die sie mit Naïma geraucht hat, als sie aus dem Restaurant kamen, ist ihr schwindelig geworden, sie musste sich kurz an einem Auto abstützen. Naïma warf einen Blick auf den Glimmstängel, den sie hielt, und meinte lachend: »Ach du Scheiße, was ist denn da drin?« Sie haben sich gegenseitig Rauch ins Gesicht geblasen und gekichert wie zwei kleine Mädchen. Der Weißwein war gut. Sie haben die zweite Flasche nicht ganz ausgetrunken. Der Rausch kommt vor allem von dem freien Abend, dem Wiedersehen, sie sind duselig von dem Strudel aus leisen Worten, in dem sie herumgewirbelt sind, die Köpfe zusammensteckten, als hätten sie die letzten sechs Monate, in denen sie sich nicht gesehen haben, kein Wort gewechselt. Als sie auf den nächsten Gang warteten, hat Louise Christelle angerufen, bei der Sam übernachtete, sie wollte wissen, ob alles okay war, ja, Sam und Arthur hockten im Kinderzimmer, man hörte Gelächter und merkwürdige Tierschreie. Sie hatten sich auf die Pizza gestürzt, die Schokoladeneclairs verputzt, und gegen elf würden sie im Bett liegen, Zapfenstreich. Louise hatte das Handy neben den Teller gelegt, sie fürchtete, das Display könnte aus irgendeinem alarmierenden Grund aufleuchten.

»Alles gut«, hatte Naïma gesagt. »Ihm passiert nichts. Und dir auch nicht.«

Da hatte Louise den Kopf geschüttelt. Lucas hatte an dem Tag zwei SMS geschickt. Sie zeigte sie Naïma. »Der ist verrückt«, meinte sie. »Geh zur Polizei.«

Louise merkte, dass ihr die Tränen kamen. »Lass uns über was anderes reden.«

Also haben sie über alles andere geredet.

Von den Reisenden, deren Gepäck Naïma am Flughafen eincheckt, unterwegs zu Zielen, von denen sie aus Zeitmangel nicht immer träumen kann; von ihren komischen Gesichtern im Reisepass, den riesigen Koffern, von den Kolonnen aus Gepäckwagen, mit denen sie aufschlagen, als würden sie die Hälfte ihrer Habseligkeiten mitnehmen, wie Wurstpakete mit Klebeband, Riemen und Stricken zu Ballen verschnürt ... Sie stellt sich dann vor, wie sie bei der Ankunft mit einem Taxifahrer verhandeln, der sich weigert, den Kram einzuladen, oder vor dem bereits vollen Laderaum eines Busses kauern, und der Fahrer droht, sie einfach zurückzulassen, er ist schon spät dran ... Das lenkt sie einen Moment lang von der höllischen Routine ab, Hunderte von Etiketten, die sie an den Griffen befestigt, tonnenweise Ladung, die sie über das Förderband schickt. Sie erzählte von ihrer ersten Flugreise, Verwandtenbesuch in der Nähe von Fez, da war sie dreizehn ... Ihr Vater hatte eine Prämie erhalten, so konnten sie sich die Fahrt durch Spanien sparen, zu sechst im Auto, das Dach mit Paketen überladen, sie konnte kaum schlafen, zwischen ihren Schwestern auf der Rückbank eingezwängt, ja, sie fuhren nachts, weil es tagsüber zu heiß war, die alte Karre hatte keine Klimaanlage, und sie erinnert sich an bezaubernde Morgen, wenn sie sich ganz früh auf der Zufahrt zur Fähre die Beine vertraten, Maman verteilte Kekse und Wasser ... In dem Moment hat Naïma kurz innegehalten, ihre Augen schimmerten mehr als sonst, und Louise hat ihre Hand über den Tisch geschoben, sie verschränkten die Finger und hielten sich einen zeitlosen Moment lang an den Händen, bis sie sich wieder gefasst hatten. »Also, mit dem Flugzeug? Davon hast du mir noch nie erzählt«, knüpfte Louise an.

Auf dem Hinflug hatte sie Angst gehabt, aber auf dem Rückflug hatte sie sich ans Fenster gesetzt, um nichts zu verpassen, die kleinen Schwestern drängelten sich auf ihren Schoß, wollten sehen, wie es da unten aussah, enttäuscht, dass man kaum etwas erkennen konnte, und fragten ständig, wo sie gerade waren, über Spanien, aber wo? »Man sieht gar nicht, dass es Spanien ist.«

»Ich weiß auch nicht ... Sie dachten vielleicht, sie sehen Stiere und Arenen, keine Ahnung, oder Flamenco-Tänzerinnen, wie auf so spießigen Anrichten. Ich hatte das Gefühl, wir fliegen über eine Landkarte. Ich hab versucht, mich zu erinnern, wie dieses Land eigentlich aussieht, es hing groß in unserem Spanisch-Raum. Ich hatte gehofft, wir fliegen über Madrid, weil ich es mal von oben sehen wollte, aber irgendwann sind wir in die Wolken eingetaucht und es fing an zu schwanken ... Die Mädels wurden ruhiger, klammerten sich an die Gurte. Ich glaube, mein Vater kriegte es auch mit der Angst. Er hat die Hand meiner Mutter genommen, und sie hat mir zugezwinkert, und wir haben in uns hineingelacht, jede für sich, wie so oft. Das vermisse ich. Die Lachanfälle von uns beiden, die niemand mitbekommen hat. Manchmal sah ich, wie sie woanders hinguckte, die Tränen standen ihr in den Augen, und ich wusste ganz genau, dass sie nicht traurig war und dass eine Kleinigkeit gereicht hätte, und sie wäre vor Lachen geplatzt, und ich auch.«

Louise hörte zu. Sie sah das lange Gesicht von Fousia, Naïmas Mutter, vor sich, den traurigen, nachdenklichen Blick unter schweren, müden Lidern, der plötzlich aufleuchtete, sobald eine ihrer Töchter auf ihren Schoß kletterte, wenn sie nach der Arbeit auf dem Sofa lag, sie war Putzfrau im

Krankenhaus, und manchmal sagte sie, sie könnte das ganze Elend nicht mehr ertragen, so nannte sie Krankheiten und sämtliche Leiden, »das ganze Elend, ich ertrag's nicht mehr«, seufzte sie, aber sie hatte immer noch Kraft, um die beiden Jüngsten an sich zu ziehen, Naïma saß dicht bei ihr, und Fousia streckte die Hand nach ihr aus und fragte: »Wie geht es dir, Tochter?« Louise erinnert sich, dass dann eine Energie zwischen den beiden floss, man sah es in ihren Augen leuchten, wie ein geheimes Feuer, und jedes Mal, wenn sie bei den abendlichen Wiedersehen dabei war, hatte sie sich wie das fünfte Rad am Wagen gefühlt, war neidisch auf dieses Rätsel und schnappte sich ihren Rucksack, um zu gehen. »Nicht doch«, sagte Fousia dann, »bleib noch ein bisschen, ich hol euch Kekse.« Sie stand auf, und die Mädchen verschwanden in Naïmas Zimmer, machten Hausaufgaben oder kicherten und lasen sich gegenseitig vor, was sie in das Heft geschrieben hatten, das ganz unten in der Schultasche lag, sie hatten beide das gleiche gekauft und einander geschworen, im Laufe der Tage oder Stunden ihre Gedanken zu notieren.

»Und bei dir?«, hat Naïma gefragt. »Erzähl mal. Ich rede die ganze Zeit.«

Louise zuckte die Schultern.

»Gibt nicht viel zu erzählen.«

Sie schenkte Wein nach. Die Flasche war leer. Sie bestellten noch eine.

»Und Samir? Wie geht's ihm?«

»Sam?«

Also hat Louise von Sam erzählt. Dass er ein Zauberer war. Von seinen magischen Händen auf ihrem Gesicht, an Abenden, an denen es ihr nicht gut ging. Von den großen, neugierigen Augen, die sich auf sie richten, wenn die dunklen Gedanken kommen. Hey, ich bin auch noch da, scheint er zu sagen. Ich weiß doch, woran du denkst. Von seinem Staunen. Sie glaubt nicht, dass alle Kinder auf der Straße stehen bleiben und etwas so intensiv anstaunen wie er oder den seltsamen Blick einer Schaufensterpuppe bewundern und erraten wollen, was sie wohl anschaut. Meist ist er es, der sie dazu bringt, sich umzudrehen und woandershin als in sich hineinzusehen.

»Wenn er bei mir ist, habe ich nicht so viel Angst. Also, wie soll ich sagen … Dann ist es, als wär das ganz weit weg, verstehst du? Und er weiß irgendwie oder spürt, wenn ich an manchen Abenden besorgter bin als sonst. Er will dann nicht ins Bett. Er trödelt, albert rum. Einmal habe ich mich gewundert, was er in seinem Zimmer macht, und schwupps, kam er als Pirat verkleidet raus, Augenklappe, eine Art Säbel, aus Pappe ausgeschnitten, und dann sagt er so zu mir: ›Ich halte jetzt Wache!‹ Du hättest ihn sehen sollen, Hände in den Hüften, Säbel im Gürtel …«

Die Kellnerin kam, brachte den Nachtisch und fragte, ob alles in Ordnung sei. Ja, alles gut. Lachend haben sie sich Wein nachgeschenkt. »Nachher sind wir total besoffen. Wir sind JETZT schon besoffen.« Sie lachten wieder und aßen dann eine Weile schweigend. Naïma war fertig, wischte sich den Mund ab, stützte das Kinn in die Hände und sah Louise an.

»Was?«, hat Louise gefragt.

»Du weißt, was. Das Arschloch, das dich verprügelt. Du bist halbtot vor Angst. Warum hast du mich nicht angerufen?«

»Ich hab doch angerufen.«

»Aber davon hast du nichts erzählt.«

»Das geht vorbei. Er kriegt sich schon ein. Manchmal krieg ich auch was in den falschen Hals, dann geh ich in die Luft und es eskaliert.«

»Das nennt man streiten. Viele Leute streiten sich. Aber der, der schlägt dich. Du hast gesagt, beim letzten Mal hattest du Schiss, er bringt dich um.«

Louise sah es wieder vor sich. Die Masse Mann über sich. Wie sie keine Luft mehr kriegt, nicht mehr schreien kann. In dem Moment nahm die Angst ihr alle Kraft, mehr als der Schmerz.

Sie lockerte die Schulter, um die brennenden Insekten loszuwerden, die unter ihrer Haut herumkrochen.

»Irgendwann wird er es schon kapieren. Ich erklär's ihm. Er hat jetzt eine Neue. Er lebt bei ihr, der wird mich schon vergessen.«

»Zeig den an. Geh zur Polizei.«

»Manchmal ist er lieb. Dann ist er wieder so zärtlich wie am Anfang.«

»Am Anfang hat er dich nicht geschlagen, oder?«

»Doch. Einmal. Er hatte getrunken, hat beim Glücksspiel Geld verloren. Eine Ohrfeige. Am nächsten Tag hat er's bereut, hat geheult wie ein Schlosshund, und es tat mir weh, ihn so zu sehen.«

Naïma schüttelte den Kopf. Sie flüsterte: »Das glaube ich jetzt nicht ...«

»Und Sam?«

»Nein. Sam nicht.«

Louise ist abrupt aufgestanden. Ihr war ein bisschen schwindelig.

»Ich geh mal aufs Klo. Wollen wir dann los?«

Als sie zwischen den Tischen durchging, war sie fast überrascht, dass da noch andere Leute saßen. Ihr schien es, als käme sie von einem Ort, der von der Welt abgeschnitten war, und das Rauschen der Gespräche stieg ihr zu Kopf wie ein Hitzeschwall. Am Waschbecken entführen ihr drei Schluchzer und ein paar Tränen. Sie tupfte sich das Gesicht mit einem Papiertuch ab. Das Make-up hielt. Sie schnitt Grimassen, damit ihre zur Maske erstarrte Haut wieder geschmeidig wurde.

Sie zahlten. Weil es draußen nicht regnete, hoben beide gleichzeitig den Blick zum Himmel, wie um sicherzugehen, dass es wirklich so war.

Sie müssen sich zwischen Rauchern durchdrängeln, die auf dem Gehweg tuscheln und immer wieder in Gelächter ausbrechen, dann betreten sie das dichte Halbdunkel des Habana, Hitze und ein Getöse aus Stimmen und Musik schwappt ihnen entgegen. Louise zieht den Kopf ein, und Naïma zerrt sie an der Hand mitten hinein ins dichte Gewimmel. Gesprächsfetzen, Stimmengewirr, dumpfe Bässe.

Die Bar ist etwa fünfzehn Meter lang, die Leute drängen sich in Trauben davor, manche winden und drängeln sich durch und strecken die plötzlich rot angestrahlten Hände aus, um Gläser entgegenzunehmen. Als sich eine Lücke auftut, schlüpfen sie hinein. Zwei Männer und zwei Frauen arbeiten hinter der Theke. Ein Bartender schüttelt den Shaker im Takt der Musik. Schlanker, muskulöser Körper im engen T-Shirt. Louise beobachtet einen Moment lang das Spiel seines Bizeps, dann guckt sie weg. Naïma checkt Nachrichten auf dem Handy. Sie lächelt, nickt, seufzt. »So ein Idiot«, sagt sie.

Sie bestellen Mojitos und trinken sie, ohne wirklich zu reden. Louise findet es zu warm. »Tropisches Ambiente«, erwidert Naïma. Sie beobachten die Leute um sich herum, zwinkern sich vielsagend zu und schneiden Grimassen. Weiter hinten im Club tanzen Leute unter einer Discokugel. Vor allem Frauen. Fünf oder sechs, und zwei Männer, die versuchen, mit ihrem schaukelndem Gefuchtel auf sich aufmerksam zu machen. Wächserne Gesichter im Licht der blinkenden Scheinwerfer in grellen Farben.

»Louise?«

Eine Hand auf ihrer Schulter, die sich zurückzieht, als sie sich umdreht. John. Sie erkennt ihn sofort, ihr Magen verkrampft sich und ihre Kehle wird trocken. Er heißt Jonathan, aber alle nannten ihn John. Wie lange ist das her, zehn, zwölf Jahre? Er lächelt, eine Hand in der Luft, als wüsste er nicht wohin damit. Er hat sich verändert. Eingefallene Wangen, Augenringe unter schwarzen, glänzenden, starren Pupillen. Sehr kurze, graumelierte Haare, Wochenbart. Sieht aus, als hätte er Fieber. Auf seinem erschöpften Gesicht züngeln die Lichter wie Flammen.

»John, erinnerst du dich?«

Natürlich erinnert sie sich. Ihr ganzer Körper erinnert sich. Der Knoten im Bauch, die Atemlosigkeit, das viel zu schnell pochende Herz. Etwas Schmerzliches, das in ihr tobt. Das Gedächtnis wie ein Gift. Sie weiß nicht, was sie machen soll, also hält sie die Wange hin, sie begrüßen sich mit Küsschen.

»Du hast dich nicht verändert«, sagt er und sieht sie genauer an.

Sie versucht zu lächeln.

»Was machst du hier?«

»Ich bin mit einer Freundin hier. Meiner besten Freundin.«

Sie dreht sich zu Naïma, stellt sie einander vor. Naïma streckt John schlaff die Hand hin, dann versenkt sie sich wieder in ihr Glas und guckt woandershin.

»Erzähl mal, was machst du so?«

»Nichts.«

Louise trinkt einen Schluck. Lässt ein Stückchen Eis im Mund zerschmelzen.

»Wie, nichts?«

»Nichts, halt. Ich putze bei alten Leuten. Und geh für sie einkaufen.«

John nickt.

»Und gefällt dir die Arbeit?«

»Ist mein Traumjob.«

Louise sieht, wie er zögert, blinzelt, sein fast leeres Glas nimmt und am Strohhalm saugt.

Naïma fasst Louise beim Ellbogen.

»Halt mal kurz. Ich geh tanzen.«

Sie gibt ihr ihre Handtasche. Louise hängt sie sich über die Schulter.

John schaut Naïma hinterher. Starrt ihr auf den Arsch.

»Meine Freundin ist hübsch, was?«

John schüttelt den Kopf. Er lächelt verlegen.

»Du bist auch nicht übel.«

Louise guckt auf ihr Handy. Fast Mitternacht. Sam. Was mache ich hier? Ihr kommen die Tränen. Um sie herum ein dröhnendes Durcheinander, verschwommene Lichter. Sie wirft einen Blick zur Tanzfläche. Naïma redet mit einem Kerl, der mit den Händen in den Hosentaschen hin und her wippt. Naïma mag One-Night-Stands, Männer für eine Nacht. »Bei ihm«, sagt sie. »Nie bei mir. Hab keinen Bock auf irgendwelchen Scheiß. Ein oder zwei Wochen, falls es sentimental wird. Und wenn Monsieur verheiratet ist, Jackpot: Da hab ich ihn an den du weißt schon, kann ihn abschießen, und er hält die Klappe.« John sagt irgendwas zu Louise, sie versteht ihn nicht, also beugt er sich zu ihr und spricht ihr ins Ohr.

Er sagt, er freut sich, sie wiederzusehen. Er hätte oft an sie gedacht, sich gefragt, was wohl aus ihr geworden war. »Bloß, das war damals alles so eine Scheiße, wir waren alle dermaßen kaputt, dass wir nichts mitgekriegt haben, wir haben gar nicht auf andere geachtet. Bei manchen Leuten weiß ich nicht mal mehr, wie die aussahen. Erinnerst du dich an den einen Typen, seine Eltern hatten eine Villa am Cap Ferret, Alter, der hatte Kohle, wie hieß der noch mal? Und die riesengroße Party und so 'ne Art Gangbang auf der Terrasse mitten im Wald? Weißt du noch?«

Louise weiß noch, dass sie in einem Bett mit zwei Typen, die sie kaum kannte, und einer Migräne zum Kopf-an-die-Wand-Schlagen aufgewacht war. Sie weiß noch, wie sie sich ein Bad gesucht und sehr lange geduscht hat, um loszuwerden, was da aus ihr rauslief, unfähig, sich zu erinnern, was genau passiert war. Sie erinnert sich, dass sie übers Terrassengeländer gekotzt hat, und im Hintergrund, irgendwo hinter dem Wald, rauschte der Ozean. Sie erinnert sich an den Ekel, den sie über sich selbst empfand, wie jedes Mal, wenn ihr solche Sachen passierten, damals, als sie völlig kaputt oder betrunken mit verdrehten Augen auf einem Drahtseil über einen Abgrund balancierte.

John nickt, scheint froh, in alldem zu schwelgen, macht weiter mit der nächsten Anekdote, die er für episch hält.

»Hör auf«, sagt Louise und legt ihm die Hand auf die Schulter. »Hör auf.«

»Hast recht. Ist ewig her, wir waren total bekloppt. Krass, zehn Jahre, kaum zu glauben, oder?«

Doch, sie kann es glauben, die Vergangenheit kriecht in ihren Bauch wie ein Wesen, das dort gelauert hat und sich nun mit ausgefahrenen Krallen regt. Sam. Sie beschwört ihn herauf wie einen Hausgott, einen kleinen Engel, der sie hören und retten kann.

»Was hast du gesagt? Wer ist denn Sam?«

»Nein, nichts ... Das ist mein Sohn ... Ich dachte gerade an ihn, und weil ich erledigt bin und einen sitzen hab, tja ... denke ich halt laut.«

Er tut etwas, was sie überrascht und in dem Moment guttut: Er streichelt ihr über die Wange und sagt: »Macht doch nichts.« Sie dreht sich zur Tanzfläche, wo Naïma mit einem Mann Polkaschritte nachäfft. Sie lachen, umarmen sich. Der Mann küsst ihr Haar. Naïma bemerkt Louises Blick, flüstert ihrem Kavalier etwas ins Ohr und kommt her.

»Seb bringt mich nach Hause, keine Sorge. Ist das okay für dich?«

Sie redet laut, atemlos, ihr Gesicht glänzt vor Schweiß.

»Ja, na klar.« Louise gibt ihr die Handtasche. Sie umarmen sich fest. Naïma flüstert ihr schnell noch ins Ohr, dass sie den Typen kennt, der ideale Liebhaber.

Louise zwingt sich, ihr zuzulächeln, und ihr Magen zieht sich zusammen, als die Freundin mit ihrem Fang im Schlepptau geht. Auf einmal kommt die Musik ihr ohrenbetäubend vor, und die Beengtheit in diesem Gewirr aus Leibern und Stimmen ist erdrückend. John mustert sie unschlüssig. Er fragt sie, ob alles okay ist, sie sagt nein, dass sie die Schnauze voll hat, hier wegwill. In dem überwältigenden Getöse hört sie kaum ihre eigene Stimme. John steht im selben Moment wie sie auf, geht vor ihr her und bahnt ihr einen Weg durchs Gewühl. Er dreht sich um, vergewissert sich, dass sie hinter ihm ist. Sie stöckelt auf ihren Absätzen nach draußen, stolpert und hält sich an seinem Arm fest.

Seine Hand legt sich auf ihre Hüfte. Er drückt sie an sich, und sie macht sich sanft los. Sie rührt sich nicht, schaut dem gaukelnden Sprühregen im Schein der Straßenlaternen zu, getrieben vom Wind, der durch die Straße streicht. Sekundenlang ist sie allein auf der Welt. Und die Welt löst sich auf. Seine Stimme reißt sie aus dem Taumel.

»Was jetzt?«

Er schlägt den Jackenkragen hoch.

»Jetzt gehen wir schlafen.«

Er lächelt. Er sagt: »Okay.«

Sie gehen los. Sie haben im selben Parkhaus geparkt. Louise fällt nichts mehr ein, was sie zu ihm sagen könnte, und er schweigt, schiebt eine Hand unter ihren Arm, lässt sie wieder los, als sie an ein paar Mülltonnen vorbei müssen, die den Gehweg versperren.

Sie sind an Johns Auto. Eine dicke deutsche Limousine.

»Ist das deins?«, fragt sie.

»Nein. Hab ich vorhin geklaut.«

Die Schlösser klicken. Die Blinker blitzen kurz golden auf.

»Siehst müde aus. Willst du dich kurz setzen?«

Sie sagt ja. Sie weiß nicht, warum sie ja sagt. Vielleicht, weil sie sich einfach gern hinsetzen möchte.

Sie lässt sich zurücksinken, die Lehne empfängt sie zärtlich. Es riecht neu, nach Leder. John steckt den Zündschlüssel ein und das Armaturenbrett leuchtet türkis. Sie streckt die Beine aus, seufzt: »Danke.«

Er schaut sie an. Er rührt sich nicht, sie hört ihn atmen, riecht den Alkohol.

»Ich finde dich heiß. Ich will dich.«

Er streckt die Hand aus, legt sie auf ihren Oberschenkel, lässt sie dort liegen.

Louise hat nicht die Kraft, sie wegzuschieben. Als er sich rüberbeugt, ihr ganzes Gesicht abküsst, spürt sie eine kitzelige Gereiztheit unter der Haut. Als er mit der Hand unter ihren Rock fährt, sagt sie nein, windet sich, entzieht sich seinen Küssen, während er ihre zusammengepressten Oberschenkel auseinanderzwingt. Er nimmt ihre Hand, legt sie auf seinen Schritt, sie spürt, dass er hart ist, und er macht die Hose auf und sagt: »Ja, ja, genau so.« Sie reibt ihn, er kommt schnell und sackt über ihr zusammen, das Gesicht an ihrem Hals, seine feuchten Lippen hauchen an ihrer Haut.

Sie wischt sich die Hand an seiner Jacke ab und stößt die Autotür auf.

»Hier«, sagt er. »Fürs nächste Mal. Ich war scheiße.«

Sie nimmt die Visitenkarte, steckt sie in die Tasche.

An ihrem Auto wird ihr schlecht, sie krümmt sich zusammen vor Ekel über den Geruch nach Wichse an ihrer Hand. Die aufsteigende Galle brennt ihr in der Kehle.

12 Die Tür zerbirst, und irgendwo im Haus stößt eine Frau langgezogene, schrille Schreie aus, die gebellten Befehle, »Polizei! Keine Bewegung!«, können ihr Geschrei nicht übertönen. Sie kommt aus einem Zimmer, ein Bettlaken bedeckt nur notdürftig ihre Blöße, und schimpft ungestüm in einer ihnen unbekannten Sprache, schüttelt die Faust, die eine Brust wird entblößt, das Laken fällt ihr wie eine antike Toga in Falten um die Füße. Ein behelmter Brigadier des Einsatzkommandos stürzt auf sie zu und drängt sie mit dem Schild ins Zimmer zurück. »Schnauze.« Ein zweiter geht ihr hinterher. Die Lampen an den Waffen huschen durchs dunkle Zimmer, ehe das Licht angeht.

Jourdan wartet gemeinsam mit dem Officier im Kampfanzug im Flur. Er denkt an die drei Stunden, in denen er nur phasenweise geschlafen hat, und wagt nicht, sich neben dem Einsatzleiter an die Wand zu lehnen, der breitbeinig mitten im Flur steht, in voller Montur, wie für einen Krieg gerüstet. Eine nackte Glühbirne baumelt an einem Kabel und lässt ihre Gesichter abgehärmt wirken, wie nach einem schweren Start in aller Herrgottsfrühe. Jourdan lauscht den vertrauten Protesten, den gebrüllten Befehlen, mit denen die aus dem Schlaf Gerissenen überrumpelt werden, sie werden aus den Betten geworfen, die Matratzen sofort umgedreht, um vor ihnen an die darunter versteckten Waffen zu kommen. Jourdan lauscht dem lärmenden Durcheinander, wie man einem Motor lauscht, der auf Touren kommt, wenn man Zündung oder Vergaser prüfen will. Eine Mechanik, bei der man sich die Hände immer ein bisschen schmutzig macht, trotz Handschuhen.

»Wir haben ihn«, sagt Elissalde.

Jourdan betritt ein Schlafzimmer, das mit einem großen Bett und einem riesigen dunklen Schrank zugestellt ist. Der Geruch nach Schweiß, Sex und kaltem Rauch ist zum Schneiden. Jourdan öffnet das Fenster, stößt die Fensterläden auf, raus in die kalte Nacht. Bernie und Greg drehen alles um, schmeißen Kleidung, Decken, Schuhe, Schachteln voller Uhren und Handys auf den Boden. Sie reißen einen Fernseher um, er zerschellt auf dem Boden. Ein vermummter Polizist ganz in Schwarz hält einen Mann und eine Frau in Schach, beide liegen nackt im Bett. Der Mann hat die Hände hinterm Kopf verschränkt, spreizt leicht die Beine, herausfordernd schaut er die Beamten an, die sich im Zimmer zu schaffen machen. An Hals und Brust hat er ein schlecht gemachtes Tattoo, ein Kreuz an einer Kette.

Stan. Athletenkörper, hübsche Verbrechervisage. Kahl rasierter Kopf, ein komisches Tattoo oben auf dem Schädel. Er grinst Jourdan an. Lässt das Becken kreisen, sein Schwanz baumelt zwischen seinen Schenkeln hin und her.

»Na, so einen hättest du auch gern, was? Willst du mal kosten? Sorry, bist nicht mein Typ. Kannst sie ja mal fragen. Sie weiß, wie gut das schmeckt.«

Durch die Augenschlitze der Sturmhaube kreuzt Jourdans Blick den des behelmten Polizisten. Flüchtiges Lächeln. Unmerkliches Achselzucken. Ein behandschuhter Finger tippt dreimal auf den Abzugbügel. Genau, denkt Jourdan.

Die Frau liegt zusammengekrümmt da, die Arme über den Brüsten verschränkt. Sie sieht zu ihm auf. Sie ist jung. Vielleicht sechzehn.

»Zieh dich an«, sagt Jourdan.

Sie sagt etwas, aber man versteht nichts. Jourdan meint, eine slawische Sprache zu erkennen.

»Deine Klamotten, Beeilung«, sagt er noch mal.

Bernie hebt ein T-Shirt und einen Slip auf und schmeißt sie ihr unsanft ins Gesicht.

»Wake up!«, schreit er.

Da zieht das Mädchen sich an. Sie weint, wimmert, zittert. Sie rafft die Sachen zusammen, die um sie herum auf dem Boden verstreut liegen, und sobald sie die Hose zugeknöpft hat, legt Bernie ihr Handschellen an und führt sie aus dem Zimmer.

»Ach nee«, ruft Greg. »Was haben wir denn da.«

Er hält zwei Tütchen mit Pulver hoch.

»Damit bestäubst du dir wohl die Gurke«, sagt er zu Stan.

Der reagiert nicht. Er lässt die Augen zu, seine Nasenflügel blähen sich vor unterdrückter Wut.

Jourdan legt eine Hand auf den Waffenlauf. Er hätte nichts dagegen, wenn das Arschloch sie angreifen würde. Er denkt da an eine Kugel in den Bauch, weil das sehr weh tut. Zusehen, wie er sich windet. Ihm wie aus Versehen in die Fresse treten.

»Aufstehen«, sagt er.

Der Mann setzt sich mit gesenktem Kopf auf die Bettkante. Er rollt die muskulösen Schultern wie ein Boxer in seiner Ecke des Rings beim Warten auf den Gong. Der behelmte Polizist macht einen Schritt zurück, Gewehr im Anschlag.

Elissalde sammelt Klamotten auf, legt sie aufs Bett.

»Anziehen.«

Der Mann steht auf. Er ist groß, breit, ein Kraftpaket. Er schüttelt seine Klamotten aus, schnüffelt dran, zieht sie über und streicht sie glatt, dann schnallt er den Gürtel um und hechtet vor. Er rennt Elissalde um, rempelt Jourdan mit der Schulter an, springt aus dem Fenster. Der Polizist vom Einsatzkommando brüllt »Halt!« und gibt einen Warnschuss ab, knapp über Stan hinweg, dann springt er hinterher. Jourdan auch. Er verheddert sich in einem Rosenstrauch, ganz zerkratzt reißt er sich los. Sie sind zu viert oder fünft auf der Straße. Der Officier gibt Befehle.

»Da!«, brüllt jemand.

Jourdan sieht, wie Stan sich in eine Lücke zwischen zwei geparkten Autos wirft. Alle rennen auf ihn zu und fordern ihn auf, stehen zu bleiben. Eine Mülltonne wird vom Gehweg aus umgeworfen, der Inhalt ergießt sich über sie, über die Fahrbahn. Stan rennt mitten auf der Straße und brüllt, sie sollen ihn am Arsch lecken. Der Typ von der Spezialeinheit bleibt stehen, legt an, schießt. Stan springt hoch, krümmt sich am Boden zusammen und kriecht weiter.

Jourdan und die anderen rennen hin, halten ihn fest. Er hat eine Kugel im Oberschenkel. Es blutet ziemlich. »Krankenwagen angefordert.« Der diensthabende Officier spricht mit dumpfer Stimme. »Guter Schuss«, sagt er zu seinem Mitarbeiter. Ein Gewehrlauf am Hals, einer am Ohr. »Keine Bewegung, Arschloch.« Stan rührt sich nicht, er liegt auf dem Bauch und beginnt, den Kopf gegen den Asphalt zu schlagen. Handschellen. Sie brauchen drei Mann, um ihn hochzuzerren. »Am Ende behauptet das Schwein noch, das wären wir gewesen«, sagt Elissalde. »Wir sind doch keine Rüpel von der zivilen Einsatzgruppe, verdammt noch mal.« Alle prusten los.

Sie führen ihn zu den Autos. Nach und nach zeigen sich ein paar Gaffer an den Fenstern. Ein Beamter kommt mit einem Erste-Hilfe-Kasten aus dem Einsatzwagen. »Er braucht einen Druckverband, sonst blutet der aus.« Er zerschneidet die blutdurchtränkte Hose. Stan sagt nichts, lässt es mit zusammengepressten Lippen und gleichgültiger Miene über sich ergehen, den Blick abgewandt, als könnte er beim Anblick der Verletzung ohnmächtig werden.

Jourdan kommt nur mühsam wieder zu Atem und geht

für eine Bestandsaufnahme ins Haus. Fünf Menschen in Handschellen stehen mit dem Gesicht zur Wand aufgereiht im Flur. Drei Frauen, zwei Männer. Einer der beiden, ein junger, verstockt wirkender Blonder, sagt immer wieder, dass sie dazu kein Recht haben, dass er nichts getan hat, nur bei Freunden übernachtet. Er hatte lediglich einen Slip und ein Unterhemd anziehen dürfen. Auf den rechten Arm hat er eine rothaarige Meerjungfrau tätowiert, von der Schulter bis zum Handgelenk. Er spuckt auf den Boden. »Ich hab nichts gemacht«, sagt er noch mal. »Ihr seid Schweine.« Ein Polizist, der gerade seinen Helm abnimmt, fordert ihn genervt auf, den Rand zu halten. Der andere Typ sagt nichts, mustert interessiert die Scheuerleiste im ganzen Flur, als wollte er renovieren. Er ist groß und mager, die langen schwarzen Haare fallen ihm ins Gesicht, wodurch seine kohlschwarzen Augen glänzen und ein wenig irre wirken.

»Und du, Rasputin?«, sagt Jourdan, ganz nah an seinem Gesicht. »Du hast mit dem Ganzen hier natürlich auch nichts zu tun? Hast Licht gesehen, da bist du reingegangen und geblieben, weil du den Ausgang nicht mehr gefunden hast?«

Der Mann antwortet nicht. Er starrt missmutig auf die Wand vor sich, als wollte er sie gleich mit dem Kopf einschlagen. Er flüstert etwas in seiner Sprache.

Die Frauen sind eher Mädchen. Unter zwanzig. Kinder, denkt Jourdan. Sie weinen, schniefen. Weil ihre Hände hinter dem Rücken gefesselt sind, lassen sie einfach laufen, was sie nicht abputzen können. Eine hat blutige Schlieren an den Beinen, sie trägt einen Saik-Kunstlederrock und einen schwarzen Rollkragenpullover.

»Was haben die mit Ihnen gemacht?«, fragt Jourdan.

Sie schaut ihn angsterfüllt an, rotgeweinte Augen, Rotznase. Sie schüttelt den Kopf, haucht »Nichts«, der Seufzer geht in Schluchzen über. Bernie verschließt in der Küche die letzten Tüten mit Beweismaterial. Zehn Tütchen mit Pulver, drei Wurfmesser, eine geladene Pistole, eine Beretta und um die fünfzig Patronen. Auf dem Tisch neben ihm liegen an die zwanzig Reisepässe und Ausweise. Jourdan wirft einen Blick darauf: Rumänien, Bulgarien, Polen, Ghana. Ein Dutzend Frauen. Bei einem Namen setzt sein Herz kurz aus: Coralie Nicol, geboren am 14. August 2002 in Sevran. Er hat wieder vor Augen, wie sie seit vier Tagen tot unter dem Waschbecken liegt und schon zu stinken anfängt. Sie hat sicherlich Eltern. Ihm fällt plötzlich ein, dass sie vielleicht von Heim zu Heim, von Pflegefamilie zu Pflegefamilie gereicht worden ist, hin und her geworfen, weggegeben, vergessen. Gezeugt, geboren, zerstört. Sie werden eine Suchmeldung rausgeben können, das Foto veröffentlichen. Vielleicht möchte sich ja jemand um ihr Begräbnis kümmern oder sie ins Krematorium begleiten. Jemand, der das kleine Mädchen kannte, das sie einmal war, und sie geliebt hat? Jourdan will so gern glauben, dass man nicht allein durchs Leben geht, egal, was andere sagen. Man hinterlässt Erinnerungen, Spuren. Bedauern, Groll, Neid. Er fände es schön, wenn jemand stutzen und sie erkennen würde und dann traurig wäre, wenigstens für den Bruchteil einer Sekunde, und sie noch anders in Erinnerung hat als in Form einer vom Gerichtsmediziner ausgeweideten und hastig wieder zugenähten Leiche, die in einem Kühlraum der Pathologie aufbewahrt wird.

»Wie alt war sie da wohl?«

Bernies Stimme lässt ihn förmlich zusammenzucken.

»Keine Ahnung. Der Ausweis wurde vor zwei Jahren ausgestellt. Sechzehn vielleicht.«

Jourdan studiert das Foto. Coralie Nicol lächelt nicht, aber sie ist schon hübsch, trotz der mittlerweile auf Passfotos geforderten griesgrämigen Trauermiene. Er versucht, sich das Gesicht der Toten in Erinnerung zu rufen, sucht nach Ähnlichkeiten, dann gibt er es auf, ihm kommen mit einem Mal Zweifel, dass es sich um ein und dieselbe Person handelt. Er legt den Ausweis verkehrt herum hin, damit er die Verstorbene nicht mehr sehen muss. Die ihm nichts bedeutet hat, bis er ihre Leiche sah. Nichts davor und nichts danach. Weder Vergangenheit noch Zukunft. Dieses Mädchen existiert nur, weil sie umgebracht wurde, und er kann darin keinen Sinn erkennen.

»Alles klar?«

Elissalde steht in der Tür, einen kleinen Rucksack über der Schulter. Hinter ihm herrscht ein Kommen und Gehen. Ein schleichendes Durcheinander.

Jourdan merkt, dass er mit verschränkten Armen am Tisch vor den ganzen Ausweisen sitzt. Es kommt ihm vor, als wäre er eingeschlafen und hätte vielleicht geträumt. Als hätte er zwischen den anderen Barbaras Ausweis entdeckt und aufgeschlagen und nicht verstanden, was der hier machte, er hätte es nicht verstehen wollen, und jemand hätte zu ihm gesagt, also, ist sie das? Erkennen Sie sie? Und er wäre unfähig gewesen, ihr Gesicht auf dem Foto zu erkennen, weil es sich ihm immer entzog, aber er hätte Angst gehabt vor dem, was er schon wusste.

Bernie und Elissalde sehen ihn fragend, vielleicht ein wenig besorgt, an.

Geschrei und Gerangel im Flur. Einer der Kerle widersetzt sich, kämpft. Zwei Polizisten ringen mit ihm. Er stößt mit dem Kopf gegen einen Türrahmen und beruhigt sich, k.o., Blut im Gesicht.

Jourdan steht auf und zwingt sich, das sich drehende Zimmer zu ignorieren. Er stützt sich am Tisch ab, während Bernie die Papiere einsammelt. Auf dem Weg nach draußen bemerkt er in zwei Zimmern das Chaos, das die Durchsuchung angerichtet hat. Verwüstung. Kriegsschauplatz. Am liebsten würde er Feuer legen.

Zurück im Revier teilen sie die Verhöre untereinander auf. Stan kriegt Elissalde und Coco, die unbedingt dabei sein will. »Eine Frau, ein Zuhälter«, sagt sie. »Der soll jetzt zur Abwechslung mal Angst haben.« Jourdan sagt nichts. Er bezweifelt, dass die Sorte Typ vor irgendwas Angst hat und in einer Frau irgendwas anderes sieht als einen Spielautomaten: zwei Arme und ein Loch für die Kohle. Elissalde witzelt: »Geh nicht mit der Rasierklinge auf ihn los, das spritzt sonst überallhin.« Coco erwähnt *Reservoir Dogs* und meint, sie könnte genau wie Mr Blonde mit dem Rasiermesser in der Hand tanzen. Elissalde trällert *Stuck in the Middle with You* und wiegt sich behäbig wie ein Bär. Jourdan erinnert sich an die Szene und lächelt: Ein Typ im weißen Hemd mit Holster macht mit dem Rasiermesser in der Hand ein paar Tanzschritte vor dem entführten Polizisten, der an einen Stuhl gefesselt ist und gefoltert wird. Er grübelt, wie der Schauspieler hieß, erinnert sich nicht.

Gerade, als Jourdan rausgeht, redet Coco von Michael Madsens brutalem Charme, mit oder ohne Rasierer. Er hört sie lachen, und für den Bruchteil einer Sekunde ist er wie befreit von der Last, die er inzwischen nicht mehr abschütteln kann, fühlt sich mit einem Mal ganz leicht, in einer raumzeitlichen Seifenblase, die sofort wieder platzt. Das war wie früher. Früher als was?

Vor seinem Büro trifft er Gauthier von der Sitte, der ist verärgert: Sein Team hat Stan seit einem halben Jahr beschattet, ein Einsatz war geplant, um das Netzwerk auszuheben. Etwa zwanzig Orte, wo angeschafft wird in der ganzen Stadt.

Freier am Fließband in einem Hotel an der Umgehungsstraße. Jourdan sagt: »Das Arschloch ist in einen oder mehrere Mordfälle verwickelt. In jedem Fall lässt sich der Tatbestand schwerer Zuhälterei leicht feststellen. Wir arbeiten gerade für dich vor, was heulst du rum?« Gauthier wird blass, tritt mit drohend erhobenem Zeigefinger an Jourdan heran. Teilt ihm mit, er werde den Alten davon unterrichten.

»Der hat den Einsatz angeordnet«, sagt Jourdan. »Hilf uns lieber bei den Verhören, anstatt mich mit deinen Reviergrenzen zu nerven.«

Jourdan geht in sein Büro und lässt Gauthier im Flur stehen. Er setzt sich an seinen Schreibtisch, macht den Computer an und lässt sich zurücksinken, fast kraftlos. Er könnte einschlafen, hier, auf der Stelle. Er knipst die Lampe an, das Licht tut ihm in den Augen weh. Der Rest des Zimmers versinkt in einem dämmrigen Grau, und das Fenster ist nur noch ein leichenblasser Bildschirm, auf dem eine Wolkendecke vorbeizieht. Er denkt an Kaffee, Croissants, Erdbeermarmelade. Er denkt an den Genuss, sich im Bett umzudrehen, Decke und Laken bis unters Kinn hochzuziehen, die Augen zu schließen und sich mit dem ganzen Gewicht in die dicke Matratze sinken zu lassen. All das erscheint ihm außer Reichweite, ein Echo längst vergangener Zeiten. Er beschwört die Gesichter von Marlène und Barbara herauf, und die Traurigkeit füllt seine Kehle aus wie ein schmutziges Geschirrtuch.

Die Toten der letzten Tage. Er weiß nicht, warum er derartig besessen davon ist, gerade er, der geglaubt hatte, sich damit abgefunden, sich ein dickes Fell zugelegt zu haben, den Kampf ohne große Verletzungen auszutragen, manchmal zwar benommen von dem Höllenlärm, der dabei entstand, der ihn aber nicht weiter störte und vielleicht jedes Mal ein bisschen mehr abstumpfen ließ.

Diese Kinder. Die erschossene Frau im Badezimmer, das schreckliche Loch anstelle ihres Auges. Die Kinder hätten auch schlafen können, nur ein bisschen blass waren sie. Weiche, tiefernste Gesichter.

Das erstochene Mädchen, das schon verweste.

»Ich kann nicht mehr«, flüstert er.

Telefon. Er lässt es erst klingeln, aber es hört nicht auf. Bérard vom Labor ist dran.

»Ich war mir nicht sicher, ob ihr schon wieder da seid. Wie war der Einsatz?«

»Gut. Die waren allerdings nicht so begeistert, dass wir sie wecken, wir hatten nicht mal Croissants dabei.«

»Und ihr habt auch nicht geklopft oder geklingelt, nehme ich an.«

Jourdan hört ihn glucksen, mit Papier rascheln. Im Hintergrund das ruckartige Brummen eines Analyseautomaten.

»Also, warum ich eigentlich anrufe. Ich hab die Ergebnisse für das T-Shirt von eurem Riesen: Wie du dir denken kannst, stammt das Blut nicht von ihm. So weit nicht überraschend. Allerdings ist das Blut von einer Frau, und wir haben nicht die geringste Spur von ihr in der Kartei gefunden. Völlig unbekannt bei uns, wie man so schön sagt. Mir war langweilig, da hab ich ein bisschen rumprobiert, abgeglichen …«

Jourdan seufzt.

»Nun mach's nicht so spannend.«

»Tja, das Blut von dem Dicken stammt von der Toten, die ihr Dienstag in dem besetzten Haus gefunden habt.«

Jourdan springt abrupt auf, der Schreibtischstuhl kracht gegen das Möbel dahinter. Er stellt sich ans Fenster, beobachtet ein größer werdendes Stück blauen Himmels.

»Bist du dir sicher?«

»Hundertprozentig. Dieselbe DNA, Verwechslung ausgeschlossen. Wir haben es zweimal überprüft. Da hast du deinen Mörder.«

Jourdan weiß erst mal nicht, ob er sich über den gelösten Fall freuen oder enttäuscht sein soll, weil es einem Biologen und seinen Maschinen gelungen ist. Er verspricht Bérard, im Laufe des Tages vorbeizukommen, dann bedankt er sich und legt auf.

Wieder klingelt es. Desclaux, der Alte. »Bravo, gute Arbeit«, sagt er, »so ein schwieriger Fall, und dann in vier Tagen abgeschlossen, Hut ab.« Jourdan hört ihn förmlich am anderen Ende der Leitung lächeln. »Das muss gefeiert werden. Sagt mir Bescheid, dann stoße ich mit euch an.« Jourdan verspricht es. Er würde gern über den ausgehobenen Prostitutionsring sprechen, die Differenz mit der Sitte, aber protestiert nicht, als Desclaux zu dem Treffen zwischen Minister und den Gewerkschaften der Polizei abschweift: »Für den Augenblick haben wir die da oben hinter uns. Die wissen ganz genau, dass sie nur mit Gewalt bestehen können, und auf uns ist Verlass, solange wir uns auf sie verlassen können. Und die Anweisungen sind ja klar: Die Straße in den Griff kriegen, das wurde wirklich so gesagt, und scheiß drauf, wenn was zu Bruch geht, und scheiß auf die Einäugigen, im Reich der Blinden sind die dann immerhin König, dahin gehen sie dann auch bald zurück, in ihr Schlupfloch, und die Einarmigen wissen wenigstens gleich, welche Hand sie zum Wichsen nehmen sollen. Also, ganz so haben sie es natürlich nicht formuliert, das ist meine Interpretation. Wenn's einen Toten gibt, kann man sich drauf verlassen, dass die Dienstaufsicht ihm eine Allergie gegen die Gummisohlen nachweist, die er in die Fresse gekriegt hat!«

Jourdan hört, wie er lacht, nach Luft ringt, hustet und dann das Gespräch mit heiserer Stimme beendet, weil er bis zum Hals in Arbeit steckt. Jourdan hatte mitbekommen, wie die Kollegen von der zivilen Einsatzgruppe sich für einen Einsatz auf den Demos fertig machten, Witze rissen und Radau veranstalteten wie ein paar Kleinkriminelle, die gegen eine verfeindete Bande in den Kampf ziehen. Er hatte gehört, dass sie auf Prügeleien hofften, dass sie ein paar dieser gelben Schweine die Fresse polieren würden. »Keine Gefangenen!«, hatte ein Brigadier gegrölt, ehe er ins Auto gestiegen war, beifälliges Geschrei war die Antwort gewesen. Jourdan war angewidert. Sie entsprachen dem Bild des Staates, der sie beschäftigte: gefährlich und dumm, wie Kampfhunde ließ man sie auf die Straße los.

Jourdan macht eine Runde durch die Verhörräume. Die Mädchen sind völlig verschüchtert, sprechen fast kein Französisch, verstehen ihn, wenn sie wollen oder können. Die Dolmetscherin ist nicht erreichbar, sie erfahren, dass sie wegen einer Anhörung ans Strafgericht gerufen wurde, also sehen sie zu, wie sie klarkommen, radebrechen auf Englisch, auf Deutsch, um voranzukommen, dranbleiben, obwohl sie wissen, dass das Verfahren nicht legal ist. Sie schaffen es trotzdem, die Identitäten festzustellen, und die Lage hinsichtlich des Aufenthaltsrechts – illegal. Sie reden von Abschiebung, die Mädchen brechen in Tränen aus. Sie erpressen sie, »Wenn ihr uns bei den Ermittlungen helft, kriegt ihr von uns Papiere, kapiert? Papiere, damit ihr in Frankreich bleiben und hier arbeiten könnt«, aber sie senken den Kopf, nein, das geht nicht, unmöglich, und sie weinen wieder, und sie zittern, und die Polizisten kreisen um die zusammengesackten Körper wie unentschlossene Geier.

Stan? Ein Freund, oder ein Cousin, wir kommen aus demselben Dorf. Prostitution, Zuhälterei? Man muss ihnen erklären, was das bedeutet, diese Wörter kennen sie nicht. Sie protestieren lauthals. Nein, um Gottes willen. Stan hilft ihnen, Arbeit zu finden, weil das in Frankreich schwierig ist.

Milan? Nein, keine Ahnung.

Jourdan verschweigt die Ergebnisse aus dem Labor. Er will wissen, wohin die Verhöre führen. Er zeigt den Mädchen Fotos von Coralie Nicol, erst lebendig, dann tot. Sie schütteln den Kopf, wenden den Blick ab. »Wollt ihr das? Wollt ihr so enden?«

Sie sagen: »Nein, natürlich nicht. Ich will ein gutes Leben und Kinder. Dort, zu Hause, geht das nicht. Hier ist es gut.«

Hier ist es gut, denkt Jourdan. Hauptsache, man glaubt dran.

Der ganze Nachmittag geht dafür drauf. Stan weigert sich, auf Fragen zu antworten, verlangt seinen Anwalt zu sprechen. Sie sagen, später. Sie zeigen ihm sein Foto auf dem Handy der Toten, er weiß nicht, wer das ist, und es ist ihm scheißegal. Sie sagen ihm, das Mädchen ist tot und er steht unter Mordverdacht. Er erwidert, dass er die Mädchen fickt, nicht umbringt. »Weil sie lebendig mehr einbringen?«, fragt Coco. Er zuckt die Schultern. »Fotze«, sagt er. »Du würdest gar nix einbringen, du kannst mich mal.« Vielleicht hat er die hier auch irgendwann gefickt, und weil es ihr gefallen hat, hat sie eine Freundin nach einem Foto von ihm gefragt. So sind sie, die Mädchen.

Abends ordnet Commissaire Desclaux an, die ganze Gesellschaft ins Gefängnis zu stecken, dann ruft er das Team zusammen und verkündet, der Mörder, der Coralie Nicol erstochen hat, und der Dicke, der aus dem Fenster gesprungen ist, sind ein und dieselbe Person. Die DNA-Analyse ist eindeutig. Verblüffung, Ungläubigkeit, dann Erleichterung. Die anderen gucken Jourdan an, wundern sich, dass er ihnen nichts gesagt hat. »Ich wollte den Zufall machen lassen, sie reden lassen«, erwidert er. »Zwei Fälle zur gleichen Zeit, manchmal kommen da unerwartete Überschneidungen raus, ein Echo. Ein loser Faden, an dem man zupfen kann.« Er ist sich nicht ganz sicher, ob er wirklich glaubt, was er ihnen da erzählt, weil er sich bei fast gar nichts mehr sicher ist. Sie unterhalten sich eine Weile. Äußern Zweifel, um sie fünf Minuten später wieder zu verwerfen. »Ist doch wurscht«, sagt Coco. »Der Kerl hat sich den Schädel aufgeschlagen und ist mit aufgeplatztem Hirn verreckt, und das ist gut so. Das Mädchen wurde gerächt.«

Jourdan weiß nicht, was das bedeuten soll, sagt aber nichts. Er sieht den Riesen in einer Lache aus Wasser und Blut auf dem Asphalt liegen, der missgestaltete Kopf, der gebrochene Hals in unnatürlichem Winkel zum Oberkörper. Und der einigermaßen intakte Teil des Gesichts, Pausbacken, wulstige Lippen. Wie ein schmollendes Baby.

Jourdan hat den ganzen Nachmittag, während er von einem Verhör zum anderen wanderte, erfolglos versucht, sich den geistig zurückgebliebenen Riesen dabei vorzustellen, wie er mit dem Messer brutal auf Coralie losging. Er hatte es darauf geschoben, dass man bei solchen Mordfällen das Klischee eines Mörders im Kopf hatte: Bilder entstehen, deuten sich an, Umrisse zeichnen sich ab, verwackelt, flüchtig, wie an einem vor Hitze flirrenden Horizont. Aber. Es gab nicht *den* Mörder, auch wenn der Erkennungsdienst oder banale Ausweisfotos etwas anderes vorgaukeln. Es kann jeder sein. Keine teuflischen Kreaturen oder Monster. Mörder, Vergewaltiger, Kinderschänder, Frauenverprügler, Folterknechte: sind alles Menschen, normal, schrecklich. Es kann jeder sein: der alte Herr mit dem freundlichen Lächeln, der finster dreinschauende Typ und der da mit den nervösen Händen, der einen verstohlen anguckt. Der leitende kaufmännische Angestellte um die dreißig mit dem netten Lächeln, Vater einer vier Monate alten Tochter. Die Zwanzigjährige, die letztes Jahr Vater und Mutter erstochen hatte, stumm, bestürzte Miene, sie biss sich auf die Lippen, schlug ständig die Beine übereinander, bis sie plötzlich fragte, wann man sie ins Gefängnis bringen würde. Wenn sie ihm gegenübersitzen, zusammengesunken oder sehr gerade, wie Lausebengel, die eine Strafpredigt vom Direx erwarten, verrät nichts in ihrem Blick irgendetwas, nichts als Gleichgültigkeit oder Angst, Abgestumpftheit oder Erstaunen.

Wie viele hatte er schon gesehen, die kaum begriffen, was sie hier machten oder nicht zuließen, dass man ihnen all diese Fragen stellte, pauschal alles abstritten, trotzig oder begriffsstutzig, oder aber sie gestanden aus heiterem Himmel, wollten die Prozedur schnell hinter sich bringen, da, ich hab's verdient, dass man mir die Kehle durchschneidet, oder sie verbarrikadierten sich hinter einer Mauer aus zähem Schweigen, dicht wie Nebel, in dem sie sich vielleicht am liebsten auflösen wollten. Manche fühlten sich kaum schuldig. Na und? Wo ist das Problem? Ihr Verbrechen war wie eine abgeschlossene Klammer, und die Polizisten fanden nicht immer den Schlüssel.

Er denkt an Caminade, die hellen Augen, das schöne Gesicht, das den Frauen sicher gefallen hat. Ein gewissenhafter Arbeiter, pünktlich, ein zuverlässiger Kollege, mittelmäßiger Linksaußen im kleinen Fußballverein des Viertels, er hatte kein einziges Training versäumt. Eine ziemlich hübsche Ehefrau, drei unkomplizierte Kinder. Eines Morgens beim Frühstück bringt er sie alle um, überzeugt, dass seine Frau jemanden hatte, wie er sagt. Jemanden haben. Vielleicht hatte sie davor ja niemanden? Als man ihn fragte, seit wann die Affäre denn ging, hatte er erwidert, er habe keine Ahnung, aber dass sie jemanden hatte, das war sicher, seit einem Monat war er fest davon überzeugt und konnte nachts nicht mehr schlafen deswegen, nein, überhaupt nicht mehr, und er fühlte sich ausgelaugt, leer, wie tot. Er sagte immer wieder, sein Leben sei im Arsch. Alles, was er hatte aufbauen wollen. Da hatte er sein Luftschloss wie ein wütendes Kind vollends zerstört.

Warum die Kinder?

Verdattert hatte er zu Elissalde aufgesehen, der die Frage gestellt hatte, als wäre das völlig abwegig. »Nein«, hatte er bloß gesagt.

Jourdan sieht ihn vor sich, wie er zusammengekrümmt mit eingezogenem Kopf auf dem Stuhl hockte. Caminade hatte nichts mehr gesagt. Er war so sitzengeblieben, in sich zurückgezogen. Fast sah es so aus, als fürchte er, dass irgendetwas, die Zimmerdecke, das Gebäude, der Himmel über ihm einstürzen würde. Vielleicht hatte er seine Familie mit sich in den Abgrund reißen wollen, damit er sich nicht so einsam fühlte dort unten, und ihm war klar geworden, dass niemand ihm in seine Hölle gefolgt war. Eines Tages würde man ihn erhängt in seiner Zelle finden, weil seine Toten sich weigerten, auf sein Flehen zu reagieren. Dann, denkt Jourdan, wäre Gerechtigkeit hergestellt, die einzig angemessene: schlimmstmögliche erduldete Strafe mit anschließender bedingungsloser Freiheit.

Jourdan nickt, stimmt zu, lächelt sogar zu den Worten, die ihn von fern, bruchstückhaft, durch das Brummen und Wimmeln in seinem Schädel hindurch erreichen.

Desclaux erhebt sich von der Tischecke und bittet um Aufmerksamkeit. Er muss gleich los zu einem Meeting im Präsidium. Alle sind still. Jourdan lehnt am Fenster. Hinter ihm prasselt der Regen. Der Commissaire spricht hastig, mit dumpfer Stimme. Die Person muss identifiziert werden. Sie müssen herausfinden, wo der herkam. Aus welcher Scheißmutter. In was für einer Bruchbude der aufgewachsen ist. »Morgen Abend liegt mir ein Bericht über die Hinweise vor, die nach der Veröffentlichung seines Fotos in der Presse gestern eingegangen sind.« Er dreht sich zu Jourdan, lächelt, zwinkert ihm zu. »Ich weiß, ich kann mich auf euch verlassen.« Ansonsten übergibt er den Fall Gauthiers Team von der Sitte. Er beglückwünscht sie, umfasst den Raum mit dem Blick, nickt gewichtig und respektvoll mit dem Kopf, dann schaut er auf die Uhr und ruft ihnen im Gehen, schon aus der Tür, ein hastiges »Schönen Abend« zu. Jourdan findet, sein Gehabe erinnert an einen karrieregeilen Politiker im Wahlkampf. Als ob die Wahlen für den neuen Sheriff anstehen würden.

Sobald der Alte weg ist, prosten sie sich zu, stürzen sich auf eine Tüte Erdnüsse und Salzcracker, weil sie mittags nichts gegessen haben.

Einer nach dem anderen gehen sie nach Hause, »Bis morgen«, machen sacht die Tür hinter sich zu. Elissalde und Jourdan bleiben allein zurück und genehmigen sich ein letztes Gläschen.

»Alles klar bei dir?«, fragt Elissalde.

Jourdan zuckt die Schultern.

»Weiß nicht. Manchmal hab ich das Gefühl, ich falle. Weißt du, wie das blöde Karnickel in dem Zeichentrickfilm.«

»Das ist doch Alice, die fällt, der Rock wie ein Fallschirm, oder? Das Karnickel schaut ständig auf die Uhr, weißt du noch?«

Jourdan weiß noch. Die Szene hatte seiner kleinen Schwester einmal große Angst gemacht. Maman hatte nicht gewusst, wie sie sie trösten sollte. Die kleine Schwester hatte Morgane geheißen, wie die Fee, und Angst vor dem Wunderland gehabt. Jourdan trinkt aus und reißt sich aus den Geschichten für Kinder, die böse enden. Am liebsten würde er sich weiter betrinken, aber er hasst die Verrohung im Rausch.

»Es gibt immer irgendwas, an dem ich mich festhalte, und dann bricht es durch, wie morsche Äste an einem beschissenen Baum.«

»Ich bin da, Kamerad. Und ich bin kein morscher Ast.«

Jourdan mustert den Mann, der das gerade gesagt hat und den Blick seiner sehr dunklen Augen auf ihn richtet, sie glänzen vor Müdigkeit, und er erwidert, dass er das weiß und ihm das guttut.

»Danke, *amigo*«, setzt er hinzu.

Im Fahrstuhl reden sie nicht mehr, jeder mit abwesendem Blick in den eigenen Gedanken versunken. Im grellen Neonlicht des Parkhauses gehen sie wortlos auseinander.

13 Beim Bügeln hat sich Louise mit der kleinen einsamen Frau unterhalten. Sie heißt Rosine, Rosine Le Goff, aber wenn Louise an sie denkt oder mit den Mädels von L'Embellie über sie spricht, mit denen, die den Dienstplan machen und wieder verwerfen, manchmal in letzter Minute, sagt sie immer »die kleine einsame Frau«, weil sie klein ist und sehr allein. Wenn Louise kommt, hat die kleine Frau endlich jemanden, mit dem sie reden kann, dann schiebt sie ihren Rollstuhl ans Bügelbrett oder in den kleinen Flur und redet. Und Louise staunt darüber, wie lebhaft sie ist, wie neugierig, und Louise antwortet über das Brummen des Staubsaugers hinweg oder von der Leiter aus, wenn sie Fenster putzt. Die kleine Frau kommentiert die aktuelle Lage, empört sich, ärgert sich, denn wenn sie noch beide Beine hätte, würde sie demonstrieren gehen, Gründe gibt es genug, und außerdem käme sie dann mal unter Leute, Leute, die nicht ganz so dämlich sind wie der Durchschnitt, damit man nicht völlig den Glauben an die Menschheit verliert. Sie sprechen über alles. Die Regierung, Streiks, die Chinesen, den amerikanischen Präsidenten, die globale Erwärmung (»Wenigstens werde ich diese Katastrophe nicht mehr miterleben.«). Über das Chaos, das ihr Angst macht. Über die Einsamkeit, die Kinder, die nur selten kommen, dieses Leben, das keinen Sinn mehr hat. Das Leben einer Behinderten, eingesperrt hier drin. Zwischen Büchern und Kreuzworträtseln, und abends der Fernseher, das erhellt ein wenig die anbrechende Dunkelheit. An manchen Tagen weiß die kleine Frau nicht mehr, warum sie noch weitermacht. Wozu das Ganze. Dann redet sie kaum, ihr Blick verliert sich. Und Louise weiß nicht mehr, was sie ihr sagen soll, überlässt die traurige Bitterkeit dem brütenden

Schweigen und summt ein Lied mit, das leise aus dem Küchenradio kommt.

An manchen Tagen ist Louise erleichtert, wenn sie gehen kann, weg vom Rand des Abgrunds, an dem die kleine Frau wartet.

Danach putzt sie bei Monsieur Castanet, er liegt im Pflegebett vor einem riesigen, ununterbrochen plärrenden Fernsehbildschirm. Beim Reinkommen hat sie Clara getroffen, die Krankenschwester. Sie haben ein paar Worte übers schlechte Wetter gewechselt und sich alles Gute gewünscht. Monsieur Castanets Frau ist eine große, von Arthrose gebeugte Alte mit lockigen rot gefärbten Haaren, stets auf ihren Stock gestützt, zittrig, als würde sie bei jedem Schritt hinfallen, aber sie folgt Louise wortlos überallhin, hebt den Kopf, um besser zu sehen, und reckt den langen, ausgemergelten Hals wie eine Schildkröte, manchmal brummelt sie etwas. Louise fragt, ob alles okay ist, ob es so recht ist, da nickt sie, die scharlachrote Mähne wippt, und sie dreht sich langsam um und wackelt unsicher zurück zu ihrem dösenden Mann, der Fernseher wirft bunte Schwaden ins dämmrige Zimmer. Sobald Louise da ist, schreit die Frau meistens ihrem Mann zu, den Ton leiser zu stellen, und er fuchtelt böse mit der Fernbedienung Richtung Bildschirm, als wollte er ihn einschlagen, und motzt, und manchmal wird er heiser und muss endlos husten. Seit dem Schlaganfall vor drei Jahren geht das so, der Unterkörper ist gelähmt, er kann nicht sprechen, er, ein ehemaliger Bauleiter, der ein Leben lang seine Männer lautstark herumkommandiert hat, gegen das Getöse der Maschinen und Werkzeuge angebrüllt hat, in Regen und Wind und praller Sonne. Er hat zweimal versucht, sich umzubringen, aber jedes Mal hat ihn jemand gerettet. Yvette, seine Frau, sagt immer: »Zweimal haben wir ihm das Leben gerettet. Wir hatten großes Glück.«

Louise ertappt ihn oft, wie er sich niedergeschlagen umsieht, dann geht sie hin und fragt, ob er etwas braucht, und er wendet sich ab, schaut aus dem Fenster, schließt die Augen, und seine Brust hebt sich unter langen, schweren Seufzern.

Louise zieht sich um, versucht den Schraubstock loszuwerden, der ihr den Atem abschnürt, will den Knoten in der Kehle runterschlucken. Sie sagt, »Auf Wiedersehen, bis Dienstag«, aber es kann sein, dass es im dröhnenden Fernseher untergeht. Yvette wendet ihr das von Clownshaaren umrahmte knittrige Gesicht zu, winkt zittrig. Hinter ihr hat der alte Mann sich in den Kissen aufgerichtet und drückt mit verzerrtem Gesicht auf die Fernbedienung.

Wieder einmal flieht Louise. Solche Tage gibt es.

Sie hält auf dem Parkplatz eines Supermarktes und isst ihr Sandwich im Auto, dabei hört sie die Dreizehn-Uhr-Nachrichten. Sie hat die Scheiben runtergekurbelt, der Wind weht ihr frische Böen ins Gesicht, das tut gut. Ihre Finger riechen leicht nach Chlor. Ihr Handy spielt das Intro von Springsteens *The River*. Sie bringt die Mundharmonika zum Schweigen, geht ran: »Ja?«

»Hier ist John. Wie geht's? Wegen neulich abends …«

»Jap, neulich abends …«

Sie hört ihn atmen, er räuspert sich. Sie sieht einer Frau zu, die einen übervollen Einkaufswagen schiebt. Eine Müslipackung gerät ins Rutschen und fällt in eine Pfütze. Die Frau hebt sie auf und schmeißt sie auf die Ladung.

»Also, ich …«

»Schon gut. Passt schon. Passt immer irgendwie.«

»Ich wollte mich entschuldigen. Ich war erbärmlich. Ich hab mich gefragt …«

Er bricht ab. Louise wischt sich die Krümel vom Schoß,

nimmt die Wasserflasche vom Beifahrersitz und trinkt einen großen Schluck.

»Bist du gerade beim Essen? Wenn ich störe …«
»Nein, ich bin fertig.«
»Darf ich dir den Kaffee spendieren?«
»Ich muss arbeiten. Ich hab eine Kundin.«
»Schade.«

Ein Regenschauer explodiert im plötzlichen Sonnenlicht wie Millionen Glasscherben, dann ist wieder Schatten. Louise lässt den Regen durchs Fenster ins Auto spritzen, sie will die Scheiben nicht wieder hochkurbeln. Sie hört John fragen: »Bist du noch da?« »Ja, ja«, erwidert sie. Eine Sturmböe schüttelt das Auto. Was zur Hölle mache ich eigentlich hier. Mit einem Mal will sie es wissen, wie beim Poker, also sagt sie: »Um drei bin ich fertig. Wo bist du denn?«

»Zu Hause.«

»Und bleibst dort?«

Ja, er bleibt. Er gibt ihr seine Adresse. Ein Häuschen in einem südlichen Vorort.

Zwei Stunden lang ist ihr das Herz so schwer, dass sie kaum atmen kann. An die zehnmal will sie das Schwein zurückrufen und zum Teufel schicken.

Etwa dreißig Meter vor dem Haus findet sie einen Parkplatz und wartet. Es ist ein Umschlagplatz. Sandfarbene Steine, marineblaue Tür und Fensterläden. Nach fünf Minuten kommt ein Mann mit einem kleinen Rucksack über der Schulter raus. Er steigt in ein großes deutsches Auto ein, es fährt sofort los. Am Steuer sitzt eine Frau, blondes, nachlässig hochgestecktes Haar, Sonnenbrille. Schon damals versorgte John alle mit Dope. Vermutlich hat er sich ein Business aufgebaut.

John macht ihr fast sofort auf. Blaues Hemd, graue Augen.

Schwarze Hose. Eine protzige Uhr am Handgelenk. Er zögert, breitet geniert die Arme aus. Louise lässt sich auf beide Wangen küssen, seine Hände liegen leicht und unauffällig auf ihren Schultern. Er freut sich, dass sie gekommen ist. Dass sie nicht sauer ist wegen neulich. »Ich hätte mich wehren können«, sagt sie. »Ich habe es mir gefallen lassen.«

Kaffee? Bier? Oder was anderes? Das Gleiche wie er. Louise mustert den Raum, in den John sie führt. Weiße Wände, an denen abstrakte, bunte, unruhige Gemälde hängen. Schwarze Möbel. Darauf stehen schöne Sachen: aus Keramik, Kristall, Holz. Rote Türen. Sie setzt sich auf ein Ledersofa, davor ein lackierter Couchtisch. John bringt zwei Bier, fragt Louise, ob sie ein Glas möchte. Sie zuckt die Schultern. Für wen hältst du mich. Sie stoßen an, trinken, lehnen sich zurück.

»Ganz schön stylisch bei dir. Die Deko, die Möbel …«

Stolz lässt John den Blick durchs Zimmer schweifen.

»Eine befreundete Innenarchitektin hat mich beraten. Ich selber hab einen Scheißgeschmack. Das Haus hat mal meiner Mutter gehört.«

»Trotzdem … dafür braucht man doch Kohle.«

»Kohle hab ich ein bisschen. Ich arbeite ab und zu im Eventmanagement, wie man so sagt. Konzerte, Tourneen, offizielles Gedöns. Hab vor sechs Jahren mit 'nem Kumpel angefangen. Läuft ziemlich gut …«

Er hat sich in den Sessel sinken lassen, die Beine übereinandergeschlagen, wirkt mit sich zufrieden.

Louise erinnert sich an die Bruchbude, in der sie damals gehaust haben. Scheißgeschmack, und der Geruch erst. Und an ein paar Abende, ein Dutzend von ihnen hing dort rum, Bier- und Ginflaschen gingen reihum, Joints, Pulver, Pillen … Im Fernsehen lief ein Fußballspiel oder Gore-Film (Louise erinnert sich an Piranhas, die badende Menschen verschlangen), manchmal ein Porno. Sie fraßen Pizza direkt aus dem Karton, Chinafraß aus den Schachteln, und sie bekleckerten alles damit, und gegen Mitternacht roch es nach Spülküche und fauligem Wasser. Und spätnachts verlangten die Typen, die nicht in einen komatösen Schlaf gefallen waren, dass die noch wachen zwei oder drei Mädels ihnen den Schwanz lutschten, und das endete manchmal in unschönen Handlungen oder Prügeleien, einmal hatte der Nachbar die Bullen rufen müssen.

»Ich weiß, woran du denkst«, sagt John.

Er sagt es sehr feierlich, als ginge es um eine schmerzhafte Erinnerung, etwas Tragisches. Louise sucht in seiner Miene nach einem Anzeichen von Falschheit. *Komödiant, Tragödiant*, sagte ihr Vater immer, wenn er von einem falschen Fuffziger sprach.

»Wie lange haben wir uns nicht gesehen? Neun Jahre, zehn?«

Louise rechnet zurück. Sie war einundzwanzig, als sie im Krankenhaus lag. Eine Krankenschwester hatte ihr einen Windbeutel mit einer goldenen 21 darauf gebracht. Louise hatte geweint, so lecker war das gewesen.

»Neun. Zwei Jahre vor Sam.«

»Ach ja, Sam.«

»Ja, Sam.«

Seinen Namen auszusprechen wirkt wie eine exorzistische Formel. Die alten Dämonen verfliegen wie Giftgas.

John lächelt. Nicht die Spur eines Schattens in diesem Lächeln.

»Du hast dein Leben geändert. Das ist gut ...«

»Er hat mein Leben verändert. Und zwei Überdosen in zwei Monaten sind auch nicht ohne. Anscheinend wollte ich doch nicht so gerne abkratzen.«

»Wir haben fast alle unser Leben geändert. Also ... fast alle.«

»Ich hab zu niemandem mehr Kontakt. Im Krankenhaus hab ich kaum jemanden zu Gesicht bekommen außer meiner Freundin Naïma. Kein Schwein hat sich hinbequemt.«

»Du weißt, wo ich damals war. Und ich wurde nicht oft ins Besuchszimmer gerufen.«

Er leert die Bierdose und steht dann auf, nimmt Zigaretten von der Anrichte. Er holt eine raus, zündet sie an, schiebt Louise die Schachtel hin. Eine Weile rauchen sie schweigend. Man hört nur das gedämpfte Ticken einer elektrischen Wanduhr, auf der Straße rennen tobende Kinder vorbei.

»Und sonst wärst du gekommen?«

»Warum fragst du mich das? Ist das wichtig?«

Er beugt sich über den Couchtisch zu ihr rüber und mustert sie eingehend. Louise bereut die Frage, sucht fieberhaft nach einer Erwiderung.

»Nichts war wichtig, und dann wieder alles. Ich weiß nicht ... Ich wollte krepieren und war glücklich, dass ich noch lebe, und ich war allein auf der Welt.«

Sie hat das Gefühl, von der Vergangenheit eingesaugt zu werden, die Jahre sind abgeschafft. Wieder wird sie verschlungen. Sie ringt nach Atem, aber ihre Brust schnürt sich zusammen. Ihr kommen die Tränen, sie hält sie mit den Daumen in den Augenwinkeln. Sie steht auf.

»Ich hätte nicht kommen sollen.«

John rührt sich nicht.

»So ein Quatsch.«

Sie bleibt unschlüssig stehen, die Füße kleben am Boden, betrachtet die Einrichtung, die ihr auf einmal gekünstelt erscheint, als ob sie gleich weggezaubert wird, und dahinter träte die Lepra an den Wänden zum Vorschein.

»Lass die Vergangenheit da, wo sie ist«, sagt John.

Aus einer Tischschublade holt er alles, was man für einen Joint braucht.

»Willst du was rauchen, bevor du gehst?«

Louise gibt keine Antwort. Sie beobachtet, wie seine Finger eifrig mischen, rollen, das Papier zusammenkleben, und über das Bild legen sich sämtliche Finger, die sie jemals die gleichen Handgriffe hat machen sehen, mit der gleichen Geschicklichkeit, hunderte Male, und an manchen Abenden, wenn besonders guter Stoff versprochen worden war, von weit weg und selten, wenn die Verheißung, schon beim ersten Zug abzuheben, eine Spannung zwischen Neugier und ungeduldiger Lust im Raum erzeugte, spielte sich genau dieses Ritual ab, der Dreher behandelte das Dope wie Goldstaub und die Utensilien wie Präzisionswerkzeuge.

John zündet den Joint an und atmet geräuschvoll mit geschürzten Lippen ein, er hat die Augen halb zu, behält den Rauch in den Lungen, ehe er ihn kopfschüttelnd ausstößt, als wäre sein Gehirn bereits elektrisiert vom Stoff, dann reicht er den Joint Louise, die nicht reagiert, sie schaut auf die ausgestreckte Hand und die dünne blaue Rauchsäule, die mit dem herben Geruch zu ihr aufsteigt, und sie sagt: »Nein, ich gehe.«

Sie nimmt ihre Tasche und geht zur Tür. John holt sie ein, fasst sie am Arm, zwingt sie, ihn anzusehen. Er keucht. Stinkender Atem. Bier, Tabak.

»Was hast du?«

»Nichts. Ich ... Ich hab keinen Bock.«

»Worauf?«

»Alles.«

»Niemand zwingt dich.«

Louise sieht John an. Sucht in seiner Visage nach der Maske, die sie herunterreißen kann. Ohne zu blinzeln, versenkt er den Blick seiner grauen, glänzenden Augen in ihrem.

»Ich freu mich einfach nur, dass ich dich nach all der Zeit wiedergesehen habe.«

Langsam dreht sie sich um und geht zur Tür. Er kommt hinterher. Bringt sie raus.

Draußen Sonne und Wind. Louise blinzelt gegen das grelle Spiegeln der nassen Straße. Hinter ihr sagt John irgendwas, aber sie versteht ihn kaum. »Rufst du an?«, »Ja, ja, versprochen«. An ihrem Auto lehnt Lucas. Und Lucas stürzt sich auf sie, sobald er sie sieht. Und Louise glaubt in dem Moment, dass sie mitten auf der Straße zusammenbrechen wird, weil die Beine unter ihr nachgeben, doch es gelingt ihr, einen Schritt zu machen, dann noch einen, und sich ihm zu stellen.

Die erste Ohrfeige wirft sie zu Boden. »Na, hast du dem Hurensohn den Schwanz gelutscht, dreckige Schlampe, das ist das Einzige, was du kannst, dich von der erstbesten Schwuchtel ficken lassen, so ist es doch, wie eine läufige Hündin, und weißt du, was ich mit Hündinnen mache, du Fotze, du stinkst nach Wichse, wie eine Sau, die sich gerade hat ficken lassen. Ich bring dich um, du Schlampe.«

Sie zieht die angewinkelten Beine schützend an den Oberkörper, hält die Arme vors Gesicht. Sie hat die Handtasche fallen lassen und hört, wie alles rausfällt, die Sachen über den Asphalt kullern. Ohrfeigen und Faustschläge. Sie hat sich zusammengerollt, versucht, sich ganz tief in sich selbst zurückzuziehen, und überlässt ihren Körper dem rasenden Mann. Er kotzt weiterhin den ganzen Dreck über ihr aus, der ihm einfällt. Ein Fußtritt trifft sie am Schenkel, ein anderer in den unteren Rücken, sie muss sich herumdrehen. John kommt angerannt und brüllt: »Aufhören, Arschloch, aufhören.«

Dann hört sie die beiden Männerstimmen. Sie lugt durch

die Finger und sieht, wie sie sich gegenseitig am Kragen packen und wegschieben, wobei sie bellende Laute ausstoßen und Beleidigungen brüllen. Sie prügeln sich nicht wirklich. Louise hat schon oft solche Einschüchterungsparaden gesehen, Stirn an Stirn, geschwollene Brust und Fäusteschütteln, dabei wird ein Schwall Drohungen und Beschimpfungen ausgestoßen. Sie wartet auf die erste Kopfnuss, das erste Knie im Schritt, aber nichts passiert, bis eine schrille Frauenstimme durch das dumpfe Grollen der Männer schneidet, schreit, dass sie die Polizei ruft.

Lucas haut ab, im Gehen dreht er sich ständig um und droht, Louise abzustechen, sie niederzumetzeln. »Dreckige Nutte, genau wie deine Hure von Mutter.« Er brüllt auch noch, als er schon ins Auto einsteigt, die zuschlagende Tür bringt ihn zum Schweigen. Die Reifen quietschen, als er davonbraust, und hinter der Scheibe sieht man ihn wütend mit dem Arm fuchteln.

Louise setzt sich auf, versucht, aufzustehen, und muss sich Halt suchend an einem Auto abstützen, der Schwindel lässt sie fast zusammensacken, sie krümmt sich vor Schmerz. Sie spuckt etwas aus, das sie am Atmen hindert, vielleicht ein Kloß aus Angst, dann steht sie mit geschlossenen Augen in der Sonne, die ihr das Gesicht wärmt, und ringt nach Atem.

John geht zu ihr.

»Alles in Ordnung?«

Sie sagt: »Nein, doch, geht schon«, und bückt sich schwankend nach ihrer Handtasche, dann kniet sie sich hin und sammelt ihre verstreuten Habseligkeiten ein, John kniet sich daneben und hilft ihr, stützt sie beim Aufstehen. Sie kommt nur mühsam die zwei Stufen zur Haustür hoch. Sie hat keine Kraft in den Beinen. Ihr ist, als wäre ihr Körper nur noch ein irres Herz, das ohne Rhythmus schlägt, ein vor Übelkeit schwerer Magen voller Galle, ein Hirn, das sich verflüssigt.

John bringt sie ins Bad, macht sacht die Tür hinter ihr zu. »Ruf mich, wenn du was brauchst.«

Louise schaut sich ihr blasses, vor Angst erstarrtes Gesicht in dem großen Spiegel an, die von ungeweinten Tränen geröteten, geschwollenen Augen. Sie spritzt sich kaltes Wasser ins Gesicht, spült sich den Mund aus, ohrfeigt sich, damit sie wieder ein bisschen Farbe in die Wangen kriegt. Sie gelangt wieder zu Atem, die Übelkeit legt sich. Sie trinkt zwei Züge aus dem Wasserhahn, massiert sich den unteren Rücken, spürt, wie der Schmerz von dem Fußtritt unter ihren Händen hervorspringt. Sie schafft ein bisschen Ordnung in ihrer Handtasche, guckt, ob das Handy noch geht, macht das Portemonnaie auf, dort ist das Foto vom letzten Jahr, am Strand mit Sam. Es kommt ihr vor, als sähe sie wieder die Leitpfosten, nachdem sie sich in einer mondlosen Nacht verirrt hat. Sie schließt die Badezimmertür und steht quasi sofort im Wohnzimmer. John telefoniert. »Ich ruf zurück.« Er reicht ihr ein Glas mit einer goldenen alkoholischen Flüssigkeit.

Louise ext das Glas. Sie hustet, keucht. Die zurückgehaltenen Tränen beginnen zu fließen. Ein glühender Schwall verbrennt ihr die Speiseröhre und brandet dann in ihren Magen. Sie schüttelt sich. Scheiße, Mann. Alles in ihr steht in Flammen, aber das tut gut.

»Wer ist der Kerl?«

Louise wischt sich mit dem Handrücken über die Wangen. Die Tränen fließen immer weiter, sie kriegt kaum Luft.

»Das war Lucas. Ein Ex. Seit zwei Jahren geht das so. Er hat Schluss gemacht, und jetzt will er mich zurück. Er verfolgt mich, ist ständig hinter mir her, ruft an, Dutzende SMS …

Zweimal habe ich es wieder mit ihm versucht, und jedes Mal ging es böse aus. Er ist krank.«

Sie hat schnell gesprochen, in monotonem Tonfall, sich gezwungen, das Beben der Angst in ihrer Brust zu unterdrücken. Sie setzt sich. John will ihr nachschenken, aber sie lehnt ab.

»Ist das der Vater von ...«

»Von Sam? Nein. Das ist wieder eine andere Geschichte.«

Louise schaut auf die Uhr. Sam. Sie steht auf. Leichter Schwindel.

John fragt, ob sie okay ist. Sie nickt. Keine Sorge.

»Ich mach mir aber Sorgen. Das Dreckschwein hätte dich umbringen können.«

Louise geht lieber, anstatt sich das anzuhören. Sie will zur Tür. Bedankt sich bei John, für alles. Bei jedem Schritt schmerzt ihr Oberschenkel. Und als sie die Hand nach der Türklinke ausstreckt, wird der Schmerz in ihrem Rücken wach.

»Hast du mit den Bullen gesprochen?«

»Mit den Bullen? Ich musste sie zwingen, überhaupt ein Protokoll aufzunehmen. Ich stand mit eingeschlagener Fresse und ausgekugelter Schulter vor denen. Das wird schon wieder, haben die zu mir gesagt. Sagen Sie ihm, er kriegt es mit uns zu tun, wenn das noch mal passiert. Als hätte ein Kind mir zum Spaß auf den Fußabtreter gekackt. Idioten. Die Bullen kannst du vergessen ...«

Sie geht. John fasst sie an den Schultern.

»Lass dir das nicht gefallen. Ruf mich an. Ich kann dir helfen. Halt mich auf dem Laufenden.«

Sie umarmen sich fest, wie gute Freunde. Louise eilt zum Auto. Er bleibt in der Tür stehen und schaut ihr nach. Sie spürt seinen Blick im Rücken. Wie ein tierischer Instinkt, der sich mit der Zeit eingestellt hat. Sie weiß, dass sie angeschaut wird. Irgendetwas zwischen Muskeln und Haut fängt dann sacht an zu pochen.

Zusammen mit anderen Frauen wartet sie, dass das Schultor aufgeht. Als sie ankam, hat es gerade geklingelt. Sie hat zwei, drei Leute begrüßt und sich dann aus den Gesprächen rausgehalten. Ihr Handy hat vibriert.

> Entschuldige.
> Ich weiß nicht, was in mich gefahren ist.
> Ich schäme mich.

Sie möchte schreien. Sie umkrampft das Telefon, wühlt es tief in die Handtasche hinein, um es nicht auf den Boden zu schmeißen. Sie sieht auf und begegnet dem Blick einer Frau, die sie beobachtet, ihr verschwörerisch zulächelt, als hätte sie erraten, was läuft. Louise weiß nicht so genau, was für ein Gesicht sie zustande bringt; sie probiert ein Lächeln, die Frau nickt ihr zu, dann wendet sie sich ab, weil jetzt die Kinder in einer Klangwolke aus beiläufigem Gequassel, Rufen und Gelächter herauseilen.

Als er Louise sieht, bleibt Sam mitten im Begrüßungsgewimmel stehen, allein mit seinem Schweigen in all dem Lärm. Er mustert sie, dann senkt er den Kopf und geht, den Blick stur zu Boden gerichtet, auf sie zu und sieht erst wieder auf, als er ihr mit einer lustigen Grimasse die Arme entgegenstreckt.

14

Er fährt durch den Regen. Seit er aus der Stadt raus ist, fährt er in eine dichte graue Wolke hinein, die ihn begleitet und tonnenweise Wasser über ihm ausschüttet, in Strömen, Schwall um Schwall, wie dicker Rauch, der das kleine Auto in ein Geräuschgemisch aus Motordröhnen und dem nassen Stöhnen der Sturmböen stößt. Die Scheibenwischer klatschen auf die Windschutzscheibe – *wutsch, wutsch* –, auf der sich das Scheinwerferlicht in gleißenden Schlieren bricht. Vor ihm fährt, die Container randvoll mit Autowracks, ein riesiger Laster, der ihn schließlich in die flüssige, aus seinen Achsen strömende Nacht hineinsaugt.

Es ist kurz nach acht, und der Tag tut sich schwer mit dem Aufstehen. Vielleicht steht er heute gar nicht richtig auf, wie ein kranker alter Mann, der in der Nähe des Bettes bleibt, darum herumschlurft, sich ab und zu seufzend hinsetzt und gegen den Drang ankämpft, sich wieder hinzulegen, aus Angst, nie wieder hochzukommen. Dann das grelle Weiß der Scheinwerfer, die rötlich glimmenden Positionsleuchten unter einem derart tiefen Himmel, dass man ihn nicht sieht.

Christian umfasst mit seinen großen Händen das Lenkrad. Er spürt, wie die Lenkung auf der überfluteten Straße ins Schwimmen gerät, die Karosserie wird vom Wind und den Schulterstößen der Sogwirkung geschüttelt. Er erinnert sich daran, wie seine Abteilung sich im Sandsturm vorwärtskämpfte, null Sicht, zwanzig km/h, das Gesicht dicht an der Windschutzscheibe, um die Scheinwerfer vom Fahrzeug vor sich nicht aus den Augen zu verlieren, der Sergeant neben ihm brüllte ununterbrochen, »Nicht so nah ran, verdammt noch mal, willst du ihm hinten drauffahren«, oder »Bleib dran, Herrgott, sonst sehen wir alt aus, alleine mitten in der Pampa«. Er brüllte, dieser Sergeant, Werber hieß er, um das Knattern der Sturmböen und das beunruhigende Knirschen des Sandes auf Panzerstahl zu übertönen, ein riesiges Schleifgerät, das sie schließlich anfressen und zermürben würde. Manchmal knallten Steine wie Kugeln aufs Metall, und sie waren sich nicht sicher, dass sie den Unterschied zu den Schüssen der Rebellen hören würden. Die anderen saßen unbeweglich mit gesenktem Kopf und Waffe zwischen den Knien hintendrauf und wankten bei jeder Spurrinne, die das Panzerfahrzeug mitnahm, wie ein Mann hin und her, wie eine Fracht Schaufensterpuppen. Christian erinnert sich, dass sie in der Basis beim Aussteigen alle mit dem rötlichen Staub bedeckt waren, er war unbemerkt überall eingedrungen und verlieh ihnen erdige Mienen, Skulpturen aus getrocknetem Schlamm.

Er wischt sich übers Gesicht, weil er das Gefühl hat, dass diese Erde immer noch an ihm klebt, aber es ist Schweiß auf kalter Haut. Er setzt sich auf und lehnt sich an, vorher hing er nämlich über dem Lenkrad, damit er mitkriegte, wenn plötzlich etwas aus den Wolkenbrüchen auftauchte, und er atmet tief durch und räuspert sich, macht das Radio an und gleich wieder aus, weil die Sängerin, die da ihr Lied plärrt, taub macht für die heulenden Gefahren draußen.

Nach einer Weile schlängelt sich die Straße im unruhigen Sprühregen durch die Weinberge. Einen Moment lang ist er ganz ruhig. Die Winter hier. Das Grau von morgens bis abends, der Nebel, der sein Federbett gegen Mittag ganz leicht anhob, den ganzen Tag schwer in der Luft hing und nachts erneut niedersank. An manchen Morgen tastete er sich den Weg zu der Straße, wo der Schulbus abfuhr, Schritt für Schritt im verschwommenen Schein der Taschenlampe voran.

Genau den Weg, den jetzt das Auto entlangholpert, durch notdürftig mit Dachziegelscherben aufgefüllte Schlaglöcher. Er steigt aus und macht das Tor auf, muss über Pfützen steigen, die hier sind, seit er denken kann, nichts hat sie je daran gehindert, sich jeden Herbst aufs Neue zu bilden. Als er weiter den Zufahrtsweg hochfährt, fällt ihm der Blumenstrauß vor der Hundehütte auf. Er parkt vor der Reihe Weinstöcke, nimmt die vorm Losfahren gekaufte Tüte Croissants und das Baguette und steigt aus. Er geht zur Hundehütte. Die Kette liegt auf dem Boden, hängt noch am Draht. Schon lange ist Gras über die Stelle gewachsen, wo vom ständigen Hin- und Herlaufen der Hunde eine Furche entstanden war, und vor der Hütte auch, aber kürzer, dichter, wie Rasen. Er wusste nicht mehr, dass die Hütte so groß ist. Fast wie diese Spielhäuser in manchen Gärten, aber baufällig. Christian beugt sich über den Blumenstrauß, er ist in ein Stück Zellophan eingewickelt und mit blauem Geschenkband verziert.

Er schaut zum Haus, grau, niedrig, niedriger als beim letzten Mal, scheint ihm, als würde es allmählich in Lehm und Schlamm versinken und bald ganz verschwunden sein. Auf dem Weg dorthin laviert er zwischen den Pfützen durch oder macht große Schritte darüber. Das goldene Licht im Fenster leuchtet in absoluter Einsamkeit an diesem bleiernen, sumpfigen Morgen.

Mutter öffnet die Tür, bleibt auf der Schwelle stehen, zieht den Morgenrock enger um sich, lehnt seitlich am Rahmen. Sobald Christian in Reichweite ist, zieht sie ihn an sich, gibt ihm einen Kuss, presst den Mund auf seine Lippen, streicht mit warmer Hand durch seine kurzgeschorenen Haare. Er hört sie an seinem Hals seufzen, fast schon stöhnen. Er schiebt sie weg. »Nein«, sagt er. Sie geht beiseite, er hält ihr Baguette und Croissants hin. Der Kaffee ist gerade fertig.

»Was sollen die Blumen?«

»Komm rein. Setz dich.«

Sie nimmt ein Schälchen aus dem Schrank, stellt es vor ihn hin, gießt ihm Kaffee ein, dann sich selbst, reißt die Papiertüte auf und nimmt sich ein Croissant. Sie tunkt, zerpflückt, kaut, trinkt, ohne sich um ihren Sohn zu kümmern, den leeren Blick auf die Tischdecke gerichtet. Er macht es wie sie. Er hat Hunger, darum verschlingt er das Croissant in zwei Bissen und schüttet den heißen Kaffee hinterher, lässt den Blick durch die kleine Küche wandern, die losen Schranktüren aus blauem Resopal, wo er immer die Scharniere reparieren muss. In einer Ecke auf dem Kühlschrank steht der stumm geschaltete Fernseher, eine Teleshopping-Sendung flimmert über den Bildschirm. Die Blumen vor der Hundehütte fallen ihm wieder ein, aber er traut sich nicht, noch mal zu fragen.

»Hast du's nicht in der Zeitung gelesen?«, fragt sie nach einer Weile.

Endlich sieht sie ihn an. Im Lampenschein wirken ihre hellen, starren Augen auf einmal durchsichtig, die Pupillen sitzen wie Nagelköpfe in der Mitte.

»Ich lese keine Zeitung.«

Er senkt den Kopf. Trinkt betont beiläufig einen Schluck Kaffee.

Sie streckt die Hand nach der Anrichte aus und schiebt ihm die Zeitung hin.

Christian sieht ein Foto von einem Mann mit rundem Gesicht, dessen rechte Seite ganz angeschwollen und aufgeschwemmt ist, die Lider nicht ganz geschlossen über toten Augen, ein Aufruf der Polizei, Hinweise zur Identität des Mannes zu geben, um die vierzig, 102 Kilo, 1,95 m, keine besonderen Erkennungszeichen. Darunter eine Telefonnummer. Christian begreift die Blumen. Sieht aus wie Romain. Er schaut genauer hin, versucht, die Visage des Trottels im Gesicht der Leiche zu erkennen.

»Vielleicht ist er das gar nicht«, sagt er. »Guck mal: Die eine Seite vom Gesicht ist total kaputt. Kann man nicht mit Sicherheit sagen.«

»Das ist er. Er hat den Leberfleck unten am Hals. Das ist er, er ist tot.«

»Sind die Blumen dafür?«

Sie zuckt die Schultern. Zerlegt das Croissant, isst es in kleinen Bissen.

»Im Kinderzimmer sind nur noch deine Sachen. Ich wollte sie nicht auf dein Bett legen.«

Sie seufzt, schüttelt den Kopf, zieht die Zeitung wieder zu sich heran.

»Ich schneid's aus. Willst du noch Kaffee?«

Christian hält sein Schälchen hin. Die geballte Faust seiner Mutter am Griff der Kaffeekanne. Er weiß noch, dass sie hart zuschlug. Es sauste auf einen nieder wie ein Hammer. Einmal, zweimal, nie öfter. In den Bauch oder den Rücken. Oder in die Eier, als Romain größer war. Er sieht ihn vor sich, zusammengekrümmt auf dem Boden, draußen, einmal als es regnete, da war er abends von der Polizei nach Hause gebracht worden, sie hatten ihn beim Wildern mit den Martinez-Brüdern erwischt. Natürlich waren die beiden Bastarde abgehauen, und Romain, langsam und dumm, hatte sich erwischen lassen, ohne Waffe, aber mit der vollen Jagdtasche. Er war damals schon groß und stärker als sie, und brutal, wenn er seinen Rappel kriegte, in der Schule, wenn die anderen ihn hänselten, ihm im Hof hinterherrannten und seinen bärenartigen Gang und den Sprachfehler nachäfften, stimmt schon, er redete immer, als hätte er ständig den Mund voll. Er hatte ein paar Leuten die Fresse poliert, und Mutter weigerte sich immer, zum Gespräch zu kommen, sie begnügte sich damit, ans Telefon zu gehen, und erklärte, sie würde nicht extra wegen dieses Nichtsnutzes den ganzen Weg fahren, dieses Wort benutzte sie, Nichtsnutz, und dass sie ihn einfach bestrafen sollten, die Lehrer hätten ihr Einverständnis, ihn zu schlagen, weil sein Vater sie verlassen hatte, sie und den Jungen, sie wüsste nicht mehr, was sie mit ihm machen sollte, er war ja auch nicht besonders helle, mit dem würde es noch mal schlimm enden, das sah ein Blinder mit dem Krückstock.

Und damals, als Mutter entschied, dass es ihr jetzt reichte, hatte sie ihn gezwungen, ein paar Nächte in der Hundehütte zu schlafen. Christian weiß noch, dass er sich einen Spaß daraus machte, Romain zu ärgern, mit einem Stöckchen zu reizen, und mit der Zeit hatte der sich angewöhnt, bellend aus seinem Unterschlupf zu kommen und an dem Seil zu ziehen, das mit einem alten Lederhalsband an seinem Knöchel befestigt war, er hatte nie gewagt, den Knoten aufzumachen.

Christian muss lächeln, als er an all das zurückdenkt. Mutter lächelt ebenfalls.

»Ich weiß, woran du gedacht hast. Von daher, die Blumen, na, jetzt verstehst du es besser … ist ein Anlass. Er ist zwar tot, aber immerhin hat er achtzehn Jahre lang hier gewohnt, und dann hab ich ihn ja auch ausgebrütet.«

Sie steht seufzend auf und räumt den Tisch ab. Mit schnellen, präzisen Handgriffen. Christian beobachtet sie. Das Gesicht vor Bitterkeit nach unten gezogen. Der Körper noch immer jung, wie er weiß. Als sie sich umdreht, ertappt sie ihn.

»Findest du, ich bin alt geworden?«

»Nein.«

Er wendet den Blick ab, sammelt ein paar Krümel in den

Handteller. Er müsste eigentlich aufstehen, rausgehen. Aber der Regen. Und die Angst, dass sie sagt: »Bleib hier, du siehst doch, dass es regnet. Hilf mir lieber.« Die Angst, dass er es nicht wagt, sich zu widersetzen, um ihr nicht zu missfallen. Er ist zehn oder zwölf, und Romain ist draußen vor der Hütte angebunden. Also bleibt er sitzen, reibt die Hand mit den aufgesammelten Krümeln, und er greift nach der Zeitung und blättert und liest nichts, überfliegt die Schlagzeilen, ohne etwas zu begreifen, guckt auf die Fotos, ohne etwas zu sehen.

Seine Mutter hat fertig aufgeräumt, kommt zu ihm und presst seinen Kopf gegen ihren Bauch. Christian hält dagegen, dreht sich wieder zur Zeitung, die er loslassen muss, aber sie hält ihn nur fester, zerquetscht ihm fast Gesicht, Nase und Mund und drückt mit ihren harten Fingern auf seinen Nacken, damit er sich vorbeugt und tiefer rutscht, und er lässt sich führen, und so bleiben sie eine Weile, er erstickt an ihrem Körper, und sie steht mit geschlossenen Augen unter der Lampe.

Sie macht sich los, schiebt ihn sanft weg. Er kommt wieder zu Atem.

»Ich mach mich mal fertig. Geh ein bisschen raus, wenn du willst.«

Also geht er raus. Er holt Gummistiefel aus seinem Zimmer, sie stehen sauber und ordentlich im Schrank, zieht eine khakifarbene Regenjacke über und findet in den Taschen eins seiner Messer. Er klappt es auf, saugt den scharfen Stahlgeruch ein, fährt mit dem Finger über die Klinge, wenn er nur ein bisschen stärker drückt, schneidet er sich, dann klappt er es wieder zu und wiegt das Messer in der Hand, streichelt das weiche, helle Holz.

Draußen geht Christian gebeugt durch Sprühregen und

Wind, zieht den Kopf tiefer in die Kapuze. Die Straße führt zum Ufer der Gironde, sie liegt versteckt hinter der Böschung des Deiches. Ab und zu hebt Christian den Kopf, nimmt die vertraute Umgebung auf: Schwarze Bäume schütteln ihre Gerippe, überschwemmte, verschlammte Wiesen, auf denen ausgemergelte Akazien stehen. Das Haus von den Faugères mit dem eingestürzten Dach, als der Alte gestorben war, hatten seine Kinder nicht mal versucht, es zu verkaufen, überzeugt, dass niemand in dieser einsamen Bruchbude mit gestampftem Lehmfußboden am Arsch der Welt leben wollen würde. Hinter der Ruine ein von Brombeerranken überwucherter Weinberg. Ein Apfelbaum mit gespaltenem Stamm, dort hat Christian manchmal ein paar Früchte stibitzt, während der alte Faugère in einem Liegestuhl unter dem Cacolac-Sonnenschirm seinen ewigen Kater auskurierte.

Im Sommer wird alles unter dichter Vegetation begraben, die rankt, kriecht, sich ausbreitet und alles einverleibt, eine gefräßige Wesenheit, sie scheint alles auf monströse Weise einzusaugen und lässt im Winter nur Schlammflächen und tote Bäume übrig, tilgt jede Spur menschlichen Lebens.

Er bleibt mitten auf der Straße stehen und kratzt mit der Schuhsohle die Schlammspuren eines Traktors auf dem Asphalt weg. Er fragt sich, wer hier noch mit dem Traktor langkommt. Und vor allem wozu?

Er folgt den Reifenspuren und bemerkt die Wassermassen, die gegen die Böschung drücken, unterspült von schlammigen Strudeln, in denen Baumteile kämpfen, mit schwarzen Armen fuchteln wie riesige Ertrinkende. Er erwartet, eine Leiche in dem brodelnden Durcheinander treiben zu sehen, Angst packt ihn, und er späht in den von den Gezeiten bewegten Fluss, bereit, wegzurennen, wie ein Kind, das eine Dummheit gemacht hat. Er bleibt am ansteigenden Strom stehen, die Füße im aufgeweichten Lehm, und der Fluss der Zeit kehrt sich womöglich um, er ist nicht mehr im Hier und Jetzt; er ist in jener Nacht, stößt die Leiche des Mädchens von sich, Messer in der Hand, und hört ein Wimmern, als Romain den schon zuckenden Körper in seine Arme nimmt, »Nein, das darf man nicht, darf man nicht, Bruderherz, was hast du gemacht«, dann lässt er sie neben dem Waschbecken zu Boden sinken, wischt sich die blutüberströmten Hände am T-Shirt ab und rennt davon.

Ein Hubschrauber überm Wasser schreckt ihn auf, er versteckt sich hinter einem Baum und stellt sich kurz vor, dass man ihn verfolgt, er hat eine imaginäre Waffe in der Hand, bereit zu feuern, sobald der Flugkörper auf ihn zuhält, aber das Geräusch entfernt sich, und er läuft mit gesenktem Kopf im windgepeitschten Sprühregen den Fluss hoch.

Er geht von hinten zum Haus, um den Gemüsegarten herum und bis zu den Pflaumenbäumen. Er weiß genau, wo es ist: Er hat eine Austernmuschel in die Mitte gelegt, genau am Schnittpunkt der Diagonalen. Ist schon lange her: vielleicht zwanzig Jahre. Na? Bist du immer noch da? Der geflüsterte Satz rutscht ihm heraus. Er mustert den Boden eingehend auf die geringste Bewegung. Er denkt, dass sich eines Tages etwas bewegen, irgendetwas dort hochkommen wird. Das hat er in Filmen gesehen. Hände, die plötzlich auftauchen. Wie die Erde sich hebt, als ob sie atmet.

Nicht doch. Bei der Letzten hatten sie gewartet, bis es dunkel wurde, er und Maman, um sie hinauszutragen. Es hatte Stunden gedauert, das Loch zu graben. Nie war es tief genug. »Grab weiter«, sagte Mutter. »Ich hab keine Lust, dass es überall stinkt oder ein Hund ein Stück ausbuddelt.« Er hatte bis zur Brust im Loch gestanden, als am Grund allmählich Wasser durchgesickert war. Er hatte noch ein bisschen weitergegraben und dann die Leiche des Mädchens in den Matsch geworfen, in dem er bis zum halben Stiefelschaft einsank. Er hatte es wieder zugeschüttet, und als er fertig war, hatte Maman die enormen Muskeln an seinen Armen und Schultern befühlt und gesagt:, »Stark ist er, mein Sohn. Und schön. Komm, ich dusche dich.« Er war ihr hinterhergelaufen, die Schultern verspannt von der Anstrengung, schweißüberströmt und schlammverkrustet.

Das war das letzte Mal gewesen. Mamans seifige Hände auf seinem Körper, die Liebkosung und der Geruch, das konnte er nicht mehr ertragen. Er wäre imstande, sie umzubringen, wenn sie nicht aufhörte. Das hatte er an diesem Tag gewusst. All die Gedanken jagen ihm einen schmerzlichen Schauer über den Rücken.

Hinter sich hört er das Knarren der Schuppentür.

»Bleib da nicht so stehen, du siehst doch, dass es regnet.«

Sie hat die rote Hose an. Die, die überall eng anliegt, und einen Pullover mit vereinzelten Pailletten. Sie raucht.

»Na los, komm.«

Er kommt.

»Willst du eine?«

Er nickt. Sie steckt ihm ihre Zigarette zwischen die Lippen, zündet sich eine neue an.

Als er die Gummistiefel auszieht, hört er sie in der Küche hantieren, dann spricht sie ihn an:

»Was ist denn nun kaputt? Betest du jetzt etwa? Heute kräht kein Hahn mehr nach ihr, außer dir. Und mir tut es weh, wenn ich an den Tag denke, wo ich mit zum Lieferwagen kommen sollte, weil du mir zeigen wolltest, was du getan hast. Maman, ich hab wieder eine Dummheit gemacht, hast du die ganze Zeit gesagt und geheult. Weißt du noch?«

Er kommt in Socken in die Küche, ascht ins Spülbecken.

»Hör auf«, sagt er. »Darüber haben wir schon mal geredet.«

»Du solltest lieber mal aufhören.«

»Warum sagst du das?«

»Das weißt du ganz genau.«

»Ich weiß überhaupt nichts. Und du auch nicht.«

»Doch, ich weiß, was aus dir geworden ist. Ich hab gedacht, die Armee würde dir guttun, aber …«

Er zieht seine Schuhe an.

»Ich fahr mal. Hab genug gehört.«

Als er sich aufrichtet, steht sie schon ganz dicht bei ihm, und schon hängt sie sich ihm an den Hals, sucht nach seinem Mund und presst ihr Becken an seine Hüften. »Mein Sohn«, sagt sie. »Mein Mann.« Er entzieht sich ihren Küssen, aber kriegt einen Steifen, und sie merkt das und flüstert an seinem Hals: »Ja, genau so, was soll's, das tut so gut.« Sie macht ganz langsame Bewegungen, er traut sich nicht, sie wegzustoßen, fühlt sich wie betrunken, und am liebsten würde er weinen, sein Hals wird eng, ein bitterer Kloß, er zwingt sich zum Hinunterschlucken.

»Nein«, sagt er und fasst sie bei den Schultern.

Sie hebt ihm das Gesicht entgegen, und er sieht nur noch die Augenringe, die Schwärze unter den Augen, die Fältchen auf der Oberlippe, die den Mund bitter verziehen, und plötzlich sind die Finger an seinem Nacken trocken und hart wie Lederriemen, da macht er sich los aus der Umklammerung, schiebt sacht die Arme seiner Mutter von sich weg, obwohl sie ihm immer noch in die Augen schaut, das Gesicht flehend zu ihm emporgehoben. Sie wehrt sich nicht, aber bleibt so stehen, die Hände auf Höhe von Christians Schultern, bereit, sie gleich wieder abzulegen, aber er weicht zurück und stellt sich ans Spülbecken, schaut durch die verrosteten Gitter am

Fenster in den erdigen, verwelkten Garten und in die Ferne, schwärzliche Landschaft, verschwommen im Sprühregen, hier und da ragt ein geisterhafter Baum auf.

Er nimmt sich ein Glas Wasser, trinkt es in einem Zug. Er will sich nicht umdrehen. Er weiß, dass sie ihn anschaut, mit hängenden Armen, eingezwängt in ihre rote Hose wie eine abgetakelte Nutte, die für zehn Euro Arabern oder Schwarzen einen bläst, oder alten Säufern, die wie die Schweine stinken. Er wartet, bis aus seinem Ekel Mitleid wird, dann nimmt er ein Schälchen vom Abtropfbrett und schenkt sich einen Schluck lauwarmen Kaffee ein.

Sie mampfen aufgewärmte Fertiggerichte, trinken deklassierten Wein, den kriegt sie an Feiertagen vom Schloss, wo sie arbeitet: fünfzig Liter im Jahr, die sie selber abfüllt. Sie trinken, ohne groß zu reden, dabei hat Maman eigentlich immer was zu erzählen: »Der und der ist tot, weißt du, wer, der, der was mit der Soundso hatte, die war mit dir in einer Klasse, klar kennst du die, hat im Supermarkt in Pauillac an der Kasse gearbeitet, der Mann war Böttcher in Margaux, na ja, und der ist nun tot, Krebs, stell dir vor, innerhalb von zwei Monaten war's vorbei. Oder der Schluckspecht, sturzbesoffen von morgens bis abends, der hat immer geprahlt, dass er an die zehn Liter pro Tag bechert, in einem Graben ersoffen, war vom Solex gekippt. So viel Wasser hat der wahrscheinlich in seinem ganzen Leben noch nicht gesoffen, der Trottel.«

Christian hört zu, erinnert sich oder tut, als ob er es nicht mehr weiß, absolut keine Ahnung hat, von wem sie redet, und lässt sie erzählen, sich in Einzelheiten verlieren, ihm ist ganz schläfrig vom Wein. Dann trinken sie Kaffee und rauchen und gucken eine alberne Sendung im Fernsehen, bis Christian aufsteht, sich streckt und in sein Zimmer geht, um sich ein bisschen hinzulegen.

Manchmal legt Maman sich dann zu ihm, streichelt ihn im Schlaf, aber heute lässt sie ihn in Ruhe.

Der Abend kommt wie unter einer anthrazitfarbenen Plane, beim Rausgehen legt er die Schachtel Zigaretten aus der Handtasche des Mädchens auf die Anrichte neben die grüne Lampe mit dem lädierten Lampenschirm. Er weiß, dass ihr das gefallen wird.

15 »Das ist er, ganz sicher. Gilles Gérard heißt er. Groß und kräftig, bisschen fett. Ich hab zwei Jahre mit ihm bei Castel-Umzügen gearbeitet, in Bazas. Der Typ konnte ganz alleine einen Schrank runtertragen, über drei Stockwerke, meine Fresse. Ein Tier. Er hat 'ne Weile Rugby gespielt, aber war zu schwer, nicht schnell genug, er hat wieder aufgehört. Außerdem hat er auf dem Spielfeld alle fertiggemacht. Einmal wollte einer …«

»Wann haben Sie ihn zum letzten Mal gesehen?«

Der Mann redet schnell, hastig, als wäre es ganz dringend. Seine hohe Stimme quietscht fast im Lautsprecher. Elissalde kritzelt geometrische Figuren auf einen Notizblock und Jourdan guckt ihm vorgebeugt zu, dann schreibt er »Ist er nicht« zwischen zwei hingeschmierte Würfel auf den Block.

Der Mann zögert, seufzt. Im Hintergrund hört man gedämpft den Fernseher, das Zwitschern eines Vogels.

»Ich weiß es nicht genau: vor vier, fünf Jahren? Ein netter Kerl, butterweich. Immer hilfsbereit.«

»Wissen Sie, wo er gewohnt hat? Die genaue Adresse?«

»Irgendwo unten auf dem platten Land. Damals hat er bei seinen Eltern in Tuzan gewohnt. Wissen Sie, wo ich meine?«

»Nein. Aber das finden wir schon.«

Elissalde gibt es im Computer ein, während der Mann am Telefon weiter die Qualitäten des guten Kameraden Gilles Gérard preist, Gutmütigkeit, Großzügigkeit, die phänomenale Kraft. Ein Satellitenbild. Ein Nest in einem Meer aus Bäumen. Kilometerlange schnurgerade Straßen.

»Ich hab mir gesagt, da musst du anrufen, das hilft vielleicht was. Darf ich fragen, was mit ihm passiert ist? Wie ist er gestorben?«

»Nein, dürfen Sie nicht. Es steht mir nicht zu, solche Informationen rauszugeben. Das sind laufende Ermittlungen. Wir rufen Sie gegebenenfalls zurück.«

Der Mann beteuert, dass er einfach nur helfen will, die Polizei ist schließlich im Moment auf die Unterstützung ehrlicher Bürger angewiesen. Elissalde bedankt sich bei ihm und legt auf.

Jourdan hat die Nummer eines Henri Gérard in Tuzan gefunden. Er wählt, wartet. Es klingelt fünf, sechs Mal. Ein Mann geht ran, laute Stimme.

»Ja, wer ist da?«

»Bin ich richtig bei Gilles Gérard?«

»Nein. Sagen Sie mir erst mal, wer Sie sind.«

»Hier ist die Polizei.«

»Die Polizei, so, so. Und woher weiß ich, dass das stimmt?«

Im Hintergrund hört man eine Frau, sie fragt, wer das ist. Angeblich Polizei. »Die Gendarmen?«, fragt die Frau.

»Nein, nicht die Gendarmen. Ich bin Commandant bei der Kripo in Bordeaux, und ich wüsste gern, ob ein gewisser Gilles Gérard aus Tuzan etwas mit Ihnen zu tun hat.«

»Sag's ihnen«, flüstert die Frau. Sie steht beim Telefon. »Gib mal her«, sagt sie. Der Mann brummelt. »Bitte, dann mach alleine, wirst schon sehen.«

»Ja, guten Tag. Hier ist Éliane Gérard. Gilles ist mein Sohn. Aber ...«

Sie bricht ab, holt Luft.

»Er wohnt nicht mehr hier. Weil ...«

Sie räuspert sich, wird leiser.

»Vor drei Jahren ist er ausgezogen. Es ging nicht mehr. Am Ende sind sie aufeinander losgegangen, sein Vater und er. Mehrmals. Und mit mir war es auch nicht besser.«

»Hat er Sie geschlagen?«

»Nein, das heißt ...«

Jourdan hört sie schniefen, wahrscheinlich schluckt sie die Tränen runter.

»Ist nicht einfach, wissen Sie.«

Jourdan sagt, dass er versteht. Elissalde verdreht die Augen.

»Wissen Sie, wo wir ihn erreichen können?«

»Was hat er denn gemacht, dass Sie ihn suchen?«

»Nichts«, sagt Jourdan. »Wir würden ihn gern in einem Fall als Zeugen vernehmen. Wissen Sie, wo wir ihn finden?«

»Er wohnt in Cenon, in einem Vorort, ich weiß nicht mehr genau. Einen Moment.«

Sie warten. Sie hören die Frau atmen, ihr Atem rasselt bei jedem Schritt. Sie öffnet eine Schublade, wühlt zwischen Papieren. Murmelt vor sich hin. »Ah, hier. Cité Jean-Jaurès, Block E, Apartment 58. Können Sie ihm sagen, dass ich an ihn denke? Dass seine Mutter an ihn denkt?«

Jourdan verspricht es, dann legt er auf, unterbricht ihre Dankesbezeugungen.

Nach ein paar Recherchen steht fest, dass Gilles Gérard in keiner Kartei auftaucht. Ihm fehlen vier Punkte auf dem Führerscheinkonto. Sonst nichts. »Das ist er nicht«, sagt Jourdan. Elissalde will dagegenhalten: Er wettet eine Flasche sehr guten Whiskey. Die Wette gilt.

Sie klopfen und hören, wie jemand zur Tür kommt und »Wer ist da?« fragt, dann klickt ein Schloss, und ein riesiger Mann in Boxershorts und Unterhemd steht auf der Schwelle und mustert sie, und als Jourdan verkündet, wer sie sind, und seinen Dienstausweis zeigt, macht der Mann die Tür weiter auf und geht einen Schritt in den engen Flur, um sie hereinzulassen, aber sie bleiben draußen. Sie begnügen sich damit, den Riesen zu taxieren: fast zwei Meter, hundertzwanzig oder hundertdreißig Kilo. Tellergroße Hände baumeln vor seinen Oberschenkeln. Die Fäuste sind sicherlich größer als ein Handball. Groß, breit und massig, wie er ist, nimmt er im winzigen Flur den ganzen Raum ein. Jourdan fragt sich, wie er durch die Türen kommt.

»Sind Sie Gilles Gérard?«

»Jawohl. Steht sogar an der Tür.«

»Können Sie das nachweisen?«

Verblüfft starrt der Mann sie abwechselnd an, mit offenem Mund, vielleicht versucht er rauszufinden, ob das ernst gemeint war.

»Nachweisen, dass ich auch wirklich ich bin?«

»Ja. Zum Beispiel mit Ihrem Personalausweis. Das ist wichtig. Sonst würden wir Sie nicht stören.«

Der Mann nickt, wirft einen misstrauischen Blick ins Treppenhaus hinter die beiden.

»Einen Moment.«

Er geht den Flur lang. Er scheint mit den Schultern die Wände zu streifen. Er muss sich unter einem Lampenschirm durchducken. Eine Frauenstimme fragt, was los ist, er erwidert: »Nichts, Polizei.« »Polizei?«, ruft die Frau. »Warte kurz, bin gleich wieder da.«

Elissalde feixt lautlos. »Wir kommen ungelegen.« Jourdan lehnt sich an die Wand. »Wir kommen immer ungelegen. Das gehört zum Beruf. Und unsere Zeit verschwenden, das gehört auch dazu, verdammte Scheiße.«

In der Wohnung werden Schränke und Schubladen aufgezogen. Der Mann kehrt mit einem Stapel Papier in der riesigen Hand zurück.

»Hier ist mein Ausweis. Wurde vor zwei Jahren neu ausgestellt. Und das sind Rechnungen für Gas und Strom. Und mein Blutgruppenausweis. Ich hab auch Kontoauszüge, wenn Sie wollen.«

Er drückt ihnen alles in die Hand, sie blättern es grob durch. Gilles Gérard steht ganz nah vor ihnen, eigentlich schon über ihnen, überragt sie wie ein thronender Felsbrocken, der jeden Moment herabstürzen könnte. Jourdan hört, wie er vor unterdrückter Wut hörbar durch die Nase atmet, und behält seine Hände im Auge.

»Und? Reicht das? Oder wollen Sie auch noch einen DNA-Test machen?«

»Wir machen unsere Arbeit«, sagt Jourdan. »Dieser Ton ist unnötig.«

»Und darf ich fragen, warum Sie Ihre Arbeit ausgerechnet bei mir machen?«

»Nein, dürfen Sie nicht. Das Ganze betrifft Sie nicht mehr.«

Jourdan klatscht ihm den Stapel Rechnungen vor die Brust. Der Mann kann ihn gerade noch auffangen, fast wäre ihm alles durch die großen Hände gerutscht. Mit dem Fuß knallt er ihnen die Tür vor der Nase zu.

Unter den feindseligen Blicken zweier junger Kerle, die beiderseits vor einem Hauseingang rumlungern, steigen sie ins Auto. Elissalde winkt ihnen kurz zu. Hallo, ihr Arschlöcher.

Sie fahren schweigend. Auf der Pont Saint-Jean blendet sie das gleißende Sonnenlicht auf der nassen Fahrbahn. Der Schauer zieht über den Fluss davon, der wirkt plötzlich gelb, fast schon golden, erlischt dann, und das fließende Wasser wird allmählich glanzlos und schmutzig. Jourdan beobachtet das Schauspiel mit einer Faszination, die ihn selbst überrascht. In den nun wieder düsteren Straßen der Innenstadt versucht er, sich das goldene Schimmern, das heftige Funkeln zu bewahren.

Elissalde ist eingenickt. Als sie ins Parkhaus fahren, öffnet er die Augen. »Scheiße«, sagt er und schaut zu Jourdan.

»Du hast gewonnen. Er war es nicht.«

»Und der andere war es auch nicht.«

»Geht's etwas genauer?«

»Der Tote. Der Fensterspringer. Das ist nicht der Mörder.«

Sie steigen aus, unterhalten sich über die Kühlerhaube hinweg.

»Woher weißt du das?«

»Ich weiß es nicht. Ich bin mir sicher.«

»Das nennt man dann wohl fest im Glauben ...«

Im Büro passt Coco Jourdan ab:

»Du musst mal kommen. Der Fall mit dem ermordeten Jungen, der vorgestern am See gefunden wurde?«

Ja, Jourdan weiß, dass ein Teil des Teams schon dran arbeitet und dass zwei Schwachköpfe, beide minderjährig, sechzehn und siebzehn, gestern Nachmittag festgenommen wurden. Corentin und Yacine. Er weiß, dass auf ihren Handys ein Video gefunden wurde, auf dem sie die Prügelszene, die Folter verewigt haben, er weiß, dass diese Bilder gerade jetzt durchs Netz geistern, er weiß, dass Jugendliche es mit ihren Freunden anschauen, hin- und hergerissen zwischen Abscheu und Faszination, und dass sie bei dem, was sie sehen, ein ungesundes Staunen, ein schmutziges Vergnügen empfinden, ein bisschen schuldbewusst vielleicht, oder sich gruseln, wie wenn sie sich mit hochprozentigem Alkohol besaufen, zuerst brennt es, man will es am liebsten ausspucken, dann der Rausch, Euphorie, anschließend das Abstumpfen und schließlich Übelkeit, wenn man einen schwachen Magen hat. Er weiß, dass das Opfer, Joseph Tamba, wegen hundert Euro getötet wurde, die er schuldig geblieben war, und dass seine Peiniger die PIN seiner EC-Karte rausfinden wollten, damit es mit der Rückzahlung flotter ging. Er weiß das alles, aber es nützt ihm nichts, er sieht absolut keinen Sinn darin und fragt sich, ob er wirklich ins Büro gehen soll, um einen von diesen beiden Rohlingen auf dem Stuhl fläzen zu sehen, und er sagt das Coco auch, aber sie gibt nicht nach: »Bernie und ich können nicht mehr. Was würdest du denn machen?«

»Das andere Schwein, Yacine, hat die Schläge, das Foltern zugegeben, aber der hier, Corentin, der hat nichts gemacht. Er hat nur gefilmt. Hat ein, zwei Mal zugetreten, damit er sich benimmt, wahrscheinlich. Er hätte nicht gedacht, dass Tamba sterben könnte. Seit einer Stunde redet er nicht mehr. Ab und zu tut er, als ob er pennt. Bernie und ich schlagen den am Ende noch zu Kleinholz, so ein Arschloch.« Bernie nickt. Coco deutet mit dem Kinn zum Büro, in dem der Schläger schmort. »Er will einfach nur nach Hause. Er sagt, er hätte nichts gemacht, wir würden ihm für nichts und wieder nichts auf die Eier gehen.«

Jourdan lugt durch den Türspalt. Der Verdächtige sitzt auf einem Stuhl, Hände auf dem Rücken gefesselt, mehr oder weniger in sich zusammengesunken. Wie viele von denen habe ich schon gesehen? Finstere Clowns, einer wie der andere.

Dann mal los.

Jourdan setzt sich halb auf die Tischkante, thront über dem Kerl, der da vor ihm auf dem Stuhl hängt. Ein schlaksiger Teenager, magere, knotige Arme, Juventus-Trikot. Er ignoriert Jourdan, schaut demonstrativ aus dem Fenster. Er wippt mit dem rechten Bein, steht auf der Fußspitze.

»Weißt du, warum du hier bist? Corentin, richtig?«

Das Bein hält kurz inne, dann wird das zwanghafte Wippen fortgesetzt.

»Hast du gehört? Ich hab dich was gefragt.«

Der Junge zieht die Nase hoch, dann guckt er auf den Boden, sieht sich um, als ob er etwas suchen würde, und schaut wieder aus dem Fenster. Er blinzelt, unterdrückt ein Gähnen.

Jourdan tritt ihm gezielt mit der Schuhspitze vors Schienbein.

Der Junge wimmert, krümmt sich nach vorn vor Schmerz, die Handschellen halten ihn zurück.

Jourdan tritt gegen das andere Bein. Corentin schwankt, die Stuhlbeine knarzen. Ihm läuft die Nase. Sein Kinn ist voll Rotz. Jourdan bemerkt, wie Coco und Bernie einen Blick wechseln. Na und? Er beugt sich zu dem Jugendlichen.

»Ich hab dich was gefragt. Keine Sorge, heute Abend schläfst du im Gefängnis, wie es so schön heißt. Sagen wir immer. Schlafen wirst du da wohl nicht so viel. Egal. Bis dieser feierliche Moment gekommen ist, würden wir gern von dir wissen, ob du begreifst, warum du hier bist. Um sicherzugehen, dass du den Film wirklich verstanden hast.«

Weil der Junge ununterbrochen die Nase hochzieht, greift Jourdan sich ein Papiertaschentuch vom Tisch und wischt ihm übers Gesicht, drückt ihm die Nase zu, spürt den Knorpel unter den Fingern, er könnte sie ihm brechen, doch dann schaut der Junge mit tränenden Augen zu ihm hoch. Jourdan ist nur Zentimeter vor seinem Gesicht, fast Stirn an Stirn. Er riecht nach Schweiß und Urin, ein beißender Schmutz, der den Insassen schon nach einer Nacht im Knast am Körper haftet.

»Also?«

Jourdan tritt hinter ihn, guckt zu, wie er die Schultern hochzieht, die gefesselten Hände zu lächerlichen Fäusten ballt und wieder öffnet.

»Dein Kumpel behauptet, dass du das alleine warst, er hätte nur gefilmt. Stimmt das?«

»Ich hab auch gefilmt.«

»Und was?«
»Die Zigaretten.«
»Die Zigaretten?«
»Ja, Sie werden doch wissen, was das ist.«

Jourdan packt ein paar sehr kurze Härchen, zieht und schüttelt den Kopf des Jungen hin und her, der fängt an zu flennen.

»Du bist hier nicht bei deinen Eltern oder Lehrern. Mit uns redest du nicht so. Du hörst jetzt auf, uns zu verarschen.«

Jourdan geht zum Schreibtisch und blättert die Fotos vom Tatort durch. Er nimmt eine Nahaufnahme des zerschlagenen Gesichts, auf dem das ausgestochene Auge unter halbgeschlossenen Lidern ausläuft, und dann noch eine größere Ansicht des nackten Körpers voller Blutergüsse und Verbrennungen von ausgedrückten Zigaretten. Er hält dem Jugendlichen die Fotos unter die Nase.

»Wir filmen nicht. Wir machen Fotos. Aber das hier: Hast du das gefilmt? Und das Auge, hat er sich das vielleicht selbst ausgestochen?«

Der Junge wendet den Blick ab.

»Er hat noch gelebt, als wir gegangen sind. Wir haben ihn nicht umgebracht. Er ist danach gestorben.«

Er schluchzt. Zappelt auf dem Stuhl herum, als wollte er aufstehen. Jourdan hält ihn nieder, indem er ihn in die Trapezmuskeln kneift, zwingt ihn, den Kopf einzuziehen. Er spürt, dass Coco direkt hinter ihm steht, deshalb lässt er den Jungen seufzend los und legt die Hände auf die Stuhllehne.

»Antworte mit ja oder nein. Habt ihr ihn geschlagen?«
»Ja.«
»Alle beide?«
»Ja.«
»Mit bloßen Händen?«

»Ja, wobei …«

»Wobei was?«

»Wir hatten einen Schlagring.«

»Wer, wir?«

»Alle beide. Wir haben uns abgewechselt.«

»Habt ihr Zigaretten auf ihm ausgedrückt?«

»Ja.«

»War er da noch bei Bewusstsein?«

»Nein, war schon weggetreten. Davon ist er wieder aufgewacht.«

»Dein Kumpel, Yacine, hat gesagt, dass Tamba dir hundert Euro geschuldet hat. Stimmt das?«

»Ja.«

»Schon lange?«

»Sechs Monate.«

»Was hast du ihm verkauft?«

»Ein Fahrrad.«

»Ein Fahrrad.«

Der Junge blickt auf. Es gelingt ihm schon eine Weile, das Schluchzen runterzuschlucken, er sitzt steif und aufrecht auf dem Stuhl. Er sieht Jourdan fest in die Augen.

»Ja, ein Fahrrad. Ist das verboten?«

Er dreht sich zu Coco, die mit Laptop auf den Knien das Verhörprotokoll tippt.

»Was machen Sie da?«

»Meine Arbeit«, sagt sie, ohne aufzuschauen. »Ich notiere deine Aussage.«

»Ich werd sowieso nicht unterschreiben.«

»Musst du nicht.«

»Ich will einen Anwalt. Und meine Eltern.«

Bernie bringt ihm eine Liste amtlich bestellter Verteidiger und legt sie ihm auf den Schoß.

»Haben wir benachrichtigt«, sagt Coco. »Die wollen deine Visage nicht sehen. Soll er zusehen, wie er klarkommt, hat deine Mutter gesagt. Dein Vater will dich umbringen. Willst du sie selber anrufen und fragen?«

Bernie tätschelt ihm den Hinterkopf.

»Am Ende bist du bei uns im Knast wohl doch besser aufgehoben. Die werden dich nicht vermissen.«

Der Junge schüttelt den Kopf.

»Wir haben ihn nicht getötet. Er hat gelebt, als wir gegangen sind.«

Jourdan setzt sich ganz dicht zu ihm und redet ganz leise, flüstert ihm fast ins Ohr.

»Ich weiß nicht, ob du vollkommen verblödet bist oder ob du das mit Absicht machst, um uns zu nerven, aber ich sag dir jetzt mal was: Es wird eine Obduktion geben. Du weißt doch, was das ist, oder? Hast du bestimmt schon im Fernsehen gesehen, in irgendeiner beschissenen Serie. Tja, und der Gerichtsmediziner wird die Todesursache von Joseph Tamba feststellen. Der sieht, ob eure Schläge zu seinem Tod geführt haben, selbst Stunden, nachdem ihr weg seid. Begreifst du das? Und so wie es im Moment aussieht, ist es sehr, sehr wahrscheinlich, dass ihr Tamba getötet habt. Anschließend müssen die Richter entscheiden, ob ihr die Absicht hattet, ihn zu töten oder nicht. Aber auf eurem Video hört man, wie ihr Tamba droht, ihn kaltzumachen, wenn er die PIN nicht rausrückt. Ihr habt da also ein ziemlich großes Problem, du und dein Kumpel, du kleiner Scheißer. Raffst du's jetzt, oder willst du 'ne Zeichnung?«

Jourdan beobachtet den jungen Mann, der mit gesenktem Kopf dasitzt. Die weit aufgerissenen Augen huschen hin und her, so, wie wenn einem plötzlich Gefahr droht. Unmöglich zu sagen, ob er realisiert, was er getan hat und in welche Lage ihn das bringt. Vielleicht ist er in einem gläsernen Tunnel, sieht die vertrauten Anhaltspunkte kleiner werden und dann hinter kaltem Dunst verschwinden: Bald würde er selbst dort hineingestoßen, würde blind und schwerfällig versuchen, von außen etwas zu erkennen, immer in der Hoffnung, das Glas löse sich auf wie ein böser Traum, der verfliegt, und wenn die Zellentür am Ende des Tunnels aufging, wenn das Klicken der Schlösser ihn aus seiner Betäubung gerissen hatte, würde er sich der Realität seiner Handlungen vielleicht stellen.

Beim Aufstehen stützt Jourdan sich auf das Knie des Jungen. Er zeigt auf die Liste amtlich bestellter Verteidiger:

»Such dir jemand Gutes aus, könnte nützlich sein.«

Der junge Mann reagiert nicht. Jourdan begegnet Bernies Blick, er verzieht den Mund und zuckt die Schultern. Das ist in Sack und Tüten. Bringen wir ihn vor Gericht. Ich kann seine Fresse nicht mehr sehen.

Im Nebenraum unterschreibt Yacine gerade das Verhörprotokoll. Clément blättert für ihn um, Greg raucht am offenen Fenster.

»Keine Sorge, ich behalt's im Auge«, sagt er. »Das passiert uns kein zweites Mal!«

»Wie läuft's?«

»Gut. Er ist sofort eingeknickt. Hat nicht mal versucht, es auf seinen Kumpel abzuwälzen.«

»Gut, das hätten wir.«

Als er gerade rauswill, kommt Elissalde zur Tür rein, sie stoßen fast zusammen.

»Caminade hat sich umgebracht. Sie haben ihn heute Mittag in seiner Zelle gefunden, erhängt. Sein Zellennachbar wurde da gerade dem Richter vorgeführt, das hat er ausgenutzt.«

Jourdan geht in sein Büro, setzt sich, er ist ein bisschen benommen. »Aus und vorbei«, sagt er, aber vor seinem inneren Auge tauchen wieder die Kinder im Flur auf, die tote Frau im Bad. Er steht auf, geht zu dem jungen Mann, der gerade Wasser trinkt, versucht sich vorzustellen, wie er jemanden für hundert Euro totschlägt, aber er sieht nur einen Schwachmaten von Teenager, der in seinen leeren Becher äugt, als hoffe er, darin Kaffeesatz zu finden, aus dem er seine Zukunft lesen kann. Jourdan hat die Hände in den Hosentaschen und steht mitten im Büro. Die anderen sind mit dem Verfahren beschäftigt, der Junge wartet an den Stuhl gefesselt, wirkt verängstigt. Jourdan versucht, in alldem einen Sinn zu erkennen: diese Verbrechen, die Täter, die Arbeit als Polizist. Festnehmen, verurteilen und bestrafen? Wozu, wo doch die Toten nicht wieder lebendig werden?

Jourdan ordnet an, dass die beiden Verdächtigen zurück in ihre Zelle geführt werden. Er sieht ihnen nach, als sie mit der Eskorte den Flur langgehen: Sie schlurfen, Yacine hält den Kopf gesenkt, der andere schaut stur geradeaus, vielleicht in der Hoffnung, dass die nächste Tür, die aufgeht, die Tür zur Freiheit ist. Zurück im Büro versucht er, Interesse für das Gespräch übers Verfahren aufzubringen, er erfährt, dass ein Anwalt unterwegs ist, um den Fall zu übernehmen. Eine Anwältin. Magali Pommier. »Magali?«, ruft Coco. »Die kenne ich, wir waren zusammen an der Uni, in Strafrecht. Das ist eine Korinthenkackerin, und nicht dumm. Wir sollten lieber zusehen, dass bei dem Fall alles picobello ist.«

Alle machen mit, lesen noch mal, sortieren.

Jourdan zwingt sich, das, was er liest, auch nachzuvollziehen, sich bewusst zu sein, was er tut. Er denkt an Caminade, der sich in seiner Zelle am Griff des Dachfensters erhängt hat. Er hat keine Ahnung, welcher Glaube oder Aberglaube im Kopf dieses armen Schweins herumgespukt ist, und er fragt sich, ob er durch den Selbstmord wieder mit seinen Toten vereint sein oder sie weiter quälen wollte.

16 Er leert die Dose in den Topf und macht den Gasherd an. Er schaut eine Weile zu, wie die Flamme sirrt, tanzende blaue Blüten, er macht sogar das Licht aus, damit er es besser sehen kann, und geht mit der Hand näher an die brennende Blume heran. Der dicke Linsensud pappt allmählich am Topfboden an, deshalb rührt er mit einem Holzlöffel um, schneidet ein Stück Wurst ab und führt es an die Lippen, ihm läuft das Wasser im Mund zusammen, dann kaut er bedächtig im Stehen.

Er isst vor dem Fernseher, in einer Luxusvilla reden Frauen und Männer in Badesachen miteinander und streiten sich. Vor allem die Frauen interessieren ihn. Die großen Brüste, immer kurz davor, richtig herauszuploppen, die langen Beine, die optimalen Hintern und das, was er weiter unten erahnt, am Ende der Spalte. Auch die Männer haben definierte Körper, starke Arme, breite Schultern, Waschbrettbauch, und er denkt, dass er bei diesem Zirkus durchaus mitmachen könnte, vor diesen Waschlappen muss er sich nicht verstecken, wo er doch vier Stunden pro Woche an Maschinen verbringt, sie leisten ihm Widerstand, aber er besiegt sie jedes Mal. Er weiß nicht, wie er inmitten der sich ihm darbietenden Körper der Gier widerstehen sollte, die Frauen ganz und gar auszuziehen, extravagante Nutten, sie anzufassen, ja, anfassen, sich an ihnen reiben und kommen, immer wieder kommen, von einer zur anderen ... Durch die Hose streift er sein aufs Äußerste gereiztes Begehren, mit der anderen Hand wischt er mit einem Stück Brot den Teller aus, es macht ihn wahnsinnig, wie sie ihr klagendes Geplapper verbreiten, ihre armselige Wut hervordrucksen, hinter der Maske aus dickem Make-up, er findet, dass man sie am Sprechen hindern, ihnen verbieten müsste, ihre brutale Schönheit so zu verschandeln. Dumme Puppen. Er wüsste schon, wie er sie zum Schweigen bringt.

Er wäscht ab, desinfiziert wie immer den Ausguss mit Chlorreiniger, räumt auf, wischt drei Wassertropfen auf dem Boden mit Küchentuch auf, sprüht ein Minze-Duftspray in den Mülleimer. Er zieht den Parka über, geht einmal durch die Wohnung, dann schlüpft er in die Schuhe. Er macht das Licht aus und bleibt regungslos im Dunkeln stehen, lauscht, hört, wie die Nachbarn von oben mit den Kindern schimpfen, gedämpfte Fernsehgeräusche, Lachen und Beifall von einem begeisterten Publikum. Er atmet ein Dutzend Mal tief durch, macht sich ganz leer. Er zwingt sich, unnötige Energieströme in Hände und Füße umzulenken. Er spürt nur noch ein Summen in sich, das jegliche äußere Regung aufhebt, die Erinnerungen des Tages zermalmt. Er ist bereit. Er geht.

Es treibt ihn. Wie riesige Hände auf seinem Rücken. Fünf Abende hintereinander ist er stundenlang durch die Straßen gestreift, ohne je die Müdigkeit des Tages zu spüren, leicht, unsichtbar. Er fühlte sich unsichtbar. Er ist dutzenden Blicken begegnet, die direkt durch ihn durchgingen, ohne ihn zu durchschauen. Die Leute hasteten durch den Regen, drängten sich in Bars und Restaurants, schlugen beim Rausgehen den Kragen hoch und spannten den Schirm auf, setzten eine Kapuze auf und verloren sich in der Nacht, verschwanden, das Dunkel verschlang sie. Vorgestern ist er zwei torkelnden Frauen hinterher, sie hatten sich untergehakt und lachten laut. Vielleicht waren sie betrunken, oder ihr Lachanfall brachte sie ein bisschen ins Wanken. Er war ihnen eine ganze Weile durch die allmählich leerer werdenden Straßen gefolgt, wo man nur noch das Gurgeln der Dachrinnen hörte. Eine der beiden hatte sich umgedreht, ihn angestarrt, und er hatte so getan, als ob er den Schlüsselbund rausholte, und war die zwei Eingangsstufen eines Hauses hochgestiegen und hatte sich in einem Winkel versteckt. »Nein, oder, meinst du echt?«, hatte die andere Frau gesagt. Wieder hatten sie losgeprustet, und als er aus seinem Versteck kam, sah er sie an die fünfzig Meter vor sich auf der dunklen Straße, wo sie ihn, meinte er, auf die Entfernung nicht sehen konnten. Das war in Saint-Michel gewesen, er hatte hinter einem Lieferwagen gewartet, bis sie um den Glockenturm gebogen waren und das Garonne-Ufer erreicht hatten, dann musste er fast rennen, um sie nicht aus den Augen zu verlieren, aber dann war die breite, windige Promenade voller Menschen, die vor einem Pub, Bars und Restaurants tranken und rauchten und lärmten, und er sah, wie die beiden von einer Gruppe mit Freudenschreien und Umarmungen begrüßt wurden, deshalb war er weitergegangen, an der Gruppe vorbei, um zu schauen, wie sie aussahen, und hat sie ziemlich durchschnittlich gefunden, ganz normale junge Frauen, weder hübsch noch hässlich, dann war er schneller gelaufen, bis zum Konservatorium, und schließlich zum Bahnhof. Dort raste heulend ein Polizeiauto an ihm vorbei, und ein Stück weiter traf er auf eine patrouillierende Streife, weshalb er entschieden hatte, nach Hause zu gehen.

Weil es heute Abend nicht geregnet hat und die Luft mild ist, sind die Terrassen voll. Er schlängelt sich zwischen den Tischen, dem Gewirr der Unterhaltungen durch, tut so, als suche er jemanden. Er versteht die Sprache nicht, die heute Abend gesprochen wird: Die Worte, die er zufällig aufschnappt, ergeben keinen Sinn für ihn, und im Übrigen sind sie auch sinnlos. Christian ist sich nicht sicher, ob diese Leute wirklich miteinander reden. Sie stoßen Laute aus, die rudimentär eine Botschaft übermitteln, wie Insekten, die Vibrationen und Pheromone absondern, wenn sie in ihren Kolonien herumwimmeln. Sein Kopf füllt sich mit einem Dröhnen, ab und zu von meckerndem Lachen und Geschnatter unterbrochen. Vor allem die Frauen hört man. Unbekümmert, unverschämt. Herrisch. Ab und zu begegnet er einem Blick, schaut woandershin, dreht sich weg und zieht die Schultern hoch, als wollte er sich hinter einer Laterne verstecken, eingebildete Zuflucht. Er fühlt sich als Fremder im Feindesland. Geheimagent. Ein paar Minuten stellt er sich vor, er hätte eine gefährliche Mission, und bemüht sich, all den Blicken zu entfliehen, er beachtet nichts und niemanden mehr, und gleichzeitig misstraut er denen, die ihn bemerken könnten. Er behält Passanten im Auge, die auf ihn zukommen oder an ihm vorbeigehen, lauert auf die geringste feindselige Bewegung. Diese deutsche Limousine, die im Schritttempo fährt. Drei Gestalten an Bord. In der Tasche seines Parka umklammert er den Lauf einer imaginären Waffe. Lebend kriegen sie mich nicht. Er stellt sich eine Schießerei vor, hier, auf offener Straße, in der Menschenmenge. Er macht kehrt, bereit, ihnen gegenüberzutreten. Als er auf Höhe des Autos ist, sieht er durch die heruntergelassene Scheibe drei vergnügte Männer im dumpfen Pulsieren der Bässe.

Er schaut sich unauffällig um. Niemand beobachtet oder verfolgt ihn. Er erregt keinerlei Aufmerksamkeit. Er hat sich für jemanden gehalten, dabei ist er ein Niemand, die Enttäuschung schnürt ihm die Kehle zu. Eine Mischung aus Traurigkeit und Wut. Ihm ist, als ob man sein Spiel durchschaut und sich über sein Gehabe als Verdächtiger, der belauert, verfolgt wird, lustig macht, genauso erbärmlich wie ein geistig Zurückgebliebener, der mit der Wasserpistole unter dem Bett liegt und einen Alienangriff abwehrt. Deshalb geht er schneller, raus aus dem Zentrum, streift durch enge, düstere Straßen; die Nacht, so scheint es ihm, wird ihn einsaugen, verdauen. Er zieht den Kopf ein und stürzt sich geradewegs in die bedrohliche Dichte.

Ihm ist warm und er hat Durst. Er beschließt, am Bahnhof etwas trinken zu gehen. An der Haltestelle fährt eine Straßenbahn los, und er sieht diese Frau in der Lederjacke, hochgeklappter Kragen, sie hat es eilig und kommt auf ihn zu. Sie läuft schnell auf zierlichen Beinen, die in einer schwarzen, glänzenden Strumpfhose stecken, und trägt Doc Martens. Sie ist jung. Sie bleibt stehen, um sich eine dünne Zigarette anzuzünden, einen Joint vielleicht, da geht Christian hin und bittet sie um Feuer. Das Mädchen guckt zu ihm hoch, mustert ihn, vergräbt die Hände in den Jackentaschen. Ihre Augen sind ganz hell, schwarz geschminkt. »Hau ab, du Arsch.«

Christian trifft sie an der Kehle, das Mädchen stößt seinen Arm weg, er zieht die Klinge heraus, und sofort spritzt das Blut ihm auf Faust und Arm, in der Zwischenzeit presst das Mädchen eine Hand auf die Wunde und weicht zurück, lehnt sich an eine Tür. Irgendwo schreit jemand. »Was machen Sie da? Ich ruf die Polizei.« Christian fährt herum, ein junger Mann kommt auf ihn zu, das Handy am Ohr. Das Mädchen rutscht gerade wimmernd zu Boden, Blut sickert durch die Finger. Er würde gern noch einmal zustechen, weil das nicht reicht, weil er weitermachen muss, damit es sich beruhigt, aber es ist zu riskant: Er rennt Richtung Haltestelle, biegt rechts in eine Straße ein, rennt noch dreißig Meter und geht dann ganz normal weiter. Der Typ ist ihm nicht hinterhergelaufen. Wahrscheinlich ist er bei dem Mädchen geblieben. Christian hasst diese Situation. Das ist ihm noch nie passiert. Das hat er nun von seiner Impulsivität. Maman würde zu ihm sagen: Erst denken, dann handeln. Er wischt das Messer und dann die vom Blut klebrige Hand mit dem Taschentuch ab, das vergräbt er ein paar Meter weiter in einem Müllcontainer, unter einem Haufen Schalen und Pizzarändern.

Er hört aus mehreren Richtungen die Sirenen von Polizeiautos. Er kommt auf dem Cours de la Marne heraus, läuft eilig zum Bahnhof, es beruhigt ihn, dass auf dem Vorplatz, den Gehwegen, von der Ankunft der letzten Züge her noch ein Rest Gedränge herrscht. Er klaut eine halbvolle Bierflasche vom Tisch einer leeren Caféterrasse, sieht nach, ob keine Kippen darin schwimmen, ehe er im Weitergehen trinkt. Es ist noch kühl; die drei Schlucke reichen ihm, er fühlt sich besser.

Er weiß, wo er hinwill. In ihm drängt eine Ungeduld, eine gereizte Gier, die er befriedigen muss.

Er läuft eine lange Strecke, um seine Verärgerung zu besänftigen, an gewaltigen Gebäuden vorbei, deren Weiß ist in der Nacht nur noch eine fahle Masse. Er begegnet ein paar Bummlern, sucht vergeblich nach den Prostituierten, die hier sonst auf Kundenfang gehen, also weiter, am Marché d'Interêt National vorbei, dort fahren schon Lkws voller Lebensmittel ein und aus, und dann sieht er endlich die unterhalb der Schnellstraße parkenden Kastenwagen. Hinter der Windschutzscheibe des zweiten Autos, ein alter Citroën mit notdürftig geflickter Stoßstange, leuchtet ein grünes Lämpchen, er klopft zweimal an die Scheibe und hört, wie jemand aufsteht, dann wird die Seitentür aufgeschoben. Eine Frau beugt sich heraus, ein dichter Pony fällt ihr in die Stirn, sie trägt eine Art roten Bolero. Sie reibt sich die Augen, als hätte sie geschlafen. Er erkennt ihre Gesichtszüge nicht. Die gebeugte Gestalt zeichnet sich gegen das gelbliche Licht im Innenraum ab. Er hält ihr zwei Zwanziger hin, sie sagt okay und bittet ihn rein. Er setzt sich auf eine Polsterbank, die als Bett dient, ein Laken mit großen blauen Blumen liegt darauf.

Es riecht nach kaltem Rauch und minzigem Raumspray. Sie sieht ihn kaum an, als sie das Bolero auszieht, kleine Brüste und eine lange Narbe unter den Rippen, in Lebernähe, kommen zum Vorschein. »Na?«, sagt sie. »Wie bist du denn hergekommen?« Er zuckt die Schultern, dann führt er ihre Hand zu seinem Schritt. »Blas mir einen«, erwidert er. Sie sagt wieder okay, legt ihn auf die Koje, öffnet seine Hose und macht sich mit gespielt lustvollem Stöhnen an ihm zu schaffen. Er hält sich zurück, wartet noch, sieht sich die Fotos an den Wänden an. Lagunen, mit Kokospalmen gesäumte Strände, sich räkelnde Frauen. Er hat sie an den Haaren gepackt, zwingt sie, ihren Eifer zu dämpfen, sagt »Warte mal«, aber er kommt abrupt, und die Frau macht sich los, dreht sich um und nimmt ein Taschentuch aus einer Box. Als sie mit dem Rücken zu ihm hineinspuckt und sich den Mund abwischt, rammt er ihr das Messer in den Hals, er sticht und sticht, trotz der Schreie, trotz des Pfeffersprays, das sie plötzlich in der Hand hat, er weiß nicht wie oder woher, und sie schafft es, zu sprühen, deshalb sieht er nur noch diese kämpfende, schreiende Masse, die an seinem Arm hängt, er muss das Messer in die linke Hand nehmen und rammt es ihr ins Gesicht, die Klinge stößt gegen einen Knochen, schließlich versetzt er ihr einen Faustschlag in das hinter blutverschmierten Haaren verborgene Gesicht.

Er rüttelt am Griff der Seitentür, die nicht aufgehen will, und hört, wie die am Boden liegende Frau hinter ihm kämpft und wahnsinnige Schreie ausstößt, wie eine, die Angst hat, dabei ist es schon zu spät. Die Tür gleitet plötzlich auf, er landet auf allen vieren auf dem Asphalt, keuchend, hustend und spuckend mit tränenden Augen, dann steht er auf, seine Hose rutscht ihm bis zu den Knien, also packt er seinen feuchten Schwanz ein, knöpft die Hose zu, lässt alles unter seinem

Parka verschwinden und flüchtet in eine menschenleere Straße, die von niedrigen Häusern mit geschlossenen Fensterläden gesäumt ist. Er läuft wie im Rausch und schluchzt dabei, ohne zu wissen, warum.

17 Sie kommen jede Nacht gegen drei in die Gegend und fahren im Schritttempo an den Kastenwagen unterhalb der Schnellstraße vorbei, wo die Mädels ihrer Tätigkeit nachgehen. Mit der Zeit kennt man ein paar von ihnen, weil sie zwischen zwei Freiern eine rauchen, auf dem Fahrersitz unter der Deckenleuchte, da hält man schon mal an, fragt, ob alles in Ordnung ist, ob sie nicht frieren, ob niemand sie belästigt. »Nein, niemand außer Ihnen«, erwidern die Kecksten, »vielen Dank, dass Sie sich um unser Wohlergehen sorgen.« Manchmal steigen sie aus und das Gespräch dauert länger, es entsteht ein Kontakt. Nur ein Kontakt. Mehr nicht, nie. So was gibt es bei uns nicht. Eigentlich so eine Art bürgernahe Polizeiarbeit, die wir da machen. Man kennt seine Pappenheimer, hat die Lage im Griff. Wenn eine Neue kommt, überprüfen wir die Personalien, laden sie aufs Präsidium vor, versuchen, ein bisschen mehr über den Luden rauszukriegen, warnen sie, dass anschaffen gehen verboten ist, wir das Fahrzeug und die Einnahmen beschlagnahmen, und meist geht dann alles seinen Gang, außer, wenn die Anwohner sich wegen Schlägereien oder Exhibitionismus beschweren, da reiten wir abends mal mit der Kavallerie ein, da geht's rund, mit orangen Armbinden und Blaulicht, wir verhaften zwei, drei Nutten, die flennen oder motzen uns an, je nachdem. Wenn wir einen finden, nehmen wir die Personalien von einem Freier auf, und so beruhigen wir die Bürger, mit der Zurschaustellung von Symbolen öffentlicher Sicherheit, das blinkt und jault wie in ihren Lieblingsserien. Wir ziehen in aller Herrgottsfrühe los und kitzeln den Loser, der das Geld eintreibt: »Na, Karim, hast du nichts für uns? Keine Lieferung in Sicht? Und dein Boss? Was macht der grade? Du hast versprochen, dass du uns Bescheid sagst, und nun? Nichts! Wir haben uns schon Sorgen gemacht, dachten, du bist krank, oder schlimmer, zurück in der Heimat, den Großvater beerdigen, und am Trauern in seinem Gewürzladen.« Die Kollegen von der Droge gucken ihn streng an: »Eine Hand wichst die andere, innerhalb der nächsten Woche bringst du uns was, sonst holen wir deine Akte wieder raus.«

Routine, halt.

Aber gestern Abend hatte zu ihrem Erstaunen die Seitentür eines Transporters offen gestanden, also waren sie näher hin. Die Frau lag auf dem Rücken in ihrem eigenen Blut. Ein Auge war ausgestochen, der Mund stand offen und war bis zum Ohr aufgeschlitzt. Es stank nach Pfefferspray und Scheiße. Es heißt ja oft, Blut würde irgendwie riechen, vor allem in so großen Mengen, aber davon hatten sie nichts bemerkt. Scheiße dagegen schon. Und Tränengas. Die Frau hatte sich gewehrt. Fassungslos hatten sie ihre Lampen vielleicht dreißig Sekunden lang über das Schlachtfeld wandern lassen, dann hatte der eine die Zentrale alarmiert, hatte abgehackt und nach Luft ringend die Lage beschrieben, immer wieder gesagt, sie sollten sich beeilen, schnell, schnell, und der Typ vom Nachtdienst hatte schließlich gesagt, er sollte sich mal beruhigen, die Kollegen wären unterwegs. Der andere war ein Stück weggegangen und hatte hinter einen Lkw gekotzt. »Verdammte Scheiße«, hatte er gesagt und sich den Mund mit Küchenkrepp abgewischt, das haben sie immer im Kofferraum, »Scheiße, ich glaub, irgendwas liegt mir schwer im Magen. Bestimmt der Döner. Scheißaraber.«

Als Jourdan am Tatort ankam, war Desclaux, der Alte, schon da und sprach mit dem Staatsanwalt, während die Leute von der Spurensicherung sich in ihren Overalls wie Eisbären oder schwerfällige Tänzer im Licht der Scheinwerfer langsam vorarbeiteten.

»Er hat also wieder zugeschlagen«, sagte der Staatsanwalt und gab ihm die Hand. »Wer ist denn dann der andere, der aus dem Fenster gesprungen ist? Was hat der mit dem Ganzen zu tun?«

Jourdan erwiderte, das sei eine gute Frage, die man sich stellen müsse. Etwa zwanzig Meldungen waren nach der Veröffentlichung des Fotos in Presse und Rundfunk eingegangen, nichts Brauchbares dabei. Der Typ war tot, aber man fragte sich, ob er jemals gelebt hatte.

Bernie und Coco waren da, machten sich Notizen.

»Und?«

Bernie murmelte, es sei kein schöner Anblick, das hatte Jourdan sich schon gedacht, es sei denn, man fand einen makabren Gefallen daran, in gewaltsamen Todesfällen zu schwelgen.

»Der Kerl ist eine Bestie«, sagte Coco. »Diesmal hat er DNA hinterlassen. Ein Taschentuch voll Wichse. Er hat sich einen blasen lassen und sie dann massakriert. Wenn ich den in die Finger kriege, mach ich ihn kalt.«

Jourdan war näher rangegangen und hatte einen Blick ins Innere geworfen. Trotz der grellen Beleuchtung war ihm, als ob in dem Fahrzeug tiefste Nacht herrschte, das ging von dem entstellten Gesicht aus.

Laurence von der SpuSi legte gerade einen neuen Beutel in einen kleinen Staubsauger ein.

»Den müsst ihr zur Strecke bringen«, sagte sie mit durch die Maske gedämpfter Stimme, ohne sich zu ihm umzudrehen.

Sie wartete Jourdans Antwort nicht ab und schaltete das Gerät ein. Jourdan hatte nichts zu erwidern. Er ging wieder zu Desclaux und dem Staatsanwalt, sie schauten auf die Uhr.

»Und dort?«, fragte Desclaux. »Was haben wir? War das derselbe Täter?«

»Ein einziger Stich in den Hals. Er wurde gestört, ein junger Mann hat losgeschrien und den Krankenwagen gerufen, er ist bei dem Mädchen geblieben. Er hat sie sterben sehen. Er ist ganz erschüttert.«

»Haben Sie ihn vernommen?«

Der Staatsanwalt machte eine Handbewegung, als wollte er die Frage zurücknehmen. Jourdan hatte den Mund verzogen.

»Ich glaube, wir sind alle übermüdet ... Natürlich ist es derselbe Täter. Zwei Messerangriffe auf Frauen in derselben Gegend, das wäre schon ein komischer Zufall.«

»Gibt es eine Personenbeschreibung?«

»Er hat ihn von hinten gesehen, von Weitem, und es war dunkel. Er hat nur einen kurzen Blick aufs Gesicht erhascht, als er sich umgedreht hat. Europäischer Typ, athletisch, mindestens eins achtzig. Dunkler Parka.«

»Das Opfer?«

Jourdan hatte Luft holen müssen, ihm war plötzlich zum Ersticken.

»Lucie Dupré. Psychologiestudentin. Ist letzte Woche zwanzig geworden. Sie kommt aus Périgueux. Wohnt mit zwei Freundinnen in einer WG.«

Die beiden hörten zu und nickten, wie Wackeldackel, die er als Kind manchmal bei Autos hinten auf der Ablage gesehen hatte.

Zwei Lkw-Fahrer hatten in ihren Fahrzeugen geschlafen. Nichts gesehen, nichts gehört. Und bei den Mädels in ihren Wohnwagen? Einer der beiden sagte: »Ja, doch, gegen neun, als ich ankam. Aber na ja, ging ziemlich schnell, nichts Besonderes, ich hab die Augen zugemacht, weil sie schon älter war.« Sie hatten die Könige der Straße zur Befragung und für Abstriche mitgenommen, Fahrerkabinen und Anhänger sorgfältig durchkämmt.

Ein Abschleppwagen kam und nahm den Kastenwagen mit. Die Rundumleuchte spuckte gleißendes Licht. Der Commissaire und der Stellvertreter hatten blinzelnd die Gelegenheit genutzt und sich verabschiedet. Der Staatsanwalt war wortlos gegangen und hatte plötzlich kehrtgemacht. »Entschuldigung«, sagte er. »Ich mache hier einfach einen polnischen Abgang. Gute Nacht.«

Ja, genau, gute Nacht, hatte Jourdan gedacht. Mir war keine passende Formulierung eingefallen.

»Wir sind hier fertig«, sagte Bernie. Jourdan sah zu, wie die Feuerwehr die Leiche in einem Leichensack abtransportierte. Langsame, sorgfältige Handgriffe. Sie redeten nicht. Coco hatte die Trage bis zum Krankenwagen begleitet, die flache Hand knapp über der Leiche, als ob sie fürchtete, dass die Tote runterfallen könnte.

Jourdan hatte Elissalde angerufen, der sich um die Studentin gekümmert hatte. Der Zeuge musste wegen Herzbeschwerden ins Krankenhaus eingeliefert werden. Ansonsten nichts Neues. Elissalde war schon wieder zu Hause in seiner Küche und trank Kaffee. Er wollte ein, zwei Stunden schlafen. Er würde ein bisschen später ins Büro kommen.

Es war nach fünf. Bernie schlug vor, ins Capucins frühstücken zu gehen. Weil alle mit ihren eigenen Autos da waren, beschlossen sie, bei Coco mitzufahren und die Wagen später zu holen. Sie parkten vor der kleinen örtlichen Polizeidienststelle am Markt. Ein Polizist kam raus und schimpfte, das sei für Polizeifahrzeuge reserviert, weg hier, aber dalli. Alle drei hatten ihm ihre Dienstmarken hingehalten. Ganz ruhig, geh wieder ins Warme. Wir sind gleich wieder weg.

Als sie das Café betraten, wurden sie von zwei, drei Typen gemustert. »Scheint ja eine noble Gesellschaft zu sein«, murmelte Coco. »Wir sind aufgeflogen.« Als sie dicht an einem Typ vorbeigingen, der vor einem Glas Alkohol an der Theke lehnte, hatte Bernie gefragt: »Kennen wir uns?«

»Will ich nicht hoffen«, hatte der Typ erwidert.

Den ganzen Tag lang geht's hoch her. Die Chefs, der Generaldirektor. Feierliche Versammlung. »Wir müssen uns sputen, verehrte Kollegen. Diesmal haben wir DNA. Jetzt haben Sie alles Nötige beisammen.« Alle Teams müssen mitarbeiten. Endlich mal ein wichtiger Fall. Er plusterte sich auf, der Direx. Womöglich ein Serienmörder. Das Wort fiel. Ein paar Polizisten hatten schief gelächelt. Wir sind hier nicht im Kino oder im Fernsehen, Mann. Man merkte, dass das Konzept nur mühsam zu ihnen durchdrang.

Danach Diskussionen und Kontroversen. Man zankte um den Urschleim der Kriminologie. Manche dozierten geschwollen daher. Sie hatten viel gelesen. Andere feixten. So was sahen sie nicht zum ersten Mal. Deshalb spielten sie sich noch lange nicht auf. »Was denkst du?«, fragte Gauthier Jourdan, denn die Sitte war ebenfalls involviert. Jourdan hatte die Schultern gezuckt. »Ich denke, wir können uns drauf einigen, dass wir ihn festnehmen, bevor er noch mal zuschlägt. Danach können wir ihm immer noch ein Etikett verpassen.«

Sie hatten alte Akten hervorgekramt. Die Dateien freigeschaltet, durch alle Systeme gejagt, beim Office centrale pour la répression des violences aux personnes angerufen. Coco, Clément und Bernie arbeiten rund um die Uhr daran. Nach und nach waren erstochene Frauen in den Datenbanken aufgetaucht. Jourdan las die Berichte, die Protokolle. Er sah sich die Fotos der Opfer an, als sie noch lebten, ihr Lächeln, ihre ernsten oder erstaunten Gesichter. Auf keinem der Bilder vom Tatort erkannte er sie wieder. Er musste sich einreden, dass sie das wirklich waren. Auf dem Boden, zusammengekrümmt, in den Tod gesunken. Halb geschlossene Lider, geschürzte Lippen, wie angeekelt über das, was man mit ihnen gemacht hatte. Diese zugrunde gerichteten Körper konnten unmöglich den Frauen gehören, die er vorher gesehen hatte. Das Ganze wurde abstrakt, irreal. Plötzlich begriff Jourdan nicht mehr, durch welche barbarische Verkettung von Umständen diese Körper so zugerichtet worden waren. Alles, was er in all den Jahren bei der Polizei gesehen, erlebt, bekämpft hatte, während er Rückschläge einsteckte, laut und derb redete, Gefühlsduselei und Gefühlsregungen misstraute, hatte ihn nichts gelehrt, war nur eine Aneinanderreihung von Erfahrungen ohne jeden Sinn.

Irgendwann stand er auf, er erstickte fast. Er ging ein paar Schritte im Flur, quälendes Verlangen nach einer Zigarette, er schnorrte eine von Elissalde, der von seinem Bildschirm auf und ihn fragend ansah, ihm war bestimmt seine Blässe aufgefallen, dann warf er ihm wortlos die Schachtel und das Feuerzeug zu. Er rauchte am Ausgang der Tiefgarage, betrachtete den Himmel, den Regen, abgestumpft, allein auf der Welt. Er dachte wieder an Barbara. Sah sie tot vor sich. Er sprach ihren Namen aus, um die Vision zu verscheuchen.

Sie arbeiteten noch Stunden. Bestellten Pizza und chinesisches Essen ins Büro. Durchkämmten Akten, gingen zurück bis zu zwanzig Jahre alten Fällen, bündelten Modus Operandi der Täter, erstellten Topographien, ordneten die Opfer nach Alter, Aussehen, Beruf. Manchmal tauchte der Hauch eines nicht identifizierten Verbrechers auf und löste sich dann im Nebel einer ausweglosen Ermittlung auf. Sie räumten Gestrüpp aus dem finsteren Unterholz, aber fanden keine heiße Spur.

Sie hatten drei ungelöste Fälle zwischen 2008 und 2018 zur Seite gelegt. Junge Frauen, mit zahlreichen Stichen bestialisch getötet. Der Täter ist auf jeden Fall Rechtshänder. Raub war nie das Motiv, auch wenn es vorkam. Aus den Handtaschen wurden Dinge gestohlen: Feuerzeuge, Zigaretten, Schmuck. Niemals Geld. Zwei der Frauen gingen gelegentlich auf den Strich. Außerdem hatten sie sieben ungeklärte Vermisstenfälle zwischen 1998 und 2017 ausgegraben. Die Fälle hatten nichts gemeinsam. Weder Aussehen noch Tätigkeit oder Wohnort der Opfer. Gironde, Landes, Dordogne. Die Frauen hatten alle auf dem Land gelebt. Die Erste, 1997, im Médoc. Die Gendarmerie hatte ermittelt. Elissalde hatte spöttisch gelacht. Jourdan gab zu bedenken, dass die Polizisten ihre Arbeit gemacht hatten. Das hatte Elissalde zugeben müssen. Sie wurden allmählich zu müde, um einen Streit anzufangen.

Vorhin, kurz nach Mitternacht, waren ihnen von ganz allein die Augen zugefallen, als sie einen Text lasen, die Zeilen tanzten und verschwammen vor ihren Augen, verkrampfter Rücken, schmerzender Nacken, und so hatten sie beschlossen, lieber ein bisschen zu schlafen.

Jourdan fährt, ohne etwas um sich herum wahrzunehmen. Die Stadt ist fast ausgestorben im Regen, der nun wieder fällt, grelle Farben von Neonschildern, erleuchtete Schaufenster für nichts und niemanden. Auf einmal bemerkt er, dass er das Ufer langfährt, er erinnert sich kaum, vor nicht einmal zehn Minuten sein Auto aus dem Parkhaus der Zentrale geholt zu haben.

Das Mädchen, das auf der Straße vor einer Tür zusammengesackt war, das Blut, immer wieder Blut. Blutüberströmt. Die gleichen Schuhe wie Barbara. Doc Martens. Das hat er als Erstes gesehen, als er ankam. Der gelbe Nähfaden um die Sohle. Ein paar ungebetene Schläge brachten sein Herz aus dem Takt. Ein Stück weiter weg saß der Typ, der versucht hatte, das Mädchen zu retten, den Blutstrom zu stoppen, der aus der aufgeschlitzten Arterie schoss, der Mann hockte bibbernd auf dem Boden unter einer Rettungsdecke. Jourdan hatte sich zu der Toten runtergebeugt, um ihr Gesicht genauer anzuschauen und das von Barbara zu vertreiben, das sich ständig darüberlegte. Schrecklich bleich, beinahe phosphoreszierend.

Und in dem ekligen Transporter, das ausgestochene Auge der Frau, die abgerissene Wange, die Blutlache, in der sie lag, in einem Geruchsgemisch aus Körperflüssigkeiten, kaltem Rauch und Scheiße. Die nackten, weißen Schenkel.

Das sieht er vor sich. In Nahaufnahme. Der Rest verschwimmt.

Die Prostituierte hieß Anna Pereira. Sie haben ihr Portemonnaie versteckt unter dem Boden des Transporters gefunden. Fünfhundert Euro, ein paar Familienfotos: ein kleiner Junge im rotgrünen Fußballtrikot, ein Paar um die fünfzig, vom Blitzlicht überrascht, mit roten Augen. Ein seit zwei Jahren abgelaufener Ausweis. In einem Schrank lagen nachlässig versteckt hundertfünfzig Euro in einem Umschlag.

Der Mörder ist nicht in der Kartei. Vielleicht schläft er gerade seelenruhig neben seiner Frau oder wälzt sich irgendwo in einem Hauseingang im Schlafsack herum. Oder …

Jourdan parkt vor der Garage. Er schaltet die Scheinwerfer aus und bleibt eine Weile im Dunkeln sitzen. Der Regen hat aufgehört. Man hört nur noch den Wind und die dicken Tropfen, die von den Bäumen auf die Karosserie fallen.

Ich will schlafen.

Lautlos schleicht er ins Haus, zieht die Schuhe aus, gebeugt, mit steifem Kreuz, der Kopf ist schwer und schmerzt, als hätte sein Gehirn sich verflüssigt und vorn an der Stirn angesammelt.

Er geht durch den Flur und lugt in Barbaras Zimmer. Das Bett ist leer. Er macht das Licht an, geht ins Zimmer, als würde sie sich verstecken, ihm einen Streich spielen. Er dreht sich einmal um sich selbst, seine eigene Dummheit demütigt ihn. Pochendes Herz, trockener Hals. Er macht das Licht aus und geht, traurig, enttäuscht.

In Marlènes Büro brennt noch Licht, er klopft leise und macht die Tür auf. Sie sitzt mit dem Rücken zu ihm am Schreibtisch vor dem dunklen Fenster. Er geht zu ihr und küsst ihr Haar. Sie reagiert nicht. Zieht ein winziges bisschen die Schultern hoch. Sie korrigiert mit lila Tinte einen Test. Ihre feine Handschrift an den Rändern, zwischen den Zeilen.

»Ist Barbara nicht da?«

Marlène hält weiter den Kopf gesenkt, schreibt.

Bitte, denkt Jourdan.

»Sie schläft bei Seb.«

»Seb?«

»Sébastien. Ihr Freund. Wusstest du das nicht?«

Sie dreht sich um, schaut ihn an, nimmt die Brille ab. Sie blinzelt mit verhaltenem Ärger, vielleicht Verachtung oder Mitleid.

Jourdan tritt den Rückzug an. Ihm gelingt gerade noch ein tonloses »Gute Nacht«, das ihn erledigt.

18 Sie war durch den verwilderten, zugewucherten Garten gegangen, überall Äste, kreuz und quer, sacht winkende Sträucher, wenn der Wind hineinfuhr. Es duftete nach Humus und Pilzen. Ackerwinden rankten sich um das blaugrüne Gerüst der Schaukel. Sie war einmal ums Haus rum, um zu gucken, ob die Fensterläden auch zu waren. Eine Katze hatte sich im vom Regen niedergedrückten Gras aufgerichtet und war davongestoben, als sie sie gerufen hatte. War auf einen Zaunpfahl gesprungen, hatte Louise einen Moment angestarrt und war dann verschwunden.

Sie lässt die Schlösser aufschnappen und bleibt vor dem dunklen Hausinneren auf der Schwelle stehen, ein muffiger Hauch nach Moder und Staub schlägt ihr entgegen. Manchmal passierte es, dass sie die beiden im Dunkeln umhergehen oder leise reden hörte. Manchmal rannte sie schnell ins Wohnzimmer, um sie wiederzusehen, und warf sich dann, von Schwindel ergriffen, in einen leeren Sessel, das Herz schlug ihr bis zum Hals. Es kam vor, dass sie mit ihnen sprach. »Ich weiß, dass ihr da seid. Zeigt euch. Ich bin's, Louise. Wo seid ihr? Warum seid ihr nicht mehr da? Warum habt ihr mich allein gelassen?« Sie rief leise nach ihnen, flüsterte im flackernden Schein der Kerzen, die sie dann anzündete, lauschte in die Stille, um ein Murmeln zu erhaschen, spähte nach den tanzenden Schatten an der Wand. Papa hatte ihr erzählt, dass Victor Hugo nach dem Tod seiner Tochter ihren Geist heraufbeschworen, ihre Gegenwart gespürt hatte. Sie erinnert sich an die Anmerkungen in Victor Hugos *Choses Vues*: »Dreimaliges Klopfen.« Sie hatte sich auf Hugos posthume Schriften gestürzt und sie wie ein fantastisches Märchen einer Liebe gelesen, die in der Lage war, die Toten zurückzuholen.

Ihre beiden Toten waren nicht wiedergekommen, deshalb hatte sie zu ihnen gewollt, aber sie hatte zu viel Angst vor dem Nichts, das sie dort bestimmt erwartete. Kein Jenseits, kein Gott. Die Leere und die Finsternis waren hier, um sie herum, in ihr. Sie kämpfte damit wie jemand, der im eisigen Wasser ertrank.

Sie sind nicht mehr da. Das weiß sie. Sie hatte glauben wollen, dass das Haus ein heiliger Ort war, ein Treffpunkt für die Lebenden und die Toten, wo sie die beiden sehen konnte, aber sie waren nicht mehr zurückgekehrt, und ihr war klargeworden, dass ihre schrecklich stille Gegenwart nichts anderes war als ein zärtlicher Schmerz, den sie sich selbst zufügte, ein bereitwilliger Kummer. Sie verbrachte Stunden in der Vorhölle, dort waren die beiden nicht, nie gewesen, sie waren eben nicht mehr.

Alkohol und Drogen hatten Louise in eine Hölle absoluter Einsamkeit gestürzt, in der sie ihren Leib aus Sand dem Wogen der Gezeiten überließ.

Im Licht ihres Handys geht sie durchs Haus. Das Arbeitszimmer der beiden, die beiden Schreibtische, einander gegenüber. Sie hörte, wie sie Arbeiten korrigierten, manchmal schimpften sie, lachten los oder zeigten einander gute Hausaufgaben. Sie fährt mit dem Finger durch die Staubschicht auf den Tischen, ihre Vornamen, die sie eines Tages dort eingeritzt hatte, sind immer noch zu erkennen, sie malt ein Stauboval in Form einer kindlichen Wolke drum herum. Nach ihrem Tod war ein Onkel gekommen und hatte alles eingepackt. Man überlegte, das Haus zu verkaufen, genau wie die Schäferei in den Pyrenäen. Die Kartons sind immer noch da. Die Bücher waren in den Regalen geblieben. Sie wirft einen Blick auf die aufgereihten Titel, die Autorennamen.

Einmal, ganz am Anfang, hatte sie eins aufgeschlagen, *Die Erziehung des Herzens*, davon hatte ihre Mutter oft geschwärmt, der Roman über eine verbotene Liebe, mit fünfzehn hatte Louise ihn lesen wollen, aber die Dicke des Buches hatte sie abgeschreckt. Es ist ein Taschenbuch mit kaputtem Rücken, ganz zerlesen, und beim Aufschlagen war ein zusammengefalteter Zettel rausgefallen, auf dem sie die schöne, gleichmäßige Handschrift ihrer Mutter entdeckt hatte, die sich fragte, was Frédérics Perspektive als Zeuge der Revolution von 1848, seine Sichtweise auf das aufständische Volk war. Louises Herz hatte einen Satz gemacht. Die Schrift lebte, vor ihren Augen, stark und rhythmisch, genau wie die Stimme, die sie hörte, die ihr die paar Zeilen vorlas. Beim Blättern hatte sie weitere Notizen an den Rändern entdeckt, umrandete Passagen, und die Stimme flüsterte weiter, und der Roman war ihr auf einmal wie ein Zauberbuch erschienen, von dem eine dunkle Magie ausging, die ihr Angst machte. Sie hatte das Buch zurückgestellt, schön eingeklemmt zwischen zwei anderen, zusammengepresste Seiten, aus denen kein Zauber mehr entwischen würde, dann war sie aus dem Zimmer geflohen und hatte die Tür sorgfältig hinter sich geschlossen, damit nichts sie verfolgen konnte.

Louise hat nie wieder ein Buch aus diesem Regal aufgeschlagen. Sie traut sich kaum, sie zu streifen, als könnten sie zu Staub zerfallen, bleibt verträumt vor manchen Titeln stehen, geht weiter. Letzten Monat hat sie einen Film gesehen, in dem ein Vater mit seinem Raumschiff auf der anderen Seite eines Wurmlochs in einer anderen Dimension festsitzt und mit seiner kleinen Tochter kommuniziert, indem er die Bücher in ihrem Regal bewegt. Jahre später kehrt er zurück auf die Erde, wo seine Tochter, die inzwischen sehr alt ist, im Kreise ihrer Kinder und Enkel auf dem Sterbebett liegt.

Als der Film zu Ende war, hatte Louise trotz der originellen Handlung leise weinend vor dem Fernseher gesessen, vollkommen aufgewühlt von dieser wahnwitzigen Hoffnung, an die unsere Einbildungskraft uns glauben lässt, nur, um sie gleich darauf zu enttäuschen.

Ihr ist kalt. Sie kuschelt sich in einen Sessel, das Leder knarrt und quietscht.

Sie erinnert sich, weil sie nicht anders kann.

Sie hatte sehen wollen, wo es passiert war. Man hatte sie in einem Zustand der Betäubung hingefahren, der an einen Wachtraum grenzte, so sehr, dass sie eine ganze Weile geglaubt hatte, sie könnte die Zeit zurückdrehen und den Unfall verhindern. Die Straße ist dort schnurgerade, eine kilometerweite Schneise durch die Pinien, die die düstere Monotonie durchschneidet. Es war Winter, verschwommene Sicht durch die regennassen Scheiben, der Wald wie eine Mauer, so dass man nichts sah.

Ihr Onkel hatte auf einem Schutzstreifen gehalten. Ihre Tante hatte die Tür aufgemacht. »Dort unten ist es.«

Louise machte sich von den Händen los, die sie stützen wollten, und lief am Straßenrand auf die Kurve zu, die etwa fünfzig Meter entfernt war. Plötzlich sah sie die parallelen Reifenspuren, die das Gras eingedrückt, Erdklumpen aufgewühlt hatten. Eine Lücke tat sich auf, geradewegs durch abgerissene Sträucher und Gebüsch, die wie Kraut und Rüben herumlagen, und vor einem Baum mit aufgescheuerter Rinde endeten; dort, wo das Auto auseinandergebrochen war, quoll Harz aus dem nackten Holz.

Louise war den holperigen Pfad entlanggelaufen, auf ihren letzten Spuren. Sie hatte die Hand auf das vom Harz klebrige Splintholz gelegt und zum Wipfel hochgeschaut, schwarze Borstigkeit vor dem grauen Himmel. Regen fiel ihr ins

Gesicht und benetzte ihre Augen. Ihre Tante hatte einen Regenschirm über ihr aufgespannt, aber Louise hatte sie weggestoßen. Es weinte auf sie herunter, wo sie doch keine Tränen hatte. Sie hatte sich umgedreht, die Straße entrollte sich wie ein Band und kam von so weit her zu ihr. In diesem Moment hätte sie gern das Auto ihrer Eltern auftauchen sehen, um hinzurennen, mit beiden Armen zu winken, bis sie sacht um die Kurve bogen und ihr im Weiterfahren kurz zuwinkten. Vielleicht hätte ihr Vater dann gesagt, dass er sich einbildete, da wäre jemand am Straßenrand gewesen, vielleicht hätte er geglaubt, im Rückspiegel eine verschwommene, winkende Gestalt zu erkennen ...

Aus diesem Traum war sie in den Armen ihres Onkels erwacht, er klopfte ihr auf die Wangen, und ihre Tante wischte ihr die Stirn ab. Louise war aufgestanden und hatte sich der leeren Straße zugewandt. Weil es noch stärker regnete, hatten sie sie zurück zum Auto geführt. Gefragt, ob sie in Ordnung war, sie bejahte, weil sie schlecht sagen konnte, dass sie gern hierbleiben würde, in dieser Kurve, um auf sie zu warten und zu winken und zu hoffen, dass sie morgen wieder heimkehrten.

Louise fröstelt im Sessel. Sie klappt den Kragen der dicken Jacke hoch, holt die Mütze aus einer Tasche und stülpt sie sich über den Schädel. Ihre Augen haben sich an die Dunkelheit gewöhnt, sie bemerkt einen vagen Lichtschein, weiß nicht, woher der kommt. Vielleicht von den Dachfenstern der Toilette im ersten Stock. Die dunkle Masse der Möbel um sie herum hat etwas Tröstliches, wie eine freundliche Herde, die sich um die vertraute Besucherin geschart hat, vielleicht haben sie in ihr die kleine Schäferin erkannt, die immer zwischen ihnen herumgelaufen, unter ihnen durchgekrochen ist, viele glückliche Jahre lang.

Das Handydisplay leuchtet so hell auf, dass sie geblendet ist.
Sam. Ich hab noch Zeit.

Sie hatte gehört, dass die Gendarmen keine Bremsspuren gefunden hatten. Das Auto war mit über hundert Stundenkilometern von der Straße abgekommen, wie der beim Aufprall stehengebliebene Tacho zeigte. Elf Uhr morgens an einem Samstag. Sie waren unterwegs zu alten Freunden gewesen, die in der Nähe von Mont-de-Marsan lebten. Maman wollte Mado, ihre beste Freundin, noch mal sehen, solange sie noch sprechen, laufen, umarmen, den gezählten Tagen noch ein paar Glücksmomente entreißen konnte. Mado lachte laut, Mado hatte große, sanfte, goldschimmernde Augen mit langen Wimpern, die zärtlich klimperten, wenn sie einem zuhörte, und Maman sagte, wenn sie bei ihr war, hatte sie das Gefühl, der Tod gedulde sich noch ein bisschen.

Wenn sie so etwas äußerte, stand Papa schwerfällig auf, ging zum Fenster und schaute hinaus in den Garten, auf das, was zu sehen war, den Pflaumenbaum, die Hecke, das Dach vom Nachbarhaus, den Himmel, also fast nichts.

Louise hatte ihn seit der Diagnose mehr als einmal erwischt, wie er weinend die Stirn an die Scheibe presste: Der Tumor war nicht operabel. Er würde langsam wachsen, monatelang, und allmählich kognitive und dann motorische Schäden verursachen. Sechs, zwölf Monate? Man könnte es mit einer Chemotherapie versuchen, das hatte in manchen Fällen Ergebnisse gezeigt. Maman hatte gesagt: »Versuchen kann man es ja. Besser, die Haare verlieren als den ganzen Kopf, womöglich schlägt es an.« Die Haare waren ihr ausgefallen. Zum Zeitpunkt des Unfalls wuchsen sie gerade nach, graumeliert, und Papa sagte, mit ihren kurzen Haaren sähe sie aus wie Catherine Sauvage. »Wer ist das?«, hatte Louise gefragt. »Das ist ein schöner Name.« Sie bekam keine Antwort. Sie spürte, wie die Eltern manchmal auf Abstand gingen, es gab nur sie beide, sogar, wenn sie Louise in den Arm nahmen und mit Küssen bedeckten, so zärtlich und herzzerreißend wie Abschiedsgrüße.

Louise ist sich sicher: Er hat ihre Hand genommen und beschleunigt. Sie haben sich angeschaut, einander zugelächelt. Louise sieht es vor sich, als hätte sie auf der Rückbank gesessen.

Ein einzelner Schluchzer reißt sie aus ihrer träumerischen Lethargie. Schwachsinn. Sie steht auf, ohrfeigt sich, um wach zu werden, schaut aufs Handy, auf die Uhrzeit. Ich bin spät dran.

Sam trottet auf sie zu, das Gesicht halb unter der gelben Kapuze verborgen, wie ein kleiner angetrunkener Matrose, er laviert zwischen den anderen Kindern und den Erwachsenen durch, die noch vor dem Tor warten oder langsam im Regen nach Hause gehen. Sie beugt sich runter, gibt ihm einen Kuss, und dann brummeln sie alle beide wie Tiere unter der zu großen Kapuze und reden dummes Zeug. Es geht um Hammerhai und Sardinen. Beim Aufstehen stößt Louise einen kurzen Schrei aus. Einen Sardinenschrei. Sam prustet los, und ein dicker Regentropfen fällt ihm direkt ins Auge. Sie rennen zum Auto. Louise guckt sich wie immer einmal um, sieht niemanden. Zwei Tage ohne Anrufe oder SMS von Lucas. Vielleicht ist er im Gefängnis. Oder wurde bei einer Schlägerei erstochen. Zu schön, um wahr zu sein. Die wirklich gute Nachricht ist, dass morgen keine Schule ist, so können sie einen Film gucken. Louise hat bei ihren Eltern die DVD *Prinzessin Mononoke* wiedergefunden, die hat sie als Kind gesehen. Sam würde sich ein bisschen gruseln.

Er würde sich an sie kuscheln. Dann hätten sie es gemütlich.

Auf dem Parkplatz vor dem Haus ist alles ruhig. Louise grüßt Aurélie, die Nachbarin aus dem Fünften. Das Wetter, die Arbeit. Sie ist Grundschullehrerin. Sie und ihre Freundin hätten gern ein Kind. Einen kleinen Jungen, so wie Sam, ja, schlau und hübsch wie er. Lisette und sie sprechen oft davon, aber es ist schwierig. Sam lässt sie nicht aus den Augen. Fest drückt er die Hand seiner Mutter, drängt sich an sie. Vor ein paar Wochen ist er eines Abends, nachdem sie im Treppenhaus eine ähnliche Unterhaltung geführt hatten, in Tränen ausgebrochen. Er hatte Angst, dass Louise ihn Aurélie schenkt, damit die endlich zu ihrem kleinen Jungen kommt. Louise hat dann einen Schwur abgelegt. Das wäre, als würde ich mir Arme und Beine abschneiden. Da würde nichts mehr von mir übrigbleiben, nur noch ein armseliges, trauriges Ding. Sam hatte sie entsetzt angestarrt, bestimmt stellte er sich seine verstümmelte Mutter vor, und er hatte sich schreiend vor Angst in ihre Arme geworfen. Wieder hatte Louise geschworen, unfähig, andere Worte zu finden, weil alles, was ihr einfiel, furchtbar war. Der Kleine war mit seinem Kummer und dem Entsetzen eingeschlafen. Als sie ihn am nächsten Morgen weckte, standen drei mit Lanzen und Piken bewaffnete Krieger auf seinem Nachttisch. »Die haben Wache gehalten«, hatte Sam gesagt. »Aber jetzt geht's wieder.«

Sie wühlt in der Handtasche nach den Schlüsseln. Sie hat Sam das Baguette gegeben, das sie unterwegs gekauft haben. Hinter ihr ist plötzlich Gerangel, ein erstickter Schrei lässt sie herumfahren. Lucas hat Sam im Arm und hält ihm den Mund zu. Sams Augen sind weit aufgerissen und voller Tränen. Er strampelt mit den Beinen in der Luft, versucht zu treten.

»Aufmachen. Beweg dich.«

Louise zittert nicht. Das Schloss, die beiden Riegel klicken, und als die Tür aufgeht, bleibt ihr angesichts der dunklen Wohnung die Luft weg, als müsste sie gleich ins Leere springen. Lucas hält immer noch den kleinen Jungen und schiebt sie vor sich her. Sie geht ins Wohnzimmer, macht mit der rechten Hand das Licht an.

»Setz dich da hin.«

Lucas zeigt aufs Sofa. Er setzt sich in einen Sessel, Sam auf dem Schoß. Sams Mund steht offen, er unterdrückt sein Schluchzen. Gerunzelte Stirn, er sieht wütend aus. Louise sucht seinen Blick, fängt ihn auf, versucht ihm zu vermitteln, dass alles gut wird, da blinzelt er zweimal.

Plötzlich hält Lucas den Jungen von sich weg und starrt ihn an.

»Wer ist eigentlich dein Vater? Samir, hm? Sie sagt zwar Sam, aber das ist doch eigentlich ein Kameltreibername, stimmt's? Also, mit wem hat's die Nutte getrieben? Wie hieß der? Mohammed? Farid? Nourdin? Weißt du, was die mit Kindern machen, die Hurensöhne? Hier, guck mal.«

Er holt ein Messer aus der Tasche, lässt die Klinge aufspringen, die Spitze an Sams Kehle. Sam weint lautlos. Louise springt schreiend auf.

»Eine Bewegung und ich stech ihn ab. Nur eine Bewegung. Mir ist das scheißegal.«

Louise setzt sich. Sie erstickt in einem beschlagenen Glaskäfig. Sie hört sich selbst sagen: »Lass ihn in Ruhe, er hat dir nichts getan, er ist doch nur ein Kind. Ich flehe dich an. Du warst immer nett zu ihm. Du hast ihm Bonbons mitgebracht, weißt du noch?«

Lucas schüttelt den Kopf. Nein, das will er nicht hören. Sein Gesicht ist wächsern, glänzt. Ab und zu treten die Augen aus den Höhlen. Er hat getrunken, wahrscheinlich Drogen genommen. Kokain. Er ist dabei, die Beherrschung zu verlieren. Er hält Sam die Messerspitze unters Kinn. »Bitte«, sagt sie wieder. »Lass ihn los.«

Lucas zieht Sam an sich und gibt ihm einen Kuss ins Haar. »Siehst du nun, dass ich deinen Bastard liebe? Was willst du denn noch?«

Plötzlich reißt er den Jungen hoch, schüttelt ihn, wirft ihn zu Boden. »Guck dir das an! Das Schwein hat mich vollgepisst! Nicht mal dazu bist du in der Lage, ihn sauber zu kriegen, selbst Säue wissen, wie man Ferkel großzieht!«

Sam hat sich unter den Tisch geflüchtet und dort zusammengerollt. Louise sieht nur seinen runden, von Schluchzen geschüttelten Rücken. Sie sagt, er soll in sein Zimmer gehen, sich umziehen. Sie sagt: »Alles ist gut, das macht doch nichts, mein Spatz.« Sam kriecht durch die Stuhlbeine unterm Tisch hervor und robbt dann lautlos in den Flur. Louise guckt zu, wie Lucas sich mit einem Taschentuch die Oberschenkel abtupft. Er murmelt schreckliche Sachen. »Hätte ihn abstechen soll, den Hurensohn.« Er hält das Messer in der einen Hand und wischt sich mit der anderen ab, dann wirft er Louise den feuchten Papierklumpen hin.

»Komm her.«

Er fuchtelt mit dem Messer in ihre Richtung. Steht auf, macht die Hose auf und holt seinen Schwanz raus.

»Komm her«, sagt er noch mal.

Louise rührt sich nicht. Sie guckt sich sein Ding an und zwingt sich, verächtlich zu lächeln. Der Hass, die Angst nehmen ihr den Atem. Tief drinnen findet sie ein bisschen Luft zum Sprechen.

»Du bist echt erbärmlich. Messer in der einen Hand, Schwanz in der anderen. Hast du dich mal angeguckt?«

Lucas tritt den Couchtisch um. Die Glasplatte zerbricht. Krach. Louise denkt an Sam, der das hört, das Ohr an der Tür. Schon steht Lucas vor ihr, packt sie an den Haaren, hält ihr die Klinge an den Hals, drückt ihren Mund auf. Louise riecht den Alkohol, der Geruch strömt ihm aus allen Poren, riecht den säuerlichen Gestank seines Geschlechts, sie hat das Gefühl, an einem verdorbenen Fisch zu saugen. Sie könnte zubeißen, versuchen, das Drecksding glatt durchzubeißen, das ihr tief in den Rachen gestoßen wird und Brechreiz auslöst, das könnte sie, aber die Klinge verletzt sie jetzt schon, es kommt ein bisschen Blut, rinnt ihr lauwarm, fast zärtlich, über die Haut.

Er kommt extrem schnell. Er grunzt und stößt sie weg. Sie spuckt aus, wischt sich den Mund mit einem herumliegenden Kissen ab, ringt nach Luft, spuckt wieder. Verdammtes Arschloch. Die Worte kratzen ihr in der Kehle. Sie hustet, es kommt ihr hoch. Sie sieht sich nach etwas um, das sie ihm in den Wanst rammen könnte, irgendwas, das sie zerschlagen könnte und ihm die Kehle aufschlitzen. Nichts Brauchbares. Sie findet die Fernbedienung, wirft sie ihm ins Gesicht. Der Fußtritt gegen die Schulter haut sie um, sie krümmt sich zusammen, legt die Arme um den Kopf, Ellbogen über der Brust. Lucas packt sie bei den Haaren und schlägt sie mit der Faust aufs Ohr, trifft sie am Kinn, und Louise macht sich noch kleiner, Rücken am Sofa, um den Fußtritt zu verhindern, der sie entzweischlagen und für immer lähmen könnte. Sie hört ihn über sich keuchen, Wogen seines Alkoholatems mischen sich mit dem ekligen Geschmack nach Wichse in ihrem Mund, er sagt nichts, drischt und arbeitet sich an diesem zusammengerollten Klumpen ab, zu dem sie geworden ist, ein geprügeltes Schlangenmädchen, das man in einem Koffer in der Manege dieses wahnwitzigen Zirkus einquartieren könnte.

Louise hat sich ganz unten in ihre Angst geflüchtet, ihr tut nichts weh, sie weiß nicht, ob etwas kaputt ist, ein gebrochener Knochen, ein verletztes Organ. Louise weiß nicht, ob es irgendwo blutet, sie hat sich mit ihren Gespenstern tief in einen uneinnehmbaren Tunnel zurückgezogen, mit Sam, ihrem Kleinen, mit den paar Erinnerungen, die ihr guttun, ein Tunnel, in den das Raubtier, das sich auf sie gestürzt hat, nie vordringen wird und in dem sie sterben könnte, umgeben von ihren Schätzen wie eine antike Herrscherin. Sie hat immer noch die Arme um sich gelegt und versucht, sich ganz hinten in ihrer Höhle zusammenzurollen, und plötzlich bleibt der nächste Schlag aus, sie hört nur Lucas' abgehackten Atem, der über ihr innehält, dann die Klingel, durchdringend, dann wird gegen die Tür getrommelt, dann Schreie, »Louise! Mach auf! Ich hab die Bullen gerufen! Polizei ist unterwegs!«

Naïma.

Lucas verschwindet, Louise sieht durch den Tränenschleier, wie er in den dunklen Flur stürzt, sie hört die Tür aufgehen und an die Wand knallen, dann ein Schrei, Kampfgeräusche, und dann, in der dröhnenden Stille, die ihr aufs Trommelfell drückt, das Stöhnen der Freundin.

19 Er schläft nicht mehr. Zwei Nächte schon, hellwach starrt er an die kaum erkennbare Decke, ein blasses Viereck aus versteinertem Licht, das ihn erdrückt und droht, sich unmerklich zu senken und ihn eines Tages unter sich zu begraben.

Und trotzdem träumt er. Der Schlaf übermannt ihn ohne Vorwarnung, zieht sich wieder zurück und lässt ihn im Stich wie das Meer den Müll, entwurzelte Algen, Kadaver. Dann muss er sein von Wut und Entsetzen gebeuteltes Herz beruhigen. Er schwimmt noch immer bei Ebbe in einer lauwarmen Wasserpfütze, ringt nach Luft, und er weiß nicht, ob er Maman wirklich geschlagen hat, er kämpft, setzt sich auf und lehnt sich ans Kopfende des Bettes, massiert sich die noch warme, beinahe schmerzende Hand, das kommt von den Schlägen, die er ausgeteilt hat, die Tränen laufen ihm übers Gesicht.

Sie hatte sich an ihn gepresst, ihr angemalter Mund suchte seine Lippen, ihre Hände glitten unter sein T-Shirt, und er mühte sich ab, sie wegzustoßen, zog an ihren Haaren, aber er war ganz kraftlos, sie drückte sein Gesicht an ihren Hals, kurz davor, aufs Bett zu sinken, das ihn am Zurückweichen hinderte. Dann hatte er es geschafft, sie wegzustoßen, »Lass das, du Schlampe«, hatte er gebrüllt, aber sie kam wieder auf ihn zu, mit geschlossenen Augen und dem trägen Lächeln, »mein Sohn, mein Mann«, da hatte er sie geohrfeigt, ihr die Faust in den Magen gerammt, aber sie krümmte sich nicht unter den Schlägen, gab nicht auf und streckte wieder die Arme nach ihm aus: »Nein, Maman«, flehte er, »nein, bitte nicht«, und er schlug sie wieder, hämmerte mit den Fäusten auf ihre Visage ein, wollte die Knochen brechen hören, doch dieses Lächeln einer Frau im Rausch verschwand nie, ein Messer, er hätte ein Messer gebraucht, um die starre Maske herunterzureißen, aber er hatte nur die bloßen Hände, er brüllte, beschimpfte sie, hielt sie weit von sich weg, am ausgestreckten Arm, drückte ihr den Hals zu, und als sie ganz plötzlich auf die Knie fiel, greinend und flennend, und um Verzeihung bat, hatte er laut aufgeschluchzt vor Kummer und war tränenüberströmt in seinem schweißnassen Bett aufgewacht.

Er schläft nicht mehr. Das ist kein Schlafen. Er möchte sich im Schlaf verlieren, im Nichts versinken, und dann neu und sauber im Hellen aufwachen und im Licht eines neuen Tages Fuß fassen. Vergessen. Eines Morgens aufstehen wie nach einer Amnesie und in der Unschuld wiedergeboren werden.

Das hat er neulich nachts dem Hund erklären wollen. Er war gegen drei Uhr morgens nach draußen gegangen und lange durch die feuchte Luft gerannt, dann war er einfach marschiert, über die Autobahn, die von vorbeifahrenden Lastern bebende Brücke, und er war durch unbekannte Straßen geirrt, ab und zu erspähte er ein erleuchtetes Fenster, einen Umriss hinter der Scheibe. Irgendwann hatte er sich umgedreht und diesen Hund gesehen, der ihm mit Abstand hinterherlief. Ein schwarzer Hund, der stehen geblieben war und ihn aufmerksam angesehen hatte, die Schnauze knapp über dem Boden, und als Christian sich hingehockt und ihn gerufen hatte, war er zu ihm gekommen, und er hatte die Hand ausgestreckt und das Tier hatte seine Schnauze hineingelegt.

Er hatte den Hund am Kopf gestreichelt und mit ihm geredet, ihn gefragt, was er hier machte: »Ich, weißt du, ich warte, dass es Tag wird, aber ich müsste eigentlich schlafen, das ist dir natürlich scheißegal, du verstehst das nicht.« Er hatte ihm erzählt, was er sich vom Schlaf erhofft, den er nicht findet, und dass irgendwann ein Tag anbrechen würde, der so ganz anders war als die anderen, »ein ganz neuer Tag, weißt du, mit Leuten, die ich nicht kenne, die nichts über mich wissen und nichts von mir wollen«.

Der Hund schien ihm zuzuhören, er hatte den großen Kopf in seine Hand gelegt und wurde allmählich schwerer, als ob er einschliefe. Wind war aufgekommen, die Böen hatten Mensch und Tier mit einer Handvoll Gischt bespritzt. Plötzlich hatte der Hund sich geschüttelt, gegähnt, sich gestreckt und sich frenetisch hinter dem Ohr gescharrt.

Christian hatte sich in der menschenleeren Straße umgesehen, der Sprühregen vernebelte ihm die Sicht. Der Hund war ganz und gar mit seiner Körperpflege beschäftigt, hatte das Interesse an ihm verloren. Dämlicher Hund. »Na los, hau ab.« Der Hund wich seinem Tritt aus, dann ging Christian weiter, mit eingezogenem Kopf und nassem Gesicht, die Kälte kroch langsam durch den Stoff seines Sweatshirts. Er wäre fast gerannt, aber seine Beine waren steif vor Erschöpfung. Er hätte auf der Stelle, hier auf dem Gehweg im Regen, einschlafen können. Er ging, so schnell er konnte. Es war fast halb fünf. Der Gedanke an den Arbeitstag, der vor ihm lag, die Visagen der anderen, im Bus, auf der Arbeit, die Lieferungen, der zu bedienende Lkw, der Gedanke, mit ihnen reden, so tun zu müssen, als ob ihn der Papierkram, der Kunde interessierte, gehorchen zu müssen, »ja, in Ordnung, geht klar, kein Problem«, all die Worthülsen von sich geben zu müssen, mit denen man den lieben langen Tag um sich warf, um seine Zustimmung, seine Folgsamkeit, seine Unterwerfung zu zeigen, obwohl man in den meisten Fällen einfach »Ja, schon gut, hab's kapiert, jetzt nerv nicht, ich mach sie ja schon, deine Scheißarbeit, also halt den Rand« sagen könnte, die Aussicht, all das aushalten zu müssen, ohne geschlafen zu haben, den ganzen Tag das Verlangen, sich hinzulegen, in den Beinen, egal wo, und zu pennen, und wenn es nur eine Stunde ist, all das entlockte ihm ein wütendes, erschöpftes Ächzen.

Als er um eine Straßenecke bog, hatte er gemerkt, dass der Hund ihm folgte. Da hatte er drei Sätze in seine Richtung gemacht und mit den Armen gefuchtelt, um ihn zu erschrecken, aber das Tier war ängstlich stehen geblieben und dann weiter hinter ihm hergetrabt. Manchmal, in einem unbeleuchteten Abschnitt, sah er von dem schwarzen Hund nur die hellblau leuchtenden Augen. Ein Windstoß, der stärker war als zuvor, hatte Christian gezwungen, den Kopf abzuwenden, und als er hinter sich den leeren Gehweg sah, war er erstarrt. Dort war nichts. Keine parkenden Autos. Er hatte gewartet, dass das Tier wieder auftauchte, vergeblich. Es war nicht mehr weit bis nach Hause, deshalb hatte er sich trotz der müden Beine beeilt. Er sah sich nach allen Seiten um, spähte in dunkle Ecken. Er erwartete, den Hund wieder zu sehen, aber im Finsteren, getarnt in den unbeleuchteten Abschnitten. Vielleicht kämen noch andere, wie ein Rudel, sie würden ihn umzingeln, knurren, die Zähne zeigen. Er war nur noch ein altes Kind, das die Angst vorwärtstrieb, außer Atem, und er hatte geseufzt, als er die Haustür hinter sich zuschlug.

Er schiebt Laken und Decke weg und steht auf. Die Nachwehen seines Traums werden schwächer und sein Herz beruhigt sich. Zwei Uhr morgens. Vor dem Fenster immer noch die Nacht mit ihrer beunruhigenden Ruhe. Er geht in die Küche und trinkt aus dem Wasserhahn. Er steht in seinem kleinen Wohnzimmer, macht den Computer an, guckt einen Porno, fünf Minuten, dann macht er alles aus, weil er sich wieder in dem Wohnmobil sieht, die Frau, die sich über ihn beugt, ihr weicher Mund, und die alte Wut packt ihn erneut, er boxt sich in den Schritt, zweimal, dreimal, und fällt vor Schmerz zu Boden, auf die eiskalten Fliesen, und krümmt sich grunzend zusammen: »Geschieht dir recht, geschieht dir recht«, keucht er, »dreckige Sau.«

Als er aufwacht, streckt er vorsichtig die Beine aus und dreht sich auf den Rücken, die Kälte des Fußbodens kriecht an ihm hoch, die Dunkelheit macht ihm Angst. Er steht auf und wartet, bis die Finsternis nicht mehr um ihn herumschleicht, dann geht er ins Schlafzimmer, jeder einzelne Muskel schmerzt, und er fällt aufs Bett und versinkt sofort in tiefen Schlaf, wie ein Stein im Schlick.

20 Jourdan fährt auf den Parkplatz, ein Krankenwagen kommt ihm langsam entgegen und biegt dann mit eingeschalteter Sirene in die breite Straße ein. Schemenhafte Silhouetten hinter Milchglas. Er sieht es vor sich, die Frau auf der Trage, ein Arzt beugt sich über sie, die Infusion, fahles Neonlicht.

Kreuz und quer geparkte Autos, Blaulichtflackern an der Fassade, Schaulustige an den Fenstern. Jourdan kämpft sich hoch in den dritten Stock. Coco empfängt ihn sofort mit einem Lagebericht, lässt ihn nicht erst zu Atem kommen. »Halb so wild«, sagt sie. »Ein Fall von häuslicher Gewalt, ist ein bisschen aus dem Ruder gelaufen, das Kind ruft eine Freundin zu Hilfe, und die hat dann zwei Messerstiche kassiert.«

Jourdan bleibt vor der Wohnungstür Nummer 32 stehen. Blutschlieren auf dem Boden, ein Polizist lehnt an der Tür, das Handy am Ohr.

»Na klar, alles halb so wild«, sagt Jourdan. »Hat ja auch kaum Blut verloren, wie's aussieht.«

Coco nickt.

»Schon gut. Scheißtag, Scheißaussage von mir. In Ordnung? Ich hab meinem Bruder geholfen, das Haus vom alten Herrn auszuräumen. Und ich hab mich tatsächlich gefragt, ob es nicht doch Gespenster gibt. Er war einfach überall, noch im hintersten Winkel der kleinsten Schublade. Er war überall.«

Jourdan unterbricht sie mit einer Handbewegung.

»Schon gut. Kenn ich.«

Coco holt ein Notizbüchlein raus, schnieft, wischt sich mit dem Handrücken die Nase ab.

»Das Opfer, auf das eingestochen wurde, heißt Naïma El Ghazi. Dreißig Jahre, arbeitet am Flughafen. Zwei Verletzungen: eine am Bauch, eine in der Herzgegend. Die Sanitäterin konnte uns noch nichts sagen. Sie meinte, sie hat schon Schlimmeres gesehen. Der Täter heißt Lucas Poujaud. Fünfunddreißig. Ich konnte noch nicht überprüfen, ob der polizeibekannt ist. Die Frau hatte ein Foto von dem Arschloch auf dem Handy, ich hab's rausgegeben. SpuSi ist unterwegs.«

Jourdan geht in die Wohnung. Eine offene Handtasche, ein zertrampeltes Baguette. Auf dem Sofa im Wohnzimmer sitzt eine brünette junge Frau, hat sich zurückgelehnt, die Augen zu. Sie hat ein Stück Mullbinde mit Heftpflaster am Hals. Ein kleiner Junge, der zu schlafen scheint, hat sich dicht an sie geschmiegt. Neben ihr sitzt eine Polizistin und hält ihre Hand. Als sie Jourdan reinkommen hört, steht sie auf und erzählt leise: »Der Kerl hat sie geschlagen und mit dem Messer zum Oralverkehr gezwungen. Ihre Freundin kam dazu, sie hatte schon die Polizei alarmiert, nachdem der Kleine sie angerufen hat, mit dem Handy seiner Mutter, das lag im Flur in der Handtasche. Der Kerl ist abgehauen, und beim Rausgehen hat er die Freundin verletzt, die hat draußen gegen die Tür gehämmert und gerufen. Wir suchen ihn. Überall Streifen. Keine bekannte Adresse. Sie? Louise Andreu, einunddreißig. Haushaltshilfe. Wir haben ihr angeboten, sie ins Krankenhaus zu bringen, sie wollte nicht. Der Notarzt hat ihr ein Beruhigungsmittel gespritzt. Der Kleine heißt Samir. Sie nennt ihn Sam.«

Die Polizistin lächelt ihm verständnisvoll zu.

Jourdan lächelt nicht zurück. »Danke. Ich rede mit ihr.«

Er geht um die Glasscherben und die Überreste des kaputten Couchtisches herum. Holt sich einen Stuhl und setzt sich. Der kleine Junge beobachtet ihn. Sein Blick huscht zwischen dem seiner Mutter zugewandten Gesicht und der Polizeiarmbinde hin und her. Die Frau macht die Augen auf, bemerkt Jourdan, seufzt. Sie setzt sich mühsam mit schmerzverzogenem Gesicht auf. Vorsichtig fasst sie sich ans geschwollene, blau gewordene Ohr.

»Commandant Jourdan. Police Judiciaire.«

»Ich hab denen schon alles gesagt.«

»Das würde mich wundern. Sie haben deren Fragen beantwortet, nicht meine.«

Sie nickt. Die Augen sind von Tränen und Erschöpfung geschwollen. Sie wirft einen Blick auf den Jungen und steht schwankend auf. Jourdan streckt die Arme aus, um sie aufzufangen, steht ebenfalls auf. »Geht schon«, sagt sie. Sie bewegt den linken Arm, lockert das Schultergelenk, verzieht wieder den Mund.

»Sieht aus, als hätte er Sie ordentlich erwischt.«

Sie gibt keine Antwort. Sie steht reglos neben ihrem Sohn, schaut sich um, streichelt ihm mit den Fingerspitzen über den Kopf.

»Ich würd gern eine rauchen. Kann Ihnen sogar eine anbieten.«

Sie schlurft zu ihrer Handtasche.

»Kommen Sie mit auf den Balkon. Sam, bleibst du kurz hier?«

Sam nickt. In der Küche geht sie zum Wasserhahn und spült sich den Mund aus.

»Ich hab immer noch den Geschmack im Mund.«

»Haben Sie ausgespuckt?«

Sie richtet sich abrupt auf, fährt herum. Bleich, die Augen voller Tränen.

»Was glauben Sie denn? Hätte ich vielleicht runterschlucken und mir die Lippen lecken sollen?«

Jourdan würde am liebsten mit dem Kopf gegen einen Schrank schlagen oder die Finger in die Steckdose stecken. Er wedelt mit der Hand vor sich herum, als könnte er so das Missverständnis verscheuchen.

Sie ist schon auf dem Balkon.

»Nein, natürlich nicht, ich … die Spurensicherung ist unterwegs, die hätten einen Abstrich machen können.«

Jourdan geht zu ihr. Sie hält ihm Schachtel und Feuerzeug hin. Die Decke um ihre Schultern rutscht und fällt fast runter. Jourdan zieht sie ihr wieder hoch bis zum Nacken und legt sie über die Haare. »Sie werden sich erkälten.« Sie reagiert nicht. Der ausgestoßene Rauch wird von dem leichten Wind davongetragen, der an der Fassade entlangstreicht. Sie lehnt am Geländer, schaut in den Himmel. Jourdan bleibt im Hintergrund. Er sieht nur ihre Nase und die wirren Haare, eine Strähne weht ihr vor den Augen herum. Schließlich streicht sie sie hinters Ohr.

»Also, was wollen Sie noch wissen? Ich bin zweimal zur Polizei gegangen, zweimal haben die Scheißbullen sich geweigert, eine Anzeige aufzunehmen, und mir erzählt, falls das noch mal passiert, würde er ganz schön Ärger kriegen. Zack, dann wird er übers Knie gelegt, und jetzt auf einmal schicken die mir einen Commandant von der Kripo mit Armbinde und allem Drum und Dran, wie im Film? Musste der erst auf meine Freundin einstechen, damit ich ernst genommen werde? Damit die merken, dass der Kerl gefährlich ist? Und falls Naïma stirbt, bemühen Sie sich dann wirklich, ihn zu schnappen?«

Sie hat sich umgedreht, Tränen laufen ihr über die Wangen. Sie tritt die Zigarette mit dem Fuß aus und weint still vor sich hin.

»Sagen Sie mir, wo ich ihn finde.«

»Bis vor einem halben Jahr hat er bei seiner neuen Freundin gepennt, die säuft oder nimmt Drogen, ich weiß nicht genau. In Saint-Michel, 14, rue Saumenude. Eine Studentin, lebt von Papas Kohle und geht anschaffen, um die Extraausgaben zu stemmen. Die hat er auch verdroschen. Aber eines Tages hat sie gemeinsam mit Papa Anzeige erstattet, der ist nämlich Anwalt. Da hat der Arsch seine Siebensachen gepackt und ist abgehauen. Hat sich 'ne Weile versteckt ... Keinen Bock, noch mal in den Knast zu gehen.«

»Er war im Knast? Wann? Weswegen?«

»Vor sieben oder acht Jahren kam er raus. Mir hat er bloß gesagt, er hätte Scheiße gebaut.«

Jourdan holt das Handy raus, ruft im Büro an. Bernie geht ran. Er wollte gerade los. Sein Sohn hat Geburtstag. Elf Jahre. Kino, Restaurant.

Das ist Jourdan scheißegal. »Lucas Poujaud. 2011 oder 2012 entlassen. Wir haben vielleicht was.«

Bernie sagt: »Meinst du?« Fragt, ob das nicht bis morgen warten kann, weil gerade sind alle auf Colins Abschiedsfeier, ein Capitaine von der Droge, der gerade zum Commandant befördert wurde und nach Französisch-Guyana geht. »Nein, das kann nicht warten.« »Verdammte Scheiße«, sagt Bernie und legt auf. Jourdan geht wieder rein und holt Coco. Die Leute von der Spurensicherung packen gerade aus. Er sagt Coco, sie soll Bernie anrufen und dann für die Ermittlung zu Lucas Poujaud zurück ins Büro fahren. »Sein Sohn hat heute Geburtstag«, sagt Coco. »Er war bestimmt nicht begeistert, Bernie.« Woher weiß sie das? Der Kalender. Coco erzählt, dass sie einen Kalender für die ganze Abteilung gebastelt haben, hängt über der Kaffeemaschine. Die Geburtstage der Kinder und Partner.

Sogar von Barbara und Marlène? Jourdan traut sich nicht

zu fragen. Louise Andreu hat sich noch eine Zigarette angezündet und beobachtet sie durch die Balkontür. Jourdan begegnet ihrem Blick und lächelt ihr zu. Er weiß nicht, warum er lächelt. Er geht raus zu ihr und bittet vielmals um Verzeihung. Er glaubt, eine Spur von Überraschung zu sehen, flüchtiges Erstaunen oder Misstrauen in ihrem Blick. Er weiß nicht, warum er diese endlose, etwas gestelzte und gar zu höfliche Formulierung verwendet hat.

Sie bietet ihm noch eine Zigarette an, er lehnt ab.

»Erzählen Sie mir von Lucas Poujaud.«

Sie seufzt, flüstert »Nein, verdammt«, dann dreht sie ihm den Rücken zu und stützt die Ellbogen aufs Geländer.

»Was wollen Sie denn hören?«

Ihre Stimme klingt dumpf, verweht in der Nacht. Jourdan kommt einen Schritt näher und bleibt stehen.

»Was soll ich Ihnen sagen? Eine schöne Liebesgeschichte, die gut anfängt und in einem Blutbad endet. Die Geschichte von einer dummen Kuh, die zu lange an den Märchenprinzen geglaubt hat, die Geschichte von der Schlange, die der einfältige Bauer an seinem Busen nährt und die ihn zum Dank beißt? Ich glaub, es gibt da eine Fabel von La Fontaine, meine Mutter hat sie mir irgendwann erzählt, und ich hatte Angst. Tja, also: Stellen Sie sich vor, am Anfang war er lieb, schön, kein Arsch, er brachte Sam immer was mit, und Sam mochte ihn sehr gerne, und ich auch, mit der Zeit haben wir uns öfter gesehen, und irgendwann hab ich ihn so halb hier einziehen lassen, für ein paar Tage, ins Kino gehen, ab und zu eine Pizza essen, ganz normaler Alltag halt. Ganz schön ehrgeizig, was? Tja, typisch halt, und bei der ersten Ohrfeige hab ich gedacht, es wär meine Schuld … Ich war vielleicht ein bisschen fies, ich weiß nicht mehr, wahrscheinlich hatte ich einen langen Tag, ach ja, er hat nicht kapiert, wieso ich nicht wollte, also ... Ich hab ihm gesagt, dass ich kaputt bin, und weil er nicht lockergelassen hat, hab ich zu ihm gesagt, falls er eines Tages richtig arbeitet, würde er mal sehen, was es heißt, müde zu sein. Ich hab mich entschuldigt, das war scheiße, ihm vorzuwerfen, dass er keine Arbeit findet.«

»Hat er denn wirklich gesucht?«

»Sagt er zumindest. Aber er ist meistens gegen zehn aufgestanden und den ganzen Tag über rumgecruist, und abends kam er nach Hause und sagte, er fände nichts. Er hat oft was vom Bäcker mitgebracht, eine Flasche Wein, oder Süßigkeiten für den Kleinen.«

»Und das Geld?«

»Er hat gesagt, er hätte was gespart. Er war Leuten behilflich und wurde dafür bezahlt.«

»Wobei denn? Haben Sie ihm geglaubt?«

»Ja, hab ich. Ich dachte wirklich, dass er mit der Zeit ruhiger wird, Arbeit findet, dass er deshalb so nervös und aggressiv ist. Er hat gesagt, wenn es bergaufgeht, machen wir Sam einen kleinen Bruder oder eine kleine Schwester. Und ich fand das tröstlich, können Sie sich das vorstellen?«

Sie bricht ab. Schaut senkrecht vom Balkon nach unten.

»Irgendwann ist er gegangen. Ich kam nach Hause, seine Sachen waren weg. Er hatte den Schlüssel mitgenommen, ich hab die Schlösser auswechseln lassen. Dachte, es wäre vorbei, aber da hat es überhaupt erst angefangen. Er ist bei seiner Schnalle untergekrochen und ließ mir keine Ruhe mehr.«

Sie dreht sich Richtung Wohnung.

»Ich glaube, Sie werden gerufen.«

Die Frauen von der SpuSi teilen Jourdan mit, dass sie fertig sind. Sie ziehen die Anzüge aus, packen ihre Koffer zusammen und machen leise die Tür hinter sich zu. Jourdan zuckt zusammen, als er den kleinen Jungen entdeckt, der auf dem Sofa eingeschlafen ist und den er ganz vergessen hatte.

Louise beugt sich über ihren Sohn, will ihn hochheben und lässt es bleiben, die Nierengegend schmerzt. Sie richtet sich auf und massiert sich den Rücken.

Jourdan hebt das Kind hoch. Er hatte vergessen, wie wenig die Kleinen wiegen. »Wohin?« Louise geht durch den Flur voraus ins Kinderzimmer, die Nachttischlampe verströmt grünes und blaues Licht. Jourdan legt den Jungen aufs Bett, zieht ihm Socken und Pullover aus. Der Kleine lässt ihn machen. Der schlaffe Körper ist warm und weich. Jourdan entdeckt Handgriffe wieder, von denen er dachte, dass er sie nie wieder ausführen würde. Barbara hat sich immer gewehrt, sogar im Schlaf, wenn man sie hinlegte und ausziehen wollte. Jourdan deckt ihn nur mit dem Laken zu, es ist warm im Zimmer. Er schaut zu, wie er sich umdreht, die Beine ausstreckt, die Lippen schürzt, als hätte er Durst.

»Wir hatten nicht mal Zeit zum Essen«, sagt Louise. »Er hat vorhin beim Bäcker ein Rosinenbrötchen gefuttert, seitdem nichts mehr.«

Jourdan geht aus dem Zimmer. Er hört, wie sie ganz leise zu ihrem Sohn spricht.

In der Küche dringt kalte Luft durchs offene Fenster, er macht es zu. Zieht einen Stuhl hervor, setzt sich, stützt die Ellbogen auf den Tisch. Er geht noch mal durch, was Louise Andreu ihm erzählt hat: nichts Brauchbares. Die Geschichte einer Frau, die einem Perversling ausgeliefert ist, das Böse setzt sich im Banalen fest, verkapselt sich und verbreitet seine Infektion. Er wirft einen Blick auf das Foto von dem Kerl: Irgendwie sieht er wortkarg aus, undurchdringlicher Blick. Kalkulierend. Manipulierend. Aber die Visage macht noch keinen Verbrecher. Das weiß jeder Polizist, oder sollte es zumindest wissen. Außer die, die Spaß dran haben, es zu ignorieren, und denen man am besten nicht auf Streife begegnet, wenn denen ein Gesicht nicht passt.

Jourdan hört Wasser rauschen, eine Tür quietscht. Die Frau kommt ins Zimmer und lächelt flüchtig. Sie hat sich umgezogen: schwarze Jogginghose, weiter malvenfarbener Pullover. Sie hat die Haare oben am Kopf zu einer schiefen Palme zusammengebunden. Ein Pflaster klebt auf dem Schnitt am Hals. »Danke«, sagt sie ganz leise. »Dass Sie Sam schlafen gelegt haben.«

»Was hat er gesehen?«

»Nichts. Was er gesehen hat, ist nicht das Problem. Der Dreckskerl hat ihm ein Messer an die Kehle gehalten. Können Sie sich das vorstellen?«

Jourdan würde am liebsten erwidern, dass er sich, was Misshandlungen, Gewalt und andere widerliche Scheiße angeht, alles Mögliche vorstellen kann.

»Warum hat er das gemacht, was denken Sie?«

Sie steht auf, geht aus dem Zimmer. Man hört Flaschen klappern. Sie kommt mit Bourbon und zwei Gläsern zurück. Stellt alles auf den Tisch.

»Um mir Angst zu machen, mir wehzutun, hat er das gemacht.«

»Und dem Kleinen, hätte er ihm wehtun können? Sie haben gesagt, dass er ihn liebgewonnen hatte, ihm Geschenke mitgebracht hat.«

Als er die Frage stellt, muss Jourdan wieder an die drei kleinen Leichen im Flur denken, eine Kugel im Nacken. Cédric Caminade hat seine Kinder geliebt. Er wäre für sie gestorben.

»Er war breit, hatte wahrscheinlich gesoffen. Ich hab ihn schon zweimal so gesehen. Er verliert vollkommen die Beherrschung. Einmal auf dem Jahrmarkt hätte er fast einen Typen umgebracht, der mich angestarrt hat. An der Schießbude, er hat ihm das geladene Gewehr ins Auge gerammt. Zum Glück hat der Schausteller einen kühlen Kopf bewahrt und es geschafft, ihn zu beruhigen. Scheiße, er hatte den Finger am Abzug ... Ein andermal hat er mit bloßen Händen eine Windschutzscheibe eingeschlagen.«

Louise verteilt die Gläser, schenkt sich Bourbon ein. »Bitte, wenn Sie möchten.«

Jourdans Handy vibriert. Corine:

Naïma El Ghazi außer Gefahr.

Er zeigt Louise die Nachricht. Ihr steigen Tränen in die Augen. Sie hebt ihr Glas, lächelt mit nassen Wangen. Jourdan schenkt sich Bourbon ein. Sie stoßen an. Jourdan beobachtet die Frau aufmerksam, sie starrt in ihr Glas und lächelt immer noch. Er schaut sich um, bemerkt eine Rolle Küchenpapier, steht auf, reißt ein Blatt ab, reicht es ihr.

»Verderben Sie nicht die gute Neuigkeit.«

Sie trocknet sich die Augen, schnäuzt sich. Entschuldigt sich, dann wirft sie einen Blick auf die stehengebliebene Uhr.

Jourdan schaut auf seine.

»Ich mach mich mal auf den Weg.«

Er steht hinter dem Stuhl, die Hände auf der Lehne.

Louise rührt sich nicht. Sie schaut zu ihm hoch, die Augenlider flattern.

»Sie haben nicht ausgetrunken.«

Er trinkt aus. Er würde sich gern wieder setzen und weiter mit der Frau reden, die da vor ihm sitzt. Er mag ihre leicht kratzige Stimme. Als wäre dort vor langer Zeit etwas zerbrochen. Ein Schleier, der sich mit tragischer Eleganz über alles legt, was sie sagt, sogar wenn sie in ihrer Wut und ihrem Kummer faselt. Er muss weg. Er wiederholt, dass er losmuss, noch zu tun hat. Beinahe grob geht er aus der Küche, er hört ihren Stuhl über den Boden scharren.

»Ich bring Sie zur Tür.«

Sie geht vor ihm durch den Flur, macht das Licht an, die Tür auf. Naïmas Blut auf der Schwelle, nur oberflächlich aufgewischt. Louise wendet den Blick ab.

»Soll ich …«

»Nein. Ich mach das. Es ist nicht Ihre Aufgabe, das wegzuputzen.«

»Selbst wenn es weg ist, das bleibt. Also … hier drin.«

Jourdan tippt sich mit dem Zeigefinger an die Stirn.

»Ich weiß.«

Sekundenlang betrachten sie schweigend die dunklen Spuren, dann fröstelt Louise und tritt beiseite, um ihn rauszulassen.

»Danke«, sagt sie. »Danke für alles.«

Er nimmt eine Visitenkarte aus dem Etui und schreibt seine private Nummer drauf.

»Melden Sie sich jederzeit. Alles, was uns hilft, ihn aufzuspüren …«

»Melden Sie sich«, wiederholt er auf der Treppe.

Er beschließt, im Büro vorbeizuschauen. Im Auto macht er das Radio an und lässt den Nachrichtenstrom aus der Welt fließen. Der französische Präsident will nicht, dass von Polizeigewalt die Rede ist. Der amerikanische seinerseits hat nichts dazu zu sagen, dass ein unbewaffneter Schwarzer durch fünf Kugeln in den Rücken ermordet wurde. Der türkische sperrt eine Schriftstellerin ein, lässt Oppositionelle verhaften. Als Reaktion auf Abschüsse selbstgebastelter Raketen hat die israelische Luftwaffe den Gazastreifen bombardiert, vier Tote. In den Krankenhäusern wird gestreikt, massive Demonstrationen. Die Ministerin verspricht einen Dialog.

Jourdan schaltet das Radio ab. Verdammte Schweine. Er sieht sich um, die Stadt bei Nacht, die stillen Silhouetten der Passanten, die Gebäude, die Beleuchtung, die entgegenkommenden Autos, die Ampeln an den Kreuzungen, die unerschütterlich ihren Farbcode abspulen, der ganze Ablauf, betriebsbereite nächtliche Kulisse der Industriegesellschaft, und er fragt sich, wie sich all das überhaupt noch aufrecht hält, all die Netzwerke, die Energie, das komplexe Zusammenspiel, so sehr erscheint ihm das Ganze wie ein Kartenhaus, auf das immer noch eins draufgesetzt wird, und noch eine Etage und noch eine, im Vertrauen auf die Stabilität. Er, Jourdan, ist sich sicher, dass es einstürzen wird, dann gehen die Lichter aus, die Bildschirme sind überfordert mit den Bildern, die Stimmen von weit her kommen nirgendwo mehr an, verloren auf unüberwindlichen Entfernungen wie Wadis, die von der Wüste geschluckt werden. Er weiß nicht wann oder wie, aber er ist sich sicher, dass es dazu kommen wird, Klimachaos, Großbrände, Epidemien, die Spielarten des Schlimmsten stehen bereits fest, die erbarmungslosen Regeln sind allen bekannt, ausschließlich im Futur. Barbarische Zeiten, denen man entgegengeht, und unterwegs lehrt man weiterhin die Kinder das Laufen.

Er hatte dieses Kind im Arm, und es wog nichts.

Corine hat ein Post-it auf seinem Schreibtisch hinterlassen: Lucas Poujaud, zwei Jahre wegen schwerer Körperverletzung. Mit siebzehn zu insgesamt sechs Monaten verurteilt für wiederholten Raub mit Gewaltanwendung. Jourdan guckt noch mal das Foto an: So siehst du auch aus.

Zwei Stunden lang liest er Verfahren, guckt in die Akten, dann schläft er mit dem Kopf auf den Armen ein, ohne es zu merken. Es ist fast ein Uhr morgens, als anhaltendes Telefonklingeln in einem benachbarten Büro ihn aus dem Schlaf reißt. Er müsste ins Bett. Damit er den Muskelkater strecken kann, der ihm Rücken und Beine verknotet.

Er würde sich neben Marlène legen, sie würde aufwachen, das weiß er, und wäre vor ihm wieder eingeschlafen.

21 Naïma liegt tief in den Kissen, schaut aus dem Fenster, Infusionen im Arm, sie kann sich nur schlecht bewegen, verzieht dabei das Gesicht, so dass ihr Lächeln misslingt, als Louise ins Zimmer tritt. Die weiche Haut, ihr Duft, der Druck ihrer Hand an Louises Hals, die vorsichtige Umarmung, einen Moment lang halten sie einander. Beiden kommen die Tränen, und beide wischen sie mit der gleichen Handbewegung weg, mit den Fingerspitzen.

Louise setzt sich ganz dicht zu ihr, nimmt ihre heiße Hand, macht sich Sorgen wegen des Fiebers: »Nein, alles gut, Freitagmorgen werde ich entlassen.«

Sie reden leise. »Wie geht's dir?«, »Und dir? Und Sam?«

Sie erzählen einander von Angst, von Schmerz. Manchmal fehlt ihnen die Luft, um die Worte zu Ende zu sprechen, sie werden heiser, hüsteln, damit sie trotzdem rauskommen. Naïma hebt die Bettdecke an und zeigt den dicken Verband über der Hüfte, die blutige Wunddrainage, die Klinge hat knapp die Niere verfehlt, dann bewegt sie die Finger des Arms in der Schlinge, der Schultermuskel wurde durchbohrt, das werden ein paar schöne Narben, wie im Krieg.

Louise zieht den Pullover hoch, zeigt die blauen Flecke auf Rücken und Armen, die gelblich werden, sie reibt sie mit Arnikasalbe ein, wollte nicht, dass der Arzt sie länger als vier Tage krankschreibt. Naïma kommt Freitag raus, dem Tag, an dem Louise wieder arbeiten geht.

»Tut es weh?«, »Ja, nein. Mit Doliprane geht's.«

»Und Sam?«

Sam hat nicht wieder davon gesprochen. Er schmiegt sich an Louise, sobald sie sitzt, lässt sie nicht mehr aus den Augen, sobald er zu Hause ist. Er spielt nicht mehr wie früher in seinem Zimmer. Er bringt seinen Krimskrams mit in die Küche, Monster, Legos, während sie das Essen macht, und sie hört, dass er die Kreaturen gegeneinander kämpfen lässt, es grunzt, murmelt, keucht, er simuliert die Schreie, wenn sie vom Tisch in den Abgrund stürzen, in dem, man kann es sich vorstellen, ein Höllenfeuer lodert. Der Schule hat Louise nichts gesagt, weil sie sich schämt.

Schämen?

Naïma verzieht das Gesicht, weil sie sich zu schnell aufgesetzt hat, der Schmerz bringt sie mit einem Nadelstich runter.

Louise erklärt, dass sie sich für sich schämt. Nicht, weil sie verprügelt wurde, sondern weil sie das ertragen, es zu lange zugelassen hat, ehe sie reagierte. Und dann, sogar als sie zur Polizei gegangen ist, hat sie sich nicht getraut zu sagen, warum sie kommt. »Beim ersten Mal habe ich mich am Empfang hingesetzt und gewartet, und dieser Idiot von Bulle hat mich angeglotzt, während er sich um einen Typ gekümmert hat, der sich beschwerte, dass die Halbstarken bei ihm in der Straße mit ihren Mofas zu viel Lärm machen. Der Bulle hat mich angeguckt, als wäre ich verdächtig, nicht wie jemand, der Anzeige erstatten will. Als hätte ich was falsch gemacht, weißt du, was ich meine? Er muss von Weitem die geprügelte Frau gerochen haben. Die haben da sicher eine Antenne, so oft, wie die so was sehen. Bestimmt haben wir alle irgendwas an uns, selbst wenn man die blauen Flecken nicht sieht. Irgendwie duckmäuserisch, wie geprügelte Hunde halt ... ich weiß nicht ... Oder Blutergüsse haben einen bestimmten Geruch, und die Kerle können das riechen. Jedenfalls hat der Bulle mich über die Schulter von dem anderen Kerl angeglotzt, der wegen dem Lärm rumheulte, da bin ich aufgestanden und gegangen, und ich hab seinen Blick im Rücken gespürt. Damals hab ich's für mich behalten, und ich hab fast die ganze Nacht geheult vor Wut, ich kann dir sagen, wäre Sam nicht gewesen, ich hätte den Kopf gegen die Wand gerammt oder mich aus dem Fenster gestürzt, Scheiße, ich hatte das Gefühl, ich bin nichts mehr wert, verdiene es nicht mal, zu leben, und ich war schon so weit, dass ich dachte, das Arschloch hat recht, mich zu verdreschen, mich so zu behandeln, weil ich es nicht besser verdient hab, weil ich mich so leicht beherrschen und manipulieren lasse …«

Sie redet, ohne Luft zu holen, in einem Zug, manchmal versagt ihr die Stimme, und jetzt ist es Naïma, die ihre Hand nimmt. Sie schauen einander an. Sie sagen nichts, lächeln, drücken sich die Hände, als wären keine Worte mehr zum Reden übrig.

Eine Krankenschwester tritt rein, sie schiebt einen Pflegewagen vor sich her und bleibt kurz stehen, als sie sieht, wie die beiden Frauen einander schweigend die Hand halten. Sie hat ein Stück Heftpflaster mit der Aufschrift ICH STREIKE auf den blauen Kittel geklebt. Fieber und Blutdruck messen. Verbandswechsel. Louise muss rausgehen. Im Flur kommt ein junger Mann mit einem Infusionsständer vorbei, zwei Beutel hängen daran. Er starrt Louise an, sie murmelt Guten Tag, er erwidert nichts und schlurft mit unsicheren Schritten, auf den rollenden Ständer gestützt, weiter. Louise merkt, dass ihre Wangen tränennass sind, und begreift nun seinen komischen Blick. Als wäre es so ungewöhnlich, dass man im Krankenhaus jemanden weinen sieht. Sie findet ein Taschentuch in der Handtasche, wischt sich die Augen ab und schnäuzt sich und ärgert sich über die Tränen, die ganz von allein laufen.

Die Krankenschwester kommt aus dem Zimmer und geht zu einem Computer auf einem Rolltisch. Louise fragt, ob Naïma wieder wird, und die Frau bejaht, sie hatte großes

Glück, nur ein paar Zentimeter daneben ... Sie hat Blut verloren, muss zu Kräften kommen.

Naïma hat sich aufgesetzt, das Kopfkissen im Rücken. Da erst fällt Louise auf, wie blass sie ist, die bronzene Haut hat einen Grauschleier. Da lächelt Naïma, und in ihr Gesicht kehrt wieder Farbe zurück.

Du bist meine Schwester, denkt Louise.

Sie reden darüber, was sie alles machen werden, wenn Naïma draußen ist. Louise bietet ihr an, ein paar Tage bei ihnen zu wohnen. Naïma zögert. »Und Sam?« »Sam wird sich riesig freuen, was denkst du denn? Dann gibt es ein Festessen. Champagner, Langusten, Austern, mit Gänseleber gefüllte Wachteln. Im Internet gibt's Rezepte.« Naïma ist sich unsicher.

Die Tür geht auf. Fousia, ihre Mutter, und Nawel, die große Schwester. Sie drücken Louise an sich, dann stürzen sie sich auf Naïma. Die Mutter leiert ihre Freude und ihre Dankesbezeugungen an Gott auf Arabisch herunter. Nawel seufzt, sagt, sie soll Naïma nicht erdrücken. Die Mädchen lachen los, die Mutter ist ein bisschen beleidigt, dann lacht sie auch.

Louise fühlt sich, als ob sie die Leichtigkeit glücklicher Tage wiederfindet, als alles gut war, als all ihre Lieben noch lebten. Fousia streichelt ihr über die Wange und fragt, wie es ihr geht: »und deinem Sohn?« Die Berührung lässt sie zusammenzucken, ein bitterer Kloß steigt in ihrer Kehle auf. Nawel hat immer noch diese hochmütige Schönheit, das gerade Profil, sie beugt sich zu ihrer Schwester, redet leise mit ihr, packt Louise am Handgelenk. »Das lässt du nicht wieder mit dir machen, ja? Und die Polizei?«

Louise erzählt ein bisschen. Seit vier Tagen nichts Neues. Sie versucht, sich an das Gesicht von dem Polizisten zu erinnern, den sie auf ein Glas Bourbon eingeladen hat, sie hat nur noch die Stimme im Ohr, die Brüche in seiner Stimme.

Sie sagt, dass sie losmuss. Sam von der Schule abholen. Die drei Frauen protestieren lauthals und umarmen sie. Louise reißt sich los. Naïma sinkt ins Kopfkissen, froh und erschöpft.

Sam hat nicht wie sonst gebettelt, noch ein bisschen vor dem Fernseher sitzen zu dürfen. Er hat nur gefragt, ob er vor dem Einschlafen noch ein wenig im Bett spielen darf. Louise hat ihn im Bad herumfuhrwerken hören. Er kam wieder, hat ihr einen dicken Kuss auf den Hals geschmatzt und ist dann barfuß über den Teppich davongerannt.

Eine Viertelstunde später war er eingeschlafen, das Bett mit schlafenden Kriegern übersät, in den Falten des Lakens und der Bettdecke, ein Schlachtfeld nach dem Massaker in den Dünen eines weichen Planeten. Louise räumt die kleine Armee in eine Schachtel, schiebt den Hasen Maurice unter die Decke, ganz dicht an Sam, und zieht die Decke hoch. Sie schaut ihm eine Zeitlang beim Schlafen zu, staunt über das Wunder seines friedlichen Atems, der kaum merklich die rote Decke hebt und senkt. Auf einmal fällt ihr ein, dass sie immer noch nicht weiß, und vielleicht wird sie es nie wissen, warum der Kleine seinen Kuschelhasen Maurice getauft hat.

Sie sitzt noch zehn Minuten vor ihrem Handy. Liest ein paar alte Nachrichten, löscht ein paar, geht die – sehr kurze – Kontaktliste durch, schaut Fotos an. Sam, Sam und immer wieder Sam. Eine strahlende Naïma neulich im Restaurant, den Teller vor sich, die Gabel erhoben. »Mein Scheißleben«, flüstert sie. Sofort ist sie sauer auf sich. Ein kleiner Magier schläft in seinem blauen Zimmer. Er allein kann die Tage verzaubern.

Sie gibt sich einen Ruck, wählt eine Nummer. John geht fast sofort ran. Louise überspringt die Floskeln.

»Kannst du kommen?«

»Was ist los?«

»Erzähl ich dir dann.«

»Komm du her.«

»Ich lass meinen Sohn nicht alleine. Er schläft.«

Er notiert sich die Adresse. Dreimal kurz und einmal lang klingeln. »Bin unterwegs.«

Während sie wartet, raucht Louise auf dem Balkon und behält die leeren Straßen im Blick. Sie lässt die schmerzende Schulter kreisen und fragt sich, ob das morgen wohl geht, wenn sie bei Madame Poupard Fenster putzt und die Wäsche der kleinen Frau bügelt. Der Gedanke an den Arbeitstag erdrückt sie. Wie kommt sie da raus. Sie fühlt sich gefangen, wie ein Hund an der Leine, den man zurückzieht, sobald er sich ein bisschen weiter vorwagt. Den Beruf wechseln. Grundschullehrerin oder Krankenschwester werden. Das geht ihr manchmal durch den Kopf, aber das Würgehalsband ruft sie zur Ordnung. Eine Unterkunft. Etwas zu essen. Sam.

Das Haus verkaufen.

»Sehen wir uns dann nicht mehr?«

Sie hat es laut gesagt. Ich drehe durch. Jetzt rede ich schon mit den Toten, verdammte Scheiße.

Übelkeit pflügt durch ihren Magen, sie rennt zum Ausguss und spuckt ein bisschen Galle. Sie trinkt ein Glas Wasser, verschluckt sich, hustet, hustet und spuckt, die Augen voller Tränen, in dem Moment klingelt es.

Dreimal kurz und einmal lang.

John hält ihr eine Flasche Weißwein hin. Louise lässt ihn rein, unschlüssig bleibt er vor ihr stehen, linkisch, vielleicht wartet er auf die Umarmung, aber sie rührt sich nicht, also geht er ins Wohnzimmer, sie macht die Tür zu. Er sagt, die Wohnung sei gar nicht schlecht, er steht mitten im Raum und dreht sich mit der Flasche einmal um sich selbst. Louise nimmt sie ihm aus der Hand und stellt sie in den Kühlschrank.

»Eigentumswohnung?«

Louise hat beschlossen, ihn zu ködern. Schon zwei Nächte hat sie nicht mehr geschlafen und die Frage in alle Richtungen gedreht. Also ruhig, mein Herz, und tief durchatmen.

»Ja. Ich hab sie gekauft, als meine Eltern gestorben sind, mit dem Geld von der Schäferei, die sie in den Pyrenäen hatten. Ein altes Familienhaus, mein Vater hat es über Jahre renoviert. Mein Onkel, der Bruder meiner Mutter, hat sich drum gekümmert. Er wollte auch ihr Haus hier verkaufen, also, unser Haus, aber ich wollte nicht.«

»Warum?«

»Sagen wir, aus sentimentalen Gründen.«

»Du hättest Kohle machen können.«

»Vergiss es.«

John zuckt die Achseln und setzt sich in einen Sessel. »Geht mich ja nichts an.« Louise holt zwei Gläser, lässt John den Wein entkorken.

Sie stoßen an. John lässt den Wein im Glas kreisen, riecht dran, kostet, spielt den Kenner.

»Und?«, fragt er. »Worauf trinken wir?«

»Auf unsere Gesundheit.«

»Ist das alles?«

Louise fährt aus einem Ärmel, zieht den Pullover hoch, steht auf, zeigt ihm ihre Schulter, den Rücken. Blau, gelb, deprimierend. Sieht aus, als wäre sie schmutzig. Manchmal denkt sie das. Besudelt von Gemeinheit, die aus ihr rausquillt. Louise erschaudert. Unter der kalten Haut fühlt sich ihr Körper nach den Schlägen plötzlich an wie abgehangenes Fleisch.

»Hat das Arschloch dich wieder angefasst?«

Louise zieht sich wieder an. Sie trinkt einen Schluck Wein. Das tut ungeheuer gut.

»Was willst du jetzt machen?«

Sie trinkt aus, schenkt sich nach. Hustet.

»Ihn umbringen.«

Das spuckt sie fast.

John lächelt schief.

»Gute Idee. Wolltest du deshalb mit mir reden?«

»Ihn umbringen. Abstechen.«

»Und du denkst, ich mach das?«

»Du oder Freunde von dir.«

John steht auf, geht durchs Zimmer, guckt sich eine DVD-Hülle an und bleibt dann unbeweglich vor einer Wand stehen.

Er dreht sich zu Louise um, Hände in den Hosentaschen.

»Wie kommst du auf die Idee, dass …«

»Du bist doch noch im Business, oder nicht? Du kennst Leute.«

»Ich kenne gar niemanden. Du weißt gar nicht, was du da verlangst.«

Er setzt sich wieder. Mustert Louise ernst. Langsam reibt er die Handflächen aneinander.

»Was willst du? Eine Waffe?«

Louise weiß nicht mehr, was sie meint, was sie will. Gefangen in einem Glaswürfel, sie rennt gegen Wände.

»Eine Pistole kann ich dir besorgen. Aber was machst du dann damit? Das Dreckschwein abknallen? Fünf oder zehn Jahre in den Knast?«

Louise stellt das Glas ab. Sie hat das Gefühl, dass sich ihr gleich der Magen umdreht und dass ihr Hirn sich ausdehnt und gegen den Schädel drückt.

John holt eine Schachtel Zigaretten raus.

»Darf ich?«

Louise macht die Tür zum Flur zu und öffnet die große Glastür. Die kalte Luft tut ihr gut. Sie holt einen Aschenbecher und stellt ihn auf den Couchtisch, den hat ihr eine Nachbarin überlassen, als Ersatz für den alten, der neulich zerbrochen ist.

»Vergiss es. Ich war total neben der Spur, ich wollte, dass der Hurensohn auf die Fresse kriegt. Ich hab mich da reingesteigert, und das ist totaler Schwachsinn. Und überhaupt ist das mein Problem. Mit der Scheiße muss ich alleine fertigwerden.«

John seufzt. Sorgfältig drückt er die Zigarette aus, wedelt den Rauch weg, der überm Aschenbecher hängen bleibt.

»Ich hab vielleicht eine Idee. Ich kenn da zwei Typen. Brüder. Zwei Wahnsinnige, die mir noch was schuldig sind. Ich hab denen mal den Arsch gerettet, vor drei Jahren. Ich setz sie auf Lucas an, erzähl denen, dass er mir Kohle schuldet, sie sollen ihm Angst machen. Sie können ihm ein Bein brechen, die Fresse zerlegen. Ihm ein Knie kaputthauen ... Dann kann er nicht mehr rennen, wirst sehen, wie ruhig der dann ist. Aber umbringen, nein. Du hast ja keine Ahnung. Das geht zu weit. Die Kerle sind wirklich gefährlich, extrem brutal. Ich muss erst mit denen reden, die müssen einverstanden sein. Ich besorg ihnen ein paar Extradosen. Was meinst du?«

Louise meint gar nichts. Sie hat John wie aus weiter Ferne reden hören; es fühlt sich an, als ob seine Worte ungeordnet bei ihr ankommen, als hätte ein finsterer Wind sie zerstreut, und sie muss sich zwingen, Sinn und Reihenfolge wieder herzustellen. Ja, ja, super, denkt sie. Ja. Ihm wehtun. Egal was, egal wer, Hauptsache, ihm wehtun. Sie nickt, während ihr Hass Wurzeln schlägt und wächst.

»Also? Was denkst du?«

Sie zuckt beinahe zusammen.

»Ja, klar«, sagt sie. »Wie du willst.«

John lächelt spöttisch.

»Weißt du, wo der Bastard sich rumtreibt? Wo wir ihn finden?«

Louise gibt ihm die Adresse von zwei Bars und einer Pizzeria, wo Lucas Stammgast ist. Als sie das sagt, stellt sie sich vor, wie sie reingeht, Waffe in der Hand, und ihn erschießt, während er am Tresen lehnt und ein Mädchen einseift.

John sagt, sie sähe nachdenklich aus. Ja, allerdings. Er steht vor ihr, sie guckt hoch und bemüht sich, ihn anzulächeln. Er streckt ihr die Arme entgegen. Sagt, dass sie den Pakt besiegeln müssen. Sie umarmen sich, Louise lehnt die Stirn an seine Brust, tätschelt ihm den Rücken und sagt, sie wüsste nicht, wie sie ihm danken soll.

»Das ist nicht so schwer«, sagt er. »Und so bin ich noch motivierter, meine Mission auch erfolgreich durchzuziehen!«

Er lacht kurz auf, seufzt. Er küsst ihr Haar, drückt sein Becken gegen ihres.

Louise spürt das Ding an sich dran. Eine Männerhand schiebt sich unter ihren Pullover, Finger wandern ihren Rücken hoch, wecken den Schmerz, wenn sie über die Hämatome gleiten.

»Nein«, sagt Louise. »Du tust mir weh. Nicht heute Abend.«

Er zieht die Hand zurück, geht in die Jogginghose, drückt mit Gewalt ihre zusammengepressten Schenkel auf und schiebt die Hand dazwischen.

»Doch, natürlich heute Abend«, flüstert er ihr ins Ohr.

»Warum denn nicht? Eine Hand wäscht die andere, findest du nicht? Und als du neulich bei mir warst, wollte ich dich nicht drängen, aber ich hab doch gesehen, dass du heiß warst, stimmt's? Also, ganz ruhig ... Was du da von mir willst, man nennt das einen Vertrag. Und bei einem Vertrag muss jeder seinen Teil erfüllen, findest du nicht?«

Louise weiß nicht, was sie sagen soll, um das Gespräch fortzusetzen, Zeit zu gewinnen. Die Finger regen sich zwischen ihren Beinen, schleichen sich in ihren Slip. Sie sagt:

»Du musst aber schwören, ja?«

»Was denn schwören?«

Er keucht. Gedämpfte Stimme, warmer Atem, seine Zunge an Louises Hals.

»Dass du's wirklich machst. Ich meine ... Lucas.«

Er nimmt Louises Gesicht in seine Hände, schaut ihr in die Augen, blinzelt, guckt gerührt und zärtlich.

»Ich schwöre es. Vertrau mir.«

Er drückt seinen Mund auf ihren und seine Hände werden geschäftig. Gürtel, Knopf, Reißverschluss. Er zieht Louise die Hose runter, reibt sich an ihrer Nacktheit. Louise lässt sich gehen, umklammert seinen Nacken.

Sie fallen aufs Sofa. Louise schließt die Augen. Er grunzt ihr Obszönitäten und Koseworte ins Ohr. Louise weicht seinem Mund aus, wo es nur geht. Er tut ihr weh, als er in sie eindringt, als er sich bewegt, und jeder einzelne Schlag, den sie abbekommen hat, am Rücken, an den Armen, schmerzt. Jede Bewegung von ihm tut ihr weh. Es fühlt sich an, als ob der brennende Schmerz bis in den Magen hochschießt, sie denkt, dass sie ihn womöglich vollkotzen wird, und der Gedanke hilft ihr ein bisschen, durchzuhalten bis zum Schluss. Ihr wäre es am liebsten, er würde sich losmachen, aber er bleibt noch auf ihr liegen, den Mund an ihrer feuchten Wange, als ob er sabbert. Sie schiebt ihn sanft weg, er richtet sich auf und setzt sich. Nackte Beine, die Hose um die Knöchel, er lehnt sich wunschlos glücklich ins Sofa.

Louise steht auf, zieht sich wieder an. Sie nimmt eine Zigarette raus, geht zum Rauchen ans offene Fenster. Sie hört John hinter sich rumoren. »So, ich fahr dann mal. Ich sag dir Bescheid.« Er kommt zu ihr, fasst sie zärtlich bei den Schultern und küsst ihren Nacken, aber sie macht sich los, wirft die Zigarette vom Balkon, bringt ihn zur Tür.

Sobald er draußen ist, schließt sie geräuschvoll ab und schiebt den Riegel vor.

Heißes, fast kochendes Wasser. Seife. Sie schrubbt, ausdauernd. Versucht, das wegzuschrubben. Sie lässt den Duschkopf über den ganzen Körper wandern, seift sich noch mal ein, so langsam riecht es gut.

Plötzlich steht Sam in der Tür, seinen Hasen Maurice in der Hand, er schleift am Boden. Louise dreht sich zur Wand, fragt, was er hier macht, sagt ihm, es ist Schlafenszeit. Der Kleine starrt auf ihren Rücken, ihren Hintern, die Augen weit aufgerissen. Sie weiß, dass er nicht nur seine nackte Mutter anschaut. Sie dreht das Wasser ab, schnappt sich das Handtuch, wickelt sich ein.

»Tut das weh?«

»Ja«, erwidert sie. »Aber ist halb so wild.«

22 Sie verstehen gar nichts. Wie geht das? Wo kommen die beiden Irren her? Sie schenken sich Kaffee nach. Desclaux, der Alte, ist bei der dritten Tasse. Er murmelt, dass er jetzt gern eine rauchen würde, dabei hat er vor fünf Jahren aufgehört. Elissalde sagt, daran soll es nicht scheitern. »Wir sind hier in rechtsfreiem Raum.« Er macht ein Fenster auf, zündet sich eine an, bläst den Rauch in den wirbelnden Regen. Schauer auf Schauer. Der Alte sagt: »Scheiß drauf, aber dass meine Frau nichts erfährt.«

Jourdan kapiert auch nichts mehr. Zweimal musste er das Fazit der DNA-Analyse des Mörders lesen: Die Ergebnisse stimmen mit denen des Dicken überein, der aus dem Fenster gehüpft ist. Angeblich sind sie Brüder. Oder eher Halbbrüder. Ob mütter- oder väterlicherseits, ist nicht bekannt. Jourdan würde auf die Mutter wetten. Er kann sich schlecht vorstellen, dass irgendein schwanzgesteuerter Hurenbock die Sprösslinge von zwei verschiedenen Partnerinnen aufzieht. »Ist aber alles schon da gewesen«, wirft Corine ein.

Sie kannte so einen Fall, als sie angefangen hat, in der Nähe von Dunkerque. Die eine Legehenne saß im Knast, die andere war Stammkundin in der Psychiatrie. Die dritte hatte die Schwangerschaft verdrängt und sich geweigert, das Neugeborene auch nur anzusehen. Offenbar ein Mädchen. Der Kerl sammelte solche Profile regelrecht, verlorene, kranke, drogensüchtige Mädchen, allesamt leichte Beute, erbte das Sorgerecht für die Knirpse und kassierte Kindergeld. Jahrelang hatte er sie von einer Bruchbude zur nächsten geschleift, in Wohnwagen mit vermoosten Dächern ohne Räder, aufgebockt auf Ziegelsteinen, auf gottverlassenen Campingplätzen am Arsch der Welt, auf Matratzen und Kissen, die nach

Pisse und Moder stanken. Eines Tages hatte das kleine Mädchen in ihrem zweiten Kindergartenjahr einer Erzieherin, die sie sehr gern mochte, erzählt, dass Papa ihr mit seinen großen Fingern wehtat und dass sie immer sein Ding anfassen sollte. Die Erzieherin hatte ihre Tränen runtergeschluckt und die Situation den Behörden gemeldet, wozu sie auch gesetzlich verpflichtet war.

»Es gibt tausende solcher Fälle«, sagt Coco abschließend. Alle geben ihren Senf zu dem gruseligen Bericht dazu. Jourdan lässt sie reden, wütend und angeekelt. Zwei Lieutenants aus Gauthiers Team kommen herein. Sie schütteln Hände, verteilen schmatzend Wangenküsse und fallen über die Kaffeemaschine her.

Der Commissaire drückt seine Zigarette in einem Papierkorb aus und bittet um Ruhe. »Nochmal von vorn. Wir versuchen, die Rolle des Bruders, die Beziehung zum Mörder nachzuvollziehen. Wir veröffentlichen noch mal das Foto in der Presse, im Fernsehen, wir gehen alle Zeugenaussagen, alle Hinweise noch mal durch, selbst die haarsträubendsten. Fragen?« Keine Fragen. Er schenkt sich noch einen Kaffee ein, sagt, der sei viel besser als bei der Droge. »Klar«, sagt Elissalde. »Wir panschen den Stoff ja auch nicht.«

Schon im Gehen fragt Desclaux nach dem Fall mit der verletzten Frau neulich abends. »Kein Zusammenhang?« »Nein, gar keiner. Der Kerl ist gewalttätig. Schlägt seiner Freundin die Fresse ein, belästigt sie. Klassisches Arschloch. An dem Abend hat eine Freundin geklingelt und gesagt, dass sie die Polizei gerufen hat, und da hat er im Rausgehen auf sie eingestochen. Zwei Messerstiche, wie durch ein Wunder wurde kein lebenswichtiges Organ verletzt. Er ist schon mal wegen Gewalt und sexueller Belästigung verurteilt worden. Er ist flüchtig. Solche Schweine werden schnell geschnappt.

Schlimmstenfalls verprügelt er jemanden in einer Bar und wird von ein paar Besoffenen zu uns gebracht.«

Als Jourdan die Informationen runterspult, hat er die ganze Zeit das Bild der traurigen Frau im Kopf, die auf dem Balkon raucht. Die Haare im Gesicht. Die vom Schmerz eingeschränkten Bewegungen. Die zurückgehaltenen Tränen, vielleicht aus Gewohnheit. Er verscheucht sie aus seinen Gedanken, aber weiß, dass sie sich seit drei Tagen dort versteckt.

Sobald der Commissaire weg ist, fassen sie zusammen. Sieben Frauenmorde über einen Zeitraum von etwa zwanzig Jahren, vermutlich derselbe Täter. Zumindest in drei Fällen ist es sicher. Keine einzige DNA-Spur, bis auf neulich. In einem Fall wird vermutet, dass er ein Kondom verwendet hat. Auch damals schon eine Prostituierte. Und nun taucht unversehens die DNA seines Halbbruders auf. Dass der Riese, der aus dem Fenster gesprungen ist, nicht der Mörder ist und dass beide am Tatort waren, wussten sie jetzt. Wer hat was getan? Das Team macht sich an die Arbeit, sucht nach dem Detail, das sie übersehen haben, dem Zusammenhang zwischen den Morden, durchforsten die Berichte auf Einzelheiten, die zu schnell überlesen wurden. Corine und Bernie schnüffeln noch mal bei den Wohnwagen auf dem Strich rum, befragen die, die da sind, und schauen auch bei den Lkw-Fahrern vorbei, die dort parken. Neulich nachts hatte das nichts ergeben. Die beiden Kerle, die in ihren Kabinen gepennt hatten, waren am frühen Morgen wieder freigelassen worden, wütend, weil sie jetzt mit ihren Lieferungen spät dran waren.

Jourdan schaut bei Gauthier in der Sitte vorbei. Der hat auch nichts. Die Mädchen sind wie gelähmt vor Angst: Sie wissen nichts, sagen nichts, behaupten, niemanden zu kennen. Was die Zuhälter angeht, das sind Dreckskerle, Versager, aber keine Mörder diesen Kalibers. Falsches Profil. Druck, Einschüchterungsversuche, Verlängerung der U-Haft, hat alles nichts gebracht. Einer dieser liebenswerten Unternehmer, denn so nennt man ja heutzutage Leute, deren Geschäfte florieren, weil sie jedes Risiko eingehen, ist ein ehrenwerter Informant der Abteilung. Das Who's who, sozusagen. Er hat versprochen, sich umzuhören, aber in einer derart konkurrierenden Branche ist es schwierig, an Informationen zu kommen. Alle werden abgehört, aber sie haben sich alle neue Handys zugelegt, am selben Tag, als sie freigelassen wurden. Geschäftsgeheimnis ...

Jourdan schnappt sich einen Dienstwagen und fährt nach Saint-Michel. Er parkt vor dem Revier am Marché des Capucins, wie neulich, und klappt die Sonnenblenden mit der Aufschrift POLICE runter, ehe jemand rauskommt und ihn verjagen will. Die rue Saumenude, wo Lucas Poujauds Freundin wohnt, ist eng und kurz. Eine finstere Treppe führt zu einem Lichtfluter. Zweiter Stock. Die Wohnungstür ist rot gestrichen. Violaine Guichard. Dahinter hämmert lauter Hip-Hop. Die Bässe lassen die Tür erzittern, Jourdan spürt es, als er die Hand flach drauflegt.

Die Tür geht auf, stark geschminkte Augen, die das zarte Gesicht einer Blondine förmlich verschlingen, tauchen auf. Als sie Jourdan sieht, will sie die Tür sofort wieder zuschlagen, aber er stemmt sich mit der Schulter dagegen und geht rein. Das Mädchen ist hingefallen und will protestieren, aber ihre Stimme geht im musikalischen Bombardement unter. Jourdan entdeckt die kleine Stereoanlage, dreht die Musik ab, holt den Dienstausweis raus und rät ihr, still zu sein. Sie ist still, verdreht verängstigt die Augen und weicht, immer noch auf dem Boden sitzend, zurück zum Bett, lehnt sich dagegen und fängt an zu weinen. Jourdan erklärt, dass er von der Polizei ist, dass ihr nichts passiert. Sie wimmert, wischt sich mit dem Handrücken über die Augen, schmiert sich schwarze Schminke übers ganze Gesicht, verzieht den Mund.

Auf einem Regal über einem kleinen Schreibtisch lehnen ein paar Taschenbücher an einer leeren Bierflasche. Weitere Flaschen stehen aufgereiht unter dem Tisch. Auf dem ungemachten Bett hinter ihr liegen eine schwarze Hose, Unterwäsche, ein Pizzakarton und ein Laptop herum, der Bildschirm verströmt blaues Licht.

Das Mädchen steht auf und setzt sich aufs Bett. Sie tastet mit einer Hand zwischen den Laken und fördert ein Päckchen Tabak zutage, dann dreht sie sich eine Zigarette. Ihre Hände zittern ein wenig, aber schließlich steckt sie sich die Kippe in den Mund, das Feuerzeug flackert auf, und Violaine Guichard nimmt gierig zwei Züge und guckt sich dabei um, schaut auf den Boden, aus dem Fenster, es hat aufgeklart, Sonne scheint auf die Fassade gegenüber. Sie blinzelt, weicht seinem Blick aus.

Jourdan holt sich einen Hocker und setzt sich vor sie. Er wartet, dass sie ihn ansieht, aber sie untersucht ihre Zigarette, den spiralförmig aufsteigenden blauen Rauch.

»Hat mein Vater Sie geschickt?«

Sie wischt sich das Gesicht am Betttuch ab und schaut Jourdan mit grauen Augen an.

»Ihr Vater?«

»Ja, mein beschissener Vater.«

»Warum sollte der mich geschickt haben?«

»Weil er sicherlich um meine Tugend fürchtet. Und vor allem um seinen Ruf.«

Sie zittert nicht mehr. Sie sieht sich suchend nach etwas um, in dem sie die Zigarette ausdrücken kann. Jourdan holt die leere Bierflasche, die als Buchstütze dient, die Bücher rutschen und fallen übereinander. Sie bedankt sich. Die Zigarette zischt unten in der Flasche.

»Ihre Tugend ist mir scheißegal, und der Ruf von Ihrem Vater erst recht. Ich suche Lucas Poujaud.«

Violaine steht auf. Sie versteift sich am ganzen Körper und beginnt zu zittern.

»Mit diesem Irren will ich nichts mehr zu tun haben.«

Sie will mit einem Schritt an Jourdan vorbei, aber er packt sie am Handgelenk und zwingt sie, sich wieder hinzusetzen.

»Sagen Sie mir, wo ich ihn finde. Halten Sie mich nicht hin.«

Sie schüttelt den Kopf.

»Er hat monatelang bei Ihnen gelebt. Sie wissen garantiert irgendwas. Ich kann Sie auch mit aufs Revier nehmen. Sie sind Zeugin in einer polizeilichen Ermittlung, und ich kann Ihnen wegen Störung einer Amtshandlung Ärger machen. Ich weiß, dass er sie geschlagen hat. Ich weiß, dass Sie ihn letzten Monat rausgeschmissen haben. Ich weiß, dass Sie sich gelegentlich prostituieren.«

»Das ist meine Sache. Und ich prostituiere mich nicht.«

»Und die Schläge?«

»Das war nur, weil er eifersüchtig auf die Männer war, mit denen ich an den Wochenenden weggefahren bin.«

Jourdan sieht ein Handy auf dem Tisch liegen und nimmt es in die Hand. Das Display leuchtet auf und zeigt das Foto eines kleinen, ebenfalls blonden Mädchens.

»Wer ist das?«

»Das dürfen Sie nicht.«

»Klar darf ich. Wer ist das?«

»Meine kleine Schwester Chloé.«

Sie streckt die Hand aus, um das Handy an sich zu nehmen, aber Jourdan weicht ihr aus.

»Ich bin mir sicher, dass ich ein paar interessante Nummern hier drin finde. Die der Kerle, die Sie bezahlen, damit Sie mit ihnen schlafen, zum Beispiel, oder die von der Person, die den Kontakt hergestellt hat. Das kann richtig spannend werden. Wie in einer Fernsehserie. Doppelbödige Intrigen, zahlreiche Querverbindungen. Ich habe Kollegen, deren Job besteht darin, solche Situationen so richtig schön aufzumischen. Was wird Chloé wohl von ihrer großen Schwester, der Nutte, denken? Und Papa? Was sagt der wohl dazu? Der dreht Ihnen den Geldhahn ab, da Sie ja nun Arbeit gefunden haben?«

Violaine weint. Wieder wischt sie sich das Gesicht am Betttuch ab. Die Tränen haben alle Spuren von Make-up weggespült, sie hat nur noch ein paar graue Schlieren im Gesicht. Ein kleines Mädchen mit schmuddeliger Schnute.

»Nein ... nicht Chloé. Nicht sie.«

»Wie alt ist sie?«

»Zwölf.«

»Und?«

»Und nichts.«

Violaine schaudert. Sie wühlt im Bett nach etwas zum Überziehen, findet einen schwarzen Pullover.

»Hat er Sie oft geschlagen?«

»Uns geschlagen? Nein ... er hat uns immer anders ...«

Jourdan hat das Gefühl, dass sich eine kalte Hand zwischen seine Schulterblätter legt. Nicht bewegen. Sich keine Emotionen anmerken lassen. Darum kümmern wir uns später. Er begnügt sich damit, das Mädchen anzusehen, die immer mehr in sich zusammensinkt. Er verharrt fünf Sekunden in dem Schweigen, dass zwischen ihnen fest wird.

»Lucas, meinen Sie?«

»Wen sonst?«

»Nein, also … Ja, oft. Er mochte es nicht, wenn ich ihm widersprochen hab. Da wurde er sofort rasend. Oder wenn er breit war, da hat er das Haar in der Suppe gesucht, irgendeine Kleinigkeit, die ihm nicht passte. Er hat gesagt, das wär ein Saustall hier, total versifft und nicht aufgeräumt, dabei hat er immer seinen Kram überall rumliegen lassen. Einmal hat er Sachen aus dem Fenster geschmissen. Meinen Computer, schmutzige Wäsche, Bücher. Da sind die Bullen gekommen, sie haben ihn bloß angeschnauzt, dass sie ihn beim nächsten Mal mitnehmen. Und Sie? Warum suchen Sie ihn?«

»Sagen Sie mir, wo ich ihn finden kann. Er hat doch bestimmt so seine Gewohnheiten, Ecken, wo er rumlungert.«

»Hat er was Schlimmes gemacht?«

»Ja, wie bei Ihnen. Sagen wir mal, er ist noch einen Schritt weiter gegangen …«

»Das One Shot, Cours de l'Yser. Und manchmal geht er ins Victoire, Studentinnen abschleppen, wenn ein Spiel läuft. Ansonsten waren wir eigentlich überall. Die Pizzeria Tutti Quanti, Cours de l'Argonne. Er kannte den Wirt, er hat da mal gearbeitet.«

Jourdan steht auf. Violaine Guichard bleibt regungslos und gebeugt sitzen, starrt ins Leere. Jourdan bedankt sich. Er überlegt, sich für seine Grobheit zu entschuldigen, aber lässt es bleiben. Das war nicht der Grund für ihre Tränen. Worte von einem dämlichen Bullen, das sind nur Wassertropfen im feuchten Sand, bei allem, was sie offenbar seit Langem an Wunden und Beulen mit sich rumschleppt. »Danke«, sagt er. »Danke für Ihre Hilfe.« Sie steht auf, zieht sich den Saum ihres weiten Pullovers über die Oberschenkel. Jourdan war sie kleiner vorgekommen. Sie ist so groß wie Barbara. Sie müssen im gleichen Alter sein.

An der Tür sagt er:

»Sie wissen, dass Sie Anzeige erstatten können.«

»Gegen Lucas?«

»Sie wissen ganz genau, von was und wem ich rede. Ihre kleine Schwester Chloé sieht Ihnen sehr ähnlich. Denken Sie an sie.«

»Ich denke nur an sie.«

Er reicht ihr seine Visitenkarte.

»Werfen Sie das nicht gleich weg.«

Sie öffnet die Tür, wartet, bis er draußen ist, ihre Nägel knistern ungeduldig auf dem rot gestrichenen Holz. Zum ersten Mal seit er da ist, guckt sie hoch und sieht ihm direkt in die Augen, ohne zu blinzeln. Ein Lächeln spielt um ihre Mundwinkel. »Danke«, flüstert sie. »Ich schau mal.«

23 Als er ins Büro kommt, sagt er Guten Morgen, wie immer, weil er so erzogen wurde, weil er sich noch gut an den Schlag auf den Hinterkopf erinnert, den Maman ihm verpasste, wenn er irgendwo mal das Grüßen vergaß, aber heute Morgen reagiert Muriel nicht, deshalb sagt er es noch einmal, ein bisschen lauter, dabei redet er nicht gerne laut. Sie murmelt irgendetwas, das ein Guten Morgen sein könnte, ohne von der Zeitung aufzusehen, bis sie seine Anwesenheit zu bemerken scheint, anschließend vertieft sie sich wieder in die Zeitung.

Eigentlich ist es ihm völlig egal, ob es für die, die er grüßen muss, ein guter oder schlechter Morgen ist, wirklich, seinetwegen können die alle krepieren, vor seinen Augen, dann würde er sich freier fühlen, und die Luft wäre leichter. Die Leute bedeuten ihm nichts, er muss halt mit ihnen arbeiten, sie auf der Straße sehen, sich im Bus zur Seite drücken, um sie vorbeizulassen, und manchmal ihrem blinden Blick begegnen, aber in keinem Fall sind sie seinesgleichen, mit denen hat er nichts gemeinsam. In der Armee mit den Kameraden, da ja, das war fast eine Art Brüderlichkeit, oft waren sie wie Brüder, von denen man vorher nichts gewusst hatte, aber die man jetzt erkannte, wenn man Schulter an Schulter bei einem Truppentransport durchgeschüttelt wurde oder vor Tellern voller Essen und Sand in einem Zelt in der Wüste saß. Und bei Einsätzen, da war es immer, als wären sie ein einziger Körper, Christian hatte das Gefühl, dass alle anderen Herzen der Abteilung in seiner Brust schlugen. Ihre Angst, die Wut, der Hass auf diese feigen, hinterhältigen Schwarzen, die unfähig waren, Mann gegen Mann zu kämpfen, waren dieselben. Die Offiziere sagten, »Es ist immer das Gleiche mit denen, sie nennen es Guerillakampf, aber es ist bloß ein Kleinkrieg der Schwachen, Unterkrieg der Untermenschen, machen wir uns nichts vor.« Und er und die anderen saßen um die brennenden Paletten unter einem so abgründigen Himmel, dass sie nicht wagten, hochzuschauen, und nickten.

Seit der Zeit, seit die Armee ihn seinen Waffenbrüdern entrissen und unter einem unzulässigen Vorwand zurück in den Sumpf des Zivilistenlebens gestoßen hat, weiß er, dass die, mit denen er zu tun hat, nur Attrappen sind, schwerfällige, sperrige Körper, hohl wie Bronzebüsten, die zerbrechen, wenn man sie umstößt. Er muss die ganze Zeit so tun als ob. Sich zusammenreißen. Den Drang beherrschen, die Hohlköpfe, die unterwegs vor ihm rumtrödeln, anzurempeln oder abzustechen. Ich bin ein Geschoss. Lanze, Assagai, Pfeil, vergifteter Wurfspieß, Kugel. Platz da. Bald weiche ich keinem mehr aus.

Von weit her dringt Muriels Stimme zu ihm durch, sie sagt irgendwas und legt die Zeitung auf den Schreibtisch, streicht das Papier mit dem Handteller glatt.

»Das ist schon das zweite Mal, dass sie ein Foto von der Leiche bringen, muss wichtig sein. Hast du das gesehen?«

Christian beugt sich vor, sieht das Foto, das eine Viertelseite einnimmt, verkehrt herum, aber er weiß, das ist Romain, ja, er nimmt die Zeitung und schaut es sich genauer an, das ist er, Mondgesicht, speckiger Hals, dümmlicher Blick, genauso sah er aus, wenn er schlief, morgens im Bett fläzte, wenn Maman ihn wecken wollte, damit er sich fertig machte und zur Schule ging, aber er pennte weiter oder drehte sich grunzend um, und manchmal musste sie mit einer Gabel ins Fett von seinem dicken schlaffen Arm stechen, manchmal bis aufs Blut, das konnte passieren: »Na, nun guck dir bloß mal an, wozu du mich treibst, Herrgott nochmal, wie zum Henker kann man nur so sein, Mist, ewiger, wie an dem Tag, als ich dich geworfen hab, das Baby ist ein bisschen faul, hat die Hebamme gesagt, stundenlang hab ich versucht, dich rauszupressen, ich hab gedacht, ich geh drauf dabei, als ob mir die Eingeweide rausplatschen, und was hast du gemacht, bist erst in der nächsten Nacht rausgekommen, ohne einen Ton, ich hab gedacht, du bist tot, und dann hat's einen Arschtritt gebraucht, damit du endlich plärrst.«

Ja, das ist er. Christian fragt sich, ob sie ihn noch in so einem Kühlfach aufheben, sieht man manchmal in Filmen, oder ob sie ihn in ein Massengrab geschmissen haben, aber wenn sie hier das Foto noch mal zeigen, werden sie ihn wohl identifizieren wollen, denkt er sich, und wenn sie rausfinden, wer er war, finden sie mich. Er spürt, wie er blass wird, wie seine Haut sich spannt.

»Na, und?«, sagt Muriel. »Kennst du den oder was?«

Christian legt die Zeitung wieder hin und schaut in die dunklen, zusammengekniffenen Augen der Frau, sie starrt ihn an, als ob sie etwas erraten will, als ob sie alle Gedanken liest, die sich in seinem Kopf überschlagen. Deshalb nimmt er die Zeitung noch mal in die Hand, froh, dass ihm nicht die Hände zittern, und sagt:

»Er sieht aus wie ein Typ, den ich kannte, vor vier oder fünf Jahren. Wir haben zusammen Rugby gespielt. Aber er hatte ganz schwarze Haare, lockig wie ein Araber, und außerdem war er tätowiert, da, am Hals, irgendeine rote Blume.«

»Ja, ich hab auch erst gedacht, das ist unser alter Nachbar. Fast hätte ich angerufen, da steht ja eine Nummer, aber wenn ich drüber nachdenke, nein, der war älter.«

Die Frau lächelt. Vielleicht ist sie erleichtert. Tja, kann schon mal passieren, dass man denkt, man hat jemanden erkannt. »Also?«, fragt er. »Was ist zu tun?«

Eine Ladung Hohlblocksteine und Zement bei Sauternes.

Das Beladen dauert eine halbe Stunde. Weil es nicht regnet, nutzt er die Zeit und steckt sich in der Sonne eine an. Er untersucht das goldene glitzernde Feuerzeug. Der Chef beobachtet ihn, da steckt er es in die Hosentasche. »Hübsches Feuerzeug, willst wohl auf den Ball?«

Christian erklärt, dass er es neulich gefunden hat und dass es noch gut ist. Der Chef lacht. »Mir ist das egal, weißt du. Jedem Tierchen sein Pläsierchen.«

Er muss das loswerden, das Feuerzeug. Sonst steh ich noch als Schwuchtel da. Er denkt an all die unbedeutenden Gegenstände, die er mitgenommen hat, Zigaretten oder Tabak, Taschenspiegel, Puderdosen, Lippenstifte, Anhänger, wertlose Ringe, Parfümflakons, der ganze Krimskrams, an dem noch lange eine Spur Moschus haftet, manchmal saugt er ihn tief ein und versucht vergeblich, sich an ihre Gesichter zu erinnern, inzwischen verwechselt er sie nämlich, er weiß nicht mehr, welcher dieses oder jenes Ding gehörte, vor allem die drei ersten, die, die er zu Maman hatte bringen müssen, bis sie sagte, dass sie das nicht mehr will, dass er aufhören muss, weil sie ihn sonst irgendwann bei der Polizei anzeigen müsste.

An dem Tag hatte er sie geschlagen. Er hatte sich auf sie gestürzt, wie man in ein Loch fällt, und dort, ganz unten am Boden, hatte er sie plötzlich weinend sitzen sehen, das Gesicht blutverschmiert, wimmernd vor Schmerz, und er hatte sich neben ihr hingekniet, sie war ihm um den Hals gefallen und hatte nach seinen Lippen gesucht und geseufzt, dass sie ihn selbst als Tote noch lieben würde.

Er fährt über die Autobahn, der Motor des alten Lkws hat Mühe, die Last zu schleppen. Es macht Christian wahnsinnig, mit hundertfünfzig Sachen von Sportwagen überholt zu werden, und er fragt sich, was ihn davon abhält, das Steuer herumzureißen und sie gegen die Leitplanke zu drücken. Er müht sich am Gaspedal ab, die nasse Straße, die in der Sonne wie ein Band matten Stahls aussieht, blendet ihn, er hört, wie der Motor wirkungslos durchdreht, und hat den Verdacht, dass das Getriebe im Arsch ist und mitten in der Pampa den Geist aufgeben wird. Einen Moment lang beschäftigt die Aussicht seinen Geist, er überlegt, mit welchen Manövern der Abschleppdienst den Lkw auf den Hänger laden würde, aber auf einmal fällt ihm wieder ein, was im Wohnmobil mit der Nutte passiert ist, und es ist, als ob man ihm einen Helm mit haarfeinen Stacheln aufsetzt: Er sieht vor sich, wie sie seine Wichse ins Taschentuch spuckt, und begreift, warum die Bullen das Foto von dem Penner noch mal in die Zeitung gesetzt haben. Er begreift, dass sie bei den Analysen die Verbindung entdeckt haben. Brüder, Bastarde aus demselben Wurf.

Falls irgendein dämlicher Arsch Romain auf dem Foto wiedererkennt …

Er wagt nicht, sich vorzustellen, was dann passiert. Sein Hirn steht vor der Betonmauer, auf die er gerade gestoßen ist. Er wirft das Glitzerfeuerzeug weg, schaut zu, wie es über den Asphalt hüpft.

Auf den Landstraßen folgt er der Route im Navi, lenkt sich mit dem kleinen Pfeil ab, der sich biegt und verrenkt. Zwei Rehe überqueren mit einem Satz die Straße, dreißig Meter vor ihm, aber als er im Schritt fährt und im Wald nach ihnen Ausschau hält, regt sich nichts mehr, als wären sie eingesaugt worden, von der Vegetation verschluckt.

Auf der Baustelle, einem großen Haus zweihundert Meter außerhalb eines Dorfes, bauen zwei Typen ein Gerüst auf, sie stehen bis zum halben Stiefelschaft im Schlamm. Durch die heruntergelassene Scheibe sagt der ältere der beiden zu Christian, er soll dahinten abladen, wobei er ausladend gestikuliert. Er manövriert den Lkw auf eine Wiese, merkt, dass die Hinterreifen einsinken, hält an, steigt aus und guckt, ob er nicht festgefahren ist.

»Hier passiert nichts. Der Boden ist bloß aufgeweicht. Scheißregen, ständig Wasser in der Fresse. Wir dachten, die Platte wird nie trocken.«

Christian schaut zum Himmel, der kurz aufgeklart ist, ein blassblauer Fetzen bewegt sich vorwärts.

»Ja, Scheißregen, echt.«

Der Typ steckt sich eine Zigarette an, die Sonne kommt wieder, sobald die Flamme aufflackert.

»Guck, verdammmich, die Sonne tanzt nach meiner Pfeife!«

Christian dreht sich zu ihm um, sieht zu, wie er mit dem Feuerzeug spielt, die Flamme dicht vor seinem Gesicht tanzt als flüchtiger Schimmer in seinen runden Augen.

»Und lässt du's auch manchmal regnen?«

Der Mann unterbricht sein Spiel.

»Warum das denn? Findest du nicht, dass es auch so schon reicht?«

»Na ja, wenn du gewieft genug bist, um die Sonne herzuholen, lässt du's vielleicht auch regnen, wenn du in den Wind pisst.«

Der Mann zieht an der Zigarette und mustert ihn.

»Das war Spaß«, sagt er.

Christian dreht ihm den Rücken zu, um den Ladekran zu bedienen. Er klettert auf die Ladefläche, macht Riemen und Haken fest, klettert wieder runter und landet mit beiden Beinen in einem Wasserloch. Er flucht unterdrückt, seine Arbeitsschuhe sind durch.

»Auweia, ja, also, ohne Gummistiefel bist du hier aufgeschmissen.«

Christian ignoriert den Komiker, der guckt gerade zu der eine Tonne schweren Palette hoch, die über ihn wegschwebt. Er überlegt, die Kranbremse loszulassen und dem Versager die Fresse zu zermatschen. Er überlegt auch, dass es wahrscheinlich kein guter Zeitpunkt ist, die Aufmerksamkeit auf sich zu lenken, selbst bei etwas, das leicht als Arbeitsunfall durchgehen könnte.

Er lädt Hohlblocksteine, Zement, Baustahlmatten ab. Der Kerl unterschreibt beflissen den Lieferschein.

»So, bitte schön, ein Autogramm. Wirst sehen, eines Tages ist das Gold wert.«

Wenn man dich zum Narrenkönig krönt, denkt Christian. In der Kabine zieht er die Schuhe aus und wringt die Socken aus, fröstelt, als er alles wieder anzieht, und als er weiterfährt, dreht er die Fußraumheizung voll auf.

Den ganzen Tag lang beliefert er Kunden, hilft beim Beladen von Anhängern, sagt Guten Tag, Auf Wiedersehen, Danke, wenn ihm jemand einen Fünf-Euro-Schein als Trinkgeld zusteckt, weil er beim Festzurren geholfen hat. Er spricht so wenig wie möglich, weil er gemerkt hat, dass seine eigene Stimme ihn stört, ihn am Nachdenken hindert, und er muss wirklich nachdenken. Er behält das Haupttor im Auge, durch das die Laster fahren, die eine Lieferung bringen oder abholen, weil er jeden Moment damit rechnet, dass hinter den riesigen Achsen ein dunkler Pkw mit vier Polizisten drin durchschlüpft.

Nachdem er eine ganze Weile in seinem Schweigen verharrt ist und nachgedacht hat, erscheint ihm eins offensichtlich: Er muss zu Maman, die anderen ausbuddeln und ins Wasser schmeißen. Und die aufgewühlte Erde? Er wird das Stück Land mit dem Einachsschlepper bearbeiten, als zukünftigen Gemüsegarten für den Sommer. Sie würden Tomaten und Paprika und Zucchini pflanzen. Maman isst gern Ratatouille.

Ihr können sie nichts. Und ich bin dann weit weg.

24 Louise geht die grasbewachsene Allee auf dem ländlichen Friedhof entlang. Der Himmel ist grau. Keinerlei Farbe. Eine weißliche Masse Grabsteine. Sie entdeckt zwei Totengräber, die eine Leiche tragen, und als sie näher kommt, weiß sie, dass es ihre Mutter ist. Ausgebreitete Arme, offener Mund. Die Leiche ist steif und trocken. Die Totengräber legen sie in einen Sarg, und Louise fragt: »Und ich? Wo haben Sie mich hingelegt?« Einer der beiden zeigt ihr ein Viereck frisch umgepflügter Erde: »Hier.« Louise empfindet weder Entsetzen noch Überraschung. Ein paar Meter weiter sieht sie ihr Grab. Sie ist erleichtert, weil sie in der Nähe liegt, aber Traurigkeit übermannt sie, sie beginnt zu weinen, kann sich nicht rühren, ist ohnmächtig.

Die Traurigkeit weckt sie. Sie wischt sich die Tränen am Betttuch ab und versucht, im Schein der Leuchtziffern des Radioweckers die Umrisse ihres Schlafzimmers auszumachen. Ich bin also am Leben. Am liebsten wäre ihr ein Geräusch, um sicherzugehen. Ein vorbeifahrendes Auto, eine Stimme unten auf dem Parkplatz, das dumpfe Dröhnen eines Flugzeugs. Ihre schmerzende Schulter überzeugt sie, dass sie nicht tot ist. Fast sechs. Sie wird nicht wieder einschlafen.

Sie steht im Dunkeln, füllt ihre Lunge mit Luft, und der Schmerz nimmt ihr den Atem. Der untere Rücken wird steif wie eine Stange, als sie sich zum Nachttisch beugt und die Lampe anknipst. Beim Anziehen fröstelt sie. Sie hat das Gefühl, ihr Körper ist eine Ansammlung ausgetrockneter Fasern kurz vorm Zerreißen. Sie verscheucht das Traumbild von der Leiche ihrer Mutter.

Es ist noch dunkel, aber sie weiß, dass der Morgen kommt, sobald sie Sams Tür aufgemacht und ihn gesehen hat, eingemummelt in seine Decken oder wie ein Schneeengel, ohne Decke, mitten im Durcheinander des Bettes, wo es aussieht, als hätte er die ganze Nacht lang Schlachten geschlagen. Licht aus dem Flur fällt ins Zimmer, sobald die Tür ein Stück aufgeht. Ein Hausschuh auf dem Boden, ein Raumschiff liegt auf dem Rücken, ausgespuckt auf diesem fremden Planeten. Louise bleibt das Herz stehen. Die Beine knicken ihr weg, und sie muss sich am Türrahmen festhalten, damit sie nicht umkippt.

»Sam?«

Sie weiß nicht, ob sie es geschrien oder geflüstert hat oder ob er einfach in ihrem Schädel explodiert ist wie ein Schlaganfall.

Sam ist nicht im Bett. Louise stürzt in den Flur, rennt gegen Wände. Sie schreit »Sam, Sam«, ihre Stimme kippt und versagt, und sie weiß, dass sie danach nie wieder irgendwas sagen kann, aber als sie an der Tür ist, sieht sie, wie sich im Halbdunkel am Boden was bewegt, und als sie endlich den Lichtschalter findet, Darm und Blase kurz davor, sich auf der Stelle zu entleeren, setzt der Kleine sich auf, lehnt sich an die verriegelte Tür, eine Decke rutscht ihm von den Schultern, und sie fällt neben ihm auf die Knie, drückt ihn an sich und wimmert, unfähig, irgendwas zu sagen.

Einen Augenblick lang bleiben sie aneinandergeschmiegt sitzen. Um sie herum erwacht das Haus zum Leben. Eine Tür quietscht, Schritte auf der Treppe, ein Auto fährt los. Louise nimmt ihren Sohn auf den Arm, trägt ihn ins Wohnzimmer und setzt ihn aufs Sofa. Weil er kalte Füße hat, holt sie die Decke und wickelt ihn ein. Er schluchzt lautlos. »Ich wollte nicht«, stammelt er.

Louise kann nicht sprechen. Sie legt die Kinderhand an ihren Hals. Ein kleines Tier tastet und schlüpft unter den alten Pullover, schiebt sich bis zu ihrer Schulter. Die Worte kommen zurück, sie sagt:

»Warum hast du ...«

Die kleine Hand wandert zu ihrem Nacken, die Finger spielen mit ihrem Haar. Louise fällt ein, dass ihre Mutter das gemacht hat, wenn sie Kummer hatte.

»Ich wollte Wache halten«, sagt Sam. »Falls er wiederkommt.«

»Und was hättest du gemacht? Du bist zu klein, weißt du das nicht?«

Sam steht auf. Er rennt barfuß über die kalten Fliesen. Deine Hausschuhe. Louise sagt lieber nichts, weil sie wieder vor sich sieht, wie Lucas den Kleinen festhält, das Messer an seiner Kehle, das leere Bett gerade eben, und das Entsetzen verknotet ihr den Magen. Sie hört Sam in seinem kleinen Rucksack wühlen, den er im Flur bei sich hatte. Er kommt wieder, einen Darth-Vader-Helm auf dem Kopf und ein großes Küchenmesser in der Hand.

»Guck«, sagt er. »Wenn ich das neulich gehabt hätte, als er mich festgehalten hat, hätte er dir nicht wehgetan. Ich hätte ihn umgebracht.«

Sam starrt sie stur an, mit ernster Miene, gerunzelter Stirn, dann nimmt er den Helm ab und legt das Messer hin.

»Ich hab das spitze genommen, das so gut schneidet.«

»So was darfst du nicht sagen.«

»Warum nicht?«

»Kleine Jungen bringen keine Leute um.«

Er setzt sich ans andere Sofaende, verschränkt die Arme, ignoriert Louise, die seinen Blick sucht.

»Aber die Großen, die dürfen. Und schlagen auch.«

»Die dürfen das auch nicht.«

Sam zuckt die Achseln.

»Ich hab aber die ganze Zeit Angst, dass du stirbst.«

Louise setzt sich zu ihm und drückt ihn an sich. Er verschränkt die Arme noch fester, zieht die Knie an die Brust. Sie umarmt einen harten, kompakten kleinen Jungen, der sich widersetzt. Sie sucht nach Worten. Da sind wir nun, alle beide. So allein. Überall Nacht. Und der Kleine will jemanden umbringen. Mein Sohn wurde angesteckt, bald ist er krank, wie wir. Wir müssen hier weg. Sie denkt an mögliche Woanders. Die Bretagne. Kindheitserinnerungen. Wattfischen. Krebse machen sich zwischen Steinen davon. Das Meer brandet und brandet gegen die Felsen. Sie erinnert sich an das Schiff zur Île de Sein, die kabbelige See am Leuchtturm la Vieille. Die engen Straßen und Gärtchen voller Blumen. Ihr Vater hätte dort gern ein paar Wochen verbracht, im Winter, wenn es stürmte. Sam würde das auch gefallen. Das Heulen des zornigen Windes, der um die Häuser fährt. Weil sie merkt, dass er sich entspannt, küsst sie ihn aufs Haar.

»Ich bin nicht tot. Ich bin bei dir.«

Sam nickt. Er murmelt: »Ich weiß, aber ...«

»Wir gehen weg. Weit weg von dem Ganzen.«

So bleiben sie lange schweigend aneinandergekuschelt sitzen. Louise weiß, was zu tun ist. Sie traut sich nicht, Sam zu wecken, der eingenickt ist, aber sie würde am liebsten aufstehen und eine Liste machen. Allein schon wegen des Vergnügens, ihre Vorsätze nummeriert und mit Kommentaren vor sich zu sehen. Sie hat plötzlich das Gefühl, dass eine Zukunft möglich ist und dass sie diesen ziellosen Trott aus aneinandergereihten Tagen stoppen kann, die mehr schlecht als recht zusammenhängen.

Schließlich machen sie sich fertig. Graublauer Morgen vorm Fenster, Kaffeeduft, der Schokoladenbart um Sams Mund, ungewöhnlich still, das dunkle Schimmern in seinen

Augen, wenn er Louise anschaut, das Radio und der übliche Nachhall des Chaos.

Die Liste. Louise setzt sich dran, als Sam im Bad ist. Mit unsicherer Hand und klopfendem Herzen schreibt sie: Haus verkaufen. Recherchieren. Ihr seid nicht mehr dort. Ihr seid hier bei mir. Ich nehme euch überallhin mit.

Sam kommt mit seinem Rucksack zurück, die Jacke zu, Mütze auf dem Kopf. »Wir können.« Er zieht Schuhe an. Louise sagt, dass sie früh dran sind, sie sich noch kämmen und schön machen muss. »Hach ...« Sam fängt an zu pfeifen.

Im Auto fragt er sich, ob Nadia heute wohl wieder da ist, gestern war sie krank, und Enzo auch. »Ihre Mutter hat mir gesagt, dass sie nur ein bisschen Schnupfen hat. Du wirst sehen, heute ist sie wieder da, deine Liebste.« »Pfff ... Du bist dumm.«

Vor dem Tor entdeckt er zwei Freunde, schmatzt Louise schnell einen Kuss auf die Wange und geht, ins Gespräch vertieft, mit seinen Kumpels über den Hof, aber bevor er um die Hausecke biegt, dreht er sich zu ihr um und bleibt eine Sekunde lang stehen, Fragezeichen im Blick.

Fenster putzen bei Madame Poupard, gegen die immer wieder auftauchenden Streifen ankämpfen, die Sonne scheint sich einen Spaß draus zu machen; Bügeln bei Madam Le Goff, der kleinen Frau, die letzte Nacht nicht schlafen konnte, weil sie von Phantomschmerzen gequält wurde: »Der Fuß, den sie mir vor zehn Jahren abgenommen haben, tat so weh, und dann hat meine Wade gejuckt. Neulich habe ich geträumt, dass mein Bein nachgewachsen ist. Und die Brände in Australien? Haben Sie das gesehen? Und Syrien? Was für eine Welt hinterlassen wir da nur unseren Kindern? Meine Enkelin sagt immer zu mir, Keine Panik, Mamie, ich komm schon klar. Ja, du vielleicht, aber die anderen? Die anderen sind mir egal. So denken die jungen Leute heutzutage. Natürlich, sie mit ihrem Ingenieurstudium wird schon ihren Weg machen.« Louise lässt sie erzählen und nickt dazu. So haben die beiden auch immer geredet. Sie regten sich jeden Tag auf. Zwei- oder dreimal hatten sie Louise auf Demos mitgenommen. Sie erinnert sich noch an die Menschenmassen ohne Ende, die sie von den Schultern ihres Vaters aus überblickte, und die Lautsprecher, die Slogans, die Sprechchöre, die Spruchbänder, ihre Mutter erklärte ihr die Botschaften, all die wütenden Menschen, und trotzdem lächelten sie und marschierten ruhig plaudernd.

Putzen, bügeln, einkaufen. Trösten, sich ein Lächeln abringen, die richtigen Worte finden, immer dieselben. »Und Ihre Enkel? Und Ihr Sohn? Bleiben Sie am Sonntag zu Hause? Was sagt denn der Doktor dazu? Haben Sie das der Krankenschwester gesagt? Machen Sie sich keine Sorgen. Das wird schon.«

Oder aber den Mund halten im drückenden Schweigen der Depression – bläuliche Gesichter vor dem Fernseher, Blausucht durch Einsamkeit – oder die feindselige Alte aushalten, die brummelnd den Kassenzettel kontrolliert oder mit dem Finger über die Möbel fährt, wenn Louise abgestaubt hat.

Sie kommt von ihrem Arbeitstag wie aus einem mit kaputten Autos verstopften Tunnel, die Fahrer sitzen starr hinterm Steuer oder liegen auf den Rücksitzen. Sie holt Sam ab, der den Kopf auf die Arme gelegt hat und schläft, neben ihm ein angefangenes Bild, das waagerechte Meer, ein winziges Segelboot am Horizont und darüber eine orange Sonne. Sobald sie zu Hause sind, geht er ins Kinderzimmer, er will sein Bild fertig malen.

Louise holt die Liste mit den Vorsätzen aus der Handtasche, die sie heute Morgen geschrieben hat, und liest sie noch mal durch. Sie hat sie heute schon mehrmals angesehen, nach jedem Hausbesuch.

John geht sofort ran. Im Hintergrund wummert Technomusik. Er redet laut. Bellt:

»Jep, was ist?«

»Hast du kurz Zeit?«

Er zögert. Die Musik wird leiser.

»Ja. Was gibt's?«

Louise weiß nicht, wie sie das sagen soll. Sam kommt rein und zeigt ihr sein Bild. Er hat noch rote und gelbe Vögel über dem Meer dazugemalt. Und neben das Boot hat er »Maman und Sam« geschrieben.

»Hallo, bist du noch da?«

Louise lächelt Sam schief an. Sie zeigt auf das Handy am Ohr, er legt ihr das Bild auf den Schoß und geht wieder.

»Kommando zurück.«

Jemand flüstert John etwas zu. Er murmelt irgendwas Unverständliches.

»Wie jetzt?«

»Das Ding, mit Lucas. Deine Leute. Vergesst das.«

»Willst du mich verarschen?«

Sie verhaspelt sich, nein, aber das geht zu weit, sie will nicht, dass das böse endet. Sie hört, wie er zu jemandem sagt: »Ja, genau, hau ab.«

»Meine Leute, wie du sie nennst, sind schon an dem Ding dran. Ich hab einen Deal mit denen geschlossen, und die sind nicht zu Scherzen aufgelegt. Und außerdem kennen die den Penner. Sie hatten schon mal einen Zusammenstoß mit dem und können es kaum erwarten, ihm die Fresse zu polieren. Diese Typen sind wie Pitbulls. Wenn du die auf jemanden hetzt, kannst du sie nicht mehr zurückpfeifen.«

Das Zimmer verschwimmt vor Louises Augen.

»Die werden ihn doch nicht ...«

»Quatsch. Die sorgen bloß dafür, dass er dir nicht mehr in die Fresse wichst.«

Louise versucht, vernünftig zu denken. Erinnert sich an den Abend neulich. Wie John auf ihr lag, sich seinen Lohn holte. Sie weiß nicht, was für einen Deal er mit diesen Typen ausgehandelt hat. Vielleicht ist sie der versprochene Preis?

»Louise, bist du noch da?«

Plötzlich ist seine Stimme viel weicher. Sie hat das Gefühl, er ist hier, ganz nah, und betatscht sie.

»Ich mach das für dich, das weißt du doch. Wir beide kennen uns schon ewig, stimmt's? Das verbindet uns, meinst du nicht?«

Sie sagt, doch, klar. Sie bemüht sich, tief zu atmen, damit sie nicht umkippt.

»Mein Sohn ruft. Er hat Hunger.«

»Na, wir hören uns wieder.«

Louise drückt ihn weg. Sie legt das Handy hin. Sie hat Angst, dass es klingelt. Der Polizist. Sie schnappt sich die Handtasche, wühlt, findet nichts, kippt alles auf den Tisch, entdeckt die Visitenkarte.

»Monsieur Jourdan, also, ich meine *Commandant* Jourdan? Hier ist Louise Andreu ... Vielleicht erinnern Sie sich ...«

»Ja, natürlich. Was ist los?«

»Ich brauche Sie. Also, ich meine, ich muss mit Ihnen reden.«

»Ich kann gegen neun vorbeikommen. Ich mach hier noch was fertig, dann bin ich bei Ihnen. In Ordnung?«

»Ja, ja ... Danke.«

Sie legt sich aufs Sofa, das Handy auf der Brust. Eine Maschinerie hat sich in Gang gesetzt, sie erahnt, wie die Räderwerke um sie herum sich drehen, aber hat keine Ahnung, was dabei rauskommen wird. Sie denkt an Charlie Chaplin, wie er, vollkommen verrückt, von den Zahnrädern eingesogen wird, aber sie weiß nicht mehr, wie es ausgeht. Ob er allein mit wirbelndem Spazierstock oder glücklich am Arm seiner Liebsten davongeht.

25 Als Barbara in die Küche kam, war Jourdan bei der dritten Tasse Kaffee und dem vierten Toast, dick mit Butter und Orangenmarmelade bestrichen. Er hatte das Radio ausgeschaltet, um das penetrante Hintergrundgeräusch einer Welt, die vor die Hunde ging, und das bedrückende Surren der Kommentare zu unterbrechen. Die Stille hatte sich wie eine Decke um ihn gelegt, und das tat ihm gut, vor dem Fenster graute bläulich der Morgen, der Garten schüttelte im Wind die letzten Regentropfen ab. Er sah zu, wie seine Tochter ihre Sachen in einer Ecke ablegte und sich einen Espresso machte. Sie stand mit dem Rücken zu ihm, behielt die schnurrende Maschine im Auge, und er hatte den Eindruck, sie traute sich nicht, ihn anzusehen. Endlich setzte sie sich hin und lächelte ihm zu, während sie auf den heißen Kaffee pustete.

Vor einer Stunde hatte Marlène ihm mitgeteilt, dass sie ihn verlassen würde. Das hatte Jourdan sich schon gedacht, es war zwar noch früh, aber sie war frisiert und geschminkt. Weil er kaum reagiert hatte, hatte sie hinzugefügt, dass sie eine bezahlbare Wohnung in einem benachbarten Vorort gefunden hatte und Ende Mai umzog. Sie hatte gesagt, es täte ihr leid. Und sie wäre traurig, sehr traurig. Aber es könnte so nicht weitergehen. »Es ist viel zu still, verstehst du? Es ist, als wärst du gar nicht mehr da, hier bei uns. Als ob du in einer Parallelwelt lebst, mit deinen Polizisten und Ganoven. Oder in einer Blase, ja, genau, in Form eines Blaulichts.«

Jourdan hatte sie lange angestarrt, während sie im Marmeladenglas herumfuhrwerkte, um sich ein Brot zu machen. Die dunklen Augen, tiefgründig und durchdringend, ihr Schmollmund, der umwerfend und strahlend lächeln konnte. Die Schönheit dieser Frau, das war ihm schon aufgefallen, als er sie das erste Mal gesehen hatte. Er machte sich immer lustig, wenn im Kino oder in Romanen die Liebe einschlug wie ein Blitz, auf den ersten Blick, fulminante Begegnung, ein Blickwechsel, und schon ist eine unerschütterliche Verbindung geknüpft. Und doch ist ihm an jenem Abend in Paris auf der Café-Terrasse am Boulevard Saint-Martin genau das passiert, als sie ihn um Feuer bat. Die Bewährungsprobe kam später, viel später, mit der Zeit. Er weiß nicht, wann der Zauber aufgehört hat zu wirken. Als hätten ihrer beiden Zauberkräfte unmerklich nachgelassen und sie der Fähigkeit beraubt, fahles Morgengrauen in strahlende Morgen zu verwandeln.

Er hat das Gefühl, sie in- und auswendig zu kennen. Körper und Geist.

Er starrte sie an, als sie ins Brot biss, die Kaffeetasse in der anderen Hand, an der der blutrote Ring aus Murano funkelte. Sie hatte ihn ebenfalls angesehen, wie verrückt geblinzelt und er sich eingeredet, dass sie die Tränen zurückdrängte.

»Du sagst nichts? Wie immer?«

Ein Schluchzen war in ihm aufgestiegen. Wie lange hatte er nicht geweint? Er weiß nur noch, dass Barbara mit zehn oder elf einmal vor ihren Augen untergegangen war, eine Welle hatte sie umgeworfen, die Brandung zog sie unter Wasser. Er war untergetaucht und hatte sie in dem plötzlich eiskalten Brodeln gepackt, blind vor Wasser und Sand. Am Strand war er auf die Knie gefallen, die Kleine im Arm, und während Marlène dafür sorgte, dass sie das geschluckte Salzwasser hochwürgte und ausspuckte, hatte er geflennt wie noch nie.

»Du hast bestimmt recht. Es ist meine ... Gibt es jemanden?«

Sofort hatte er die Frage bereut. Polizeireflex.

»Nein. Es gab immer nur dich.«

Marlène hatte den Kaffee ausgetrunken und war aufgestanden. Sekundenlang stehen geblieben, vielleicht wartete sie darauf, dass er noch mehr sagte, aber er hatte keinen Atem mehr, da hatte sie sich die Handtasche umgehängt. Jourdan war aufgestanden und hatte ihre Hand genommen, sie hatte sie ihm mit abgewandtem Blick überlassen, und er hatte ihre Fingerspitzen geküsst, den Ring aus Murano, das klare Rot.

Im Gehen hatte Marlène »Ciao, bello« gesagt, wie eine alte Zauberformel einer erschöpften Magie.

Dann war Stille. Jourdan hatte sich Kaffee nachgeschenkt.

Vom Grund dieser Stille aus sieht Jourdan seiner Tochter beim Frühstücken zu. Er weiß nicht, wie lange das schon nicht mehr vorgekommen ist.

»Du scheinst Hunger zu haben.«

»Morgens hab ich immer Hunger. Frühstück mag ich am liebsten.«

Ihr Handy vibriert; sie wirft einen Blick drauf, liest eine Nachricht.

»Ach, shit. So spät schon. Kannst du mich in die Stadt mitnehmen? Die Straßenbahn streikt.«

Sie sitzen mitten auf der Brücke im Stau fest. Weiter vorne zwei Krankenwagen, ein Polizeiauto, Blaulicht. Jourdan wartet, dass sie etwas sagt. Barbara hofft vielleicht, dass er etwas sagt. Das Gebläse der Heizung brummt, das Auto ist übersättigt mit unausgesprochenen Worten. Jourdan lässt die Scheibe runter, schnappt frische Luft.

»Und?«

»Was, und?«

»Deine Mutter zieht aus. Hat sie dir das gesagt?«

»Klar.«

»Und?«

Barbara seufzt. Sie lässt nun ebenfalls die Scheibe runter, dreht sich zum Fenster, stützt die Ellbogen auf.

»Ich denke, sie hat recht.«

Ihre Worte verwehen im Wind, und Jourdan ist dankbar, dass sie ihm das nicht frontal an den Kopf geworfen hat.

»Danke«, sagt er.

»Warum bedankst du dich?«

»Nur so. Würde zu lang dauern, dir das zu erklären.«

»Ja, wie immer. Weil das Erklären zu lange dauern würde, sagst du lieber gar nichts.«

Als sie dicht an der Unfallstelle vorbeifahren, sieht Jourdan einen umgekippten Motorroller mit aufgeplatzter Verkleidung. Blut auf der Straße. Barbara guckt weg.

»Willst du dann bei ihr wohnen?«

»Ja, mehr oder weniger. Sie hat ein Zimmer für mich. Aber es ist ziemlich klein.«

Sie fahren im Schritttempo in der stinkenden Abgaswolke hinter einem spanischen Sattelschlepper her.

»Ich gehe auch weg«, sagt Jourdan.

Barbara dreht sich um, starrt ihn mit großen Augen an.

»Wohin denn?«

»Weit weg. Wohin, weiß ich nicht. Muss ich mir überlegen.«

»Grübelst du etwa deshalb so viel die ganze Zeit?«

»Nein, nein ... Aber wenn ihr nicht mehr da seid, hält mich hier nichts und niemand mehr.«

Barbara schüttelt den Kopf. Sie holt ihr Handy raus, guckt drauf, als suche sie dort nach einer Antwort, dann steckt sie es weg.

»Du warst doch nicht mehr da. Ständig schlecht gelaunt und gereizt, distanziert ... Du kamst spät oder gar nicht nach

Hause. Ist dir das klar? Maman dachte schon, du hast eine andere.«

»Nein. Nur euch beide.«

»Uns beide, ja vielleicht ... aber auch die Scheißbullen und die Dreckskerle, die du suchst, die du verhörst, ja, mit denen redest du, da gibt es nichts ... Und die beschissenen Ermittlungen und dein gottverdammtes Team, deine neue Familie. Wenn du mal was gesagt hast, dann ging's nur darum. Es hat dich nicht mal interessiert, was wir machen, wie es für uns ist. Hast du das nicht kapiert? Hattest du uns wirklich gar nichts zu sagen? Dein Leben, unseres? Hätte das Erklären da auch wieder zu lange gedauert?«

Jourdan kommt es vor, als wäre das Auto in einem Fluss gelandet und sie würden langsam versinken, eingeschlossen vom ansteigenden Wasser, der Sauerstoff wird knapp, und er unterdrückt den Drang, mit offenem Mund nach dem Rest Luft zu schnappen, unfähig zu reagieren, gelähmt von der ihn umgebenden Kälte. Barbara sagt nichts mehr, anscheinend weint sie, sie hat sich zum Fenster gedreht und wischt sich mit dem Handrücken über die Wange.

Sie sind fast am Konservatorium, Barbara bittet ihn, sie schon rauszulassen, die Uni ist ja gleich um die Ecke. Sie hat keine Tränen in den Augen, aber sie ist blass wie ein krankes Kind.

»Tschüss«, sagt sie. »Das Laufen wird mir guttun.«

Er sieht ihr nach, wünscht sich, dass sie sich umdreht, aber sie geht schnell, zieht die Tasche hoch, die ihr von der Schulter rutscht, schlängelt sich an den Passanten vorbei, und er kann nicht warten, bis sie um die Ecke biegt, weil hinter ihm ein Hupkonzert ist und er weiterfahren muss, hinein in das Getöse und das Chaos dieses Morgens, von dem die Nacht irgendwie nicht weichen will.

Telefon. Elissalde. Man hat zwei verbrannte Leichen in einer Wohnung in Bègles gefunden. »Ich fahr mit Bernie und Greg hin. Kommst du nach?« Jourdan zögert. Er würde sich am liebsten weit weg von alldem hinsetzen. Der Kollege fragt, ob alles okay ist. Elissalde und seine extrem feine Intuition. »Klar ist alles okay. Ich mach mich auf den Weg.«

Ein niedriges Haus mit Garten in der rue Salvador Allende. Schaulustige auf dem Gehweg, Polizeiautos stehen quer auf der Straße, Polizisten quer auf den Bürgersteigen, vor sich Möchtegern-Experten für Tatorte, vom Fernsehen geschult. Die Feuerwehr packt zusammen. Der Officier hat den Helm unterm Arm und redet mit Elissalde. Jourdan stellt sich dazu, grüßt, lauscht. Es war eindeutig Brandstiftung. Das Feuer ist an mindestens drei verschiedenen Stellen ausgebrochen. Benzin. Sogar Kanisterteile wurden gefunden. Die verkohlten Leichen wurden im ehemaligen Wohnzimmer entdeckt, Hände und Füße mit Stromkabeln gefesselt. Der Feuerwehrmann geht zu seinen Männern, redet mit ihnen. Die Leute von der SpuSi waten inmitten der kohlschwarzen Tristesse durchs Wasser. Greg fragt Jourdan, ob er die Leichen sehen will. Jourdan verzichtet. Er geht ums Haus, über Glasscherben der beim Brand explodierten Fenster. Das Gerippe eines Renault 25 steht nur noch auf den Felgen. Es stinkt nach Benzin. Das Wageninnere ist geschmolzen, die Rückbank ist über die Vordersitze gelaufen, nur noch eine starre Masse wie fester, gelblicher Eischnee. Es wäre schön, wenn sie etwas Brauchbares im Kofferraum finden würden. Er will gerade verlangen, dass der sofort geöffnet wird, aber lässt es bleiben und entscheidet, dass ihm das scheißegal ist.

Er geht noch ein paar Schritte durch den brachliegenden Garten. Ein Fliederstrauch hält sich stur, ein paar Narzissen welken. Hinter ihm grüßen sich Leute, schreien sich an. Zamora von der Drogenfahndung und zwei seiner Zombies sind da. Jourdan geht auf sie zu. Als Zamora ihn sieht, teilt er ihm mit, dass sie seit sechs Monaten an den beiden Dreckskerlen dran sind, und jetzt war alles für den Arsch. Cédric Garcia und Kenza Arioui. Eine große Lieferung wurde erwartet, und die beiden Fixer sollten erzählen, wo und wann sie eintreffen würde. Zamora rattert es runter, zündet sich mit zitternden Händen eine Zigarette an, lässt das Zippo zuschnappen wie im Kino. Jourdan fragt sich, was der so früh am Morgen intus hat. Mit sichtlicher Erleichterung inhaliert Zamora die ersten zwei Züge, dann erzählt er, dass sein Team sich bei dem Fall zwei Wochen lang Beschattung geben musste, sie haben zwei Autos verwanzt, sind den Arschlöchern bei ihrem Rumgereise zwischen Toulouse, Marseille und Bordeaux gefolgt, alle auf Amphetaminen, und nur jeden zweiten Tag geduscht, damit die Ganoven sie nicht so leicht wittern. Er haut sich weg, als er das sagt, hustet sich fast die Lunge aus dem Leib: Wahrscheinlich raucht er seit Wochen Kette. Als er wieder Luft kriegt, entdeckt er das Wrack des Renaults und fragt, was zum Henker die mit so einem Auto zu schaffen hatten. Damit ist es doch förmlich vorprogrammiert, dass die einen beim Zoll auseinandernehmen. Kofferraum? Jourdan weiß es nicht. Jourdan ist es scheißegal. Zamora gibt einem seiner Männer einen Wink. Mit einem Brecheisen bricht der den Kofferraum auf, macht einen Satz nach hinten und kotzt auf die Narzissen.

Im Kofferraum liegt eine Leiche, ein nackter Mann, blau angelaufen, aufgedunsen, es stinkt nach Scheiße. Die Augen wurden ihm ausgestochen. Entsetzt hält Zamora sich eine Hand vor Mund und Nase, ist kurz still. Die beiden Zombies halten Abstand, beäugen misstrauisch die Leiche, als würde die sie gleich anspringen.

»Der ist ziemlich tot«, sagt Jourdan. »Da besteht keine Gefahr.«

Zamora beugt sich vor, zeigt auf ein Detail:

»Guck mal das Tattoo von der Schnitte auf seiner Schulter. Das ist Maxime Pietri, Maxou für seine kleinen Schwanzlutscher. Der sollte die Lieferung entgegennehmen. Ich muss den Alten anrufen, jetzt wird's kompliziert.«

Er dreht Jourdan den Rücken zu und geht mit dem Handy am Ohr ein Stück weg. Die beiden Zombies betrachten andächtig die Leiche aus der Nähe.

»Das war der Überraschungseffekt«, sagt der, der aufgemacht hat, zu Jourdan. »Ich hab schon einige gesehen, aber ertragen werd ich das nie.«

»Und ich ertrag's nicht mehr«, sagt Jourdan.

Er geht zu Elissalde, der dem Ganzen mit den Händen in den Hosentaschen zuguckt.

»Ein Fall von der Droge ... Zamora ist ganz aus dem Häuschen. Und was war im Auto?«

»Die Fortsetzung der Geschichte. Scheiß drauf. Ich fahr zurück ins Büro.«

»Du wirkst irgendwie komisch.«

Jourdan erwidert nichts. Er dreht dem Chaos den Rücken zu, zwingt sich, tief durchzuatmen, um die Ausdünstungen aus der Lunge zu vertreiben, die sich dort angesammelt haben. Sekundenlang bleibt er in der Stille seines Autos sitzen. Er sieht dem Wendemanöver der Feuerwehr zu, dann fährt er los.

Im Büro tunken Coco und Clément Croissants in den Kaffee. Madec ist wieder da, und Jourdan umarmt ihn und fragt, wie es ihm geht. Gut. Und es wird immer besser. Jourdan holt sich einen Kaffee. Ihm ist, als ob er besser atmen kann, er findet es angenehm in diesem Saustall von Büro, im Kaffeeduft.

Das Croissant schmeckt gut. Coco erzählt, ihr Bäcker sei ein Genie.

Sie bringen Madec auf den neuesten Stand. Der Mörder, sein Halbbruder, was alles überprüft oder nochmals überprüft werden muss, die Überschneidungen mit anderen Fällen. Sie teilen ihm die Anrufe bei den Leuten zu, die den Dicken auf dem Foto erkannt haben wollen. Als der Rest vom Team zurückkommt, sind nur noch Tippgeräusche, das Blättern in den Akten und das Aufziehen und Schließen von Schubladen zu hören.

Mittags gehen sie alle gemeinsam in die Kantine. Jourdan hört sich ihre Hypothesen zu dem Mörder an, ihren Verdruss, weil sie nichts finden, aber auch die Witze, die Frotzeleien, sie fordern sich gegenseitig heraus oder gehen unmögliche Wetten ein. Er schwebt in diesem Stimmengewirr und würde ab und zu gern sein Gesicht sehen können, wahrscheinlich grinst er dämlich, hat die Maske »Es geht mir gut« auf, die er sich am liebsten für immer runterreißen würde, und er möchte allen, die hier sitzen, sagen, dass er nicht mehr kann, dass das aufhören muss, dass er seit Monaten das Gefühl hat, alle Substanz laufe aus ihm raus wie aus einem Luftballon und dass bald nur noch eine leere Hülle von ihm übrig ist, die Haut auf den Knochen, ein schief gelegter Totenkopf. Irgendwann schafft er es, aufzustehen und draußen in der Sonne eine zu rauchen, er schließt die Augen, hält das Gesicht ins Licht, allein im gedämpften Lärmen der Stadt, das rote Leuchten hinter den Lidern hilft ihm, die Tränen zurückzudrängen, aufzulösen, was ihm seit heute Morgen im Hals steckt.

Der Nachmittag vergeht mit Anrufen von Zeugen, die glauben, dass sie den Dicken vom Foto in der Zeitung oder im Fernsehen identifizieren können. Um die zwanzig Meldungen, die meisten haarsträubend oder unter Alkoholeinfluss, ganz zu schweigen von der Frau, die sich als Hexe vorstellt, sie sei heimlich im Médoc tätig, kenne den Dicken aus der Schule, sie nennt sogar seinen Vor- und Nachnamen, drei Jahre in einer Klasse, und sie bietet an, die Leiche zu befragen, damit die ihre letzte Wahrheit preisgibt und dieser Dämon festgenommen werden kann, der die Frauen umbringt. Sie redet von Thanatotherapie, ihr Ziel sei es, die Toten von ihren Zwängen, Vergehen oder sogar Verbrechen zu befreien, damit sie endlich Ruhe finden, weil die Sakramente der Kirche nicht ausreichen. Eine Weile finden sie das ganz lustig, dann verbuchen sie den Anruf unter »arme Irre« und gehen zum nächsten über, ein Lkw-Fahrer, der den Dicken vor fünf Jahren zwischen Angoulême und Poitiers mitgenommen haben will. »Er hatte übrigens einen khakifarbenen Rucksack dabei, dachte, er ist Soldat.« Als sie über seine genaue Erinnerung staunen, erklärt er stolz, dass er niemals etwas vergisst, vor allem nicht die Tramper, die er mitnimmt. Madec und Coco fahren los, zwei Zeugenaussagen überprüfen, kommen mit leeren Händen wieder. Madec sagt, er hätte gern der Hexe aus dem Médoc einen Besuch abgestattet, schon allein wegen des Unterhaltungswerts.

    Jourdan surft auf der Informationsflut und dem Rückfluss dahin, mehrmals hält er sich davon ab, Barbara oder Marlène anzurufen, am Ende schmeißt er sein Privathandy in eine Schublade, nur um dann hektisch rumzuwühlen, als es um halb sieben klingelt, trotz der unbekannten Nummer geht er ran und hört Louise Andreus Stimme. »Ich muss mit Ihnen reden.«

Gegen neun Uhr abends klingelt Jourdan bei Louise Andreu. Vorher ist er im Büro rumgetigert, hat seine Unruhe dem Fall zugeschrieben, sie waren in einer Sackgasse. Sie hatten nichts, gar nichts. Zamora hat ihn informiert, dass am nächsten Morgen ein Einsatz geplant war, um mithilfe der Anti-Gang-Brigade die Brandstifter des Hauses in Bègles dingfest zu machen, denn anscheinend hatten sie die Drogenlieferung umgeleitet, und die Bosse hatten beschlossen, zuzuschlagen, und zwar so richtig. Das würden sie der Presse sagen, so richtig zuschlagen. Mit ein bisschen Glück würde das Ministerium sich zu einer Mitteilung durchringen. »Wenn du früh raus und ein bisschen an die Luft willst, wir laden dich um fünf zum Kaffee ein, und dann geht's ab nach Le Moulleau, die Scheißkerle haben da in Arcachon eine Villa gemietet, mit Blick aufs Bassin.« Jourdan hatte nur erwidert, alles sei möglich, falls er dazu käme, mehr als zwei Stunden zu schlafen. Der Gedanke an Schlaf schien Zamora zu überraschen, als gehörte das nicht zu seinem Wortschatz.

Zwei Riegel schnappen auf, eine Sicherheitskette spannt sich, dann erscheint das Gesicht von Louise Andreu. Sie lässt Jourdan herein, den Zeigefinger an die Lippen gelegt, sie müssen leise reden, weil ihr Sohn endlich schläft, das war heute sehr schwierig. Sie erklärt, dass es ihm seit neulich nicht gut geht. Heute Morgen hat sie ihn mit einem Messer in der Hand schlafend an der Tür gefunden.

Louise bietet ihm einen Platz an, etwas zu trinken. Jourdan lehnt ab, sie drängt nicht weiter. Er fragt, was sie ihm zu sagen hat.

»Ich will, dass das aufhört. Ich will Sam aus dem ganzen Dreck rausholen. Das Messer hat er genommen, weil er Lucas umbringen wollte, falls er noch mal wiederkommt. Ein Achtjähriger sollte gar nicht an so was denken. Und außerdem habe ich Ihnen nicht alles erzählt. Ich weiß, wo Sie Lucas finden … Also … Ich weiß, wo er sein könnte.«

Sie massiert sich die Schulter. Sagt, sie hat den ganzen Tag gearbeitet und jetzt tut ihr alles weh. Ihr Leben sei nur eine Aneinanderreihung ewig gleicher Tage, einzig Sam hellt alles auf, seine Worte machen alles fröhlicher, seine Bilder, die er aus der Schule mitbringt, machen alles bunter. Nur die gestohlenen Momente mit Sam zählen wirklich. Natürlich ist da Naïma, sie ist wie eine Schwester, aber sie kann die Leere der verlorenen Zeit nicht füllen. Sam wächst, aber sie spürt, dass sie älter wird, ihre Jugend vergeudet, verwüstet von Jahren des Driftens, des Untergangs, nach dem Tod ihrer Eltern, Drogen, ganz recht, Monsieur le Commissaire, ich war so tief drin, wie man, glaub ich, nur sein kann, ohne dabei draufzugehen, Überdosis, gleich zweimal, wenn's recht ist, Krankenhaus, und die Angst, Panik vor dem Tod, die sie gepackt hat, ganz plötzlich war sie sich sicher, dass ihre Eltern sie so früh nicht erwarteten, und vor allem nicht dort, ein bisschen so, wie wenn eine Verabredung schiefgeht, man den Treffpunkt missverstanden hat und sich endgültig in einer fremden Stadt verirrt. Ja, eines Morgens war sie erschrocken von dieser eindeutigen Aussicht aufgewacht, ein einsamer Tod auf der Straße oder in einer schmutzigen Schlafstelle, ein einsamer Tod, und nicht mal der abergläubische, lächerliche Trost eines Wiedersehens mit ihren Toten. Sie war mühsam mit den hinderlichen Infusionsschläuchen aus dem Bett aufgestanden, hatte sich, vom Schwindel gepackt, sekundenlang hingestellt, sich dann auf den Bettrand gesetzt, angestrengt um eine aufrechte Haltung bemüht, und geweint, endlich geweint, wie sie es seit mehr als zwei Jahren nicht mehr gekonnt hatte, seit sie ihren toten Eltern im Leichenschauhaus geschworen hatte, dass sie bald nachkäme, sie, die weder an einen Gott noch an ein Jenseits glaubte und sich, genau wie die beiden, immer über jeglichen Aberglauben lustig gemacht hatte, und nun, in diesem Klinikzimmer, beschloss sie, ihr Versprechen zu brechen, und bat sie um Verzeihung, kalte Schauer liefen ihr über den nackten Rücken, der Kittel mit dem Kürzel der Uniklinik war hinten offen, und sie murmelte Beschwörungen, an die sie sich zu glauben zwang.

Louise bricht ab, ein wenig außer Atem, mit feuchten Augen.

»Deshalb«, sagt sie endlich. »Deshalb muss es aufhören. Ich kann so nicht weitermachen. Wir müssen da raus, Sam und ich. Und Sam kommt da nicht raus, wenn ich es nicht schaffe. Das ist mir heute Morgen klargeworden. Hat ganz schön gedauert, was?«

Jourdan hört ihr zu und schaut sie an. Der Redefluss ihrer leicht kratzigen Stimme, den sie zu bremsen versucht, der Handgriff, mit dem sie sich eine Haarsträhne hinters Ohr streicht. Der schmale Goldring, den sie ständig berührt, das bläuliche Funkeln des Edelsteins, der aufblitzt, sobald sie die Hand bewegt. Er konzentriert sich auf diese Einzelheiten, aber kann nicht anders, als ihre Halsmulde, die zarte Rundheit ihres Kinns anzustarren. Die dunklen, von Traurigkeit, Wut oder Angst vergrößerten Augen, er weiß es nicht. Ihre großen dunklen Augen.

Weil er sich wieder in den Griff kriegen will, erinnert er sich selbst daran, dass er Polizist ist. Dass sie einen Polizisten zu Hilfe gerufen hat.

»Wo finden wir Lucas Poujaud?«

»Ich hab richtig Scheiße gebaut. Ich weiß nicht, ob ...«

Sie senkt den Blick, reibt bedächtig die Hände.

»Immer raus damit.«

»Okay: Ich wollte das Arschloch umbringen. Aber ich selber könnte das nicht, und außerdem ist er viel stärker als ich, von daher ... Ich habe einen Kumpel, den ich vor ein paar Wochen zufällig getroffen hab. Ich hab ihn gebeten, sich drum zu kümmern. Also, nicht umbringen, nur ... nur so, dass er Schiss kriegt, halt.«

Jourdan holt das Notizbuch raus, das er immer mit sich rumträgt. Ich bin Polizist. Also los.

»Wie heißt der Kumpel?«

»Jonathan Nicot. Alle nennen ihn John. 37, rue Jean Lormier, Talence.«

Jourdan notiert es. Zittrige Schrift. Er wartet, dass sie weiterredet, aber es kommt nichts.

»Ja, und?«

»Und er hat mir gesagt, dass er zwei Typen beauftragt hat, sich drum zu kümmern. Zwei Brüder aus seinem Business, die ihm was schuldig sind.«

»Seinem Business?«

»Koks. Das hat er schon gemacht, als ich ihn kennengelernt hab, damals, als ich da selber drin war.«

»Wie heißen die Brüder?«

»Hat er mir nicht gesagt.«

Louise lächelt traurig. Sie steht auf und holt Zigaretten, macht das große Fenster auf, zündet sich eine an.

»Warum erzählen Sie mir das alles? Sie hätten den Dingen einfach ihren Lauf lassen können. Jetzt reden Sie mit mir, ich bin Polizist. Wenn das schiefgeht, wenn die beiden Schläger Lucas kaltmachen, was dann?«

»Ich dachte ...«

»Was haben Sie ihm dafür gegeben, ihrem John? Geld? Haben Sie das Geld für so einen Deal?«

Jourdan hat lauter und barscher gesprochen, als er wollte, weil er die Antwort kennt, aber Louise beugt sich trotzig über den Couchtisch.

»Dreimal dürfen Sie raten. Ich hab die Beine breit gemacht. Es tat mir weh, aber er hatte seinen Spaß. Hat gegrunzt wie ein gottverdammtes Wildschwein. Reicht Ihnen das als Antwort? Das haben Sie doch erwartet von einer wie mir, oder?«

»Was soll das heißen, eine wie Sie?«

»Eine Versagerin, solche sehen Sie bei Ihrer Arbeit wahrscheinlich im Dutzend pro Jahr. Loser, die nicht mehr wissen, wie sie da rauskommen sollen, die alles verkehrt machen.«

»Das können Sie so nicht sagen. Sie ...«

»Ohne meinen Sohn wäre ich in irgendeinem Loch krepiert oder würde anschaffen gehen für meinen nächsten Schuss und hoffen, dass es nicht der letzte ist. Ich ...«

»Hören Sie auf.«

Jourdan steht abrupt auf. Louise guckt ihn ängstlich an. Er geht auf den Balkon, sieht nichts von den Häusern gegenüber, von den erleuchteten Fenstern, den Schatten, die sich manchmal im grellen Licht der Fernsehbildschirme bewegen. Da ist nur die Nacht, die fahle Aura der Stadt wird von einer tiefen Wolkendecke erdrückt. Er zuckt zusammen, als er hinter sich Louises Stimme hört.

»Was machen Sie denn?«

»Und Sie? Was wollen Sie denn machen?«

Er dreht sich zu ihr um, sie lehnt im Türrahmen.

»Sie haben mich erschreckt.«

»Was wollen Sie machen, wenn es vorbei ist?«

»Wenn was vorbei ist?«

»Das mit dem Arschloch. Lucas. Ich kümmer mich drum.«

»Ich gehe weg. Weit weg, mit meinem Sohn. Irgendwo neu anfangen. Ich war mit meinen Eltern manchmal in einer Ecke der Bretagne. Das waren so schöne Tage. Ich fange noch mal ganz von vorne an. Ein Studium zum Beispiel.«

Sie bricht ab, gesenkter, träumerischer Blick.

»Ich werde es schaffen.«

Jourdan geht zurück ins Wohnzimmer, kommt ganz dicht an ihr vorbei, kann sich gerade noch zurückhalten, ihr eine Haarsträhne aus dem Gesicht zu streichen.

Louise sieht ihm hinterher. Sie verschränkt die Arme, schlingt sie um sich, weil ihr kalt ist.

»Bleiben Sie nicht da stehen. Sie holen sich den Tod.«

Sie macht die Tür zu, zieht fröstelnd die Schultern hoch.

»Sie wollen sich darum kümmern? Wie denn?«

»Das sehen wir dann. Ist meine Sache.«

»Sie wollen ihn stoppen?«

Louise lächelt ironisch. Sie nimmt das Haar straff nach hinten, als ob sie es zum Zopf binden will, dann schaut sie ihn herausfordernd an.

»Kommt drauf an, was Sie darunter verstehen.«

»Das ist ein Witz?«

»Nein. Dafür bin ich zu müde. Sagen Sie mir lieber, wo ich den Mistkerl finde.«

»Wollen Sie sich nicht setzen?«

»Nein. Ich muss los. Ich bleibe lieber stehen, sonst kann ich nicht dafür garantieren, dass ich vor morgen Mittag wieder hochkomme.«

Louise nennt ihm die Schlupflöcher, die Violaine Guichard auch angegeben hat.

»Es gibt da auch einen Onkel, bei dem ist er aufgewachsen. In Cambes. Er ist Baumpfleger. Holzfäller oder so. Der Familienname ist der gleiche. Poujaud, aber ich weiß den Vornamen nicht. Den besucht er ab und zu.«

Jourdan schreibt alles in sein Buch. Mit zittriger Hand. Ein inneres Beben hat ihn ganz und gar erfasst. Es ist, als ob sein Herz nicht mehr schlägt, sondern wirr in seiner Brust herumkollert. Er steckt das Notizbuch weg. Louise spielt mit einer Zigarette. Er sagt:

»Glauben Sie, er schläft?«

Louise kapiert nicht gleich, von wem er redet, dann wirft sie einen Blick zur Tür, hinter der die Schlafzimmer liegen, und lauscht.

»Ja. Ganz sicher.«

Jourdan geht zur Wohnungstür. Sie schließt auf und öffnet ihm die Tür.

»Halten Sie mich auf dem Laufenden? Sie kommen doch wieder und geben mir Bescheid?«

Er verspricht es. Er probiert ein Lächeln, sein Gesicht verzieht sich ein bisschen, und man sieht, wie die Erschöpfung Falten gräbt.

Beim Rausgehen sagt er, ohne sich umzudrehen:

»Ich würde auch gern in der Bretagne noch mal neu anfangen.«

Er geht durch den Hausflur. Er weiß, dass sie ihm nachschaut. Die Tür geht erst zu, als er an der Treppe ist.

26 Allmählich taucht das geduckte, fast schon niedergedrückte Haus aus dem Nebel auf, aus zwei Löchern dringt gelbliches Licht. Er weicht großen Pfützen aus und parkt am Ende bei der Hundehütte. Da wohnt schon lange kein Hund mehr, aber sie nennen sie immer noch so. Er steigt aus, kriegt nasse Füße im kalten feuchten Gras. Er flucht unterdrückt und knallt mit einem genervten Grunzen die Autotür zu. Er duckt sich ein wenig unter dem wabernden Dunst von der Gironde her und rudert ausladend mit den Armen, um ihn zu vertreiben.

Mutter erwartet ihn auf der Schwelle, wie immer. Als er den Kopf vorstreckt, um ihr einen Kuss zu geben, entzieht sie sich. Sie hat die Zeitung in der Hand.

»Hier, guck mal.«

Sie hält ihm das Bild unter die Nase. Er schaut gar nicht hin, hat es schon gesehen. Er drückt ihren Arm weg, der ihm den Weg versperrt.

»Ja, ich weiß. Deswegen bin ich hier.«

»Nun ist er krepiert und macht uns trotzdem noch Ärger.«

Er setzt sich an den Küchentisch und studiert das Foto in der Zeitung. Mutter holt ein Schälchen, schenkt ihm Kaffee ein.

»Hast du keine Croissants mitgebracht?«

Er schüttelt den Kopf, die Beine vor sich ausgestreckt. Sie macht eine Packung Kekse auf. Der Kaffee ist zu heiß. Er verbrennt sich und verzieht das Gesicht.

»Was ist da los, warum bringen die das noch mal in der Zeitung? Was hast du angestellt?«

Er tunkt den Keks in den Kaffee, sieht zu, wie er sich vollsaugt und dann zerbröselt. Mit dem Löffel fischt er die Krümel heraus, lässt sich genießerisch den süßen Brei auf der Zunge zergehen, trinkt einen Schluck, nimmt noch einen Keks. Maman lässt ihn nicht aus den Augen, aber das ist ihm egal. Er tut so, als wäre sie gar nicht da, das hasst sie, und in fünf Minuten würde sie ankommen und sich an ihm reiben, und er würde sie lassen, weil er sie nicht noch mehr enttäuschen will: »Lass mich, sonst bring ich mich um«, sagt sie manchmal, »du weißt nicht, was das für mich bedeutet, ohne das, ohne dich würde ich mich umbringen.«

»Die sind hinter dir her, stimmt's? Hast du wieder damit angefangen? Warum lassen die nicht locker? Die haben was Neues, womit sie dich drankriegen, stimmt's? Hallo? Antworte mir!«

Das hat sie gebrüllt und ihren Kaffee vom Tisch gefegt.

Er trinkt seinen aus. Süffelt den letzten Tropfen. Er konzentriert sich, um sein wahnsinnig hämmerndes Herz zu beruhigen. Ich muss meine körperlichen und geistigen Kräfte bündeln. Ich muss wieder zum Krieger werden. Er beschwört ein paar Erinnerungen von dem Kleinkrieg herauf, in den er verstrickt war: Waffen, Panzer, sporadischer Beschuss, flüchtige Gestalten oben auf den Dünen. Nutten, die sich unter seinen Lendenstößen an die Pfosten ihrer ärmlichen Betten klammern. Aber vor seinem inneren Auge ziehen nur verblichene, zusammengestückelte Bilder mit umgeknickten Ecken vorbei, wie alte Fotos, die man mit Klebeband wieder zusammenfügt.

Seine Mutter tut, als würde sie weinen, sie hat den Kopf auf die Arme gelegt und stößt lästige Wimmerlaute aus. Er weiß, dass sie nur so tut, weil sie nie weint. Sie sagt immer, das letzte Mal hat sie mit acht Jahren geweint, als sie ihre Mutter erhängt an einem Balken im Weinkeller gefunden hat. Danach hatte ihr Vater sie verdroschen, sie und ihre Schwester, wenn sie mal weinten. Das hat sie Christian erzählt, als er sechzehn war, an einem Sommernachmittag, sie lag dicht neben ihm: ihre Kindheit voller Demütigungen und Schläge. Wie ihr Vater ihnen das Leben schwermachte, ihr und ihrer Schwester. An dem Tag hatte Christian sie gelassen. Das war mehrmals passiert, aber mit der Zeit hatte er nicht mehr gewollt, er wusste ganz genau, dass es falsch war, selbst wenn man so sehr liebt, selbst wenn Tränen fließen. Ekel hatte ihn gepackt, vor sich selbst, und vor dem, was sich trotz allem bei ihm regte, wenn sie ihm so nahe kam, er hatte eine richtige Wut darauf, auf die Berührungen, auf diese Lust, die gleichzeitig eine solche Begierde in ihm weckte.

Eines Tages hatte er einen Tobsuchtsanfall bekommen. Danach hatte er sich stärker gefühlt. Ruhiger.

Es ärgert ihn, dass er daran denkt. Normalerweise verscheucht er solche Gedanken. Er schaut sich schreckliche Videos im Internet an; Dinge, die die meisten Leute nicht ertragen könnten. Das ärgert ihn zwar ein bisschen, aber immerhin säubert es seinen Kopf von all den Gedanken, mit denen er nicht weiß wohin.

Er steht auf und hilft Maman, die Scherben aufzusammeln und den verschütteten Kaffee aufzuwischen. Überall liegt etwas. Mutter ächzt, ringt nach Luft. Sie geht in die Hocke, kommt mühsam wieder hoch. »Lass.« Also lässt sie es und setzt sich. Sie zündet eine Zigarette an, hustet, hustet, haut mit der Faust auf den Tisch, damit es vorbeigeht.

Als Christian fertig ist, schrubbt er Boden und Arbeitsfläche, wischt noch mal mit klarem Wasser nach, reibt es trocken und räumt dann alles weg.

»Ich muss sie wegbringen, jetzt.«

Mutter versteht nicht gleich, dann guckt sie hinaus in den Garten.

»Wieso? Sind sie hinter dir her, oder was?«

Er holt Gummistiefel, Regenjacke, zieht sich an. Mutter ist ihm in den Schuppen gefolgt, dort sind die Werkzeuge. Eine Hacke, eine Schaufel, zwei große Müllsäcke.

»Die dürfen hier nichts finden.«

»Wie sollen die denn was finden?«

»Du weißt doch, wie die ankommen. Mit Bagger und allem Drum und Dran. Sogar bei Betonplatten.«

Sie zieht ebenfalls Gummistiefel an und eine alte mottenzerfressene Jacke, die an einem Nagel im Gebälk hängt. Sie laufen durch den Nebel, behäbige, dunkle Gestalten, wie auf so realistischen Gemälden, die aussehen wie mit Ton gemalt. Sie steigen über eine Lorbeerhecke und stehen auf einer Streuobstwiese. Ein alter, von Brombeerranken überwucherter, gespaltener Apfelbaum bricht fast auseinander. Hier liegt schon mal eine, ganz sicher. Die Erste. Mutter tastet mit der Fußspitze den fetten Boden ab. »Da werden Wurzeln sein.« Sie machen die Runde. »Hier auch, weißt du noch?« Er weiß es noch. Er hatte in die Grube gekotzt und Maman hatte ihm eine geknallt, weil sie fand, dass sich das nun wirklich nicht gehörte. Und hier.

Christian steht auf diesem Friedhof und dreht sich um sich selbst. Fünfzig Quadratmeter mit zwei Pflaumenbäumen und einer Kirsche.

»Ich lege einen Gemüsegarten an. Dann wundern sie sich nicht über den aufgewühlten Boden, falls die jemals hier heraufkommen sollten. Ich miete einen Einachsschlepper in Pauillac.«

Mutter geht zum Haus. »Halb eins gibt's Essen.« Er sieht, wie sie mit gesenktem Kopf über Grassoden stolpert, und findet zum ersten Mal, dass sie alt aussieht.

Nicht doch. Er klatscht in die Hände, um sich anzufeuern,

und hackt den Boden unterm Apfelbaum auf, reißt stachelige Ranken aus. Das Metall prallt an einer Wurzel ab. Er geht noch mal in den Schuppen, holt eine Axt, hackt die Wurzel ab und schleudert sie weit von sich. Er keucht, sein Herz pocht schneller. Als er kurz Pause macht, versucht er, sich das Gesicht des verscharrten Mädchens in Erinnerung zu rufen. Eine Blondine, doch, ja. Im Club aufgegabelt, sie hatte ihre beiden Freundinnen aus den Augen verloren, weil die von den Kerlen ganz hin und weg waren.

Er strengt sich an. Stellt sich in die Grube, die Sohlen fest am Boden, trampelt in diesem nach Humus duftenden Pech herum. Lehm an der Schaufel. Eine gelblich grüne Masse. Er hackt, schaufelt, starrt auf den Grund, neugierig, was er wohl finden wird. Er weiß nicht mehr, wie tief er damals gegraben hat. Maman hatte ihm geraten, sich anzustrengen, es ordentlich zu machen.

Er steht bis über die Knie drin, schweißgebadet, das schmerzhafte Pulsieren der Arterien traktiert seine Schläfen, da entdeckt er das blaue Tuch, vorsichtig kratzt er mit der Schaufel die Ränder frei. Er hockt sich hin. Zieht am Stoff, es reißt, und dann bemerkt er den Knochen, der sich löst und abfällt. Er springt hoch, fast hätte er in seinem Schreck wieder eine Schaufel Erde darauf geschmissen, er stützt sich am Grubenrand ab und denkt nach. Es muss sein. Wie im Krieg. Er nimmt einen tiefen Atemzug, stemmt sich aus dem Loch und rennt zum Schuppen. Er verrenkt sich die Füße, dreht sich nach jedem dritten Satz um. Er holt Handschuhe, eine Maurerkelle und rennt zurück.

Es muss sein.

Er hat gesehen, wie die Archäologen im Fernsehen arbeiten, das macht er jetzt genauso mit der Kelle. Die Gebeine stecken in Gangmasse aus feuchter Erde fest, und er muss aufpassen, dass nichts zurückbleibt. Er reißt schwarze Stofffetzen mit kleinen Strassperlen ab, reibt ein bisschen, damit sie wieder glänzen, dann wirft er alles in den Müllsack. Er schnauft, manchmal fehlt ihm die Luft. Schweiß rinnt ihm übers Kinn wie Sabber. Als er sie ganz ausgegraben hat, grinst der schlammverkrustete Totenkopf genauso wie das Skelett im Naturkunderaum in der Schule, das ihm Angst machte. Er versucht, das Gesicht zum Schädel zu rekonstruieren, aber er hat keine einzige Erinnerung. Er wirft den Müllsack aus der Grube und gräbt noch ein bisschen weiter, um sicherzugehen, dass da nichts mehr ist.

Dann buddelt er das Loch in Höchstgeschwindigkeit wieder zu, sinkt bis zu den Knien ein, als er die lockere Erde feststampft. Er verschnauft, schaut auf die Uhr, schon nach zehn. Der Nebel hat sich gelichtet, und durch den verbleibenden Dunst kann man direkt in den fahlen Kreis der Sonne gucken. Als er sich umdreht, sieht er, dass seine Mutter ihn von der Schuppentür aus beobachtet. Sobald sich ihre Blicke kreuzen, dreht sie sich um und geht hinein.

Er schleift den Sack hinter sich her. Er wiegt fast nichts, das wundert ihn.

Er hat die Zweite fast ausgegraben, als Maman ihn zum Essen ruft. »Ja, gleich.« »Dann wird es eben kalt, Pech«, erwidert sie. Diesmal ging es schneller. Der Boden war nicht so hart, nicht so lehmig. Er hat einen fast intakten Lederminirock gefunden, an den er sich nicht erinnert. Ein Ring ist von den ausgerenkten Fingerknochen gefallen. Hoffentlich ist es echtes Gold und hoffentlich ist der kleine rote Stein etwas wert. Er versteht nicht, wieso er ihr den damals nicht abgenommen hat. Er steckt ihn in die Tasche und klopft zufrieden darauf.

An einem Außenwasserhahn wäscht er sich die Hände.

Die alte rissige Seife duftet intensiv. Er pult Erde unter den Fingernägeln hervor, schrubbt und bürstet sich die Haut und riecht daran, dann schüttelt er die Tropfen von den Händen, bis er auf der Werkbank einen alten Lappen findet.

In der Küche wäscht er sich noch mal mit Spülmittel die Hände, trocknet sich sorgfältig ab.

»Und?«

»Nur noch eine. Sind gar nicht schwer.«

Maman trägt auf, er schneidet das Brot. Es riecht gut. »Ich hab Hunger«, sagt er.

»Es gibt Hammelragout, war im Angebot, 15,90 Euro das Kilo.«

Sie essen schweigend. Im Fernsehen läuft auf einem Nachrichtensender eine Gesprächsrunde mit Journalisten, die den Rücktritt eines unter Korruptionsverdacht stehenden Ministers diskutieren. Mutter beobachtet ihren Sohn aus den Augenwinkeln, und er vermeidet den Blickkontakt, schaut die meiste Zeit auf den Bildschirm.

»Also«, sagt sie irgendwann. »Was ist passiert?«

Er seufzt. Er antwortet nicht gleich. Er schneidet sich eine Scheibe Brot ab, wischt die Soße vom Teller, dann sagt er:

»Ich hab einen Fehler gemacht.«

»Einen Fehler?«

»Es ging nicht anders. War das erste Mal.«

»Sagst du.«

»Du verstehst sowieso nichts.«

Sie steht abrupt auf. Ihr Stuhl schabt über den Boden. Sie nimmt Joghurt aus dem Kühlschrank. Erdbeergeschmack, den mag er gern. Sie schenkt Kaffee ein, zündet eine Zigarette an, schiebt ihm die Schachtel zu. Sie rauchen und sehen fern. Frauen sitzen auf einem Sofa und reden über Mode, Kinder, Arbeit und Arbeitslosigkeit.

Christian drückt seine Zigarette aus und nimmt noch eine. »Ich hab eine frische Schachtel im Auto«, sagt er entschuldigend. Draußen scheint eine laue Sonne am verwaschenen Himmel. Er schaufelt die zweite Grube zu, stampft alles fest, dann guckt er sich an, wie es aussieht. Er findet es ziemlich gut. Wenn er erst mal mit dem Einachsschlepper darübergegangen ist, wird man nichts mehr sehen.

Er wusste nicht mehr, dass die dritte Stiefel anhatte. Dann war also Winter gewesen? Er weiß es nicht mehr genau. Eine Stunde lang kratzt und wühlt er, füllt den Müllsack. Er ist überrascht, als er die Verletzung am Schädel sieht, dann fällt es ihm ein. Sie hatte sich gewehrt, im Auto, hier, auf diesem Weg. Sie war schreiend abgehauen, er hatte den Wagenheber nehmen müssen, der im Kofferraum rumlag.

Mit den Säcken über der Schulter geht er hinunter zum Fluss. Ein Weg führt am Ufer entlang zu einem verfallen Bootsanleger mitten im Schlick, er wagt sich auf den rutschigen Planken bis zum äußersten Ende vom Steg vor, der ins Wasser ragt. Er wirft die Gebeine so weit wie möglich und achtet darauf, sie zu verstreuen. Er weiß, dass der Pegel niemals so tief sinkt, er weiß, dass man nie irgendwas wiederfinden wird. Eine ganze Weile beobachtet er die Wirbel im schlammigen Wasser, es scheint das, was er hineingeworfen hat, zu verschlingen und wiederzukäuen. Ab und zu schwimmen Baumstämme, Bretter, Plastikkanister vorbei. Es würde ihn nicht wundern, eine Leiche zu entdecken, und er mustert neugierig, beinahe ungeduldig die vom Meereswind aufgepeitschte Wasseroberfläche. Das andere Ufer wird vom Horizont niedergedrückt, grau, wie verschwommen im Nebel. Er spuckt den salzigen Geschmack, den er auf einmal im Mund hat, ins Wasser, dann zündet er die Zigarette an, die er seiner Mutter stibitzt hat, und raucht, den Kopf vollkommen leer, er könnte nicht mal mehr sagen, was er heute gemacht hat, nur an die Schädel erinnert er sich. Sie ähnelten einander, gruselig und burlesk wie die Totenköpfe, die man als Kind in der Geisterbahn sieht.

Maman ist in ihrem Sessel vor dem Fernseher eingeschlafen. Lautlos setzt er sich ihr gegenüber und schließt die Augen. Das Gerede aus der Sendung lullt ihn ein, dann reißt ihn die Stimme seiner Mutter aus dem Dämmerschlaf, in den er gerade sacht hineingeglitten war.

»Und, bist du fertig?«

»Freitag nehme ich mir frei und pflüge um. Dann sieht man absolut nichts mehr, falls sie herkommen sollten.«

»Vielleicht erkennt ja auch niemand Romain. Womöglich kann sich keiner an ihn erinnern, wäre nicht das Schlechteste.«

Christian steht auf und verkündet, dass er nach Hause fährt. Sie fragt, ob er nicht zum Essen bleiben will, und er sagt, dass er müde ist, früh ins Bett will, weil er morgen arbeiten muss.

Sie drückt ihn an sich, und das beruhigt ihn, er hatte schon Angst, dass sie sauer ist. »Das wird schon«, sagt sie. »Wirst sehen.« Er nimmt ihr Gesicht in seine Hände:

»Die kriegen mich nicht. Niemals.«

Er fährt in der schnell hereinbrechenden Nacht nach Bordeaux zurück, das schlechte Wetter ballt sich im Westen als anthrazitfarbene Wand zusammen wie eine Katastrophenwarnung, macht alles dunkler. Als er parkt, fallen die ersten Tropfen. Die Alte und ihr mit einem Hundemantel bekleideter Köter betreten gleichzeitig mit ihm das Treppenhaus. Er hält ihr die Tür auf und sieht sie sich aus der Nähe an, überlegt, was für einen Schädel ihr zerknittertes Gesicht wohl verbirgt.

27 Als Jourdan reinkommt, steht Marlène vor einem fast fertig gepackten Koffer, zu ihren Füßen zwei große Taschen. Die Schranktüren sind offen. Leere Kleiderbügel baumeln an der Stange, in den Fächern liegt nur noch ein Paar dicker Wollsocken für Bergwanderungen. Sie hat kaum aufgesehen, als er die Wohnung betrat. Er geht hinter ihr vorbei, streicht ihr sacht über die Schulter. Sie senkt den Kopf, hält inne. In ihrem Nacken funkelt die feine Goldkette, ihre Haare hat sie mit einer dicken roten Spange hochgesteckt. Er nimmt ein paar Sachen raus, traut sich kaum, sich zu rühren, und atmet fast nicht mehr.

Endlich dreht sie sich zu ihm um:
»Ich ziehe zu Nathalie. Ist, glaube ich, besser so.«
»Glaubst du?«
»Wenn wir uns hier noch drei Wochen lang ständig über den Weg laufen, obwohl wir wissen, dass ich gehe ...«
»Dass du mich verlässt.«
»Ja. Ich verlasse dich. Aber hier auszuharren geht über meine Kräfte. Und vielleicht auch über deine. Und außerdem sind wir doch schon längst getrennt, oder?«

Jourdan geht ins Bad, zieht sich fertig an. Er vermeidet den Blick in den großen Spiegel und sieht nur einen verschwommenen Umriss, der jeden seiner Handgriffe nachahmt. Er hört, wie Marlène sich im Schlafzimmer zu schaffen macht, will sie noch mal sehen, sucht einen Vorwand.

»In der Garage sind noch zwei Taschen. Wenn du willst, kann ich ...«
»Danke, geht schon.«

Sie hat es mit einer müden Zärtlichkeit gesagt, damit er den Mund hält, als ob die Worte nicht mehr können.

»Auf Wiedersehen, Marlène.«

Er hat sich für diese Formulierung entschieden, um noch mal ihren Namen zu sagen. Ihr Name hatte ihm von Anfang an gefallen, er hatte ihn irgendwann mal als verträumt bezeichnet. Wenn man ihn aussprach, hatte das sofort etwas von einem Kinofilm oder Roman, dabei war er kein großer Leser, und augenblicklich erschien einem ihr Gesicht, umgeben vom Strahlenkranz einer kitschigen Fantasie, die Jourdan sich zusammengesponnen hatte. »Du bist mein Jean Gabin«, hatte sie einmal zu ihm gesagt. Er hatte es nicht kapiert, und sie hatte ihm von Marlene Dietrichs Affäre erzählt. Das hatte ihm gefallen, Jean Gabin. Jourdan fand, dass er in seinen Vorkriegsfilmen immer den traurigen, tragischen Liebhaber gab, mehrmals hatte er sich *La Bandera*, *Hafen im Nebel* und *Der Tag bricht an* angeschaut und mitgefiebert bei den von vornherein verlorenen Kämpfen.

Marlène dreht sich zu ihm und antwortet, und für den Bruchteil einer Sekunde glaubt Jourdan, dass sie zu ihm kommt, aber sie versenkt die Hände wieder im Koffer, packt ein T-Shirt um oder streicht eine Knitterfalte glatt, und so nimmt er seine Dienstwaffe, legt das Magazin ein, überprüft, dass keine Patrone im Lauf steckt, und geht.

Er stellt sich vor, dass ein Riesenerdbeben die Stadt erschüttert und alles zusammenbricht. Das hat er im Kino gesehen, in Filmen, wo der amerikanische Held von einstürzenden Wolkenkratzern verfolgt oder mit Autos bombardiert wird, so dass er mit tollkühnen Manövern am Steuer ausweichen muss. Er stellt sich vor, wie er mit dem verzweifelten Hochmut des einzigen Überlebenden durch Ruinen fährt. Er sieht sich um und schaut auf das Leben der anderen wie auf einen alten Stummfilm aus fernen Zeiten, der mit einer Super-8-Kamera und instabiler Einstellung gedreht wurde und in dem alle dem Kameramann zulächeln, weil sie nicht wissen wollen, dass sie eines Tages sterben werden und man sie noch lange danach herumgehen und lachen sehen wird.

Jourdan fährt mit diesen Bildern spazieren, bis er in die dunkle Tiefgarage eintaucht wie in einen schützenden Bunker.

Elissalde und Bernie durchforsten eine Datei mit Sexualstraftätern. Elissalde ist überzeugt, dass das tieferliegende Motiv des Mörders sexueller Natur ist, deshalb sortieren sie, rufen Psychologen und Betreuer an. Jourdan hält das für Zeitverschwendung, aber sie haben so wenig, dass sie nur noch auf den Zufall hoffen können, oder darauf, dass der Kerl einen Fehler macht. Die DNA-Spuren, die er im Wohnmobil der Prostituierten hinterlassen hat, sagen etwas aus, erzählen den Anfang einer Geschichte, die zweier Halbbrüder, und daraus ergeben sich neue Fragen: Was hat der Dicke mit dem Mörder in diesem Zimmer in dem besetzten Haus gemacht, als Coralie umgebracht wurde? Er hatte »Darf man nicht« gemurmelt, ehe er um sich geschossen hatte und aus dem Fenster gesprungen war. Was durfte man nicht? War er dazwischengegangen? Warum hat er nichts gesagt? Die Kollegen hatten den Eindruck, dass bei dem Kerl nicht alles rundlief im Oberstübchen. Also: Wo kam der her? Wenn sie das rausfinden, finden sie den Bruder.

Sie sprechen noch einen guten Teil des Vormittags darüber. Sie lesen noch mal die Berichte, die Protokolle, die Feststellungen, die direkt am Tatort gemacht wurden, nur für den Fall, dass ihnen etwas entgangen war. Nichts. Nada.

Als Jourdan in Zamoras Büro kommt, teilt der ihm mit, dass er nur eine Viertelstunde hat. Statt im Computer zu suchen, nimmt er aus einem abgeschlossenen Schrank einen blauen Pappordner und legt los, ohne reinzuschauen: Jonathan Nicot, genannt John, geboren am 15. Mai 85 in La Réole. Offiziell betreibt er ein Unternehmen, das auf Eventmanagement spezialisiert ist: Vermietung von Tonanlagen, Beleuchtung, Bühnenausstattung. In Wirklichkeit dealt er im großen Stil, verdient manchmal bis zu zehntausend Euro im Monat. Er kennt alle: Politiker, Journalisten, Musiker, Barbesitzer, Clubbetreiber, Ganoven aller Art. Überall hat er *connections*. Seine Firma krebst rum, aber ihm geht's blendend.

Jourdan ist erstaunt: »Arbeitet der für dich?«

»Was willst du von ihm?«

»Er könnte unsere Ermittlungen zu dem Messerstecher voranbringen.«

»Ah ja! Der *serial killer*!« Zamora äfft einen amerikanischen Akzent nach. »Ja, er arbeitet für mich. Der Typ ist ein wandelndes Telefonbuch, immer *up to date*. Wir haben ihn wegen eines Falls für die Sitte an den Eiern: Auf seinem Computer wurden Kinderpornos gefunden.«

»Angeblich arbeitet er mit zwei Brüdern zusammen, zwei Irre.«

»Für jemanden, der Informationen will, bist du gut informiert. Na, okay, du hast mir bei den verkohlten Leichen in Bègles keinen Ärger gemacht, ich erzähl dir alles: Die einzigen Brüder in seinem Umkreis, die ich kenne, sind die Chapins. Zwillinge. Marc und Matthieu. Nicht gerade Apostel. Sie haben vier Jahre wegen Raubüberfall hinter sich, und dann noch mal drei für Dealen. Seitdem benehmen sie sich. Sie sind John was schuldig: Er hat ihnen vor zwei Jahren mal den Arsch gerettet, auch wieder wegen einer Koksgeschichte. Die kamen ganz schön in Schwulitäten, eine Arabergang vom rechten Seine-Ufer wollte sie kaltmachen. Sagen wir mal, wir haben verhindert, dass es so weit kommt, auf Johns dringenden Wunsch. Na ja. Arschlöcher, Hurensöhne und so weiter.

Würden Vater und Mutter verkaufen, um den eigenen Arsch zu retten. Mit so was arbeiten wir. So ist das bei der Droge. Wir haben oft schmutzige Hände und das Kotzen im Bauch, wie neulich irgendjemand so treffend sagte.«

»Über Le Pen.«

»Ja, egal, ist doch dasselbe: Guck dir doch nur mal an, wie das Töchterchen den Ollen rausgeschmissen hat, um im Sattel zu bleiben. So ist das in jeder Gang.«

Darüber sind sie sich einig. Zamora bietet ihm was zu trinken an, es ist fast Mittag. Jourdan sucht nach einem plausiblen Grund, um seine Fragen zu John zu rechtfertigen, aber Zamora sagt, ihm sei das scheißegal, und wenn's hochkommt, kriegt der Kerl eines schönen Tages mal 'ne Kugel von jemandem ab, den er übers Ohr gehauen hat. »Spitzel gibt's genug, ich sag's dir: Die würden Vater und Mutter verkaufen.«

Jourdan verzichtet auf ein zweites Glas und verabschiedet sich. »Lass uns demnächst mal zusammen essen«, sagt Zamora. »Ja, klar, machen wir«, erwidert Jourdan und schließt die Tür.

Er schaut in die Akte und druckt Fotos der Chapin-Brüder aus. Er hat das Gefühl, er hat sie schon mal irgendwo gesehen. Auch ein Porträt des sogenannten John holt er sich. Dieser arrogante Blick. Pädophile versuchen in den meisten Fällen, nicht aufzufallen. Er faltet die Konterfeis ihrer Visagen zweimal zusammen und steckt sie in die Jackentasche.

Nachmittags vibriert sein Handy mitten im Meeting mit dem Alten. Draußen auf dem Gang fragt ein zögerndes Stimmchen, ob er es ist. Violaine Guichard. Ihr versagt die Stimme. »Er war bei mir. Er hat mich mit einem Messer bedroht. Ich habe Angst. Ich soll ihn heute Abend im One Shot treffen, gegen neun.« Weil Jourdan nichts sagt, fragt sie, ob er noch dran ist. »Ja. Ich höre.« Sie bittet um Polizeischutz. Dass man ihr einen Wagen schickt. »Der kommt wieder.« Jourdan hört, dass sie weint. Er rät ihr, wenn möglich bei einer Freundin zu übernachten. »Ich schicke Ihnen jemanden, packen Sie ein paar Sachen zusammen.«

Nach fünf Minuten erreicht er, dass das zuständige Revier sich bequemt, einen Streifenwagen in die rue Saumenude zu schicken. »Ja, unmittelbare Gefährdung. Junge Frau in Panik.«

Sie haben ziemlich früh Schluss gemacht. Sie waren sich einig, dass sie das Gelände ausreichend beackert hatten und sich im Kreis drehten. Morgen früh in alter Frische, hatten alle gesagt. Bevor er ging, hatte Elissalde Jourdan gefragt, ob er nicht irgendwo was trinken gehen wollte, im Dos Tios zum Beispiel, eine spanische Bar, in der sie oft angestoßen und gefeiert hatten und in der es die besten Tapas der Stadt gab. Jourdan hatte vorgegeben, total erledigt zu sein, und abgelehnt, er hätte höllisch Migräne, die einfach nicht verschwinden wollte, trotz Tabletten. Was Leichtes essen, früh ins Bett, ein paar Stunden schlafen. Aber nächste Woche, Kamerad, ein Apéro-Essen mit den anderen, versprochen. Sie nennen es Apéro-Essen, wenn sie gegen neunzehn Uhr kommen und kurz nach dreiundzwanzig Uhr wieder gehen, ein bisschen angeheitert, richtig albern, nachdem sie zu fünft drei oder vier Flaschen Rioja getrunken und so gut wie alle der fünfzehn Gerichte probiert hatten, die Carmen an der Bar servierte.

Elissalde hatte zugestimmt. »Ist ewig her, dass ich *chipirones en su tinta* gegessen hab.« Sie lächelten einander zu. An der Tür hatte Elissalde gefragt: »Mit Marlène alles okay?«

»Alles okay«, hatte Jourdan erwidert.

Alles okay. Er ist sich sicher, dass der *amigo* ihm kein Wort geglaubt hatte.

Alles okay. Jourdan merkte, wie sich der Kreis dieses Tages schloss. Elissaldes Frage war wie eine Auffrischungsimpfung, im ersten Moment schmerzlos, aber anschließend sehr empfindlich, sobald man nur mit dem Finger drankam.

Er hatte versucht, nachzudenken. Die unmögliche Frage zu beantworten: Wie konnte es so weit kommen? Unmögliche Frage mit unmöglichen Antworten. Er versuchte, die Vergangenheit durchzugehen, aber eine gläserne Wand ließ nicht zu, dass er weiterkam als bis zum letzten Silvester um Mitternacht, als Marlène seine Umarmung kaum erwidert hatte und es ihm ein paar Augenblicke lang vorgekommen war, als hielte er jemanden im Arm, den er lange nicht gesehen hatte und der ihm gleichgültig war. Er versuchte, den Zeitpunkt zu bestimmen, ab dem sie aufgehört hatten, miteinander zu reden. Er hatte sein Handy rausgeholt und Marlènes Nummer gewählt. Nicht über die Kontaktliste. Er wählte Ziffer für Ziffer, wollte diese winzige Gefühlsregung wiederfinden, bevor es am anderen Ende klingelte, dann hatte er aufgelegt. Er hatte Barbara eine SMS geschrieben, gefragt, wie ihr Tag war, ihr gesagt, dass er sie liebhatte und sie sich hoffentlich bald sehen würden.

Ihm war, als säße er in einem leeren Haus herum, wie nach dem Umzug, wenn man sich zu erinnern versucht, wie es mit Möbeln und Bildern an der Wand aussah. Dann war er aufgesprungen, um sich aus seiner Melancholie zu reißen. Es war Zeit. Er hatte die Waffe aus der Schublade genommen, ein Paar Handschellen für alle Fälle und eine Sturmhaube aus dem Schrank.

Er findet einen Parkplatz ganz in der Nähe des One Shot, dann wartet er. Er studiert die frisch ausgedruckten Fotos, dann steigt er aus und geht ein Stück die Straße lang, kehrt wieder zurück, die Bar immer im Blick, und Viertel vor neun sieht er, wie Lucas Poujaud hineingeht, zehn Minuten später kommen die Gebrüder Chapin getrennt an. Er setzt sich wieder ins Auto und wartet. Nicht reingehen. Warten. An solchen Orten fallen Bullen auf wie Leuchtkäfer. Er macht das Radio an, sucht einen Sender, dessen Musik die Zeit schneller vergehen lässt. Er landet bei einer Sendung über Geisterfilme und Spukhäuser. Filme aus Japan, Korea, China. Die Moderatoren sind begeistert. Eine junge Frau schwärmt von *The Haunting* von Robert Wise, in ihren Augen ein Meisterwerk. Sie empfiehlt auch den Roman, der als Vorlage diente, *The Haunting of Hill House* von einer Shirley Jackson.

Jourdan konzentriert sich auf die Titel, die Namen. Früher haben sie oft und gern Filme geschaut. Marlène behielt alles: Titel, Regisseur, Hauptdarsteller. Sie machte sich über Jourdan lustig, der das nach einem halben Jahr vergessen hatte. Die Zeit vergeht in blauen Leuchtziffern am Armaturenbrett. Jourdan weiß genau, dass es Geister gibt. Schon immer fürchtete er sich vor Erscheinungen.

Die Sendung endet mit entsprechender Musik. Cello, Wispern und Ächzen.

Lucas Poujaud kommt mit einer Frau aus der Bar. Sie rauchen mit Drinks in der Hand. Auch einer der Chapin-Brüder taucht auf. Er telefoniert und raucht dann ebenfalls. Poujaud merkt nichts, scherzt mit der Frau, die sich geschmeidig aus seiner Umarmung windet, als er ihr ein bisschen zu sehr auf die Pelle rückt. Ein Dutzend Gäste unterhalten sich lautstark, lachen und trinken auf dem Bürgersteig. Die Frau stürzt zurück in die Bar, kommt gleich wieder raus und geht davon. Poujaud ruft ihr was hinterher; ohne sich umzudrehen, zeigt sie ihm den Mittelfinger.

Ein Schauer fegt den Gehweg leer. Jourdan kann für die nächste Sendung kein Interesse aufbringen, ein Autor wird zu dem Buch interviewt, das er über seine Depression geschrieben hat. »Immer schön die Tabletten nehmen«, sagt Jourdan laut und schaltet das Radio aus.

Fast dreiundzwanzig Uhr. Zielperson verlässt das Gebäude. Er kann sich die Worte nicht verkneifen, die normalerweise eine Beschattung oder vorläufige Festnahme nach sich ziehen. Lucas Poujaud entfernt sich, die Brüder auf den Fersen, auf jeder Straßenseite einer. Er bahnt sich den Weg durch ein Grüppchen Raucher vor einem anderen Café, dann steigt er in sein Auto, das er an einer Bushaltestelle geparkt hat. Ein alter Golf GTI. Die Brüder rennen los, steigen auch ein. Einer hinten, einer vorne neben Poujaud. Jourdan lässt den Motor an. Wieso zitterst du? Er fragt sich, ob die beiden bewaffnet sind. Er kann sich schlecht vorstellen, dass sie ihm im Auto eine Abreibung verpassen. Außer, sie wollen ihn mit dem Messer bearbeiten.

Das Auto fährt los. Jourdan lässt einen SUV vorbei, dann folgt er. Je weiter sie das Zentrum hinter sich lassen, desto leerer werden die Straßen. Sie erreichen die Umgehungsstraße, dann ein Gewerbegebiet. Lagerhallen, riesige Läden, leere Parkplätze. Manchmal fällt Regen darauf, bringt die hektargroßen Flächen zum Glänzen und lässt die grellen Farben der Neonschilder verschwimmen.

Jourdan muss ihnen einen Vorsprung lassen. Er sieht, wie sie am Lager eines Baumarktes abbiegen, und parkt ein Stück weg, hinter den überdachten Einkaufswagen. Er steigt aus, zieht die Sturmhaube über, nimmt die Waffe. Er rennt zu den Glastüren, folgt den Schildern WARENABHOLUNG, und da hört er Schreie. Im vagen Licht der ziemlich weit entfernten Laternen kann er sie kaum erkennen. Er kauert sich hinter einen Müllcontainer, einer der Chapin-Brüder beugt sich über Poujaud, der liegt am Boden, windet und krümmt sich.

Chapin schlägt mit der Faust auf ihn ein, sein Bruder steht mit einem Baseballschläger daneben. Jourdan hört Poujaud stöhnen, sieht, dass er sich wehrt, dann rührt er sich plötzlich nicht mehr. »Lass«, sagt der mit dem Baseballschläger. Der andere richtet sich auf, schüttelt die Arme aus, reibt sich die Fäuste. Der Baseballschläger saust zwei-, dreimal nieder. Jourdan hört das weiche Klatschen auf Rücken und Beine, dann ein härterer, fester Schlag, und noch einer. »So, reicht.«

Die Kerle steigen wieder ins Auto, fahren mit ausgeschalteten Scheinwerfern los und verschwinden auf der verlassenen Straße.

Jourdan nähert sich dem reglosen Körper. Er knipst eine kleine Taschenlampe an, sieht zunächst den blutigen Kopf, die blutgetränkten Haare. Er kauert sich hin und untersucht, was vom Gesicht übrig ist. Eine Seite ist von der Schläfe bis zum Wangenknochen eingedrückt. Das zerschlagene Auge schwimmt in der Augenhöhle. Von Übelkeit gepackt steht Jourdan auf. Er beugt sich nach vorne, sein Magen hebt sich, dann kommt er wieder zu Atem. Lucas Poujaud atmet noch, sehr schnell, er hyperventiliert. Jourdan wüsste gern, ob er noch reagiert, und sei es aus Reflex, er nähert sich den Rippen mit dem Fuß, aber traut sich nicht, ihn zu berühren.

Jourdan geht zurück zum Auto. Er fährt ebenfalls ohne Scheinwerfer die Straße lang, wartet bis zur Umgehungsstraße, ehe er sie anmacht.

Es ist fast Mitternacht. Er ruft Louise Andreu an. »Es ist erledigt. Ich hab mich drum gekümmert. Sie können ruhig schlafen.«

»Kommen Sie her.«

28 Louise hat Gewissensbisse. Louise hat Angst. Louise weiß nicht, ob sie Gewissensbisse oder Angst haben sollte. Sie hat dem Bullen gesagt, er soll vorbeikommen, weil sie von ihm hören will, was passiert ist, natürlich. Aber auch, weil sie ihn gern hier haben wollte. Louise hat Angst vor ihren spontanen Einfällen. Aber da war diese Ruhe in seiner Stimme. Ich habe mich drum gekümmert, Sie können ruhig schlafen. Sie hat ihm sofort geglaubt. Sie würde es gern weiterglauben. Sie war online, als ihr Handy geklingelt hat. Sie schaute sich Häuser in der Bretagne an, die zum Verkauf standen. Sie träumte von Meerblick, Spaziergängen auf einem alten Zollweg, dem Abendlicht an der Pointe de Penhir. Mit Sam. Zum ersten Mal seit langer Zeit gönnte sie sich den Luxus von Klischees.

Sie späht auf den Parkplatz, wie sie es so oft mit zugeschnürtem Magen getan hat. Sie lauert, lauscht auf das geringste Motorengeräusch in der Stille. Besorgt oder ungeduldig. Sie weiß es nicht. Sie kapiert nicht, was sie hier macht, sie raucht eine, umklammert das Feuerzeug, spielt damit.

Sie ärgert sich über sich selbst, weil sie in der Kälte wartet, obwohl sie fröstelt, also schließt sie die Balkontür und setzt sich ins Halbdunkel. Sie schnappt sich ein Kissen, drückt es an sich, wirft es fort. Hör auf damit, du blöde Kuh. Er ist bloß ein Bulle, vergiss das nicht, ein Bulle. Du hast nichts von ihm zu erwarten. Er wird es probieren, genau wie alle anderen. Genau wie alle anderen wird er glauben, es wär sein gutes Recht, es zu probieren.

Das Klopfen an der Tür schreckt sie auf. Ihr war nicht klar, dass sie eingeschlafen ist. Sie steht auf, schüttelt sich, steckt die Haare mit einer herumliegenden Spange hoch.

Er kommt nicht gleich rein. Im Licht des Hausflurs wirkt er wie aus dem Grab auferstanden, obwohl er sich um ein Lächeln bemüht. Sie entdeckt die Waffe im Holster unter seiner offenen Jacke, er bemerkt ihren Blick und zieht die Jacke zu, die Pistole verschwindet.

»Halb so wild«, sagt er halb entschuldigend.

»Nein, ich weiß.«

»Ich werde hier nicht in die Luft schießen, sonst wird noch der Kleine wach. Sam, richtig?«

»Ja. Sam.«

Sie lässt ihn rein. Er bleibt mitten im Wohnzimmer stehen und lässt die Arme hängen. »Setzen Sie sich, bleiben Sie nicht da stehen.« Sie macht noch eine Lampe an.

Sie setzen sich auf die gleichen Plätze wie letztes Mal.

»Ich will Sie nicht lange stören. Es ist spät. Aber gut, das Wichtigste wissen Sie schon.«

»Nein, es ist gut, dass Sie gekommen sind. Also, ich meine, dass Sie sich die Mühe machen, extra herzukommen.«

Sie hält den Mund, weil sie sich verhaspelt.

Er lässt sich tief in den Sessel sinken. Sie bietet ihm etwas zu trinken an. »Ja, Wasser, bitte. Drei Liter. Ich verdurste.«

Louise holt eine Flasche Mineralwasser, zwei große Gläser. »Ich hab noch mehr, wenn Sie wollen.«

Er lächelt. Er lächelt richtig, als er die Gläser füllt, dann trinkt er seins in langen Zügen aus.

Schweigen. Louise wartet. Er starrt in sein Glas und sagt:

»Wie ich Ihnen schon gesagt habe, es ist erledigt. Lucas wird Sie nicht mehr verprügeln.«

»Was ist passiert?«

»Die beiden Kerle, von denen Sie mir erzählt haben ... Sie haben getan, was man ihnen aufgetragen hat.«

»Woher wissen Sie das?«

»Ich hab sie gesehen. Ich war in der Nähe.«
»Und ...«
»Es sieht aus wie eine Abrechnung unter Gangstern, die aus dem Ruder gelaufen ist. Die beiden Brüderchen werden sein Auto anzünden, man wird nichts mehr finden, weder Fingerabdrücke noch DNA, nichts, womit man sie identifizieren könnte.«

Das Zimmer beginnt sich um Louise zu drehen.
»Und Lucas?«
»Was soll mit dem sein?«
»Haben die ihn ... Ist er ...«
»Vor einer halben Stunde hat er noch geatmet. Mir war nicht danach, den Notarzt zu rufen. Ich bin mir nicht so sicher, ob die viel für ihn hätten tun können.«

Louise fängt an zu weinen. Sie will die Tränen und das Schluchzen unterdrücken, aber alles läuft über.

Jourdan sagt nichts. Er trinkt noch ein Glas Wasser. Eine Nachricht piept auf seinem Handy, er liest, steckt es weg und seufzt.

Louise schluckt die Tränen runter, holt tief Luft.
»Das wollte ich nicht ...«
»Ich auch nicht, aber so ist es nun mal.«

Louise wischt sich mit dem Handrücken den Rotz von der Nase wie ein kleines Mädchen.

»Er hätte Sie umgebracht. Denken Sie nur daran, was dann aus Ihrem Sohn geworden wäre. Sie sind am Leben und vor diesem Irren in Sicherheit, endgültig. Sie können all das hinter sich lassen, wenn Sie weggehen.«

»Hat es gar nichts mit Ihnen gemacht, das zu sehen?«
»Was zu sehen?«
»Was die ihm angetan haben ...«
»Doch, hat es, mir kam eine Frau in den Sinn, die wir

letztes Jahr tot aufgefunden haben. Sie war nicht mehr als Mensch zu erkennen. Das sagt man in solchen Fällen immer. Aber der Kerl hatte sie so zugerichtet, dass ...«

Jourdan bricht ab. Er trinkt noch was.

»Ich erspare Ihnen die Einzelheiten, aber der Autopsiebericht war eine endlose Aufzählung sämtlicher möglicher Verletzungen und Brüche an einem menschlichen Körper. Als wir ihn bei seinen Eltern festgenommen haben, ist er in Tränen ausgebrochen, er hat sich vor uns auf den Boden geworfen und geschworen, dass er es nie wieder tut. Er hat nicht mal nach seinem Kind gefragt, das war im Zimmer eingeschlossen, wir haben es dann dort gefunden, hilflos, stumm, es hat die Kollegen angegriffen, als sie es mitnehmen wollten. Das hat es mit mir gemacht, als ich vorhin Lucas Poujauds Visage gesehen habe.«

»Klingt, als wären Sie wütend.«

»Manchmal, ja. Und dann habe ich Angst, Mist zu bauen. Aber ich bin vor allem müde. Es gibt Situationen, wo ich einfach nicht mehr kann oder mit denen ich nicht mehr klarkomme. Leute, bei denen ich keine Kompromisse mehr machen kann. Ich hab wohl zu lange den Spagat versucht, und das hat mich zerrissen, glaub ich. Wie die Gefolterten im Mittelalter, die geviertteilt und zerstückelt wurden. Na ja. Ich übertreibe wahrscheinlich. Ich weiß nicht, wie ich das beschreiben soll.«

Louise beobachtet, wie er den Blick durchs Zimmer wandern lässt, mit dem Ehering an seinem Finger spielt. Sie würde gern mit ihm darüber reden. Er soll weiterreden, aber er steht auf, trinkt aus, stellt sein Glas ab.

»Was ist bloß in mich gefahren, dass ich Ihnen das erzähle ... Sie haben ja selbst Ihr Päckchen zu tragen.«

Er geht vor ihr her, sie überholt ihn und macht ihm

die Tür auf. Er tritt von einem Bein aufs andere, linkisch, plump.

»Danke fürs Wasser«, sagt er. »Ich weiß nicht, wo Sie es kaufen, aber es ist gut.«

Er lächelt einfältig und wendet den Blick ab.

Louise streckt die Hand nach ihm aus.

»Können Sie mich mal in den Arm nehmen?«

Er umschließt sie, und es ist ganz sanft, leise, und gleichzeitig tut es gut, diese Wärme an ihr dran. Sie spürt seine Hände im Rücken, er traut sich nicht, zu drücken, sein Becken an ihrem, ohne Zwang. Lange Sekunde bleiben sie so in der offenen Tür stehen und rühren sich nicht.

Jourdan wagt einen Kuss auf ihr Haar, auf ihre Stirn, dann tritt er zurück.

»Darf ich wiederkommen?«

Seine Augen schimmern. Eine Träne, beinahe. Louise zeigt mit dem Finger darauf:

»Ich glaub, Sie haben was im Auge. Aber ja, Sie dürfen wiederkommen. Ich würde mich freuen.«

Er reibt sich die Augen.

»Müde«, sagt er. »Müde.«

Er winkt ihr kurz zu, dann geht er. »Gute Nacht.«

Louise macht die Tür zu, lauscht auf seine Schritte im Treppenhaus, aber da ist nur noch Stille. Also geht sie auf den Balkon, um ihm nachzusehen. Versteckt sich ein bisschen, damit er sie nicht sieht.

29 Jourdan schaut zu, wie der Tag anbricht, und staunt über das unwandelbare astronomische Ritual, die sichtbare Langsamkeit, die nichts aus der Ruhe bringen kann. Kindliches Staunen. Er erinnert sich, dass er früher gern das heller werdende Licht durch die Jalousien beobachtete. Im Winter hörte er seinen Vater zur Fabrik aufbrechen und machte sich Sorgen, weil er nichts erkennen konnte, vielleicht hatte die Erde aufgehört, sich zu drehen, es würde für immer Nacht bleiben, und sämtliche Wesen und Dinge würden allmählich von kalter, eisiger Finsternis verschluckt. Dann zählte er, bis der Morgen graute, das Licht allmählich bläulicher wurde. Das konnte bis zu hohen Zahlen gehen, einmal war er fast bei zweitausend, und unten schrie seine Mutter, er solle frühstücken kommen. Er hatte sich vorgenommen, eines Tages eine magische Zahl festzulegen, bei der es hell wurde, sobald man sie aussprach. Im Sommer war das erste Licht leuchtender und der Tag schien schneller die Oberhand zu gewinnen. Hin und wieder stand er um fünf auf und sah vom Liegestuhl aus zu, wie der Himmel heller wurde und die Sterne verblassten, so, wie man ein Wunder betrachtet. Das weiß er noch. Er erinnert sich an alles. Sieht alles wieder vor sich. Er mochte den Herbst. Wind und Regen. Das unendliche Grau unschlüssiger Tage, vom Morgengrauen bis zur Dämmerung. Es hat lange gedauert, bis er Sonne und Wärme lieben lernte. Wahrscheinlich nur dank der Mädchen, ihren Beinen, den nackten Schultern an Sommerabenden mit warmen Schatten.

Jourdan weiß nicht, warum er daran denkt, er sitzt vor dem vertrauten Bild seines Gartens im Regen, hier und da lugt schüchtern der Frühling hervor. An diesem Tisch, vor

Barbaras Tasse, auf der der Wolf von Tex Avery sich mit einem Hammer auf den Kopf haut. Jourdan hatte sie ihr von einem Einsatz aus London mitgebracht, da war sie acht, und es war ihre Frühstückstasse geworden, sie nahm sie sogar mit in die Ferien. Erinnere dich, Barbara. Das Gedicht von Jacques Prévert fällt ihm ein. Heute regnet es in Bordeaux (statt in Brest). Jourdan weiß, dass sie nicht frühstücken kommt, solange er hier ist, deshalb geht er. Er ruft »Schönen Tag, mein Schatz, Küsschen«, dann zieht er die Tür hinter sich zu.

Im Büro erfährt er, dass Boisseaus Team zu einem Tatort gefahren ist: Mitarbeiter eines Möbelhauses haben die Leiche eines offensichtlich zusammengeschlagenen Typen gefunden. Keine einzige Kamera, nichts. »Wahrscheinlich eine Abrechnung«, mutmaßt Corine. »Solange sie sich untereinander zerfleischen, kann uns das egal sein. Lohnt nicht, drei Monate Arbeit in solche Fälle zu stecken.«

Jourdan zieht sich in sein Büro zurück. Er muss einen Bericht über den Messerstecherfall für Desclaux schreiben, der seinerseits Druck vom Regionalleiter kriegt. Elissalde und Greg haben schon gut vorgearbeitet. Er verbringt den Vormittag damit, alles noch mal durchzugehen, als er fast fertig ist, beschließt er, eine Pause zu machen und sich noch mal die Aufzeichnungen der telefonischen Meldungen anzuhören. Er wundert sich wieder einmal über die vielen verschiedenen Timbres, Rhythmen, Sprachmelodien, Akzente. Alles, was eine Stimme verbirgt oder offenbart. Einer spricht leise, als hätte er Angst, dass man ihn hört, und erklärt, er kannte den Toten gut, damals, als er in der Nähe von Agen Nachtportier war. Die weinende Frau, die überzeugt ist, es handele sich um ihren Sohn, der seit fast zwanzig Jahren vermisst wird. Die Frau, die behauptet, eine Hexe zu sein und dass der Dicke Romain Brèthes heißt, in der Mittelschule drei Jahre in ihrer Klasse war. Sie spricht langsam, raue Stimme. Jourdan stellt sie sich mit einer Zigarette und von ausgestopften Tieren umgeben vor. Sie beschreibt ihn genauer, sehr groß, ein bisschen pummelig, nicht besonders helle, wurde oft gehänselt, manchmal ziemlich brutal. Er hatte einen Bruder, aber von dem sprach er nie. Älter als er. Der machte ihm Angst.

Jourdan hört es sich noch mal an. Einen Bruder. Er notiert sich die Adresse der Hexe. Madame Carole Claverie. Er könnte sie anrufen, aber er will es mit eigenen Augen sehen.

Er sagt den anderen, dass er kurz wegmuss, was überprüfen. Bernie bietet an, ihn zu begleiten, Jourdan lehnt ab, sagt, dass es höchstens zwei Stunden dauern wird.

Er braust die nasse Straße lang. Verlassene Dörfer, Schilder kündigen Schlösser und edle Weine an. Sintflut. Ein paar Gräben laufen über. An manchen Stellen stehen die Weinstöcke im Wasser. Er fährt herum, verfährt sich und irrt in den paar Straßen des Dorfes umher, durch das eine Hauptverkehrsstraße führt, dann hat er das Haus gefunden: 150, chemin du Héron. Es ist rechteckig, einstöckig und steht hinter einer Reihe Zypressen. Ein Auto parkt am Straßenrand, ein anderes in der Einfahrt. An der Haustür hängt ein Spiegel, darüber steht ERBLICKEN SIE IHRE SEELE. Jourdan wirft einen Blick in seine schlechtgelaunte Visage. So langsam bedauert er es, nicht einfach angerufen zu haben. Er betätigt den Türklopfer, und eine Stimme ruft: »Ich komme!«

Eine kleine blonde Frau macht ihm auf. Er hatte sich eine düstere Brünette mit dunklen Augen vorgestellt, dick und kohlschwarz geschminkt, eine ebenfalls schwarze Stola über den Schultern, die mit astrologischen Symbolen oder rätselhaften Runen bestickt war, und nun steht eine adrette, dralle Blondine mit großen blauen Augen in Bluejeans und *Montana University*-Sweatshirt vor ihm.

»Sind Sie von der Polizei?«

Jourdan zeigt ihr trotzdem den Dienstausweis.

»Madame Claverie?«

Sie bestätigt es.

»Ich hatte Sie erwartet. Aber weil niemand gekommen ist, dachte ich schon, dass man mir nicht geglaubt hat. Ich wusste, dass er tot ist, neulich habe ich seine Mutter im Auto gesehen, es stand in ihren Augen.«

Sie lässt ihn herein, führt ihn in ein düsteres Zimmer, in dem nur eine rote Lampe in einer Ecke brennt.

»Hier arbeite ich. Aber heute ist Freitag, da empfange ich keine Klienten.«

»Haben Sie viele Kunden?«

»Wenn Sie wüssten … Gestern waren Belgier da, ein Ehepaar. Sie hatten von mir gehört, können Sie sich das vorstellen? Sie waren von seinem Chef verhext worden. Ich habe sofort gesehen, wo er wohnt, und konnte den Bann umwandeln. Aber sie kommen von überall her. Letzte Woche, ein Paar aus Marseille. Noch jung. Sie bekamen einfach kein Kind. Ich habe gesehen, dass er keine will, also habe ich getan, was nötig war, damit die arme Kleine nicht unglücklich wird. Ihnen kann ich es ja sagen, Sie sind von der Polizei. Das hebt das Berufsgeheimnis auf.«

Sie redet schnell und gestikuliert lebhaft. Im Halbdunkel wirken ihre hellen Augen riesig.

»Ich bin hier, um mit Ihnen über Romain Brèthes zu sprechen. Sehen Sie, wir haben Ihre Meldung ernst genommen. Sie sagten, Sie hätten seine Mutter gesehen?«

»Ja, neulich auf dem Parkplatz vom Intermarché.«

»Wohnt sie hier in der Nähe?«

»Ja, in Lamarque, ist leicht zu finden, ein Stück hinter dem Fähranleger.«

»Heißt sie auch Brèthes?«

»Nein. Sie heißt Ménard. Pierrette Ménard. Der Vater von Romain, also, was heißt Vater ... sein Erzeuger wohl eher, hat ihn offiziell anerkannt, und zwei Wochen später ist er auf und davon. Man hat ihn nie wieder gesehen. Unter uns, ich glaube, er ist tot.«

»Der auch?«

»Ja. Als ich sie neulich auf dem Parkplatz gesehen habe, war das auch zu sehen. Dieser Frau komme ich lieber nicht zu nahe. Sie hat Tote im Schlepptau. Gegen ihre Macht kann ich nichts ausrichten. Zum Glück weiß sie nicht, dass sie sie hat, darum setzt sie sie nicht ein. Einfach nur eine ganz alltägliche Boshaftigkeit, verstehen Sie? Nur eine böse Frau.«

Jourdan sieht sie genauer an. Sie sitzt an ihrem Arbeitstisch voller Karten, Lupen, Notizbücher, eine kleine Büste von Victor Hugo, ein Globus. Eine rote Kerze brennt, die hat sie angezündet, sobald sie saß. Jourdan sitzt ihr gegenüber auf einem schmalen, unbequemen Stuhl und sieht verdutzt zu, wie diese Frau mit ihren Gewissheiten aus dem Jenseits um sich wirft, und er traut sich nicht, sie zu unterbrechen, aufzustehen und zu gehen, um schnellstmöglich zu Romain Brèthes' Mutter zu fahren, weil er sich nicht sicher ist, ob das, was er da hört, ihn belustigt oder beunruhigt. Und dann sind da ihre blauen oder grauen Augen, die das Licht in sich aufnehmen und noch schwächer reflektieren.

»Am Telefon haben Sie von seinem Bruder gesprochen. Wo ist der?«

»Keine Ahnung. Ich habe ihn nicht oft gesehen. Er war komisch. Ein bisschen wie die Mutter, hat man mir erzählt. Anscheinend ist er sehr jung zur Armee, drei oder vier Jahre. Aber na ja ... Ich weiß nicht mal mehr, wie er heißt.«

Jourdan beschließt, aufzustehen, und quält sich mit steifem Rücken aus dem Stuhl hoch. Die Frau verfolgt die Bewegung mit den Augen, wirkt auf einmal sehr ernst, sogar besorgt.

»Ich muss los«, sagt Jourdan. »Ich habe Sie lange genug aufgehalten.«

Sie steht ebenfalls auf, ohne etwas zu sagen, und geht bis zur Haustür mit. Sie scheint in ihrer eigenen Welt. Jourdan will schon fragen, was mit ihr los ist, lässt es aber. Dann fragt er:

»Warum Victor Hugo?«

Die Frau scheint aus einem Traum zu erwachen, schüttelt das blonde Haar, als ob sie ihren Geist lockern müsste.

»Victor Hugo? Na, weil er mit seinen Toten gesprochen hat, wussten Sie das nicht? Seine Tochter Léopoldine?«

Jourdan erinnert sich, er hat es wohl irgendwann mal im Gymnasium gehört.

»Manchmal mache ich es wie er. Vor zwei Nächten hat meine Tochter Mylène an meine Schlafzimmertür geklopft. Das war schön. Ich habe ihr gesagt, dass sie kommen kann, wann immer sie will. Manchmal setzt sie sich zu mir auf den Bettrand, aber sie sagt nichts. Sie schaut mich nur an.«

Die Frau lächelt zärtlich, die Hände in aller Seelenruhe in den Gesäßtaschen ihrer Jeans.

Im strömenden Regen tritt Jourdan den Rückzug an. Die Frau reicht ihm zum Abschied die Hand, er schüttelt sie hastig und rennt zum Auto. Mit einer Erleichterung, die nicht nur mit dem Schauer zu tun hat, der aufs Dach trommelt, zieht er die Fahrertür zu. Diese Verrückte hat es doch tatsächlich geschafft, ihm Angst einzujagen. Von manchen Geisteskranken heißt es ja, sie wären nicht ganz alleine, aber diese Frau schien sich wirklich in Gesellschaft zu befinden. Als nähme der Wahnsinn ab und zu in Form von Erscheinungen oder nicht greifbaren, aber offensichtlichen Wesenheiten Gestalt an.

Jourdan ruft im Büro an, erwischt Bernie. Er fordert Informationen zu einer gewissen Pierrette Ménard aus Lamarque an. »Ja, im Médoc. Ich will die genaue Adresse und Koordinaten. Hab keine Lust, zwei Stunden durch das Kaff zu karren. Ja … ich glaub, ich hab was. Sieht mir nach was Handfestem aus.«

Er legt auf. Der Regen setzt dem Auto zu, der Wind schüttet eimerweise Wasser über die Windschutzscheibe. Jourdan fährt mit dem Finger übers Display. Louise Andreu. Er hört, wie es wählt. Es klingelt drei-, viermal.

»Ja?«

Im Hintergrund plärrt ein Fernseher.

»Jourdan hier. Alles gut bei Ihnen?«

»Moment.«

Der Fernseher verstummt.

»Ja, mir geht's gut. Das war schön gestern Abend. Ich dachte nicht, dass so was noch möglich ist.«

»Ich habe ein unmoralisches Angebot für Sie.«

»Immer raus damit.«

»Okay. Ich schließe gerade einen Fall ab. Das wird noch bis heute Abend dauern, bis alles ordentlich in Sack und Tüten ist. Aber morgen am späten Vormittag lasse ich das die anderen fertig machen und komme Sie abholen, Sie und Sam, und wir fahren übers Wochenende weg.«

Stille. Er drückt sich das Handy ans Ohr, das Spektakeln der Sturmböen stört. Ihm ist, als ob er Louise atmen hört.

»Sind Sie noch dran? Sie haben nicht einfach aufgelegt?«

»Nein, nein … Also, ich meine, ja, na klar. Kommen Sie her. Wir erwarten Sie.«

»Dann bis morgen. Vor Mittag. Ich freue mich … auf Sie.«

Er hört sie verschämt lachen.

»Ich kann's kaum erwarten.«

Bernie war schnell. Jourdan hat Adresse und Koordinaten der guten Frau, Madame Pierrette Ménard. Er schreibt zurück:

Ich halte euch auf dem Laufenden.

Er fährt nach Navi, und zehn Minuten später ist er auf einem Weg mit tiefen Spurrinnen, die mit Backstein- und Dachziegelschutt aufgefüllt worden sind. Er versucht, das Auto im Trockenen abzustellen, weil er nicht im Schlamm versinken oder durch die riesigen Pfützen waten will. Sieht aus, als würde dieser Ort langsam von Wasser und Schlamm verschluckt. Als er aussteigt, sieht er, dass ein paar hundert Meter weiter, hinter den großen kahlen Bäumen, die mit dem Sturm kämpfen, die Gironde vorbeifließt.

Das Haus ist niedrig, duckt sich fast auf den Boden, es versinkt vielleicht ebenfalls im Schluff, den die Hochwasser seit Jahrhunderten hier ablagern. Ein Fenster ist erleuchtet. Blaues Licht. Der Fernseher. Er klopft an der Tür, und sofort steht eine große Frau mit kurzen schwarzen Haaren aufrecht vor ihm und taxiert ihn misstrauisch. Ihm fällt ein, was Carole Claverie, die blonde Hexe, ihm erzählt hat, und er sucht das Mal des Bösen in ihrem eisigen Blick. Mumpitz. Vor ihm steht Madame Raubein, eine halbzahme Furie, die abseits der Hauptverkehrsstraße lebt.

»Polizei. Commandant Jourdan.«

»Natürlich, kommen Sie rein.«

Sie geht in die Küche voraus, stellt den Fernseher stumm. Sie räumt zwei Tassen vom Tisch in die Spüle. Jourdan spitzt die Ohren, falls noch jemand im Haus ist.

»Was kann ich für Sie tun, Monsieur?«

»Kennen Sie Romain Brèthes?«

»Natürlich, das ist mein Sohn. Was hat er angestellt?«

»Warum fragen Sie das?«

»Sie sind wohl kaum hier, um mir eine Postkarte von ihm zu überbringen, oder? Wenn die Polizei aus Bordeaux bis in diese gottverlassene Gegend kommt, ist was passiert.«

»Er ist tot. Er hat sich umgebracht. Wir hatten große Mühe, ihn zu identifizieren.«

Die Frau reagiert nicht. Sie starrt weiter stur auf den Fernsehbildschirm. Ihr Brustkorb schwillt an unter dem Schock oder vor Wut. Jourdan tippt auf Wut.

»Macht Ihnen das gar nichts aus?«

»Das musste passieren. Ich hab mit dem so viel durch, als er vor Jahren ausgezogen ist, wollte ich nie wieder was von ihm hören. Er hätte genauso gut schon zehn Jahre tot sein können, käme aufs Gleiche raus.«

»Und sein Bruder?«

Sie fährt herum.

»Was ist mit seinem Bruder?«

»Den suchen wir.«

Hinter ihm hat sich etwas bewegt. Ein Hauch kalter Luft fährt ihm über den Nacken. Dann knallt eine Tür zu.

Jourdan reißt fast die Tür aus den Angeln, sie schrappt beim Öffnen über den Boden. Er zieht die Waffe und geht ums Haus herum, watet durch den Schlamm, stolpert über Grassoden, verrenkt sich den Fuß. Durch den Regenschleier, Wasser in den Augen, sieht er verschwommen den Kerl vor sich, dreißig Meter entfernt, er rennt schwerfällig patschend mit einem Gewehr in der Hand durch den Schlamm. Der Mann legt an und schießt, Jourdan wirft sich zu Boden, ihm bleibt kurz die Luft weg, das kalte Wasser durchweicht ihm

Oberschenkel und Arme, er erwidert das Feuer im Liegen, nutzt eine eiskalte Grassode als Unterlage. Einmal, zweimal. Der Mann rennt weiter, und Jourdan stemmt sich keuchend hoch, der andere scheint zu hinken, Jourdan brüllt, »Polizei, ergib dich«, aber der Mann bleibt stehen und legt wieder an, da wirft Jourdan sich hin, so gut er kann, das Gesicht im Dreck, Wasser und Tränen in den Augen, positioniert Arme und Hände wie beim Training, gibt drei Schüsse ab, und er sieht, wie der Mann vornübergebeugt rückwärts taumelt, als hätte er eine Faust in den Magen bekommen, dann dreht er sich einmal um sich selbst, lässt das Gewehr fallen, fällt langsam auf die Knie und liegt schließlich bäuchlings im Schlamm.

Jourdan nähert sich dem Mann am Boden, die Waffe weiterhin im Anschlag, und er versteht nicht, woher auf einmal dieser furchtbare Schmerz in seinem Rücken kommt, und plötzlich spürt er seine Beine nicht mehr und fällt hin, sein Unterkörper scheint nicht mehr zu existieren, und als er die Frau mit der Axt in der Hand über sich sieht, begreift er, dass sie ihn entzweigehackt hat, und er schreit vor Entsetzen, er kann noch den Arm heben, hält ihn schützend vor den Kopf und schreit, »Nein«, aber der zweite Hieb dringt tief in seinen Brustkorb, Blut steigt in seinem Mund auf, und er ertrinkt und schüttelt wild den Kopf, und das Letzte, was Jourdan sieht, ist die Spitze eines krummen Baumes im Wind, das Tuch des bleigrauen Himmels, das sich über ihm spannt, und es wird schwarz.

30 Louise ist früh aufgestanden, wie immer, wie an einem Arbeitstag. Samstags gönnt sie sich sonst eine Stunde mehr Schlaf, und manchmal kommt Sam sie dann wecken. Louise ist früh aufgestanden, um länger was vom Tag zu haben. Sie will sich drauf freuen. Es genießen. Sie versteht nicht, was geschieht. Sie weiß nicht, warum sie angefangen hat, es zu glauben. Sie hat versucht, sich nicht den Abhang hinunterziehen zu lassen, auf den wahrscheinlich ihre enorme Erschöpfung sie zuschob oder gegen ihren Willen drängte, das erdrückende Gewicht all der Jahre auf den Schultern. Abhänge ist sie so einige runtergestürzt, berauscht von der Geschwindigkeit; sie hatte sich fallen lassen, in dem Glauben, der Fall sei so frei wie bei Alice im Brunnen, nur um dann in einem stockfinsteren Loch zu landen.

Aber heute ist Samstag, Louise ist früh aufgestanden, Ungeduld im Herzen. So, wie man am Weihnachtstag früher aufsteht und zum Tannenbaum rennt. Sie ärgert sich über diesen kindlichen Drang. Du bist dreißig Jahre alt, beruhige dich. Es gibt keinen Weihnachtsmann.

Sie hatte den schlafenden Sam im Durcheinander seines ungemachten Bettes betrachtet. Ihm die Decke bis zu den Schultern hochgezogen. Am liebsten hätte sie ihn in den Arm genommen, wäre mit ihm zusammen in die Küche gegangen, wo der Morgen graute, aber er sollte sich ausschlafen. Letzte Nacht hatte er wieder einen Albtraum gehabt. Wie jede Nacht, seit einer Woche, seit dem Abend, als …

Sie muss ihn von seinen Albträumen wegbringen. Sie müssen weg, es ist Zeit. Emigrieren, wie all die Leute, die nicht mehr da leben können, wo sie geboren sind. Die manchmal das Leben selbst nicht mehr abkönnen.

Sie war gerade dabei, eine große Tasche zu packen, als er aufgestanden ist. Weil er wortlos die Nase in die Sachen steckte, die sie einpackte, hat sie ihm erzählt, dass sie übers Wochenende wegfahren. Er hatte seinen blauen Bären geholt und ihn mit in die Tasche gestopft. Sie hat gesagt, dass ein Freund sie vor Mittag abholt. »Du wirst sehen. Er ist wirklich lieb und sehr stark.«

Louise hat sich aufs Sofa gesetzt und gewartet. Das Handy vor sich. Sam hockte auf dem Teppich und ließ seine Krieger miteinander kämpfen, er machte selbst die Geräusche dazu, und ausladende Gesten, wenn sie aus der Reichweite des Gegners hechteten.

Louise wartet. Der stumm geschaltete Fernseher sendet bewegte Farben. Sie schaut auf die Uhr. Fast drei. Sie hält es nicht mehr aus. Sie ruft an.

Am anderen Ende eine Stimme, die sie nicht erkennt. »Jourdan? Nein, hier ist nicht Jourdan. Hier ist Capitaine Elissalde von der Police Judiciaire. Wer ist da? Louise, richtig?«

Louise legt auf. Sam hat aufgehört zu spielen und beobachtet sie scharf, er kommt und kuschelt sich an sie.

Ich werde nicht weinen.

Candice Fox
Stunde um Stunde
Thriller
Aus dem australischen Englisch
von Andrea O'Brien
Herausgegeben von Thomas Wörtche
st 5358. Klappenbroschur. 475 Seiten
(978-3-518-47358-0)
Auch als eBook erhältlich

»Candice Fox, australischer Megastar am Thrillerhimmel.«
Katharina Granzin, taz

Die junge Tilly Delaney ist vor zwei Jahren auf mysteriöse Weise verschwunden. Aus Verzweiflung über die Untätigkeit der Polizei dringen ihre Eltern in das forensische Labor der Strafverfolgungsbehörden ein und stellen ein Ultimatum: Findet endlich unsere Tochter, oder wir werden alle Beweise für andere ungeklärte Fälle vernichten. Detective Hoskins und Ex-Polizistin Lamb müssen schnell handeln, um diesen *cold case* zu lösen, bevor die Situation völlig außer Kontrolle gerät.

Ein neuer Pageturner »der Großmeisterin des literarischen Thrillers aus Australien« *Focus*

»*Stunde um Stunde* gehört zu dieser Sorte Thriller, bei denen man nicht aufhören kann zu lesen, aber auch nicht aufhören will: Man genießt die Lektüre einfach zu sehr.« *Simon McDonald*

suhrkamp taschenbuch

Weitere Informationen erhalten Sie unter www.suhrkamp.de
oder in Ihrer Buchhandlung.

Ausgezeichnet mit dem
Barry Award 2022 und dem
Edgar Award 2022

James Kestrel
Fünf Winter
Thriller
Aus dem amerikanischen Englisch
von Stefan Lux
Herausgegeben von Thomas Wörtche
st 5317. Gebunden. 499 Seiten
(978-3-518-47317-7)
Auch als eBook erhältlich

»**Eine höllisch gute Geschichte. *Fünf Winter* hat mich umgehauen.**« *Stephen King*

Honolulu, Dezember 1941. Detective Joe McGrady, mit der Untersuchung eines grausamen Mordfalls beauftragt, folgt einem Verdächtigen bis nach Hongkong, das gerade von den Japanern eingenommen wird. Nicht nur der Krieg, sondern auch die Liebe zu einer Frau werden sein Leben für immer verändern. *Fünf Winter* ist ein gewaltiges Epos im Cinemascope-Format: ein fesselnder Thriller, ein erschütterndes Porträt des Krieges und eine herzzerreißende Liebesgeschichte in einem.

»*Fünf Winter* gehört zu den ganz großen amerikanischen Kriminalromanen, die man gelesen haben muss.«
Tobias Gohlis, Frankfurter Rundschau

»Es gibt Bücher, die man liest und irgendwann wieder vergisst. Dieses Buch bleibt lange im Gedächtnis.«
WDR1

suhrkamp taschenbuch

Weitere Informationen erhalten Sie unter www.suhrkamp.de
oder in Ihrer Buchhandlung.

Ausgezeichnet mit der Historical Writers' Association Gold Crown 2021

Chris Lloyd
Die Toten vom Gare d'Austerlitz
Kriminalroman
Aus dem Englischen von
Andreas Heckmann
Herausgegeben von Thomas Wörtche
st 5258. Broschur. 472 Seiten
(978-3-518-47258-3)
Auch als eBook erhältlich

Freitag, 14. Juni 1940: An dem Tag, als die Nazis in Paris einmarschieren, werden an der Gare d'Austerlitz vier Polen ermordet aufgefunden, und ein weiterer begeht kurz darauf Selbstmord. Inspecteur Éduard Giral beginnt gegen alle Widerstände zu recherchieren. Sehr bald mischen sich in seine Ermittlungen Wehrmacht, Gestapo und Geheime Feldpolizei ein, während im Hintergrund der undurchsichtige Major Hochstetter von der Abwehr die Strippen zieht …

»Ein Polizeiroman mit Zügen des Noirs, der jede Menge Biss und, ja, Witz enthält.« *WDR*

»Grandios!« *The Sunday Times*

»Ein Muss für Krimifans von Mordfällen in historischem Ambiente.« *Grazia*

»Atemlose Spannung vom ersten bis zum letzten Satz.«
Börsenblatt

suhrkamp taschenbuch

Weitere Informationen erhalten Sie unter www.suhrkamp.de
oder in Ihrer Buchhandlung.

Jonathan Moore
Poison Artist
Thriller
Aus dem australischen Englisch von
Stephan Lux
Herausgegeben von Thomas Wörtche
st 5325. Broschur. 349 Seiten
(978-3-518-47325-2)
Auch als eBook erhältlich

Aus der San Francisco Bay werden Männer geborgen, die unter unbeschreiblichen Schmerzen gestorben sein müssen. Die Gerichtsmedizin bittet den brillanten Toxikologen Caleb Maddox um seine Expertise. Die Jagd nach dem Mörder verschränkt sich bald mit Calebs Suche nach Emmeline, einer Femme fatale, verführerisch, mysteriös, extravagant, die er beim Absinth in einer Bar kennengelernt hat und die ihm nicht mehr aus dem Kopf geht ...

»Ich habe seit *Roter Drache* nichts so Furchterregendes mehr gelesen.« *Stephen King*

»Stilvoll und unfassbar spannend.« *Lee Child*

»Atemberaubend und fesselnd. Echter Nervenkitzel.« *RTL*

»Eine abgefahrene Mischung aus Poe, *Das Schweigen der Lämmer* und *Vertigo*.« *William Landay*

»Besser als Hitchcock.« *Lou Berney*

suhrkamp taschenbuch

Weitere Informationen erhalten Sie unter www.suhrkamp.de
oder in Ihrer Buchhandlung.

Ausgezeichnet mit dem
GLAUSER-Preis 2023 und dem
Stuttgarter Krimipreis 2023

Sybille Ruge
Davenport 160 x 90
Roman
Herausgegeben von Thomas Wörtche
st 5243. Klappenbroschur. 261 Seiten
(978-3-518-47243-9)
Auch als eBook erhältlich

»Dieser Roman ist eine Ansage.«
Frankfurter Allgemeine Zeitung

Sonja Slanski betreibt eine Inkassofirma, die sich auch um andere Dinge im unreinlichen Wirtschaftsbereich kümmert. Von einer undurchsichtigen Society-Lady bekommt sie den Auftrag, eine hochkriminelle Anwaltskanzlei zu ruinieren, egal, mit welchen Mitteln. Slanski erledigt diesen Job ziemlich gründlich, noch nicht wissend, dass diese Klientin die Gattin ihres Gelegenheitslovers ist …

»Ein überragendes Meisterwerk,
das neue Maßstäbe setzt.«
Krimibestenliste

»Das Buch ist eine Sensation!
Tough, stilsicher, spannend.«
Bayerischer Rundfunk

»Ruge wirft alle Bälle des Genres hoch,
fängt sie alle, schreibt einen süchtig.«
Die Welt

suhrkamp taschenbuch

Weitere Informationen erhalten Sie unter www.suhrkamp.de
oder in Ihrer Buchhandlung.